二見文庫

蜜色の愛におぼれて

ローラ・リー／桐谷知未＝訳

Killer Secrets
by
Lora Leigh

共謀者として支えてくれたみなさんに。
あなたたちがいなければ完成しなかったでしょう。

蜜色の愛におぼれて

登　場　人　物　紹　介

カイラ・ポーター	国土安全保障省(DHS)のエージェント。通称〈カメレオン〉
イアン・リチャーズ・フエンテス	元海軍特殊部隊(シール)隊員。麻薬密売組織フエンテス・カルテルの跡継ぎ
ネイサン・マローン	シール隊員
リーノ・チャベス	シール隊員
クリント・マッキンタイア	シール隊員
ケリアン(ケル)・クリーガー	シール隊員
メイソン(メイシー)・マーチ	シール隊員。ハッカー
ジェイソン・マクレーン	カイラの叔父
ダニエル・キャロウェイ	カイラの護衛
ディエゴ・フエンテス	フエンテス・カルテルのボス。イアンの父
マリカ・リチャーズ	イアンの母
ジョン・リチャーズ	イアンの継父
カルメリタ・フエンテス	ディエゴの亡妻
ディーク	イアンの護衛隊長
ソレル	正体不明のテロリスト
テイヤ・タラモシー	カイラの知人
ミザーン兄弟	武器商人
グレゴール・アスカーティ	ソレルの連絡係

プロローグ

海軍病院の集中治療室《ICU》に忍びこむのは、簡単なことではなかった。たいていの人間にとっては、正気とは思えない行為だろう。たとえ海軍特殊部隊《シール》隊員であっても。しかしそれが、元大尉イアン・リチャーズのしたことだった。

闇に紛れて病院に忍びこみ、ICUまでたどり着くと、ネイサン・マローンの病室の前にいる守衛がうたた寝しはじめるまで待ち、用務員を装って入りこんだ。

友人をひと目見て、息が止まりそうになった。

なんてことだ。あまりに多くのギプスで固定され、あまりに多くの包帯を巻かれたネイサンは、人間というよりミイラに見えた。しかし、四カ月前にフエンテスの私有地から救助されたときの、全裸のやつれきった姿よりははるかにましだった。

拷問され、打ちのめされ、切り刻まれた姿。顔はあまりにも変形していて、人間とは思えないほどだった。ましてや、幼いころからよく知る友人とはとても思えなかった。

ネイサンがいったいどうやって十九カ月もフエンテスのもとで生き延びたのか、イアンには想像もつかなかった。〝娼婦《しょうふ》の粉〟と呼ばれる強力なデートレイプドラッグを絶え間なく投与され、連れてこられた女性たちをレイプするよう繰り返し促され、ネイサンは地獄のなかで生きていた。収集された情報によれば、ともに独房に閉じこめられた女性たちのだれにも手を触れなかったそうだが、治療に当たった医者や心理学者は、体内に注入された麻薬の量からして、ネイサンが完全に回復することはないだろうと言った。

だが、イアンはそうは思わなかった。ネイサンは強い。こんなふうに打ち負かされたままでいるはずがない。しかし、それを確かめる必要があった。

仲間たちに裏切り者の〈ユダ〉と見なされ、アメリカ政府に脱走兵という烙印《らくいん》を押され、姿を消して数カ月が過ぎてはいたが、イアンは戻ってネイサンが生き延びたことを自分の目で確かめなければならなかった。

ベッドに近づき、カーテンとの隙間にすべりこんだ。守衛の目が届くようにカーテンは大きくあけてあったが、ネイサンの頭のすぐそばはわずかに隠されていた。包帯をぐるぐると巻かれた頭。

「おい、相棒、もうじゅうぶんってくらいきつく縛られてるようだな?」イアンは友人に問いかけた。

いつの間にか、ネイサンに聞こえていないことはわかっていた。聞こえていたならいいのだが。部隊のなかにいることに慣れてしまった。ともに戦う男たちに親しみを感じ、彼らを信頼するようになったというのに、気づいてみれば結局、またひとりで戦っていた。

遠い昔、ネイサンとその家族は、イアンと母の命を助けてくれた。寒くわびしい夜、自分の憤怒の叫びだけが周囲に響くなか、ひとりの少年とその父親が現れ、イアンと死にかけた母を救い、それまで知らなかった友情を与えてくれた。

しかし、友人は目を覚ましたとき、友情が裏切られたと考えるだろう。

イアンは顔をしかめ、自分が追いこまれた立場に怒りを覚えて歯を食いしばった。体を流れるこの血のせいで……。人は、出身や育ちを選ぶことができない。選ぶことができるのは、これから向かう先だけだ。イアンが向かおうとしているのは、ネイサンやドゥランゴ部隊には行けない場所だった。

ひとりで行くしかないのだ。

「俺たちもずいぶん荒っぽい目に遭ったな、え、相棒？」イアンは言った。ほとんど声にならないささやきだったが、その言葉を伝えたことで、少し気が楽になった。

相手は意識を失って昏睡《こんすい》状態だったものの、どういうわけか、言葉を口にしたという事実に安心した。もしかすると、可能性はわずかでも、友人はその一部を聞いたかもしれない。ほとんど声にならないささやきの下に、真実があると理解してくれたかもしれない。荒っぽい目に遭い続けてきたが、それも終わりだ。

イアンは手を伸ばし、友人の肩に触れて、口もとに笑みを浮かべた。

ネイサン・〝アイリッシュ〟・マローン。明るい笑顔と野性的な青い目。少年のころ、命を救ってくれた男。

「おまえには途方もない借りがある」イアンは低い声で言った。「でも、昔からよく言うあれはなんだっけ？　〝血は争えない〟か？」

それはネイサンの口癖だった。切羽詰まったとき、なにもかもがおかしな方向へ進み出したとき、ネイサンはあの豪胆な笑みを浮かべ、こちらをまっすぐ見据えて笑ったものだ。〝血は争えないもんだよ、相棒〟そしてふたりは猛然と戦いに向かった。なぜなら、イアンの血は悪に汚されているかもしれないが、心は百パーセント、気力に満ちたアメリカ海軍シール隊員だったからだ。ネイサンもそう信じてくれた。目を覚ましたときには、なにを信じるだろう？　イアンは思いを巡らせた。

「ふんばれよ、アイリッシュ」イアンは言った。「おまえはいつも、チームのなかで予測のつかないワイルドカードだった。こんなところに追いこんだ連中より、たくましくて強いところを見せてやれよ。そのあと、俺のところにも顔を出してくれ」

友人の肩をぎゅっとつかんでから、ゆっくり力をゆるめる。頭を上げたとき、首筋の毛がなにかを警戒して逆立った。

ひとつ息をついた程度の音。それだけでじゅうぶんだ。足が動いたわけでもなく、筋肉のわずかな収縮で服が体をかすめただけの音だった。

イアンはにやりと歯を見せて笑い、武器をジャケットの袖から手のひらに落とした。衣擦《きぬず》れの音はしない。金属を素手でとらえた音もしない。静寂そのもの。

この世には、賞賛に価する努力を傾ける者がいる。ここにいるのは、そういう者たちのひとりだ。その人物がどこに立っているのかはわかっていた。かすかな身動きだけで、どこにいるか、だれなのかがわかる。本能と、それ以上のなにか。理屈では説明できない方法で、男のある部分が女に気づく。直感的に確信する。まるでどこで出会おうと、自分の一部が彼女の一部を認識するかのように。彼女がどんな変装をしていようと。

もちろん、イアンがその女について、ほかのだれも気づかないことに気づいている点も、彼女には不利に働いている。きれいな耳の繊細な曲線、きれいな耳たぶの特別な丸み。もし、時間をつくって彼女の体のあらゆる曲線を記憶したいと思う男がいれば、同じものに目を留めたかもしれない。イアンは、初めて彼女に出会うことになる任務のまえに、それを実践した。

その任務に彼女が携わるまえに、部隊に写真が渡されたのだ。たくさんの変装の一例だった。現れるたびに印象の違う女に気をつけろと警告された。しかしイアンは、けっして変わらない部分を見つけることに成功した。あのきれいな耳。そして、どんな瞳の色をしていようと隠せない、からかうようないたずらっぽい目の輝き。

近いうちに、あのからかいについて、しかってやる必要がある。ともに関わった過去の任務のあいだに、あの目が伝えてきた約束を果たす必要がある。

イアンはトイレの前を抜け、注意深くジャケットの袖で壁をかすめて、部屋を離れたことを彼女に気づかせた。

入口のドアをあけたままにして歩み出てから、こちらに視線を向けた守衛に対して、まるでなにか忘れ物をしたかのように、顔をしかめて首を振ってみせた。決まり悪そうに指を一本立ててから、静かに病室のなかに戻る。

ドアがすっと閉じた。イアンは待った。

辛抱強く。彼女は賢い。

笑みを浮かべてもよかったが、口もとを引きつらせるだけで、自分がここにいるという警告はじゅうぶんに伝わるだろう。あの女は上等なウイスキーのようになめらかに動き、イアンと同じくらい仕事に熟練している。

だからイアンは待った。辛抱した甲斐《かい》はあった。トイレのドアが少しずつあき、たしかに彼女はそこにいた。山の上にゆっくり太陽が昇るように。ときどき自分を覆いつくそうとする悪臭を、すっと和らげてくれるさわやかな微風のように。

イアンは動いたが、危うく後れを取るところだった。彼女がそこまですばやかったともいえる。イアンは手で背後から彼女の口を覆い、体でとらえて顔から先に壁に押さえつけ、もう一方の手でピストルの銃身を首に押し当てた。

女は声もあげなかった。ちくしょう。抵抗すらしない。代わりに、イアンにゆったり体を預けた。腰に柔らかく当たる丸い尻、壁に沿って曲線を描く両肩、むき出しの細い首。その首に唇をぐっと寄せる。

長く黒いはずの髪は、ばっさり切られブロンドに染められていた。灰色の目ははしばみ色に変えられ、透明感のある絹のような肌はきめが粗く見えた。前回の任務で、あるいはそのまえの任務で目にした女とは似ても似つかない。〈カメレオン〉は、女心と同様、変幻自在だ。

「俺は黒髪のほうが好きだ」イアンは耳もとにささやいた。「灰色の目も。それが生まれつきの色なんだろう？」すばらしく柔らかい耳たぶに鼻をこすりつける。

舌で手のひらをさっと撫《な》でられ、イアンはもう少しで驚いて気をゆるめるところだった。

彼女の耳もとで低く笑うと、手のひらに笑みが感じられた。

「きみはここにいるべきではない」イアンは彼女の肩に額をのせた。「男が相棒に別れを告げるときに、観客は必要ないよ。そうだろう？」

女が振り返ってこちらを見た。はしばみ色の冷めた目。恐れはなかった。怒りも、苛立《いらだ》ちも。しかし計算された冷静さの下には、隠された炎があった。イアンが必ず反応してしまう炎が。

「まちがった時、まちがった場所」肩越しにこちらを見つめる顔を、じっと見つめ返して言う。「まちがった人生」

イアンはあと数秒だけ、彼女の感触を味わおうとした。それだけで、まなざしのなかの後悔に感づかれてしまった。相手の目をよぎったためらいを見てしまった。取るべき行動と逃げる手段を検討しているはずの、その一瞬に。

「会えなくなるのは寂しいよ」耳もとでささやく。「きみが思う以上に寂しいよ、カイラ」

巧みな両手の動きで、必要なだけの圧力を加えると、一瞬でカイラはこちらを向いてぐったり寄りかかり、濃いまつげを伏せた。

イアンは両腕でカイラを抱えて床から持ち上げ、部屋の反対側の椅子に歩み寄った。そこに座らせて、予備の枕に頭を預けさせてから、無念な気持ちでブロンドの前髪を撫でつけた。

まちがった時、まちがった場所、まちがった人生。なぜなら、血は争えないからだ。そしていま、体を流れる憎むべき血は、これまで想像もしなかった形で正体を現そうとしていた。

六カ月後
カリブ海　アルバ島　パームビーチ

1

あの男は悪党だ。

それ以外、夜を吹き飛ばす暗い復讐《ふくしゅう》の力に、どんな説明がつけられるだろう？

〈カメレオン〉は倉庫のなかを這《は》い進んで、木箱の裏に身をひそめ、太い支柱を使って、周囲に降り注ぐ銃弾をよけた。

高度に訓練されたフエンテスの小部隊が倉庫になだれこんできた。そこではテロリストの小集団が、予定された武器売買のためにイアンが到着するのを待ち構えていた。彼を殺すためにそこにいたのだ。しかし、殺しているのはイアンのほうだった。

テロリストたちがその情報をどうやって入手したのか、そもそもどこから漏れたのかは突き止められなかった。〈カメレオン〉がこの集団に加わることで得られたものは、イアン・フエンテスの暗殺に向けたテロリストの決意がますます強まっているという確信だけだった。

暗殺者たちが島に上陸してから、まだ二十四時間たっていなかった。最後のふたりはほんの二、三時間前に到着し、フエンテス・カルテルの跡継ぎを襲撃する作戦の詳細を聞かされた。

集団のなかのだれひとりとして、数時間前まで、自分たちがイアンを襲うことをはっきりとは知らなかった。〈カメレオン〉でさえ、その計画を正確に知ったのは、主導的な役割を担う、冷たくきびしい目をしたフランスの暗殺者たちが到着し、彼らが作戦の概要を説明してからだった。

死の影が夜を舐《な》めつくした直後、彼らは最後の命令を下した。

かがめた体の数センチ上の梁《はり》を銃弾が引き裂き、〈カメレオン〉はたじろいだ。さっと頭を下げて転がり、武器を構えて、頭上に数個残った照明のひとつに狙いをつける。

電球が粉々になり、あすの出荷に備えて集められた木箱や小包の上に火花が降り注いだ。

隠れていた場所から全速力で飛び出す。周囲の木箱に銃弾がめりこんだ。倉庫を見回し、顔をしかめた。黒い服を着たフエンテスの兵士たちが、ひそやかな確信を持って暗がりを進んできた。

彼らは訓練され、統制が取れていた。もはや、一年前にイアン・フエンテスが到着したときの麻薬にまみれた兵士とはちがう。高度に訓練された、効果的な戦闘部隊だ。暗く危険な、シール仕込みの武力を持つ集団。

まったくいまいましい。国土安全保障省《DHS》長官は、この情報を耳にしたら激怒するだろう。

イアンが麻薬とテロ勢力を同時に排除しつつあるといううわさは、まだ実証されていなかった。語れるはずの人間はすべて、なんらかの形で死ぬことになった。

ほかの連中と同じく死ぬことにならないよう、気をつけなくてはいけない。

アルバ島で活動する小さなテロリスト集団に入りこむため、これまで懸命の努力をしてきた。この地位を得るために必死で働き、どんな屈辱にも耐えてきた。しかしいまや、集められたテロリストたちはほぼ全滅した。

静かにすばやく動き、粗雑に建てられた倉庫の端を進み、羽目板がゆるんでいて簡単に出られるはずの奥の壁へ向かった。ドアを使う気にはなれなかった。

「そう急ぐなよ」

〈カメレオン〉は身をこわばらせた。銃身が、気軽といっていいほどのんびりと首の後ろに当てられた。

その声にはなじみがあった。背後の熱い体の感触にはなじみがあった。

慎重に両手を上げ、手袋をはめた指からグロック社製の拳銃が埃《ほこり》っぽい床に落ちるに任せた。軽いジャケットの袖に隠したナイフのレバーを解除したい衝動をこらえる。

予備の銃は足首につけてあった。暗いので、気づかれずにすむかもしれない。

しかしなんらかの手を打つまえに、引っぱり上げられ、壁に激しくたたきつけられて、危うく舌を嚙《か》むところだった。もし、これを予期していなかったならだが。

鋭い目つきで、両腕を慎重に体のわきにつけたまま、頭をぐっと上げる。力強い指に喉を押さえられ、その場に固定された。

冷たいブランデー色の目が、驚きとともにこちらの視線をとらえた。〈カメレオン〉がここにいるとは、思いもしなかったようなのだ。

にっこり微笑《ほほえ》みかけ、イアンが驚きで動けなくなっているあいだに動いた。足を蹴り上げ、股間を強打するはずだったが、実際にはほんの少しかすめただけだった。イアンが後ろに下がり、喉をつかむ指の力をゆるめたので、すかさずそこから逃れた。

手首をつかまれると、逆に腕のなかに飛びこみ、足を引っかけて倒そうとした。しかし今度も、指の力をゆるめさせることしかできなかった。

しなやかに身をひねって、相手とのあいだに距離を置き、かがみこんでじっとにらみつける。いつの間にか息づかいが荒くなっていた。

アドレナリンが体を駆けめぐり、心臓が早鐘を打ったが、恐怖のせいではなかった。

「放して」〈カメレオン〉はうなるように言った。「あなたに危害は加えないわ」

けっして彼に危害を加えはしない。その必要がないかぎりは。ここに来たのは彼のためだ。胸が痛んだ。目の前にいるのは、かつて知っていた男性、アトランタで恋に落ちた男性とはちがっていた。

まっすぐ見つめて、怒りと変貌した男性への恐れを押し殺す。イアンがきびしい目でにらんだ。彼の武器は黒いミリタリーパンツの前部に押しこまれ、すぐに手が届くようにしてあった。わたしの武器はいったいどこへ行ったのだろう。イアンがわたしを殺すのは簡単だ。それはふたりともよくわかっていた。殺さないはずだということも。それを確信できたら、と願う。

「なぜだ？」低いうなり声の質問は、鬱積した怒りに満ちていた。「なぜここにいる？」

もちろん、イアンはこちらの正体を見抜いている。いつだって必ず見抜くのだ。どこで会おうと、どんな変装をしていようと。

「あなたのためよ」

「俺を殺すためか？」イアンが冷笑した。「ＤＨＳは、身内のひとりに出し抜かれた恥を許しがたいと判断したのか？」

〈カメレオン〉は首を振った。「もう行くわ」

「行けるものならな」イアンがにやりとして警告のうなり声を発した。研ぎ澄まされた残忍な顔立ちには、怒りが表れていた。

「行けるわよ、もちろん」笑みを向けると、イアンが銃の台尻を握った。「わたしを撃つつもり、イアン？」

後ずさりして離れる。出口まではほんの数十センチの距離だった。こういう緊急事態が発生したときの脱出に備えて、羽目板をゆるめてあった。

イアンの顔と目を見つめながら、じりじりと出口までの距離を縮めた。一瞬ののち、警告となったのはそのまなざしだけだった。イアンがズボンのベルトから銃を抜き、こちらを狙って撃った。

〈カメレオン〉は後ろに身を反らし、死が目前に迫ったことを確信したが、そのとき背後の体につまずいた。

くるりと振り返り、倒れた兵士をほんの一瞬だけ見てから、ゆるんだ羽目板を横に押しやって、倉庫から外のインクが塗りたくられたような暗闇へすべり出た。

あんなに簡単に、イアンは自分の部下を殺した。わたしのために。

夜を駆けぬけながら、注意深く身をかがめ、こちらへ飛んでくるかもしれない銃弾と自分とのあいだに、できるかぎり障害物が入るようにして進んだ。

〈カメレオン〉は、悪に寝返った元シール隊員に負かされた。それとも、潜入捜査中の諜報《ちょうほう》員《いん》に救われたのだろうか？　任務に没頭するあまり、一年前とは別人になってしまった男に？

どちらの答えに対しても、胸のなかのなにかがうずいた。何年もまえから、さまざまな作戦活動で出くわすたびに、イアン・リチャーズはこちらのあらゆる変装を見破ってきた。〈カメレオン〉が捜査対象の内部に侵入し、イアンは常にシールの一員として、こちらが送った情報をもとに敵の位置を特定し、混乱を一掃した。またしても変装を見破られたわけだが、今回ふたりは、同じ側には立っていないのかもしれない。そのことでもっとも恐ろしいのは、たとえそうであっても思いとどまるつもりはないという事実だった。アルバ島に来たのは、ディエゴ・フエンテスが息子の魂を奪うまえに、わたしがそれを自分のものにするためだ。

ＤＨＳ長官に突きつけた質問に対し、答えは得られなかった。イアンはＤＨＳの任務に基づいて動いているのか？　二度同じ質問をした。毎回同じ答えが返ってきた。〝ＤＨＳは、はみ出し者の元シール隊員とは接触しない〟

率直な返答はなく、推測と、従うべき命令だけがあった。イアンとの関係を再構築し、ＤＨＳの予想どおり、イアンがソレルと呼ばれる国際テロリストの正体を暴いたときには、確実にその男を捕らえられるようにすること。そしてディエゴ・フエンテスを生かしておくこと。

ディエゴ・フエンテスは有用な人材だった。情報提供者として、ＤＨＳと契約を交わしているのだ。ＤＨＳがディエゴをどれほど長く生かしておきたがっているか、イアンには知る由《よし》もなかった。

イアンは倉庫の床をさっと見回した。鍛えられた兵士の部隊がゆっくり入ってきて、暗殺者たちの死体を倉庫の中央の空いた場所に引っぱっていった。

十体ほどあった。連中の顔には見覚えがあり、いくつかの首には賞金がかかっていた。受け取りに行けないのは残念だ。

「ひとつ足りません」横に立つ精鋭護衛隊のひとりが言った。「ブロンドの女です。死体が見つかっていません」

これからも見つかることはないだろう。

イアンは護衛隊長をちらりと見た。ディーク。潜入捜査官で、フエンテス・カルテルでは十年の古株だ。その黒い目は、イアンが自覚している冷ややかさと同じものを映していた。

この世界が、ひとりの人間をそんなふうにしてしまう。心臓があるべき場所に氷を植えつけられ、流血によって罪の意識を薄められる。倉庫の中央に転がっている連中は、殺し屋や誘拐犯や強姦者《ごうかんしゃ》だった。自分たちの信奉する義務が守られているかぎり、だれが死のうが生きようが気にもかけないテロリストたちだ。

横向きに倒れている死体を蹴飛ばしてひっくり返すと、光の消えた目が、梁を渡した天井を見上げた。

「逃げた女は、アルジェリア・ウィンターズです」ディークが報告した。「影も形もありません、ボス」

逃げたのではない。イアンが行かせたのだ。

イアンはテロリストの死体を見据えた。数年前、ロシアでの任務で見たことがある男だった。アルジェリア・ウィンターズもその場にいた。足もとで死んでいるテロリスト、アントニー・ルイサードとよく組んで仕事をしているロシア生まれの情報屋。

イアンは怒りに歯を食いしばり、注意深く体のわきに下ろしていた拳銃をぎゅっと握った。

「パームビーチと同様、オラニエスタッドにも部隊を配置してあります」トレヴァーが言った。「人相書きをばらまけば、捕らえられるでしょう」

イアンはゆっくりうなずいた。「そうしろ」

あの女は見つからないだろう。アルジェリア・ウィンターズという人物は、だれかに姿を見られるまえに捨て去られている。高い頬骨は修正され、鋭い顎先は消え、はしばみ色の目は変えられ、ブロンドの髪は別の色になっているだろう。次の変装も、生まれつきの姿と同じくらい自然でなめらかなはずだ。だれもあの女がカイラ・ポーターだとは気づかない。自分以外は。

イアンは死んだ暗殺者アントニーを見下ろした。濃いブロンドの髪は血に染まり、頭を撃たれたせいで顔が半分なくなっていた。イアンの部下たちに襲撃されるまえの垢抜《あかぬ》けた色男ぶりはどこにもなかった。

「ミザーン兄弟はまだ着いてないのか？」

ジョゼフとマーティンのミザーン兄弟は、この倉庫で会う予定でいた武器商人だった。約束の時間まで、あと十分足らずだ。

「やつらのリムジンは、数分前に到着してます」ディークが報告した。「外で待機してるようです」

イアンは歯を食いしばった。明らかにソレルと内通しているあの双子は、襲撃のことを知っていても、ここへやってきただろうか？

もちろん、やってきただろう。イアンは冷笑しながら考え、蜂の巣にされて目の前に転がる死体を眺めた。

「周囲の警備を固めろ。部隊の半分は狙撃の配置につけ。もう半分は俺とともに行く」

十人ほどの部下がいた。準備をしてきたのだ。生存本能のおかげか、敵をよく知っているからか、あるいは単純な被害妄想によって倉庫への襲撃を警告されていたからか。

この一年で、ソレルがイアン殺害をもくろんだのは、これが初めてではない。イアンは用心することを学んでいた。

言うまでもなくこれは、真実と正義の人生と、アメリカ式のやりかたから歩み去り、麻薬カルテルの指揮権を引き継いだ代償だ。皮肉な考えに、なにか暗く苦いものがはらわたにわき上がってきた。

振り返って死体から大股で遠ざかりつつ、失われた命についてはなんの後悔も覚えなかった。シール時代にはおなじみの感覚だったというのに。ほかに取るべき道はなく、国の法律は守っているという事実も、慰めにはならない。

慰めなど必要ない。

「いったいなにが起こったんです？」ディークが声を落としてきいた。ほかの者たちは周囲の警備を固め、フエンテス・カルテルの跡継ぎを守るために出ていった。中央に残されたイアンとディークも、出口に向かった。

「アルジェリアを見たのか？」イアンは慎重に尋ねた。

「見逃しようがありません」ディークが吐き出すように答えた。「あのロシア人らしい頬骨と冷たい薄茶色の目は、一キロ先からでもはっきり見て取れますよ。すばらしく妖艶で、とんでもなく危険だ。あれほど邪悪な心を持った、あれほどきれいな女を見たことがありますか？」

イアンは武器をホルスターに収め、ミザーン兄弟のリムジンが倉庫の駐車場を横切ってくるのを見据えた。それでも意識はディークのほうに集中していた。

「あの女だったという確信はあるか？」きれいな顔の下にあるもの、変装を見抜ける者はほかにいるのか？

「むろんです。アルジェリアのまねができる女などいませんよ」ディークは鼻を鳴らしたが、イアンを見て目つきを変えた。「ちがいますか？」

イアンは首を振った。「アルジェリアに見えたな。ここで会うとは予想していなかった」

「アントニーもいました」ディークが指摘した。「あのふたりはよく知られた仲間です」

「あの女はふつう、暗殺団で働きはしない」イアンは言った。

ディークがアルジェリアの正体をまったく知らないことは明らかだった。

イアンは一瞬立ち止まって顎を撫でてから、ミザーン兄弟のリムジンに近づき、倉庫の駐車場を見回した。木材と金属でできたこぎれいな建物が密集し、その中身は出荷や配達を待っていた。待ち伏せには最適の場所だ。なぜ〈カメレオン〉は先にそれを警告しなかった？

今夜の彼女は、部分的には〈カメレオン〉だった。変装はいつもどおり完璧だった。顔立ちを変えるラテックスは本物の皮膚と同じくらい自然に見えた。目に装着したコンタクトレンズはほんとうの色を完全に隠し、かつらは――もしあれがかつらならばだが――地毛と区別がつかないほどだった。

かつらだといいのだが。アトランタで彼女の頭を飾っていたあの長い絹のような黒髪を切ってしまったのだとしたら、嘆かわしいことだ。

生まれながらの姿に戻った彼女は、魔女のように見える。妖艶で、淫《みだ》らで、魅惑的。アルジェリア・ウィンターズという人格も、〈カメレオン〉がこれまで使った変装のどれにも負けず劣らず危険で破壊的だった。

「もうひとつ問題があります」ディークが警告した。

イアンは横目でちらりと護衛隊長を見た。「ひとつだけか？」

ディークが顔をしかめた。「暗殺者たちに対する攻撃を準備しているあいだに、連絡がありました。カイラ・ポーターが別荘に電話してきて、よろしくとの伝言を残したそうです」

イアンは身をこわばらせた。ちくしょう。ちくしょう。別荘に電話してきたって？　つまりディエゴも知っているということだ。あの狡猾《こうかつ》でおせっかいなろくでなしは、ここぞとばかりに、べたべたとまつわりついてくるだろう。イアンがカイラ・ポーターのような良家の令嬢――彼女の実の顔――の興味を引いたとなれば、それ以上にディエゴを喜ばせることなどありはしない。しかしそれは同時に、なぜイアンが受け入れようとしないのか、ディエゴに疑問をいだかせることにもなる。

あの細く優美な首をこの手でひねってやろうか。

「イアン、いったいなにごとだ？」ジョゼフ・ミザーンがどなるように言った。双子の片割れと運転手とともに、リムジンのボンネットに両手を置いて立っている。

黒ずくめのフエンテスの兵士たちが、物騒なM16自動小銃で三人の背中を狙い、黒い覆面に隠された目に死への期待をあふれさせていた。

イアンはカイラを頭の隅に追いやった。あの女についてはあとで対処しよう。必ず対処してやる。そのときには、あの女の思惑どおりに楽しませてなるものか、と自分に誓う。

「裏切りだよ、ジョゼフ」イアンはゆっくりくつろいだ態度で距離を縮め、冷たい笑みを浮かべる武器商人たちを眺めた。「裏切りと死。あんたたちも加わりたいか？　お膳立てしてやってもいいぞ」

ジョゼフが青ざめ、マーティンも恐怖の表情でこちらを見た。まちがいない、この連中はここでなにが起こるかわかっていた。高給取りの暗殺者たちが失敗したことをソレルに伝える、完璧な使い走りというわけだ。行方不明のアルジェリア・ウィンターズこと、〈カメレオン〉こと、サテンのような肌と灰色の目と黒髪を持つカイラ・ポーターについては？ いや、あの女については自分がなんとかしよう。彼女の目的がなんであれ、まっすぐワシントンへ飛んで、上司に失敗を報告することになるだろう。

国を去るとき、余計な手出しはするなと連中には警告したのだ。自分の命と自分の計画を危険にさらすまえに、必要とあれば殺す。質問は後回しだ。ここへは復讐のために来た。イアンは、誓って復讐を成し遂げるつもりだった。

2

「で、カイラ・ポーターはどこにいるんだ?」翌日の午後、イアンはオフィスの扉を勢いよく閉め、ともに入室した護衛に向き合った。

今朝ディークに下した命令は単純だった。カイラ・ポーターを見つけ出せ。

ディークはひどく疲れて見えた。イアンが感じている疲労といい勝負だろう。真夜中に暗殺者たちを襲撃し、密輸業者から武器を買い、人間のくずどもをもう一日生かしておくことを容認し、それらをこの二日で二、三時間しか眠らずにこなせば、うんざりするのも無理はない。

非常識なほど肝の据わったちっぽけな黒髪の魔女に尻を蹴飛ばされそうになったことも、さらに追い打ちをかけた。あの女が、指折りの熟練した有能な契約諜報員であることは、どうでもよかった。カイラが自分の行動をきちんとわきまえていようと、なんの役にも立ちはしない。彼女がここにいるという事実が、イアンの血をわき立たせた。まずいことに、その原因は怒りがすべてではなかった。

「ミス・ポーターは、海沿いのホテルにチェックインしました」ディークが報告し、ポケットパソコンにすばやく文字を打ちこみながら画面をにらんだ。「彼女を捜し当てるのは比較的容易でした。しかし、アルジェリア・ウィンターズは見失いました。昨夜の襲撃から数時間以内に、自家用機で島を去ったようです。すばしこい女です」

イアンはうなった。

ディークは戦略に長《た》けた敏腕な男で、スラム街出身の筋金入りの戦士だ。

「それで、いまようやくカイラがここにいることを探り当てたというわけか？」イアンは歯を食いしばりながら言い、机の前まで歩いて光沢のある木の表面に両手をつき、ディークを見据えた。「俺が大金を払ってるあの情報屋たちはいったいどこにいる？　あの女の名前は、リストに載ってなかったのか？」

かろうじて冷静な声を保ち、髪をかきむしりたい気持ちを抑えた。カイラ・ポーターは、男をこういう目に遭わせるのを常としている。同じ部屋にいるだけで、男の苛立ちをかき立てるのだ。

しかし一瞬、ほんの束《つか》の間、イアンは苛立ち以上のものを思い出した。アトランタにあるカイラのマンションに忍びこみ、ベッドに彼女を押さえつけて、上院議員の娘の隣家に住んでなにをしているのかと問いただしたことを。その隣人女性は、二年前ディエゴ・フエンテスに誘拐されたことがあったのだ。

あのときは、カイラの答えを待つあいだ、ジーンズの下で股間が膨らみ、想像のなかで彼女が自分の名前を叫ぶまで体を奪った。その夢はいまもなお、頭にちらついていた。どうにかそれを抑えておくだけの分別はあった。いまのところは。

ちくしょうめ。カイラはここに必要ない。

「答えが聞こえないぞ」イアンはうなり声で言った。「俺はあの女の名前を、島に上陸したら知らせるべき人物のリストに入れたのか、入れなかったのか？」

「入れていました」ディークが答えた。「仕事中に居眠りをした者がいるにちがいありません。ミス・ポーターは一週間前から、護衛とともにここにいます。どうやら彼女の叔父が島の数軒のホテルに興味を持っているらしく、その実地調査のために来ているようです。昨夜の取引の帰り道に、その情報をつかみました。情報屋たちが、なぜ彼女の名前を見落としたのかはわかりません」

「だったら、そいつらをたたき起こしたほうがいい」イアンはぴしゃりと言って、怒りのまなざしで相手をにらんだ。「そういう情報を逃さず、高給取りの密告屋どもをしっかり働かせるのはおまえの仕事だろう」

イアンは背後の椅子にどさりと座って、うんざりした気分でダークブロンドの長髪をかき上げ、護衛をにらみつけた。

座る必要があった。釘《くぎ》が打てるくらい股間が硬くなっていたからだ。

イアンは手で頬をさすって、過酷な一日のあいだに伸びた無精ひげに顔をしかめ、なぜあのいまいましいミザーン兄弟を殺さずに解放したのかといぶかった。ちくしょう、あの双子が裏切るつもりだということは、きのうの午後に使い走りがやってきて取引場所の変更を伝えた瞬間にわかっていたのだ。そして実際に現れたのはミザーン兄弟ではなく、高度に訓練された暗殺者集団だった。それから、なまめかしい小さなスパイがひとり。

倉庫での皆殺しが終わったあと、ふたりの頭に弾をぶちこんで、死体をあそこに転がしておけばよかった。やつらが取引の情報をソレルに売ったことはわかっている。あのフランス人テロリストに唐突に情報が漏れたのは、やつらが背後にいるせいだ。ソレルは以前から、ディエゴ・フエンテスが築いたカルテルの乗っ取りをもくろんでいた。

もしそれがテロリスト以外のだれかだったなら、こんなカルテルなど銀の皿にのせて差し出してもいいのだが……。詐欺や欺瞞《ぎまん》に関わるさまざまな技能を身につけたり、麻薬の密輸による血にまみれた金で組織を太らせたりするよりよっぽどいい。

しかし残り時間が少ないのも事実だった。早くソレルの正体を暴かなければ、あの男が計画しているアメリカの主要施設に対するテロ攻撃を阻止できなくなる。イアンとＤＨＳのつかんでいる情報では、どの施設を狙っているかまではわからなかった。いつどこで起こるか、だれもたしかなことはいえない。イアンにわかっているのは、タイムリミットは来月いっぱいだということだけだった。それ以降は、いつ起こってもおかしくない。

イアンは疲れたように首を振った。「出ていけ」ディークに命じる。「二、三時間眠れ。外であの女に対処するときには、油断は禁物だ。あいつはひどく厄介な女で、つかまえるのがむずかしいからな」

「ミス・ポーターは到着して以来ずっと、クラブ通いをしているようです。ほぼ毎晩、ひと晩に数カ所。同じ場所には二度と行きません。クラブにいた部下たちによると、彼女は二、三時間入口を眺めながら飲み物をすすり、そそくさと去っていくそうです。あなたを待っていたのでしょう」ディークが報告した。

近いうちに、カイラは俺を見つけるだろう。

イアンはぶっきらぼうにうなずいて、扉のほうに手を振り、眠気にうめき声をあげそうになった。ディークが扉を閉じた。

二日酔いになったような気分だったが、そういう自堕落な楽しみは、もう何カ月も味わっていなかった。それにいまはまだ、酒を飲みはじめるには時間が早すぎた。

代わりに部屋を見回した。広い窓が太陽をとらえ、半分下ろした日よけの隙間から、斜めの光線が木の床に射《さ》しこんでいた。クリーム色の壁、重厚な木製の家具。いかにも男っぽい部屋だ。机の前には二脚の重い黒革の椅子が置かれ、壁沿いには張りぐるみのソファーと二脚の椅子がコーヒーテーブルを囲むように配されている。奥にはバーカウンターがあり、机のそばの壁にはプラズマテレビがはめこまれていた。

ここは、イアンのオフィスというわけではない。別荘は賃貸で、敷地は厳重に警備されている。この小さな島は、コロンビアの邸宅からの避難所のようなものだった。あそこにいると、日ごとにますます苛立ちが募っていくような気がするのだ。

まったく、こんな状況は望んでいないというのに。

ふたたび両手で顔を撫で、さらに悪態をつきたい気持ちを抑えた。カイラは予測しておくべき厄介な問題だった。イアンの計画を堂々とぶち壊す可能性があると、一年前から知っておくべきだった。

なぜなら、イアンのほうがカイラを求めていたからだ。欲望にはらわたを焼き尽くされるほど求めていた。カイラを渇望するあまり、ほかの女を相手にする気がなくなるほどに。

昨年アトランタでカイラに出くわして以来、女と寝ていない。マンションの巨大なベッドで彼女を組み伏せ、体と体がぴったりと重なり、キスが魂に焼きつくのを感じて以来。

あの時点でカイラにキスをするなど、正気の沙汰ではなかった。それはよくわかっていた。ひとつのキスでとどまっていれば、自制心を保てたのかもしれない。しかしいまとなっては、あでやかな体に触れてそれを味わい、行けるところまで行かなければ気がすまなかった。後ずさりして、どこへ向かうつもりなのかを認識しはじめるまえに。

あの晩カイラと寝ていたら、もう歩み去ることはできなかっただろう。

短いノックの音に、記憶を追いやって顔を上げた。ディークが扉の前に戻ってきていた。

「少し休めと言ったはずだ、ディーク」イアンはため息をついた。

彼らはその週のほとんどをうたた寝だけで過ごし、この小さな島で武器の輸送をうまく進め、その一部をタイミングよくコロンビアへ移すために働いていた。フエンテス・カルテルがコカインの処理に使っている数カ所の製造所兼倉庫は、商売を乗っ取ろうともくろむ集団のせいで大きな危険にさらされている。

あともう少しだけ、持ちこたえなければならない。そうしたら、あのろくでもない倉庫をすべて吹き飛ばし、自分自身に戻れるのだ。

「すぐに行きますよ、ボス」ディークが部屋に足を踏み入れ、扉を閉めた。「いくつか確認をしていたんです。知らないうちに忍びこまれるのは、どうも気に入らない。この情報は、別の情報屋と連絡を取ったあとで入ってきました」

ディークが報告書と、何枚かの粒子の粗いカラー写真を渡した。イアンは報告書をわきに置き、先に写真を見た。

よく知られたふたりのソレルの手先が、ニューヨーク経由の便で入りこんでいた。口もとに小さな冷笑を浮かべたフランス人には見覚えがあった。もうひとりは、昨夜倉庫で死んだ暗殺者だった。暗殺者の人物調査書は分厚く、殺しの成功率は百パーセントに近かった。

「連中はこいつに大金を支払ったはずだ」イアンはつぶやいた。「ソレルはこいつの失敗を喜ばないだろうな」

「昨夜われわれは幸運だったんですよ、ボス」ディークが言った。「俺には、ミザーン兄弟があんなまねをするとは思えないんです。たとえやつらがソレルと通じてるにしてもね。あれは、やつらの利益になる取引なんですから。俺は内部からの漏洩《ろうえい》を疑ってます」

イアンもそれを疑っていた。ソレルの手先が、いるべきではない場所にいたのは初めてではない。

「調査しろ」イアンは写真を机の上にはじき飛ばし、両手で顔を撫でてから、椅子に背を預けてじっとディークを見た。

手を振って座るように合図し、待ち受けるかのようにこちらを見つめる護衛に、きびしい目を向ける。

「ソレルは着々と準備を整えてる」イアンは低い声で言った。「いますぐ俺を殺そうとするほど、カルテルが欲しくてたまらないんだ。次はどう動く？」予測はついたが、確認する必要があった。

「何度でも仕掛けてきます。形勢は、向こうに有利でしょう」ディークが言った。「われわれが五分《ごぶ》に持っていく方法を見つけるまではね。強力な餌が必要ですよ、イアン。やつを巣穴からおびき出すようななにかが」

「よく耳にするやつの娘のうわさについてはどうなんだ？　なにか有益な情報を見出《みいだ》せたか？」

ディークが首を振った。「具体的なものはなにも。娘が存在し、ソレルはその行方を捜しているということだけです。息子がいることもわかってますが、それはソレルが、仕事上の責任を少しずつ息子に負わせつつあるからです。息子は〈鴉《レイヴン》〉という呼び名で通っています」

イアンは思案しながら顎先を撫でた。「フランスにいる情報員を数人つかまえて、もっと情報がないか調べろ。先に娘にたどり着けば、利用できるかもしれない」

そのことを考えると、はらわたが締めつけられた。何年もまえからうわさで聞いていたとおり、もしソレルに行方不明の娘がいるとすれば、まちがいなく彼女は自分の名を伏せていたほうが幸せに暮らせるだろう。だが、実際に存在するなら、名を伏せさせておくことはできない。どうしてもその娘が必要だった。

ほんの一瞬、罪のない女性を利用するつもりでいることにためらいを覚えたが、イアンは決意を固めた。ソレルの娘に罪がなかろうと、それを心配している時間はない。ここで行われているゲームは、死の危険を伴う、けっして逃れられない戦いなのだ。

「今朝、ほかにも電話がありました」ディークが報告書を見てうなずいた。「ジョゼフ・フィッツヒューとその息子です。イギリスの貴族かなにかで、あなたと知り合いだと言ってます。会って話したいそうです」

イアンはその名を聞いて顔をしかめ、首を振った。フィッツヒューとその息子は、イアンがシールを離れて初めてディエゴの邸宅に到着したとき、コロンビアまでやってきた。何年もまえ、職務中にその外交家とは顔を合わせていた。フィッツヒューは、誤った道へ進んだイアンの決断を改めさせるのが自分の役割だと考えたらしかった。そう考えたのは彼が初めてではないし、最後でもないだろう。

イアンは首を振った。「会わない」

「そう言うと思ってました」ディークがきまじめにうなずいた。「ひどく煩わしいでしょうね、ボス。いわゆる友人たちがぞろぞろと姿を現すというのは。とはいえ、まだドゥランゴ部隊を見てない気がしますが」

「おまえがドゥランゴ部隊を見ることはない」イアンは言った。「しかし、やつらは島にいる。蚊に刺された瞬間にそれを察知するように、メイシーの狙撃用スコープが感じられるんだ」

もう一週間以上にわたって、それを感じていた。首の後ろがむずむずし、はらわたに怒りが渦巻いた。どういうわけか、彼らならわかってくれるのではないかと期待していた。イアンが実際に裏切り者であるという証拠が、山のようにありはしても。それは矛盾した非論理的な言い分だったが、頭をスコープで狙われているのは腹立たしくてならなかった。

イアンの告白に、ディークがまゆをひそめた。「あなたを死なせるわけにはいきませんよ、イアン。ゲームの途中では。連中を撤退させなければなりません」

イアンは首を振った。

「このまま続行する」と告げる。「メイシーはまだ撃ってきていない。撃つつもりはないんだろう。あいつは待ってるんだ。俺が気づいていることはわかってる。どうなるか成り行きを見ようじゃないか」

その指示に、ディークが荒っぽく言った。「気に入りませんね。連中はここにいるべきじゃない」

イアンは肩をすくめた。「カイラのほうがよほど心配だよ。気まぐれで、実に厄介な女だ。この件には関わってもらいたくない。カイラのことはわかっている。ここに来たのは俺が理由だ。叔父の仕事が理由ではない」

それを聞いてディークが鋭い目つきをした。「敵として？　それとも味方として？」

イアンはふんと鼻で笑った。「彼女の現時点での機嫌は？　俺の予想もおまえの予想も同じようなものさ。ひとつだけたしかなのは、まったく予測どおりにはならないということだ。それを見込んで、これからは股間に保護カップを着けたほうがいい。あの女はいずれ、少しでもチャンスが与えられれば、俺たち全員のタマを蹴り飛ばすだろうからな」

ディークには、カイラ・ポーターがもたらしうる厄介ごとなど見当もつかないだろう。しかしイアンにはわかっていたし、そのことを考えて期待に股間が脈打つのが気に入らなかった。

「で、これから彼女にはどう対処しますか？」ディークがきいた。

イアンは首を振った。「カイラはあすの晩つかまえる。それまでは遊ばせておけ。自分が安全だと思わせておくんだ」

ディークが疑わしげな目を向けたので、イアンは歯を食いしばった。カルテルの跡継ぎとなったことがイアンにどのくらい深い影響を及ぼしているのかと、ディークがいぶかっているのがわかった。とんでもなく深い影響だ、と認めないわけにはいかなかった。ときどき、変貌した自分が、自分とは思えないことがある。

「あなたのお母さまから、また電話がありました」ディークがおずおずと言った。「あなたの私用の電話機に、何本か伝言が入ってます」

イアンは身をこわばらせた。マリカ・リチャーズは、息子が演じているゲームのことはなにも知らない。母が感じているはずの苦痛を思うと、魂を切り裂かれるようだった。

子どものころ、母は数えきれないほど何度もイアンのために命を失いかけ、息子をカルメリタ・フエンテスの凶悪な手から遠ざけるために戦ってきた。ディエゴのいまは亡き妻は、十年にわたってふたりを動物のように狩ろうとした。その後ようやく、イアンの継父、ジョン・リチャーズがふたりを保護してくれたのだった。

一瞬、ほんの一瞬だけ、母の笑顔を思い出すことを自分に許した。母はたとえどれほどおびえていたとしても、常にイアンに微笑みかけ、どんなこともやがては消えると約束した。

怒りも、痛みも、危険も。

〝自分がなれる最良のものになりなさい、イアン。強く、勇敢でありなさい。自分が正しくあることを自覚しなさい。大切なのはそれだけ。自分が正しくあることを自覚するのよ〟

母の言葉が頭にささやきかけ、心を切り刻んだ。いま俺がしていることを、母は正しいとは考えないだろう。ずっと昔、ふたりを破滅させかけた父親でも、やつを殺すことはけっして許さないはずだ。

しかしときには、正義と無垢な人々を守るため、男は必要とされることをしなければならない。いまはあまりにも多くの命が、不安定な状態に置かれている。ソレルとディエゴ・フエンテスは、どちらも死ななければならない。

しかしまずは、カイラ・ポーターを見つけて、アルバ島から確実に送り出す必要がある。サテンとレースをまとった妖艶な女が行く手をふさいでいると知っていながら、どうやって世界の怪物たちを滅ぼせというのだろうか？　そう、あの女は行く手をふさぐために来た。それはわかっていた。感じ取ることができた。そんなことを許すわけにはいかなかった。

彼がいる。カイラにはわかった。

3

その晩、ホテルのエレベーターから降りた瞬間、イアンが部屋で待っていることがわかった。胸が張り、乳首が薄い革のビスチェを押し上げる。体はいきなり燃えるように熱くなった。

特別な予感があったわけではない。ただ彼を感じ取れるのだと言いたい気もした。実際には、カイラの部屋の扉から一メートルほど先の壁に、イアンの護衛がくつろいだ姿勢で寄りかかっているのがヒントになったのだった。

ディーク・サンティアゴ。三十六歳、結婚歴あり、男やもめ。不名誉除隊した陸軍特殊部隊隊員。不名誉除隊になったのは、当時の妻を寝取った司令官を殺しかけたからだ。

軍法会議で、ディークは不義を立証できず、レヴェンワース刑務所に一年収監された。そこでディエゴ・フエンテスの副官たちと出会った。四年後コロンビアに飛び、犯罪者としての生活を開始した。

背後でエレベーターの扉が閉まると、カイラは立ち止まり、長い黒髪を後ろへさっと払いのけた。こちらに向けられた監視カメラに気づき、激しい苛立ちにため息をつく。カイラには維持すべき風采というものがあった。退屈している社交界の淑女、スリルを求めるお嬢さま。情報を探っている者はだれでも、監視カメラを調べるだろう。それはわかっていた。自分がいつもしていることだからだ。

廊下を歩き、ディークには気づかないふりをした。護衛に対しては、気づかないふりをするのが常だった。自分の護衛、ダニエル・キャロウェイがそのいい例だ。

「今夜は部屋を確認しなくていいわ、ダニエル」護衛が使っている続き部屋の前まで来ると、カイラは告げた。「もう休んで」

「ほんとうに、ミズ・ポーター？」ダニエルが疑わしげな声でききき、自分の任務に忠実な姿勢を見せた。挑戦的な口調に、ディークがあざけるように口もとをよじらせた。

「ほんとうよ。部屋は安全だという確信があるわ」

ダニエルは鈍い男ではない。カイラと同様、部屋にイアンがいることは知っていた。自分の部屋に入り、扉を閉める。カイラはとてつもなくヒールの高いブーツの内側からカードキーを取り出した。

夕刻近くからクラブを回って、イアンに見つけられるまえにひと目会えないかと期待していた。どうやらむだな努力だったらしい。いったいいつからこの部屋でわたしを待っていたのだろう?

カイラは緊張していた。前回イアンに会って以降、男性に対して緊張を感じたことはなかった。それ以前でさえ、恋人候補を見てそわそわした経験などまったくなかった。

血が体を駆けめぐり、欲求が太腿のあいだにたまり、忘れられないうずきが胸を締めつけるのを感じた。そのうずきは欲望というより、イアンが呼び起こす感情によるものだった。そわそわした気持ちと同じく、なじみのない感情に。

「彼は怒ってる?」カイラは指でカードキーをもてあそびながらディークを見据え、唇の端をゆがめて小さな笑みを浮かべた。

ディークが扉をちらりと見て、官能的な唇をひねってにやりとした。「ご自身で尋ねて、確かめてください」

扉に向き直ったとたん、それはさっと開いた。力強い手に手首をつかまれ、なかに引っぱりこまれる。背後でばたんと扉が閉まった。

そこに押しつけられ、唇からひゅうと息が漏れた。両手はイアンの片手につかまれて頭上の高い位置に固定され、体のあらゆる部分が硬い彼の体にぴったりと重なっている。

秘めた部分に蜜がたまり、革のパンツの下にはいている絹のTバックをゆっくり湿らせていった。乳首が信じられないほど硬くとがり、玉のような汗が胸のあいだをくすぐるのがはっきりと感じられた。

イアンのように感じさせる男はほかにいない。たくましく、抑制されていて、威圧的。あらゆる接触、あらゆる動きが、最大の悦《よろこ》びをもたらすよう計算されている。

イアンが手首を握った手の力を強め、もう片方の手を髪に絡めて引っぱり、顔を上向かせた。カイラは、茶褐色の目の奥に燃え立つ炎をのぞきこんだ。ブランデーのように濃密で、暗く小さな赤い光がほのかに輝く、怒りにあふれた目。

ダークブロンドの髪が額にかかっていた。太陽の光にさらされ、微妙な色が豊かに混じり合うたっぷりした髪が首筋に沿って垂れ、まゆにかかっているのを見ると、もう一度そこに指をうずめたくてたまらなくなった。

イアンには、これまで一度も感じたことがないような性的興奮をかき立てられた。カイラはイアンと寝ることを夢見た。それを切望し、焦がれた。あの硬い両手でもう一度触れられる可能性が少しでもあるのなら、彼をだますこともいとわなかった。

「いったいここでなにをしてる？」イアンがうなるように言ってから、頭を低くした。唇を肩にうずめ、口をあけて歯で肌をとらえ、舌ですばやく熱く撫でつける。カイラは体を押しつけるように、びくりと動いた。

「ちょっとした用事よ」カイラも頭を低くした。

たくましい首がそこにあり、味見を誘っていた。歯でかすめ、ゆっくり舐める。男性の情欲の味が舌の上ではじけた。

ああ、すばらしい味。肌を吸うと、喉から小さなうめき声が漏れた。体を持ち上げられ、回転させられたかと思うと、次の瞬間にはベッドまで運ばれていた。

「イアン」喘《あえ》ぐように名前を呼び、硬い体が自分の体を覆い、太腿が太腿を広げ、秘所を覆うバターのように柔らかい革に、股間が強く押し当てられるのを感じた。

両手はまだ頭上に伸ばされ、胸は革のビスチェのカップからいまにもこぼれ出しそうだった。

縛りつけられているかのようだ。どうすることもできない。これまで、男性に対してそんなふうに感じたことは一度もなかった。そこに悦びがあることをイアンに教えられるまでは、そんなふうに感じたいとも思わなかった。いまでは、それを心から求めていた。静まろうとしない飢えとともに、彼を求めていた。

「きみはここに用事などない」イアンが歯を見せてにやりとし、自由なほうの手でビスチェの前で結ばれたひもを引っぱった。「ここに用事などない。この近辺に用事などない」

ビスチェがゆるんで開き、イアンが指ではじくと胸を覆うカップがはずれた。乳房がこぼれ落ちる。乳首は硬くとがり、赤く火照って、イアンに触れられたがっていた。

「きみはここに来た」それは宣言であり、うめき声でもあった。イアンが頭を下げて、引き締まった感じやすい乳首を唇で覆った。

やさしくはなかったが、やさしさを求めてはいなかった。イアンが歯でくわえて引っぱり、舌で洗って淫らな湿った熱を送りこんだ。あまりの心地よさに、カイラは頭がくらくらした。イアンはまるで飢えた男のように胸を吸った。

しばらくしてから顔を上げ、ダークブロンドの濃いまつげを伏せて、巧みなわざの痕跡を見下ろす。

もしそんなことが可能ならばだが、乳首はさらに硬くなり、湿ったルビー色に光っていた。

「余計なものを着けすぎだ」イアンがうなった。機嫌のいい日でもざらついている声が、いまではきしるようだった。

「あまりふしだらな女に見られたくなかったの」カイラは喘いだ。イアンが唇を反対側の胸に移動し、やさしいとはいえない奉仕を始めた。

そう、初めて、ただ一度触れられたとき、もっともすばらしかったのはそこだった。イアンは繊細なガラスのように扱いはしない。こわれものであるかのように触れはしない。イアン自身が持っている陰鬱な飢えた性的欲求をじゅうぶんに満たせる女として触れる。彼が持つその性的欲求を、味わってみたくてたまらなかった。

「ふしだらさが足りない」イアンが胸のわきをついばみ、自由なほうの手を腰へすべらせてパンツのひもを引っぱり、唇でカイラの唇を覆った。

ああ、イアンのキスの味。それはすばらしかった。眼球から湯気が立ちそうなほどだ。部屋の奥にあるガラスのバルコニードアまで曇ってしまうかもしれない。

イアンの下で体を伸ばし、背を反らしてすり寄り、秘所にしっかり重なっている硬い部分をこすった。猫のように喉を鳴らしたい気分だった。そのくらい心地よかった。心地よすぎて、キスだけでいってしまうのではないかと思った。

そんな経験は一度もないのに、それは迫っていた。間近に迫っていた。イアンが舌と舌を絡ませ、撫でつけ、唇を舐めてじらした。それから歯で噛んだ。

カイラはぐっと頭をのけぞらせ、イアンをにらんでから、彼の下唇を噛んでお返しをした。イアンが髪をつかんで引き離してから、荒っぽく唇を重ねた。

手首を離し、両腕をカイラの体に回して、太腿のあいだを突きはじめる。絹のパンティーと革のパンツを撫でつけられ、クリトリスをこすられると、喉の奥で小さなうなり声が響いた。

ひどい男。わたしを生きたまま焼くつもりだろうか。

両手をイアンの髪に差し入れ、引き寄せた。両ひざを持ち上げて曲げ、彼の腰を挟んでから、ブーツのとがったヒールをベッドに突き立て、シーツのひだがふたりの邪魔にならないようにした。

イアンが欲しくてたまらない。体のなかに彼を受け入れたかった。貫かれ、満たされ、ふたりのあいだに燃えさかる情欲で、五感と、自慢にしている自制心を奪われたかった。

しかし、そういう情欲に身をゆだねる場面ではなかった。イアンの周囲で吹き荒れる嵐に向き合い、尋問を受けている真っ最中だ。それなのに、以前とまったく同じように、激しい飢えが体を走りぬけ、揺さぶり、五感を焦がした。これまで気づかなかった自分のなかのなにかが開いた。女としての核の部分。その女が隠れていた巣穴を、見つけ出されてしまった。諜報員としての自分も、ひたむきに表に出ようとする女をこれ以上隠しておけなかった。

カイラは熱く濃密な興奮に浸り、やみくもな欲求にたゆたっていた。イアンがゆるんだパンツの縁から手をすべりこませ、腰を引いて、指で濡《ぬ》れたひだを探り当てた。わたしはもうおしまいだ。

カイラは身をこわばらせたが、イアンはまったく動きを止めなかった。指で感じやすい割れ目を探り、なかへと進んで、二本の指をこぢんまりした入口にぐいと差し入れる。

「ああ、そんな！」カイラは唇を引き離し、思わずそう口走っていた。指のまわりで体が引きつり、蜜がほとばしるのを感じる。

「くそっ、なんて熱いんだ！」イアンがまるで吸血鬼のように首に噛みついた。ぐっと噛まれると、また頭がくらくらして、わななきが走りぬけた。

カイラは腰を動かし、体で指を感じようとした。爆発がすぐそこまで近づいていた。ほんとうにすぐそこまで。あまりに近いので、それを感じ、味わい、においを嗅ぐことができた。

「おっと、そんなに簡単じゃないぞ」イアンがうなり、指を止めてなかをふさぐだけにして、カイラを断崖の縁に押しとどめ、つらい思いをさせた。

「簡単かもしれないわよ」カイラは喘ぎながら言った。「あなたがそんなにのろまじゃなければね！」いきたかった。国家機密を知りたがるのとはわけがちがう。そんなものはもう手にしているのだから。

イアンが引きつったきびしい笑みを浮かべた。カイラの指でくしゃくしゃになった髪が日焼けした顔のまわりに垂れ、唇はキスで膨らんでいる。

傲慢な男性そのものに見えた。性的に猛々《たけだけ》しく力強く、確実に主導権を握るタイプの男。恋人には、相手の性欲も自分の性欲も制御させない。それは自分だけの特権なのだ。そして信じられないことに、イアンはそのやりかたを知っている。カイラのいつもの好みとはちがっていたが、イアンは切望の対象になっていた。

「ここでなにをしてる、カイラ？」イアンが体の奥を撫でつけた。指の先端で内側のひだをこの上なくやさしくこする。

わななくほどの快感。カイラは震えて喘ぎ、ますます濡れた。それほどよかった。

「仕事よ。働いてるの」なんとか息をつこうとした。ほんとうは、呼吸などどうでもよかった。息を止めていれば、少しだけ止めていれば、内側を小さく撫でつけられるだけで、断崖の縁から落ちていけそうなのに。

「働いてるって？」イアンがうつむいて、硬い乳首に舌を這わせた。「俺が嘘《うそ》つきをどんなふうに懲らしめるか、憶《おぼ》えてるだろうな？」

まるで懲らしめてもらいたいかのようなうめき声は、ほんとうにわたしの声だろうか？まさか、ありえない。これまでそんなゲームは演じなかったし、どんな形でも服従させられはしなかった。イアンが現れるまでは。尻をぎゅっと引きつらせる。そうしないではいられなかった。イアンも感じているはずだ。乳首を口に含みながら、喉の奥で静かに笑っているのがわかった。

「噛んで」カイラはうめいた。命じたわけでもどなったわけでもない。ただうめいただけ。無力で従順な哀れっぽい声で、主人に触れてほしいと懇願するかのように。

「どこを？」イアンが歯で乳首をこすった。

「そこでいいわ」

イアンが噛んだ。強すぎない、ほどよい力で。乳首を歯で挟み、ほどよく悦びと痛みの両方を感じさせた。

ああ、なんてこと……。カイラは背を反らして、自分を満たしている指を押さえつけ、それだけで花火のようにはじけてしまいそうになった。

ああ、どうしてもいかなくては。

「答えたほうが身のためだぞ」イアンが、なぶられた硬い乳首にまた息を吹きかけた。「なにをたくらんでる、トラブルメーカー？」

「ええ、トラブルメーカーよ」カイラはうめくような声で同意した。体のなかで指が動き、さらに奥へ進んで、すばらしく敏感な部分を見つけ出した。いったいどこから現れたのだろう？　Gスポットではない。Gスポットよりすてきかもしれない。

Iスポット。イアン・スポットだ。

「ああ、いいから、いかせて」カイラは喘ぎ、イアンの髪をぎゅっとつかんだ。息づかいがますます荒くなってくる。

「話せ」イアンがささやいた。決意を固めているように見えたが、心が揺らいでいないわけではなさそうだった。

瞳をのぞきこむと、黒に近い光彩と赤ワイン色の情欲の光が見えた。頬は紅潮して、唇は濃密な官能の色を帯び、まなざしはものうく淫らに煙っている。

「叔父の銀行口座に誓って言うわ。仕事よ。ただの仕事。だからいかせてってば！」カイラはイアンの下で身をよじり、彼の手を借りずにオーガズムまでの最後の階段をのぼろうとした。

「ちくしょう！」

カイラが反応するまえに、イアンが指を抜いてパンツの外に出し、身を折り曲げてベッドから下りると、立ちはだかってこちらをにらんだ。

カイラは横たわってはあはあと喘いだ。乳首はぴんとまっすぐに立ち、太腿のあいだからはまだ欲求がほとばしっていた。

「ひどいわ！」ベッドの反対側まで転がると、端に座って、まずブーツを脱ぎ捨て、次に両脚からパンツを引き下ろす。

白い絹のＴバック一枚という姿で、ベッドわきの椅子からブロンズ色の絹のローブを取り、すばやくまとってイアンに向き直った。

「あのね、イアン、わたしがいく一秒前に置き去りにするあなたの癖には、いらいらさせられるわ」

「俺の問題に首を突っこむきみの癖には、ひやひやさせられる」イアンがきり返し、怒りに顔をゆがめた。しかし、目は情欲で鮮やかに濃密に輝いていた。

カイラはもつれた髪に指を通して振り、まつげの下から茶化すような視線を投げた。

「あら、そう、イアン」ものうげに言う。「あなたが自分の問題をわたしのところへ持ちこんだのよ、憶えてる？　アトランタでの作戦中に、わたしのマンションに忍びこんで、その引き締まったお尻をわたしのベッドにもぐりこませた夜にね。いまさら文句を言わないでちょうだい。あなたはただ、進んで従順なしもべを演じてはくれない女と初めて出会って、腹を立ててるだけでしょう。しもべたちといえば、これまで退屈したことはなかったの？」

イアンが唇をきつく結んだ。あまりにも強く歯を食いしばったせいで、ぴんと張った頬の筋肉がちぎれてしまいそうだった。

かなり怒っているらしい。

かわいそうな人。

「ＤＨＳはここでどんな取引をするつもりだ、カイラ？　余計な手出しはするな。いまはやめておけ。ここで仕事の邪魔をされたら、きみを殺さなければならない」

本気で言っているように聞こえた。信じてしまいそうだった。幻覚剤でも飲んでいたとすればね。ふんと鼻を鳴らして胸のなかでつぶやく。

「いまでは、大きくてあくどいカルテルの首領になったってわけ？」カイラはさっと頭を反らし、低くそそるような声で言った。「冗談でしょう、イアン。わたしを殺すには、あなたはこのゲームを楽しみすぎているわ。それに」近づいて、人差し指でイアンの波打つ胸をなぞり、彼の小さな世界を揺さぶるはずの言葉をささやいた。「どうしてＤＨＳが、お気に入りの腕白なスパイの邪魔をしなくてはならないの？」

それは当てずっぽうにすぎなかった。単なる推測であり、希望だった。しかし返ってきた反応は、予想をはるかに超えていた。

その変化は恐ろしいほどだった。イアンの目のなかの情欲は、瞬く間に氷のような怒りに場所を譲った。表情がさらにこわばり、顔の荒削りな線に凶暴な影が差した次の瞬間、カイラはいきなり体をつかまれた。

息をつく間もなく、両腕を後ろで固定され、背中を彼の胸にぴたりと当てられていた。イアンが力強い腕を首に回し、唇を耳もとに近づけた。

「アルバから出ていけ。そして言いがかりは持って帰れ。できるかぎり俺から遠く離れろ。さもないと、オーガズムで死にそうになるまでファックしてやるぞ。飽きるまでやったら、そのかわいい首をへし折ってやる」

イアンが首のまわりで腕を締めつけて言葉を強調し、硬くこわばった体を緊張で震わせた。少なくとも、ぞくぞくするような怖さは感じてしかるべきだった。イアンが取り押さえたのもそれが目的だろう。痛くはなかったが、それは相手のほうが大柄で、たくましく、暴力に関する経験もずっと豊富であることを骨の髄まで思い知らせた。

カイラは逃れようとはしなかった。そんなばかなことはしない。どんな動きをしようと、イアンはそれを封じることができるからだ。代わりに、腕のなかで柔らかくしなやかに力を抜き、イアンが背後でさらに身をこわばらせたのを意識した。

「どうぞ、イアン」カイラは穏やかに言った。「殺しなさいよ。できるものなら」

できなかった。

イアンはカイラの顔を見下ろし、ゆったりもたれかかる体を感じて、おぼれる男の気分になった。柔らかく情熱的な女におぼれかけている。この女の香りと肌触りを知り、許すことのできない弱みを抱えてしまった。

「きみは恐ろしく危険なゲームをしている」イアンは絹のようになめらかな髪に向かってさ

さやいた。尻が硬い股間にぴたりと密着する。

独特な形をした美しく小さな耳、柔らかな曲線を描く耳たぶにそそられ、唇を寄せる。股間がうずき、脈打った。カイラのことを思い浮かべただけで、押し倒して抱きしめ、身をうずめたくてたまらなくなるのだ。

八カ月前のアトランタでは、運がよかった。情事にふける時間も機会もなく、手を触れようとするたびに、必ず邪魔が入った。

いまは邪魔が入る心配はない。荒々しい本能が、激しい欲望とともにせき立てた。いまならカイラを壁に押しつけて、熱いひだの奥に身をうずめ、歯ぎしりするほど切実に求めている解放を得られるだろう。

「あなたはゲームをしていないっていうの？」カイラがきき、イアンはゆっくり彼女の両手を放した。

その両手がすべり下りて股間の硬い隆起を包むと、息が止まりそうになった。

「ほんとうに、だれにも見られずにあの海軍病院に忍びこめたと考えてるの、イアン？」カイラがささやき声で言った。「あなたは優秀だけど、そこまで優秀じゃないわ。あなたが見つけた侵入口の警備が甘かったのは、理由があってのことだと思わないの？　あの守衛がうたた寝していたのも、理由があってのことよ。ネイサンがいる病室のトイレのドアが閉まっていたのもね。ちゃんと理由があったのよ。あなたが来るとわかっていたわ。わかっていたから、ただ待っていればよかった。あなたのために通路が作られているというしるしが、見て取れたからよ。あなたはここで作戦を展開している。わたしたちはどちらもそれを知ってるわ」

イアンは両手をカイラの肩からゆっくり離し、抵抗しようとする下半身の叫びを無視して、自分の体から彼女を押しやった。

カイラがゆっくり振り返って顔を向けた。ブロンズ色の絹のローブと、小さすぎてわざわざはく理由がわからないようなパンティー以外、なにも身に着けていない。魔女のような灰色の瞳がこちらを見上げていた。薄い藍色の輪郭と雲の色には、いつも魅了されてしまう。

しかし、危険な発言のせいでしびれるような情欲が吹き飛び、骨の髄にまで寒気が走った。病院への訪問を手引きしたのは、ＤＨＳの連絡員だ。それはわかっていた。しかし、それをどうしてカイラが知っている？

「進行中の作戦はない」

鼻から息を吸って、カイラのそばを離れ、上等な絹のジャケットがかけてある椅子のところまでゆっくり歩く。さっとジャケットを着て向き直り、仕事と、数々の危険と、しくじったときの代価を思い起こした。

「子どものころ、ネイサンに命を救われたんだ」イアンは自分のざらついた声を聞き、あのとき悲鳴をあげたせいで喉が潰れそうになったことを思い出した。しかし、ネイサンの喉はもっとひどく潰れていた。声はすっかり損なわれ、それを聞く者は、あの男が耐えてきた地獄を連想せずにはいられなかった。

カイラがうなずいた。「ネイサンから聞いたことがあるわ」

イアンは歯を食いしばった。「別れを告げる必要があった。それだけだ」

カイラが唇を引き結んだ。「ただ別れを告げに行った？　麻薬王が別れを告げられるように、警備策をすべて無効にすることが許されたっていうの？　冗談はやめてよ、イアン」

「適切な人物に金を握らせれば、なにもかもうまくいくのさ」イアンは言って、ここ数年で身につけた氷のようなまなざしをカイラに向けた。「俺は自分の意思でここにいるんだ、ミズ・ポーター。考え違いをしないでくれ。俺の言うことを信じたほうがいい。ここを去るつもりはない」

カイラのまなざしが揺らいだ。信じたのか、決めかねているのか、よくわからなかった。カイラの表情を読むのは、霧の立ちこめた湖を進むのに似ている。つまり、ほとんど不可能ということだ。

しばらくしてから、あの苛立たしい、なんでもお見通しという笑みを口もとに浮かべ、ほっそりした肩を優雅にすくめた。

男の頭をおかしくさせることを意図した微笑みだ。どなりつけて、あるいはその熱い小さな口に自分のあそこを突っこんで、その顔から笑みを消し去ってやろうかと思わせる微笑み。

後者については、かなりの想像力を働かせたことがあった。

「まあいいわ」少し間を置いてから、さらりと応じる。「ジェイソン叔父が、ここに別荘を借りることを考えてるのよ。もう話したかしら？　叔父はあす飛行機で来て、わたしがきょう見つけた候補物件を確認する予定になってるわ。どうぞ、あなたは自分のゲームを続けてちょうだい、イアン。わたしはわたしで、忙しくしているから」

「アルバから出ていけ、カイラ」イアンはきびしく命じた。「言い争いに持ちこもうとするな。負けることになるぞ。こてんぱんに」

カイラがチッチッと舌を鳴らした。「あのね、イアン、あなたの判断力は鈍ってるわ。麻薬カルテルの首領たちは警告なんて与えずに、行動するのよ。次は、スリッパでお尻をペンペンするお仕置きを試したほうがいいかもしれないわね」目を大きくあけて言う。「それとも、ここカリブ海では別のものを使ってるのかしら？　ときどき、流行についていくのがすごくむずかしく思えるわ」

もうたくさんだった。警告はした。カイラは経験豊富な諜報員だし、ゲームのルールやそれに伴う危険も知っている。死にかける羽目になろうと、こちらが手を差し伸べる義理もない。警告はしたのだ。

「おやすみ、ミズ・ポーター」イアンは部屋を横切って、扉のほうへ向かった。「ここにいるあいだは、くれぐれも自分の体を大事にしろよ」

「いつもそうしてるわ、ハンサムさん」

イアンは勢いよく扉を開いてバタンと閉じ、廊下に足を踏み出した。ディークが壁から離れて姿勢を正し、いぶかしむような目つきをしてから、スイートルームの扉を興味深げにちらりと見た。

「行くぞ」イアンはなにも説明せずに大股で廊下を歩いた。カイラについて説明する方法などありはしない。たとえディークが彼女の正体に気づいていたとしても。

そう、たしかに、あの女はジェイソン・マクレーンの姪《めい》だ。そして、DHSが雇っている指折りの有能な契約諜報員でもある。

〈カメレオン〉というのが彼女のコードネームだ。なぜそのコードネームを持つのか？　それは、気分によって自由に姿を変えられるからだ。彼女の仕事は厄介な問題に立ち向かうことではなく、観察して聞き耳を立て、悪名高い金持ち連中や不法取引に携わる者たちが集まる上流階級のパーティーでくるくると動きまわることだった。そして、場所によってがらりと姿を変え、魅惑的にも危険にもなり、世界じゅうのおぞましく病んだ寄生虫たちに溶けこんでみせるのだ。

これだけは憶えておかなければならない。ディークに続いてエレベーターに乗りこみながら、イアンは自分に言い聞かせた。カイラはゲームのルールを知っている。こちらが守ってやる必要はない。

4

翌朝のイアンの気分は、晴れやかとはとてもいえなかった。いつもすばやく眠りから覚めるのだが、目はゆっくりと開く。周囲をそれとなく探り、五感を研ぎ澄まして変化や危険を感じ取ってから、ベッドを出る。

今朝は、自分自身にさえ腹を立てたくなるような気分で目覚めた。皮膚が張るような感触があり、はらわたは苛立ちで締めつけられ、太腿のあいだはまだ硬く脈打っている。

イアンはシャワーのなかでそれに対処した。目を閉じてカイラを思い浮かべ、彼女がひざまずき、唇でくわえて、舌で舐めたり撫でつけたりしながら、喉の奥まで吸う場面を想像し、歯を食いしばった。

自分の手は、思い描くカイラの口の感触とはほど遠かったが、想像力で補うことで、シャワー室の床に射精し、激しい性欲を取り除くことができた。

昨夜、アストラの部屋に行って、あの女を起こし、ひと晩じゅう相手をさせてもよかったのだが。アストラなら文句を言うどころか、にっこり笑って期待に舌なめずりをしただろう。

アストラは、ディエゴが別荘いっぱいに集めて楽しんでいる女たちのひとりだった。ディエゴはきれいな女が好きで、いつも近くに置いている。ちょっと手荒なセックスが好きな女たち。いや、ちょっとどころではない。彼女たちは、ディエゴが与える痛みを楽しんでいた。

そう考えてイアンは顔をしかめた。メイドのひとりであるエレノアが、ディエゴに鞭打《むちう》たれて背中から血を流しながら、もっと多くを求めていたのを見たことがあった。セックスを求めていたのではない。激しく突かれることを求めていたのではない。ディエゴが自分のおもちゃと性交することはめったにないからだ。そう、ふたりを興奮させるのは痛みなのだ。ディエゴはそれを与えることで興奮し、エレノアはそれを受けることで絶頂に達する。絶頂にうっとりと浸り、体を震わせる。

すべてにうんざりしていても、いったい世の中はどうなってしまったのかと考えずにはいられない。さまざまな経験で皮肉を身につけたイアンだったが、それは理解できなかった。どちらにしても、欲しいのはアストラではなく、カイラだった。

約一時間遅れで朝食室に入ると、テーブルにはディエゴが着いていた。まさに、今朝の気分にぴったりだった。愛すべき親父《おやじ》とのちょっとした会話。

「ああ、おはよう、イアン」ディエゴが浅黒い顔に満面の笑みを浮かべて、両腕をテーブルにのせ、誇らしさのようななにかをこめてこちらを見た。「よく眠っただろうな?」

これ以上ひどい朝があるだろうか?

「おはよう、親父」それは、イアンが思いつくかぎりもっとも無礼な呼び名だった。かつて、継父をそう呼んで、怒りを買ったことがあった。

ジョン・リチャーズは堅苦しいことは言わなかったが、ふさわしい敬意を求めて勝ち取る男だった。ジョンかパパか、好きなほうで呼んでいい、と継父は告げた。だが、今度親父と呼んだら、その親父にどんな目に遭わされるか覚悟しておけ、と。イアンはその記憶に、思わず口もとをゆるめそうになった。

ディエゴがまゆをひそめた。ジョン・リチャーズと同じくらい、その呼び名が気にくわないのだ。

「〝父さん〟のほうが挨拶としてはふさわしいな」ディエゴが言った。もう二度めか三度めだ。

「堅苦しすぎる」イアンは食器台のほうへ移動して、皿にふんわりとしたスクランブルエッグとソーセージ、ベーコン、トーストをうずたかく盛った。欠点は数々あれど、ディエゴはすばらしい料理人を雇っていた。イアンはその料理人に気に入られているらしかった。「〝父さん〟じゃ、まるで五〇年代みたいだ」言葉を継いで、料理人が並べた果物やさまざまなデザートの前を素通りし、振り返ってガラス張りの朝食テーブルに向かう。

部屋をぐるりと囲む扉と背の高い窓はあけ放たれ、そこから太陽の光が射しこんでいた。イアンは席に着き、小柄な黒髪のメイドにコーヒーを注《つ》がせた。

「ありがとう、リス」イアンが微笑むと、メイドは一歩退いた。

「どういたしまして、ミスター・フエンテス」軽く弾むような英語は恥ずかしげだったが、イアンはすでに、このメイドの忠誠心がどこにあるかを学んでいた。自分の側ではない。

「コーヒーポットをテーブルに置け、リス」イアンは命じた。「そうしたら、下がっていい」

メイドがディエゴを見た。あからさまな無視が苛立たしかった。

「リス、その命令を与えたのはイアンではない、わたしだ」ディエゴがやんわりと言って、命令に従わなければどうなるかをまなざしで示しながら、メイドの黒い目をまっすぐに見た。

「かしこまりました、ミスター・フエンテス」リスが銀のポットをテーブルの中央、イアンとディエゴのあいだに置き、幅広い両開き戸のほうへ向かった。お仕着せの短いスカートがさっと揺れた。

「ドアを閉めろ」イアンは命じてから、続いて部屋を出ようとするメンデスに向かってうなずいた。ドアの前で見張りをしてくれるはずだ。ディークともうひとりの護衛が中庭の見張りをし、四人めはキッチンへ続くドアの前に立っていた。

イアンの真の目的を知っているのはディークだけだが、ほかの三人も、徐々にカルテルよりイアンに忠誠心を示すようになっていた。

「わたしに自分で給仕をさせるおまえのやりかたは、どうも気に入らないな」ディエゴが苦々しい口調で言い、コーヒーポットを取って自分のカップを満たした。「きちんと理由があって使用人を雇っているのだからね」

「連中がうまく生き延びていることに、毎度驚かされるよ」イアンはうなり声できり返し、メイドとディエゴの倒錯的な交わりを思い出した。「とはいえ、不適切な情報を立ち聞きしたからといって、使用人を殺さなければならない理由もわからないがね」

「朝食の席で仕事の話をすべきではないな」ディエゴが諭すように言った。「消化に悪い」

「現時点では、仕事自体が健康に悪い。それだけのことだ」イアンはコーヒーをひと口飲んで、ディエゴを見返した。「ラダッキオ・コンソーシアムとの関係を解消することにした。荷渡しの場所へ向かう部下の機がハイジャックされて、ふたり殺された。危うく積荷も奪われるところだった」

積荷のコカインを奪われたという報告のほうがましだった。イアンがみずから選んで配置した諜報員がふたり殺されたことを知るよりは。まったく腹立たしい。

「ソレルか?」ディエゴが思案ありげな鋭い目で、イアンを見た。

イアンがここにいるのは、ソレルが理由だった。いまだに正体不明の、とらえどころのないテロリストで、数カ国の法執行機関が張りめぐらすあらゆる網の目をくぐりぬけていた。

「俺はそうにらんでる」イアンは肩をすくめ、朝食を食べはじめた。「ヴァレンス・ラダッキオはちがうと言ってるが、襲撃は入念に準備され、警備がもっとも厳重であるべき場所に集中していた。やつらはへまをしでかした。やつらとの流血の争いに巻きこまれるより、縁を切ったほうがいい」

「ヴァレンスとは長年、ともに仕事をしてきた」ディエゴがつぶやくように言った。「昔から、コロンビアじゅうのわたしたちの商品を移動して、船積みしてきた。この関係を絶つのなら、新たな関係を築く必要に迫られるだろう」

イアンは首を振った。「自分たちで商品を移動すればいい。なぜ必要な人員と効率的な仕事が可能なネットワークがあるのに、ブローカーを使う？　自分たちでやれば時間と金を節約できるうえに、危険も減る」

商品とは、もちろん麻薬だ。ラダッキオが各地の製造所兼倉庫から袋詰めのコカインを集め、山々を越えて輸送し、待機している船に積みこむ。そこからまた別のさまざまな引き渡し所に届けて、ほかの人間がそれを集め、細かく分けて、また別の場所に配送する。

しかしその後、ソレルが製造所兼倉庫を襲撃しはじめた。イアンがフエンテスの事業を引き継いで最初に実行したのは、倉庫を移転し、ラダッキオの代わりに部下たちに商品を配送させることだった。

「ヴァレンスがソレルと共謀していると考えているのか？　それとも、あのテロリストが単にわたしたちの供給ラインの情報を入手しただけか？」

イアンは首を振った。「知らないし、どうでもいい。しかしラダッキオは、以前の倉庫の場所を知っていた。場所を変えて、荷物を連中に引き取らせずに、こっちで運びはじめたら、ハイジャックがぴたりと止まった。で、次はこの襲撃か？　俺はもう一度やつらを切り離すべきだと思うね。そのあと成り行きを見ればいい」

「ヴァレンスは喜ばないだろうな」ディエゴが警告した。「彼の組織の仕事には、かなりの報酬を支払っている」

「だったら、やつのほうで別の顧客を見つければいい。俺ほど猜疑心《さいぎしん》の強くない顧客を」イアンはこわばった笑みを浮かべた。「麻薬戦争をしている時間はないんだ、ディエゴ。まずは、俺のやりかたで行く」

ディエゴの黒い目が興奮にぎらりと光った。

「戦争は人生に活気を与えるんだよ、イアン」ディエゴがあからさまな期待をこめて、にんまりした。「つま先まで緊張を保つ必要があるからな」

「つま先でダンスしたいなら、バレエダンサーになってるよ、親父」イアンは言った。

ディエゴが残念そうにため息をついた。「ラダッキオは話し合いを求めてくるだろう」

「だったら、俺に直接話すよう伝えてくれ。それがもうひとつの問題だ。今回のごたごたの処理は、俺に任せてもらう。手出しはするな。先月のミザーン兄弟への対応みたいに、ラダッキオと交渉しようなどと考えないでくれ。かえって迷惑だ」

その発言を聞いて、ディエゴが怒りで顔をゆがめた。「どういう意味だ？」どなり声で言う。「どの事業に手出しをするなと？　フエンテスの事業にか？　忘れないでもらいたいが、わたしがフエンテスだ。それはわたしの事業だ」

イアンは頭を上げ、無言でディエゴを見返した。

ディエゴがたじろぎ、イアンはまばたきひとつせず視線を注いだ。

「気に入らないな」ディエゴがつぶやいた。「わたしは、自分の事業から手を引かなければならないほど年寄りではない」

「ほかにやるべき仕事があるだろう」

「ふん。やるべき仕事だと？　農場やコカの生産を監督することなど、仕事とはいえん。子どもでもできる」

「取り決めを交わしただろう」イアンはきびしい声で指摘した。「それに関して、舐めたまねをするなよ。さもないと、俺はあっさり手を引くからな」

ただの脅しではなかった。カルテルの実権を握れないのなら、ソレルをおびき寄せる見込みもまったくなくなる。それはわかっていた。ディエゴにもわかっているはずだ。テロリストに力ずくで事業を奪われるのを防ぐには、イアンが必要だった。イアンが実権を握る必要があった。

「おまえは冷酷だよ、イアン」ディエゴがため息をついた。「わたしが思っていた以上に冷酷だ。おまえについての調査で把握していた以上にな」

「ああいう幼年時代を過ごした結果だよ、親父」イアンは吐き出すように言った。「憶えてるだろう？」

ディエゴが顔をしかめた。黒い目に、ほんの一瞬、悲しみの影がよぎった。それは、イアンが自分自身にすら認めることを許していない悲しみだった。ディエゴの過去に対する後悔や、希望や夢など、知ったことではない。たとえ気にかけているかのような錯覚をディエゴに与えているとしてもだ。イアンが実際に気にかけているのは、ソレルを捕らえ、あの男とディエゴ・フエンテスを司法の手に引き渡すことだけだった。あるいは、やつらの首を皿にのせてやること。もし、うまくやりおおせることができるなら。

「時を戻せるものなら、命をかけておまえをその苦しみから救うのだが」ディエゴがいかにも誠実そうに、穏やかな声で言った。

「時は戻せない」イアンは肩をすくめた。「考えてもみろよ。おかげで俺は、あんたの小さな世界を立て直すだけの冷酷さを身につけたんだ。俺が到着してから、ハイジャックや積荷の強奪がうまくいった試しはないだろう」

「戦争を楽しまない男にしては、かなり多くの血を流しているようだな」ディエゴがぶつぶつ言った。「しかも、わたしにはその楽しみを味わわせようとしない。だが、満足はしているよ。先月おまえが正体を暴いたアメリカの諜報員たちは、もうわたしたちから情報を盗めない。そうだろう？」

イアンが殺した男たちは、アメリカの諜報員を装ってはいたが、道を誤った人でなしどもだった。かつて麻薬取締局《DEA》で働いていた彼らは、給料をもらい、命をつないでいける程度のささいな情報を流していた。ところが先月になって、ソレルの名のもとに、イアンを殺そうとした。

諜報員を殺したくはなかったが、銃口をこちらに向けられたからには、すべきことをするだけだった。

「今朝は、また街へ行かなければならない」イアンはちらりと時計を見て顔をしかめた。「カジノで弁護士に会う予定だ。マイアミのクラブのうちの一軒が、かなりの損失を出しているらしい。理由を知りたい」

「なぜ弁護士をこっちへよこさなかった？」ディエゴが怒りと困惑の交じったまなざしを向けた。「下っぱの犬のように走りまわるべきではないぞ、イアン。やつらに会いに来させろ」

「いい考えだよ、親父」イアンは皮肉を言った。「みんなを集めてパーティーを開こうじゃないか。連中がわれわれの警備を詳しく調べて、真夜中に家を襲撃できるようにな。あんたの多くの友人たちが、敵の銃弾によってベッドで死ぬことになるのはどうしてだと思うんだ？」

ディエゴが怒りに顔を引きつらせた。「こういう生きかたをすれば危険があることは承知している。長い年月を生き、わたし自身を狙った多くの襲撃を生き延びてきたのだからな。わたしたちはフエンテスだ。こそこそ隠れたり、目下の者のルールに従って、やつらのもとに赴いたりはしない。やつらに会いに来させるのだ」

「で、ソレルはあんたのもっとも忠実な仕事仲間の幾人かを、寝返らせることができたってわけだ。あんたのその傲慢さのおかげでね」イアンはぴしゃりと言った。「状況をこれ以上むずかしくしないでほしい。二、三時間で戻る。それまで、面倒に巻きこまれないようにしていてくれ」

ディエゴは子どものように扱われることをなによりも嫌っていた。イアンは手加減はしていたものの、それ以上におもしろい遊びはないと考えていた。自分が演じているゲームに楽しみなどほとんどないのだから、得られる場所で楽しみを得ておけばいい。

「事業に精を出すあいだ、わたしは軟禁状態に置かれるというわけか？」ディエゴが腹立たしげにどなるなか、イアンは出口へ向かった。「だれを家に招き入れようが、わたしの勝手だ」

イアンは肩をすくめた。「ああ、あんたがだれを招き入れようと、俺の知ったことではない。ただし俺は、気づかないうちに何者かが忍びこんでいるような部屋で、ぐっすり眠ることはできないね。あんたはできるわけだ。憶えておこう」

イアンはドアをあけ、ディエゴがなにか言い返すまえに玄関広間に足を踏み出した。

「メンデス、ディークとほかの者たちを、外で合流させろ」待機していた護衛に命じる。

「弁護士との会合に行く」

イアンは大理石の玄関広間を大股で歩き、扉のところまで行った。従僕が大あわてで走ってきて、目の前の幅広い扉をあけたので、思わずにやりと笑いそうになった。

太陽に照らされたポーチに出て、シダとヤシと揺れる青葉を眺める。円形の広い私道を囲むように植えられた樹木が、門に続く舗装道路を覆っていた。敷地全体が、鉄条網を張りめぐらせた三メートルの石の壁に囲まれ、周辺には警備員が配置されている。イアンがきびしい訓練を強いたことが、敷地に忍びこもうとする数回の企てを阻止するのに役立った。

自分が無防備であることはわかっていた。警備を強化し、フエンテスのネットワーク全体で忠誠心を呼び起こすことが目下の急務だった。カルテルの首領より、跡継ぎに忠実な部下たちが必要だ。近いうちに、ディエゴが支配してきたあらゆるよこしまな連中、あらゆる卑《ひ》怯《きょう》な暗殺者、けちな麻薬密売人たちを知ることになる。

娼婦とポン引き、クラブとそのオーナーも知ることになる。彼らの活動拠点にはきわめて高い値がつく。ほかにも、政治的な取引を行っている買い手と売り手、ディエゴだけでなく十数人の麻薬組織の首領たちにゆすられている法執行機関の連中がいる。イアンは彼らの名前も、リストアップしつつあった。

ソレルとディエゴを倒すまでには、ディエゴの秘密はすべて暴かれているだろう。そう考えると満足感がわいてきた。生き延びて目的を達成すれば、少なくとも麻薬売買に関わりテロを商売にする悪党のうち、ふたりの息の根を止めることができる。

たしかに、多少は罪の意識を感じるべきなのだろう。なにはともあれ、ディエゴは父親なのだ。しかし父の妻は、イアンと母を殺しかけた。十歳の少年に人生最悪の恐ろしい夜を味わわせた責任は、父にある。イアンの腕のなかで、母が血を流して死にかけたあの夜。カルメリタ・フエンテスのせいで。ディエゴが、友人よりも敵の多い、よごれた麻薬の売人であるせいで。あの男の両手は血にまみれていて、近づくたびにそのにおいが鼻を突く。じきに、自分の両手も同じにおいになるのだろう。イアンは胸のなかでつぶやき、ため息をついた。ディークが白いレンジローバーを別荘の前に寄せて停《と》めた。

イアンは今回は運転しないことにして、後部座席に乗りこみ、メンデスからブリーフケースを受け取ってそれをあけた。扉が閉まり、車が発進した。

四人めの護衛が乗った別のローバーが、後ろについて援護をするとともに、こちらの車が不慮の事故に遭った場合には代車の役割を果たすことになっていた。こういう事業を手がけるには、不慮の事故を予期しなければならないことを、イアンは学んでいた。

ディエゴは、二台のローバーが敷地を離れるのを眺めながら、まゆをひそめ、奥歯を噛みしめた。イアンが安全な敷地内から離れることに不安と懸念を感じた。心配になるのは、おそらく老いのせいだろう。イアンが出かけるたびに、もう二度と息子の顔を見られないのではないかと不安になる。

「ご主人さま《エル・パトロン》」ソールが朝食室に入ってきて、扉を閉め、探るような表情をディエゴに向けた。た。「お呼びになりましたか？」

ソールは老いていた。肩はすぼまり、黒い目は少しばかり虚《うつ》ろで、顔にはしわが寄っている。ソールは、ディエゴの父にもっとも信頼されていた相談役だった。カルメリタの死後、ディエゴのもとに戻ってきた。

ディエゴはゆっくりうなずいた。「情報筋からなにか得られたか？」

イアンは、ディエゴが緊密な関係を築いたアメリカ政府内のスパイ、ヤンセン・クレイを排除した。しかし、はるかに重要なスパイたちがほかにもいる。彼らとディエゴは互いに依存しているのだ。

「あなたの要求どおり、いまのところイアンを追う部隊は派遣されていません」ソールが食器台に歩み寄り、皿に果物とデザートを盛った。「ドゥランゴ部隊、イアンがともに戦った友人たちが、声高にその対応に抗議しているという報告があります。特に、メイシーと呼ばれている隊員が。しかしいまのところ、連中はおとなしくしています。イアンの行動を観察し、もくろみを探るだけにせよという命令が出されているからです。アメリカ人は、国を裏切った者を捕らえることより、イアンがソレルを排除するはずだというあなたの保証のほうに関心があるようですね」ソールの声には満足の響きがあった。ディエゴの心のなかも同じだった。

「息子は、あまりにも危険を冒しすぎる」ディエゴはため息をついた。「いまも、弁護士をこちらへ来させずに、自分から会いに行った。まるでソレルやほかのカルテルの連中に、襲ってみろとけしかけるようなものだ」

「ほかのカルテルの首領たちは、イアンには手出しをしないほうが賢明であることを学びつつありますよ、ディエゴ。あなたやアメリカ人と同様、ただ観察しているだけです」

「息子の活動についての報告は？」ディエゴは尋ねた。

末の息子や腹黒いカルメリタを愛していた以上に、イアンを愛しているのはたしかだったが、そこから裏切りが生まれる可能性も忘れることはできなかった。

「接触してきた諜報員で、イアンに殺されていない者はいません」ソールが喉の奥で笑った。「もちろん、連中のほうが先に流血を企てたんですがね。イアンは羽目をはずして騒ぐことも、われわれの商品に手をつけることもありません。必要なとき以外、彼の注意を引こうと張り合う娼婦や麻薬中毒のグルーピーたちを侍《はべ》らせることもありません。そういうときに腕にしがみついているのは、どこかの国の法執行機関とは関わりのない、わたしたちのよく知る女たちです。見たところ、イアンは約束を守っており、あなたに忠実な行動を取っています」

ディエゴはゆっくりうなずいた。「おまえ自身の印象は？」

ソールがため息をついた。

ディエゴは振り返り、鋭い悲しみをこめて相談役を見た。ソールの印象は、ほかの部下たちの報告書と同じくらい信頼できる。

「話してくれ、ソール」ディエゴは穏やかな口調で言った。「息子の頭と心のなかでは、なにが起こっているとおまえは考える？」

「いまもなお、大きな怒りがくすぶっています」ソールがテーブルに両腕をのせてディエゴをじっと見た。「あなたへの態度は少しばかり和らぎました。いまでは、わたしがあなたの若いころの逸話や夢をお話しすると、聞くことを拒みはしません。耳を傾けてくれます。しかし、目のなかには怒りが見えます。幼少時代のできごとと、カルメリタに与えられた苦痛を忘れてはいないのでしょう」

ディエゴは拳をきつく握りしめてから、なんとかそれをゆるめた。

「わたしを責めているのだ」ディエゴは席に戻って座り、後悔の念から重いため息をついて、向かいに座ったソールを見た。「それも無理はない。父の報告がでまかせで、マリカが殺されていなかったことを、知っていてしかるべきだった。父がマリカに魅了されていたという事実が、ひそかな救出につながると知っていてしかるべきだった」

「お父さまは老いていらしたのです、ディエゴ」ソールが白髪頭を悲しげに振った。「あなたが連れてきた小さなブロンドの看護師が、天使のように見えたのです。カルテルの血や背信行為で汚されてはならない天使に。そして救い出す方法を探しました。カルメリタが彼女と子どものことを知ったのは、ほんの偶然からだったのです」

ディエゴはテーブルを見つめて指でレースのクロスを撫でつけ、マリカ・デズモンドを思い出した。一風変わった女にふさわしい、一風変わった名前。スラヴ人の祖母の名をもらい、その名に誇りをいだいていた。

金色の髪は、コロンビアの太陽のもとでは白く輝くほどだった。その微笑みは、夢と決意に満ちていた。看護師として村にやってきたマリカは、病人を癒し、あらゆる人にやさしく接した。ディエゴが何者であるかには気づかず、愛をもってベッドに招き入れてくれた。その愛はディエゴの魂に触れた。

マリカと会っていたのは、ごく短い期間だった。ほんの数カ月だ。それでも、彼女を忘れたことはなかった。カルメリタと結婚していた年月のあいだ、マリカが恐怖の日々を送り、イアンが一度ならず死にかけたと知って、いまも怒りが収まらないほどだった。

ディエゴの父は、マリカが死んだように見せかけていた。カルメリタは、実際に殺そうともくろんでいた。

「強い息子が生まれたものだ」ディエゴはささやくように言って、マリカに電話できたらと願った。イアンを産んでくれたことに礼を言えたら。しかし、息子はそれを厳重に禁じていた。無視すれば激怒するだろう。

「ええ、ほんとうに」ソールが同意した。

「マリカは息子と連絡を取ろうとしているのか？」ディエゴは目を上げてまたソールを見た。

「彼女の声を聞いたか？」

「イアンは話すことを拒んでいます」ソールが重々しく答えた。「あらゆる関係を絶っているのですよ、ディエゴ。母親との関係までも。ちょうど先週、母親についてイアンに尋ねたのです。母をさらに苦しめることになるから、話はしないと言っていました。ただ帰ってくるように懇願されるだけだし、自分はけっしてカルテルを離れないと誓ったのだから、と」

ディエゴはコーヒーカップを片手で包み、冷めていく液体をじっと眺めた。マリカの思い出が押し寄せ、後悔の念とともに魂を浸した。

「マリカは元気なのか？」

「元気で、アメリカ人の夫と幸せに暮らしています。それに、しっかり守られていますよ、ディエゴ。イアンとジョン・リチャーズがうまく取りはからっています。リチャーズは、イアンが母親の護衛として送りこんだふたりの男には気づいていませんがね」

「それで、息子はカルテルに忠実なのか？」ふたたび目を上げてソールを見る。確認が必要だった。

「わたしの見たところでは、忠実です。二、三年のうちに、おそらくあなたを父さんと呼ぶようにすらなるでしょう」

ディエゴは大きく息を吸った。父さんと呼ばれる必要があった。もしかすると、そのうち、

〝お祖父《じい》さん〟とも……。昨夜受け取った情報を思い出し、少しつつけば、息子がアメリカの資産家、マクレーン家の相続人をものにするかもしれないと考えた。少なくとも愛人として。ディエゴは、孫が嫡出であろうとそうでなかろうとかまわなかった。重要なのは血だ。いまでは、家族に関する父の信念が理解できた。たとえ背信行為があったとしても。重要なのは血だ。

5

わたしはばかだ。その日の午後、叔父と待ち合わせたレストランの小さなテーブル席へとウェイターに案内されながら、カイラは認めた。そこは、イアンが昼食をとりに来ることがわかっていたレストランだった。適切な人物に金を握らせただけで、午前中のうちに、どこで彼を見つければいいかがわかった。

わたしはイアンを追いつめている。自分自身を追いつめている。それはわかっていた。イアンは危険なゲームをしている。フエンテスとソレルに対する作戦活動だけではない。

カイラがひどく恐れているのは、イアンが本気でディエゴ・フエンテスを殺そうとしていることだった。あの男は残忍で無慈悲なけだもので、弱者を食い物にする悪党だが、それでもイアンの実の父親なのだ。息子は父親を殺すべきではない。きっと恐ろしい影響が表れてくるはずだ。

なんの根拠も裏づけもない。あるのは直感だけだ。しかもその直感は、イアンに対する欲望と、それ以上のなにかで鈍っているのかもしれなかった。

自分の心のどこかが、イアンを放してはならないと言っていた。昨年までは存在することを知らなかった心の一部が。まるで、過去十年間の人生を覆っていた暗闇の下でかすかな光が動きはじめて、カイラの心をぐらつかせ、女であることを思い出させているかのように。

「カイラ、あなたなの？」

カイラは顔を上げ、テーブルに近づいてくる小さな赤い頭を見つけて、口もとに笑みを浮かべた。テイヤ・タラモシー。陰のある瞳と、まじめな顔つきをしている。カイラの推測では、彼女も〈カメレオン〉と同じような諜報員らしかった。

「テイヤ、ここでなにをしているの？」何年もまえから、テイヤとはさまざまな国で顔を合わせていた。たいてい、なんらかの救助活動に関わっているときだった。

「休暇よ」テイヤが肩をすくめて、店をさっと見回した。「ちょっと立ち寄って、挨拶したかったの」はにかんでいるかのようにうつむき、長い髪で顔を隠す。

「また会えてうれしいわ」カイラはじっくり相手を見た。諜報員になるには若すぎる気がしたが、この女性には、生きようとする強い自衛の心を感じた。ほかのあらゆる諜報員に感じるものと同じだ。あるいは、敵に感じるものと。

テイヤが微笑み、イアンと、点在するいくつかのテーブルのほうをちらりと眺めてから、うなずいて振り返り、レストランの奥へ向かった。

カイラは、もう一度テイヤのデニムに覆われた両脚の動きを見た。前回、二、三年前に会ったときには見られなかった緊張があるようだ。軽い綿のTシャツの下で、両肩をぴんと伸ばしている。いつものごとく、カイラはあの女性を守ってやりたいような気になった。

その気持ちを振り払う。テイヤが守ってもらう必要を感じているのなら、頼む機会はいくらでもあるはずだ。今夜ダニエルに、DHSのリストから彼女の名前を拾わせ、なにが見つかるか確かめてみよう。この任務はあまりにも重要だから、その周辺に未知のものが現れると心配になった。

カイラはメニューに隠れて顔をうつむけ、目を閉じた。イアンの声に耳を澄まし、テイヤを頭の隅に追いやる。とても陰鬱な荒々しい声。怒っているのがわかった。怒っていると、荒っぽいガラガラ声になるのだ。欲情しているときには、かすれたしわがれ声になる。一度だけ、くすくす笑っているのを聞いたこともある。真夜中に接近する嵐のような音。官能の色を添えた豊かな音。

昨夜、カイラを組み伏せていたときのイアンの声は、怒りでざらついていた。怒りと欲情で。あの声と、暗いまなざし、憂鬱そうな表情には、官能の色があった。その響きは、熱と光の爆発のように子宮を打ちつけた。

再会したときのイアンの反応を思い出し、カイラは口もとを小さくゆるめた。あとから考えると、おもしろく思えてきた。昨夜、欲求を満たされないまま放置されたときは、まったくおもしろいとは思えなかったけれど。

「その笑みは、大人の男のひざを恐怖で震えさせるよ」

　カイラはメニューからさっと視線を上げた。イアンが目の前に立ちはだかって、こちらを見下ろしていた。カイラは驚いたふりをしようとした。すでに彼を感じていたし、話しかけてくることはわかっていたが。

「イアン、驚いたわ」カイラは穏やかな声で言って、メニューを置き、脚を組んだ。テーブルに肘を突き、曲げた手首に顎をのせて、誘いかけるようないたずらっぽい視線を向ける。

「驚いた、だって？」イアンが両手をスラックスのポケットに押しこむと、上等な白い綿のシャツが腹筋の上でさらさらと揺れた。

　シャツは少しだけゆるく、広い肩と、引き締まったむだのない筋肉質の体をそれとなく目立たせていた。長すぎるダークブロンドの髪はうなじのところまで伸び、鋭い顔の輪郭に心をうずかせるような影を投げかけている。

「もちろん、驚いたわよ」カイラは目を丸くして、イアンの口ぶりにショックを受けたかのように見返した。「わたしがあとをつけまわしてるとでも思うの？」

「俺が機会を与えさえすればな」イアンは微笑まなかったが、渇望をこめたまなざしを向けた。その暗い渇望に反応して、欲求で胃がぎゅっと締めつけられる。

「ごいっしょにどう？」カイラは手を振って、空いた三脚の椅子を示した。「もうすぐ叔父が来るはずよ。わたし、郊外にすばらしく豪華な別荘を見つけたの。白と赤の美しいしっくい塗りの建物で、外にはプールと広々としたバルコニーがあるのよ。敷地の片側は、三メートルの手作りの石垣で仕切られているわ」

イアンが鋭い目でにらんだ。もちろんカイラは、ディエゴ・フエンテスの、つまりイアンのとなりの別荘を選んでいた。そう簡単に降参すると思っていたのだろうか？

イアンが唇をぎゅっと結ぶと、カイラはかすかな満足感を覚えて笑みを向けた。

「いいや。きみのほうがこっちへ来い」イアンが手を貸して椅子から立ち上がらせるふりをしながら、腕をつかみ、レストランの待合室まで引いていった。そこから、部屋の奥の廊下へ導き、表示のないドアのところまで進んだ。錠をあけて、カイラを暗い部屋に押しこむ。

気がつくと壁に背中を押しつけられていた。扉がバタンと閉まると同時に、イアンの唇がカイラの唇をとらえた。足のつま先がきゅっと丸まる。

これが欲しかったのだ。

広い肩に両腕を巻きつけると、体を持ち上げられた。乳房が硬い胸に押し当てられ、愛撫《あいぶ》を求めて張りつめ、感じやすくなった。

いつこれほどイアンに夢中にさせられたのだろう？　いつ彼の愛撫が自分のあらゆる空想や渇望の中心になったのだろう？

まさか、アトランタで触れ合うまえからそうだったの？　じらすように情欲をあおられた秘密の一夜が、一年近くかけて燃える渇望にまで育つなんてありえないでしょう？　それとも、ありえるのだろうか？　もしかするとこれは、長年のあいだ、危険のただなかでイアンと出くわしてきたせいなのかもしれない。ふたりの目が合うたびに、いつも正体を見抜かれてきた。まなざしのなかに、首をわずかに傾《かし》げるしぐさに、こちらの顔を認識したしるしを見つけた。ほんとうに長い年月のあいだ、それを繰り返してきた。真夜中、銃弾が赤い閃光《せんこう》を発し、任務の成功以外なにも重要なものはなく、命が危険にさらされているなかでの出会い。

会うたびに、イアンに惹《ひ》かれる気持ちは強くなった。強くなったせいで、イアンを調査し、追いかけ、彼の所属部隊の支援がほぼ確実に得られる任務を受けてきた。イアンに魅了されていたから。だれにも気づかれない変装を、彼にだけは必ず見抜かれていたから。

イアンはほかに、わたしのなにを知っているのだろう？

どんなふうに舌と舌を絡み合わせて、うっとりさせればいいかを知っている。どんなふうに腰をつかんで硬い股間で押さえつけ、そこに身を預けたい気にさせればいいかを知っている。

「ぐずぐずとここにとどまって、いったいなにをしてる？」イアンがうなって、重ねていた唇をすべらせ、顎先と、次に鎖骨をついばんだ。「アルバから出ていけと言っただろう」

「いっしょに行きましょう」カイラは喘ぎながら言い、背を反らしてぐっとイアンを抱き寄せた。「太陽と砂でいっぱいのビーチを探せばいいわ。そして一日じゅう愛し合うのよ」

イアンが身をこわばらせ、カイラは苦痛で息が詰まるのを感じた。また放り出されるにちがいない。そうなることはわかっていた。

「カイラ、俺を殺す気なのか」イアンが肩にため息を吹きかけてから、舌で肌を味わった。「きみは危険なゲームをしているんだ。ここはきみがいるべき場所ではない」

「あなたを手助けできるわ」ほかに道はなかった。もし自分が任務を受けなければ、ほかのだれかが受けることになる。ディエゴが無罪放免になったと知ったとき、イアンが感じるはずの激怒を理解できないだれかが。カイラには理解できる。そのせいで心が痛み、やりきれない気持ちになっている。自分のなかのなにかが、イアンひとりでそれに立ち向かわせてはいけないと告げていた。わたしにはわかる。イアンがなにをするつもりなのかがわかる。その理由もわかるし、理由を理解できる。ひとりで事実と裏切りに向き合わせるわけにはいかない。イアンが肩に触れた顔を横に向け、唇をぐっと首に押し当てた。「きみは俺の気を散らす。きみのせいでふたりとも死ぬことになる。これでは集中できない。ソレルは、池のアヒルを撃つみたいに俺を狙い撃ちできるだろう。それがきみの望みなのか？　ちくしょう！」

イアンがいきなり身を引いた。明かりがぱっとつき、数秒のあいだ、カイラの目をくらませた。イアンが体を遠ざけ、部屋を確認しはじめた。

カイラは壁に寄りかかって、イアンを眺めた。オフィスのなかを歩きまわり、クロゼットを確かめている。それから指で髪をかき上げ、部屋の向こうからこちらをまっすぐ見つめた。眉根を寄せ、苦悶《くもん》の表情を浮かべている。

「立ち去るつもりはないんだな？」

カイラは両肩をすくめ、不意に自信が持てなくなった。もしかすると、互いに惹かれる気持ちは、イアンにとってはそれほど強くないのだろうか。その気持ちを当てにしていたのだけれど。自分が彼を求めるのと同じくらい、求めてくれているはずだと。

充分な訓練を積んでいることでは、引けを取らないはずだ。イアンがこんなにも簡単にわたしをとりこにできるのなら、きっとわたしだって彼をとりこにできる。

「立ち去らないわ」

「なぜだ？」イアンが噛みつくように言った。「なぜ望まれもしない場所にとどまるんだ、カイラ？」

ああ、なんてつらい言葉。カイラは胸の上で腕を組み、イアンをぐっとにらんでから、明らかな股間の膨らみをちらりと見た。口もとに取り澄ました笑みを浮かべ、視線を上げて目を合わせる。

「少しも望まれていないのかしら、イアン？」

イアンを追いつめるのはいやだった。真実を隠さなければならないのはいやだった。しかし、もしディエゴにイアンがここにいる真の理由を知られたら、それぞれの身になにが起こるかわかったものではない。

「きみがどんなふうに望まれているかは関係ない」イアンが石のように冷たい表情で告げた。「きみがなにをするつもりなのかが問題なんだ。きみは関わるべきではないものごとに首を突っこもうとしている。出ていけるうちに出ていけ」

歩み去ることを考えるには、もう遅すぎた。イアンの任務に気づいた日には、もう遅すぎた。

「わたしはとどまるわ」

イアンが疲れきったかのように息を吐き、表情に苛立ちをよぎらせて、こちらを見据えた。

「俺の邪魔はするなよ。きみを傷つけることはしたくないし、そんな場面を見たくもないからな。だが、俺のここでの仕事に余計な手出しをしたら、後悔することになるぞ」

そう言ってこちらに向かってきたが、触れようとはせず、さっと扉をあけて部屋の外に導いただけだった。

イアンの護衛たちが外で待っていて、その後ろにはカイラの護衛のダニエルが立っていた。彼らの姿を見て、カイラの口もとがゆるんだ。五人の男たちがそれぞれに非難の表情を浮かべていたからだ。

「さようなら、カイラ」イアンがこちらに向かってうなずき、扉を閉めて護衛たちのほうへ歩いた。「アルバでの滞在がうまく運ぶことを願ってるよ」

「うまく運ぶと確信してるわ」カイラは小声で答え、笑みを浮かべて、歩み去るイアンを見つめた。部下たちが彼を取り囲み、保護していた。

「きびしい男だ」ダニエルが言って近づき、ふたりはテーブルのほうへ戻った。

「ええ、そうね」カイラは同意して、食事をしている数人の顔見知りと、あたりをうろついて呼ばれるのを待っているウェイターに向かって、上品に微笑んだ。

それから、少しのあいだ立ち止まって、ジョゼフ・フィッツヒューとその息子のケネスと話した。イギリス出身の実業家と息子はときどき政治に興味を示し、カイラが関わっているいくつかの慈善事業に多額の寄付をしていた。

ありがたいことに、ケネスに言い寄られることは一度もなかった。常に魅力的で、愛想のよい男性ではあったが。

カイラは席に戻り、ダニエルがふたたび背後の席に着いてこちらを見守っていることを意識した。叔父のジェイソン・マクレーンがレストランに入ってきた。

「やあ、カイラ。ようやく飛行機が着陸したよ」

ジェイソンがテーブルの前で立ち止まり、ウェイターが引いてくれた椅子の上に、どっしりと体を下ろした。

一九五センチの、力強い筋肉に覆われた体。カイラの耳には、椅子がその重みにうめくのが聞こえた気がした。

ジェイソン・マクレーンは小男ではない。けちな男でもない。テキサス生まれの、多国籍企業の所有者である叔父は、あらゆるものごとをきわめて大きな規模で行う。ただし、DHSでの仕事は別だ。

　叔父はカイラの指揮者であると同時に、自分自身の活動も指揮していた。〈カメレオン〉は実際には、カイラと叔父のふたりで構成されている。どちらも、どの法執行機関の名簿にも公式には載っていない。しかしふたりがもたらす情報は、計り知れないほど貴重だった。

「おまえがいい遊び場を見つけたと聞いたよ」叔父がからかい、灰色がかった青い目に、心得たような鋭い光を浮かべた。

「〈天使の別荘《ヴィラ・ド・アンジェリック》〉よ」カイラは選んだ土地と屋敷に大いに興奮しているかのように、身を乗り出した。イアンに抱きしめられたばかりで、落ち着きを取り戻そうとしているところだったからだ。「きっと気に入るわ、ジェイソン叔父さん。とてもわたしらしい場所よ」そしてとてもイアンに近い場所。

　叔父がくすくす笑った。「最近は、おまえの趣味を信頼するようになったよ。ところで、もう注文はしたのか？」

「叔父さんを待ってたのよ」叔父に対する愛情は、見せかけではなかった。

「そうか、待たせたな。まずはランチを楽しんでから、おまえの〝天使の別荘〟を見に行こうじゃないか」

その晩、太陽がうっとりするほど美しい色合いに空を染めて沈んでいったあと、カイラと叔父は、新たに借りた別荘に武器を持ちこみ、錠のかかる杉材の収納箱にしまった。二重底になっているその収納箱は、薄いカーテンで覆われたキングサイズベッドの足もとに設置されていた。しかしまずは、屋敷じゅうをくまなく見てまわり、盗聴器がないかどうか確かめるのを忘れなかった。

カイラは疲れたため息をついて、背筋を伸ばした。ナイトテーブルに置かれた時計をちらりと見て、今晩どこかのクラブでイアンと会える見込みはあるだろうかと考える。支度をする時間を考慮に入れると、形勢は悪そうだった。

「ダニエルは廊下の先で待機しているよ」ジェイソンが言って、盗聴器を見つけるのに使う小さな黒い棒状の電子機器を、ベッドのそばに置かれたボストンバッグの隠しポケットに入れた。

「叔父さんもアルバに滞在するの?」カイラは低い声できいて、カーテンで覆われたバルコニーの扉まで移動し、フエンテスの敷地を取り囲む石垣を眺めわたした。別荘の二階が見えた。手に入れた情報が正しいのなら、イアンの寝室をまっすぐ見上げているはずだった。それが、この別荘を借りたただひとつのもっとも重要な理由だった。

「わたしは、あさってには発《た》たなければならない」ジェイソンが穏やかに答えた。「おまえがあすの朝までどこかへ出かけているあいだ、わたしは客間のひとつで安全対策をたてておくよ。ここでの作戦行動には、どんな参加者が集まっているのか興味があるからね」

「参加者は多すぎるくらいだわ。昨夜クラブで見かけた人たちが、なにかを暗示しているとすればね」カイラはため息をついて、向こうの別荘の寝室の明かりがぱっとついて、すぐにまた暗くなったのを見ていた。「イアンは背中に射撃の的を描《か》かれているようなものよ。わたしの勘違いでなければ、ここを拠点にしてる参加者の数人は、彼を殺すことについてアメリカから暗黙の了解を得たと考えているらしいわ」

「イアンは自分で決断したんだ」ジェイソンが指摘した。それから、部屋になんの危険もないことに満足したらしく、カイラが立っているバルコニーの扉のそばまで来た。

「おまえは彼に惹かれているんだろう」ジェイソンが言って、カイラの背後で立ち止まり、両肩をつかんでそっと引き寄せた。頭のてっぺんに叔父の唇を感じると、揺るぎない愛情に包みこまれた気がした。

ふたりは支え合って、二十年やってきた。共有する過去が、共有する現在と、叔父をここまで導いたあらゆる選択を形作っていた。

「パパだったら、イアンのことをどう思ったかしら？」不意にカイラは尋ねた。もう長年、両親がどう考えるかを想像したことはなかった。

「イアンの強さに敬意を払っただろうな」ジェイソンが簡潔に答えた。「しかしそれを心配もしただろう。おまえの男は、女にやさしいことで評判とはいえないからな」

そう、イアンは女たちを縛りつけて、無慈悲な愛撫と熱い平手打ちで苦しめるとうわさされていた。容赦ないセックスを求め、揺るぎない欲望をあらわにするとうわさされていた。薔薇《ばら》やシャンパンや詩を贈る男ではなかった。

「わたしだって、男にやさしいことで評判とはいえないわよ」カイラは冗談めかして応じた。

「ああ、そうだな」叔父の声には悲しみの色があった。「おまえの父さんは、このような人生におまえを引き入れたことで、わたしをぶちのめしただろう。おまえの母さんは、わたしをけっして許さなかっただろう」

カイラは叔父の胸に頭を預けて、肩に置かれた手を握った。

「ママが昔言ってたわ。叔父さんはすばらしいことを成し遂げるために生まれてきたんだって」カイラは言って、小柄な母が大きく育った弟をどれほど愛していたかを思い出した。

「わたしを愛するのと同じくらい、熱烈にあなたを愛していたわよ」

しかし、母はふたりのもとから奪い去られてしまった。父と、叔父が婚約中だった女性も。ギリシャへの休暇旅行中に、テロリストの爆弾によって殺された。爆弾は彼らを狙ったものだろうと推測された。父も、カイラやジェイソンと同じように諜報員としての生活にのめりこんでいたからだ。

「ママはきっと、わたしたちを誇りに思ってくれたわ」だいぶたってから、カイラはささやくように言って、自分の内省的な発言に驚いた。

ここ数カ月は、そんな気持ちになることが多かった。過去を振り返って、思いにふけり、自分のしてきた選択や、全般的な人生について考えるのだ。

カイラは三十歳。一度結婚に失敗し、子どもはいない。秘密の生活と諜報活動によって最初に犠牲になったのが、ケイン・オースティンとの結婚だった。

家族はジェイソンひとり、真の友人もほんのわずかしかいない。ときどき孤独感に押しつぶされそうになった。

そして恋人は？　たとえ男性とつき合う時間をどうにか見つけたとしても、長続きはしなかった。カイラはしょっちゅうパーティーへ出かけ、遊びまわってばかりいた。男たちはほんとうのカイラを知らなかったから、なぜパーティーや旅行や買い物がそれほど重要なのか、まったく理解してくれなかった。

ほんとうのカイラを知る人はだれもいない。ジェイソン、そしてイアン以外は。自分でさえ知らなかった、この一年でようやく自覚しはじめた心の奥底が、孤独でうずいた。手の届かないところにいようとする男を求めてうずいた。

イアンはカイラを知っている。これまでだれも踏みこまなかったところまで、わざわざカイラのことを調べた。両親のこと、ジェイソンのこと。そしてさらに重要なのは、カイラ自身の正体を知っていることだ。あの晩イアンはマンションに忍びこみ、それを告げに来た。そおもしろがるような口調で、これまでだれも知らなかったわたしを知っていると言った。そのとおりだった。どうやって触れればいいか、どうやって心と体を熱くさせればいいかを知っていた。周囲の世界から隠していた内なる女を知っていた。

「ここからどこへ行くつもりだ？」ジェイソンがカイラの頭のてっぺんにキスしてから、ゆっくりその場を離れた。

「いまのところは、少し待ってみるわ」カイラは肩をすくめて振り返った。「イアンのほうから姿を見せるでしょう」

「自信があるようだな」叔父の鋭い目が暗がりを貫いた。

カイラは笑みを隠した。「自信があるわ」イアンの欲望は、カイラの欲望と同じくらい激しく高まっているはずだ。カイラはそれだけを夢見ていた。ときには、それだけで頭がいっぱいになった。

「この島にも数人、連絡係がいる」ジェイソンが言った。「招待状が必要なら言ってくれ」

「すでに十数通、ホテルに届いてるわ」カイラは言った。「大発生したハエみたいに集まってきてるわよ」

ジェイソンが顔をしかめた。「今夜は夕食を楽しみたかったのに」

カイラは無邪気に目を丸くした。「あら、わたしがなにか言った？」

「このトラブルメーカーめ」叔父がつぶやいた。

カイラはぐるりと目を回してあきれ顔をした。その手の非難には飽き飽きしつつあった。

6

イアンは寝室の窓辺に立ち、最新式の暗視スコープをしっかりと装着して、真向かいにある別荘の寝室の窓を見据えた。

自分を恥じるべきだ。戦場にいる兵士でさえまだ持っていない軍用品を使って、女を盗み見ているのだから。イアンは、カイラがジェイソン・マクレーンの胸に頭を預け、両手を上げて、肩に置かれた手を握るのを見ていた。あまりにも親密でなれなれしすぎる姿勢だ。マクレーンがカイラの頭にキスをして髪に頬をすりつけると、怒りで頬の筋肉が引きつるのを感じた。カイラに関しては、まったく公平な判断ができないことは自覚していた。自分のなかにあるとは知らなかった所有欲が、はらわたを締めつけた。

カイラに触れたことで、マクレーンを殺したかった。まったくばかげている。ふたりがバルコニーの扉から離れると、イアンはスコープを顔からはずして、はめこみ式の金庫に戻した。

エベンテス一家が今シーズン貸し出した別荘には、各寝室の個人用金庫に至るまで、あらゆる設備が整っていた。

指で髪をかき上げて、暗い寝室を行き来しながら、ことによると自分以外の男がカイラに触れるのを許しているのかと考え、情欲がじりじりと切望に変わっていくのを感じた。

イアンは首を振った。以前にもカイラと叔父がいっしょにいるところを見たことはある。過剰なほどの愛情を感じはしたが、性的な緊張感はなかった。しかし、そう確信していても、こわばったはらわたや股間は楽にならなかった。カイラがあの男と寝るなどということはありえないとわかっていた。頭ではわかっているのだ。しかし、カイラに対する自分の反応に、理屈を当てはめることはできなかった。特に、だれであろうと、別の男がそばにいるときには。カイラに触れていいのは自分だけであってほしかった。

またマスターベーションをする気にもなれなかった。そんなことをしても役には立たない。この気分には覚えがある。少なくともそれに似た、もっと淡い気分には。体じゅうに押し寄せる緊張は、カイラと体を交えなければ収まらない。駆けぬける悦びでふたりとも息ができなくなるまで体を交えなければ。

だったら、なにをぐずぐずしているんだ？　カイラはあそこに、すぐ手の届くところにいる。ほかにどこにも行くつもりがないことは明らかだった。

しかし、カイラは女だ。

そう考えて、イアンはふんと鼻を鳴らした。ああ、たしかに、カイラは女だ。どこをどう見ても女だ。イアンは、自分には彼女を守り、保護する責任があるという考えに取り憑《つ》かれていた。この混乱に巻きこみたくはないが、カイラはみずから身を投じる決意でいるようだ。

固く決意しているからこそ、アトランタの任務で危うく死にかけて数カ月もたたないうちに、ネイサンの病室のトイレで待ち伏せし、会話を盗み聞きしていたのだ。

イアンはあざけるようににやりとした。カイラは、ネイサンの病室への訪問がお膳立てされたものだと知っていた。そのとおりだ。そして、そもそもすべてが作戦の一部ではないかと推測していた。しかし、どの程度、その作戦の内容を推測しているのだろう?

いまカイラはここにいて、イアンが経験したなかでもとりわけ危険な任務に首を突っこもうとしている。どんな理由があるのかはわからないが。

その理由を知る必要がある、とイアンは気づいた。カイラがなぜここに来たのか、なにを求めているのかを知る必要がある。そして、あと一度、彼女を味わう必要がある。記憶にあるのと同じくらい熱く、甘く、頭をくらくらさせてくれるのかどうか、確かめるために。

いや、必要なのは頭の検査かもしれない。

イアンは顔をしかめ、部屋の一角に置かれた柔らかい椅子にどさりと座って、カイラの別荘を見渡せる窓をじっと見つめた。

椅子の肘掛けに肘をつき、指で唇をこすりながら窓をにらむ。あのいまいましい女は、本物のトラブルメーカーだ。こっちの頭をおかしくさせるつもりにちがいない。

おかしくさせるつもりだって？　すでにおかしくさせているのだ。本来ならいまごろは書斎にいて、供給ルートを調査しているはずだった。カルテルの兵士たちが、麻薬を倉庫から輸送船や貨物輸送機へ移動するのに使うルートを。

詳細にわたって管理すべきことが山ほどある。もし、ディエゴ・フエンテスが自分の才能を合法的な事業に傾けようとするまっとうな人間だったなら、いまよりずっと健全な生きかたができただろう。そしておそらくイアンは、血のつながったその男を尊敬しただろう。

認めたくはなかったが、自分たちが似すぎているのではないかという自覚はあった。イアンとディエゴは単に、戦いの場で逆側につき、道徳上の微妙な境界線の向こうとこちらに紙一重で分かれているのだ。

ディエゴとソレルをどうにかしなければならない。イアンは自分に言い聞かせた。その戦いのなかで、カイラを心配している余裕はない。椅子から立ち上がって、寝室の出口まで歩き、さっと扉をあけた。今晩予定していた仕事に取りかかるつもりだった。

供給ラインを変更し、商品の安全を確保しなくてはならない。ソレルを捕らえるまでのあいだに、フエンテス・カルテルが最良の供給ラインと、最良の闇世界のネットワーク、業界でもっとも有能な人材を有していることを、あの悪党に示す必要があった。そもそも、ソレルがフエンテスに狙いを定めたのはそれが理由だった。カルテルが、困難や干渉にほとんど煩わされずに麻薬を移動していたからだ。

イアンはこの仕事に就いてすぐ、ディエゴとその父がどのようにして、カルテルの巨大なネットワークを築いたかを理解した。彼らは世界各国に麻薬を持ちこんだだけでなく、武器や情報や、ありとあらゆる不法な商品を輸出した。海賊版のソフトや音楽、偽ブランドの服やアクセサリー。ときには、逃亡をもくろむ犯罪者まで。

カルテルはあらゆるものを扱った。テロリズム以外は。ディエゴ・フエンテスは、テロリストたちの狂信的な熱情に影響されることを拒んだ。彼らに武器を供給してはいたが、ディエゴによれば、それはビジネスだった。ただし、生涯をかけて築き上げたネットワークにテロリズムを浸透させることは、けっして許さなかった。

少なくとも、境界を設けているわけだ、とイアンは胸の内であざけった。ディエゴは赤ん坊を麻薬漬けにし、自分の同胞を殺し、家出人を娼婦に仕立て、無力な若い女性を誘拐するが、テロリストではない。

イアンは大きく息をつき、護衛たち――ディーク、メンデス、クリスト、トレヴァー――に向かって指を鳴らして合図し、書斎のほうへ歩いた。

このところ四人の男たちは、新しい供給ルートと、倉庫と輸送の安全確保についての提案を練っていた。

イアンが書斎の中央に立つと、護衛たちが入ってきた。クリストが重い扉を閉じた。ほかの三人より背が低いが、危険さではひけを取らない。トレヴァー・マンドレークが壁の金庫のところへ行き、ダイヤル錠を回してから、手のひら大の電子装置を取り出し、スイッチを入れた。

次に部屋を歩きまわり、デジタル画面を見てから、イアンに向かってうなずき、異状がないことを伝えた。

ディエゴのもとにやってきた最初の三カ月間、イアンは書斎と寝室に入るたびに、隅々まで調べなければならなかった。あの悪党は、ひそかにイアンを監視しようと固く決めていた。ふたりはそれに関して言い争い、ディエゴが監視をやめることで合意した。しかしその後もさらに、盗聴器が見つかった。ここ数カ月でようやく、それがむだであることにディエゴが気づきはじめたようだった。

「しばらく盗聴器は見つかってません」ディークが言った。「親父さんはあきらめたんですかね?」

イアンはたしなめるような視線を投げた。ディエゴ・フエンテスはあきらめない。こちらが安心して身を落ち着けるのを待っているだけだ。

「きょう、となりの別荘が貸し出されました」トレヴァーが報告しながら机に歩み寄り、イアンは罪深いほど柔らかい革の椅子に座って、光沢のある桜材の机を見渡した。「カイラ・ポーターと叔父のジェイソン・マクレーンが、きょうの夕方入居しました。少しばかり、予備的な身元調査をしてみました。不審な点はありません」

トレヴァーがノートパソコンを立ち上げて、パスワードを入力してから、カイラ・ポーターについて集めたファイルを呼び出した。驚くほど詳細にわたっていた。イアンは椅子に背を預け、トレヴァーがスクロールしているファイルを眺めた。DHSの非公式諜報員としての仕事や、〈カメレオン〉というコードネームに関わることはなにも記されていなかった。

「この女は、怒らせないほうが無難です」トレヴァーが奇妙なほどまじめな声で言った。十年前に「テコンドーで黒帯を獲得していて、重火器の扱いと格闘技の訓練も受けてます。それから、従兄《いとこ》の口利きで、非番のシール部隊による六カ月の研修にもぐりこんでます。それからは毎年、年に四週間は、その訓練をしに戻ってますよ。護衛のダニエル・キャロウェイは、最初に彼女を訓練したシール部隊の一員です。見たところ、あのふたりはほとんど毎日訓練を続けてます。ジェイソン・マクレーンの大事な姪である彼女を誘拐しようという企てが何度かありましたが、その連中は数週間のうちに死ぬことになりました。マクレーンは容赦しません。見せしめに殺します」

「姪に訓練を受けさせるのは理解できます」ディークが考えこむように言った。「マクレーンは姪を守りたいんでしょう。ただひとり残された家族ですからね」

「ミズ・ポーターのことはもういい」イアンは身を乗り出してコマンドキーをたたき、トレヴァーがスクロールしていたファイルを閉じた。「彼女はたしかに、味気ない生活におもしろみを与えてくれはするが、われわれにはほかにやるべき仕事がある」指をパソコンから離してトレヴァーに向け、彼らにとっては目の前の仕事となんの関わりもない情報を検討するより、ここに集まった目的のために道具を使うよう合図する。

「了解。では、供給ルートと輸送ポイントについて」トレヴァーがパソコン画面に衛星地図を表示した。「これが、現在のルートです」数カ所の一時的な飛行場と船積港に続く、山道と未舗装道路をハイライトで目立たせる。「ソレルがこのうち二本のルートを部下に見張らせているという報告がありました。ここと、ここです」アメリカに入るルートを示す。「ここは、ソレルが爆発物と人員を輸送するのに使いたがっているルートだと思われます。進行中だとうわさされる、アメリカを標的にした攻撃のためでしょう」

「ソレルはそのラインを横取りしようと、われわれに対して攻勢をかけつつあります」クリスト・メンデスが指摘した。「数百人ほどのアメリカ兵がどうなろうと知ったことじゃありませんが、やつらにラインを奪われれば、こっちも大打撃を受けるでしょう」うなり声で言う。

「ひとまずラインを動かすことにしよう」イアンは言った。「切り替えてみて、ソレルがどう出るか見極めるんだ。一本は、カリフォルニアからネヴァダに入るライン、もう一本は、アナポリスに入るライン。やつのスパイに気づいていないふりをしながら、ルートを変えられるかどうか、やってみようじゃないか。あの悪党が、フエンテスの供給ラインをなにに使うつもりなのかが知りたい」

イアンはほかの者たちの提案を聞き、パソコンの画面を眺めた。トレヴァーとディークが順番に新たな供給ルートを考案し、危険要素を検討した。

隠された道路というものは、もう存在しない。衛星による調査がそれらを消し去ってしまった。現時点でのおもな仕事は、商品をルートに乗せ、流血を最小限にとどめつつ、指定された場所に届けることだ。なにしろ、さまざまな機関がイアンの行く手に立ちはだかろうとしているのだから。彼らにとってみれば、いまのイアンは裏切り者、堕落したシール隊員だった。だれもがイアンを陥れようと躍起になっている。ソレルがフエンテス・カルテルの実権を奪えばアメリカがどれほどの危険にさらされるか、まったくわかっていないのだ。

しかし、カイラは真実を知っている。その真実を使ってなにをするつもりなのか、イアンは知る必要があった。

7

カイラには、イアンが来ることがわかっていた。どうしてわかるのかについては、考えもしなかった。イアンに関わることになると、妙に直感が鋭くなる。互いを感じ取れるかのようないまの状態は、なんだか怖いくらいだった。

自分のなかに存在する女にすら、これまで気づいていなかった。あまりにも長いあいだ〈カメレオン〉を演じていたので、昨年イアンに感情的な、性的な部分を目覚めさせられたとき、自分をどうすればいいのか、その気持ちをどう扱えばいいのかわからなかった。

それでも、少しずつ学びつつある。わたしが学ばなければならないのなら、イアンだっていっしょに学べるはずだ。彼がここで作戦を展開していることを否定しても、納得はできない。そう簡単にだまされはしない。イアンがこちらのあらゆる変装を見破れるように、わたしもイアンのことを知っている。そしていま、カイラはイアンが来るのを待っていた。

護衛のダニエルと叔父のジェイソンが周囲に張りめぐらせた警備に、二軒の別荘のあいだの石垣は含まれていない。そこには障壁を置きたくなかった。はみだし者のシール隊員が、自分のもとへまっすぐ簡単に入ってこられるようにしておきたかった。

裏切り者、とイアンは呼ばれていた。世界じゅうの法執行機関から発せられた命令は、とにかく捕らえることだった。彼らは情報を欲しがっていた。敵側へ寝返ったイアンを、公の場ではりつけにしたがっていた。見せしめにしたいのだ。

イアンは警備を万全に固めている。それは認めなければならない。まわりを囲む四人の男たちは、フエンテス・カルテルのなかで、いや、世界のなかでも指折りの殺し屋たちと見なされていた。非情で、世の中に倦《う》み、冷笑的で、猜疑心に満ちている。そして恐れを知らない。彼らは屈強なフエンテスの兵士であり、完全なまでにディエゴに忠実だった。

フエンテスの跡継ぎを誘拐しようという企ては、確認されているだけでもすでに三度あった。そして、暗殺の企ても二度あった。イアンはすでに、ディエゴが周囲に配置した前任の護衛隊を失っていた。

カイラは大きなベッドの上に仰向《あおむ》けになって、枕に肘をつき、お気に入りのホットなロマンス小説を一冊手にしていた。そのとき、あいたバルコニーの扉から入ってくる人影が見えた。

ダークブロンドの髪は乱れて、落ち着いた表情を縁取っていた。瞳のなかで輝く炎が、カイラを体の内側まで熱くさせた。

イアンは自分を抑えていた。張りつめた肩と決意に満ちた表情にそれが見て取れた。

カイラは本をナイトテーブルの上に置いた。黒いボクサータイプのパンティーとそろいのタンクトップを覆うものはなにもなかった。

誘惑するための服装ではない。カイラのほうから誘いかけてイアンの手強い自制心を試した、という言い訳を許すわけにはいかないからだ。それに、誘惑するのが目的ではなかった。ふたりのあいだに嘘はない。どちらも、イアンがなぜここにいるかを知っている。どちらも、ふたりのあいだで高まる渇望を、それほど長いあいだ無視していられないことはわかっていた。

「立ち去るつもりはないんだな？」イアンは率直にものを言う。カイラはそこが気に入っていた。彼の声は、今回はどんな口実も受け入れないことをはっきり示していた。

イアンがベッドの足もとに立ち、片手でわきの太い支柱を握って、鬱積した怒りに満ちたまなざしを向けた。

「ええ、ないわ」

唇からこぼれた悪態からすると、聞きたい答えとはちがっていたようだ。

イアンが部屋を見回したあと、スラックスのポケットから小さな電子機器を出し、スイッチを入れた。

カイラはベッドの中央でひざをついた。興奮が体を走りぬけた。

「それは新型？」ジェイソンが使っていた棒状の機器も、最先端の製品ではあったが、イアンが手にしているものとは比較にならないはずだ。

イアンが疑わしげにちらりとにらんだ。「寝ていろ。きみには触らせない」

カイラは唇をとがらせて、両手を腰に当て、じりじりしながらイアンを眺めた。

「せめて見せてくれてもいいでしょう」

「とんでもない。取り戻せなくなってしまう」イアンはベッドの向かいにあるドレッサーに機器をのせた。

それを見つめていたカイラは、モニターで小さく瞬く光に魅了され、手に持ってみたくてたまらなくなった。電子警備機器のマニアなのだ。これまでうわさでしか聞いたことがなかったX型電子探知機は、垂涎《すいぜん》ものだった。アナログとデジタル両方の盗聴器だけでなく、近くで稼働するナビゲーションシステムやGPSも検出できる。

カイラは魅惑的な小さいおもちゃから視線をはずし、うっとりさせるような男に向き直った。

「きみの助けは必要ない」イアンがふたたびベッドの足もとに立った。緊張感で体がざわめいているようだ。

「あなたの首には懸賞金がかかってるわよ」カイラは言った。「目的は逮捕だけかもしれないけれど、だからって安全だとはいえないわ」

「懸賞金のことも、その額が日ごとに高くなっているという事実にも気づいてるさ」イアンが穏やかに言った。「立ち去ってもらいたいんだ、カイラ。すべてが片づいたら、きみを捜しに……」

「もしまだ生きていたら、そうするってこと?」カイラはベッドから下り、向かい側の小さなテーブルのところまで歩いて、ワインのボトルとグラスを並べた。「待つつもりはないわ」

「強制的に追い出すこともできるんだぞ」イアンが言った。

〝最後の切り札〟を出してくることはわかっていた。

カイラはふたつのグラスにワインを注いでから、振り返ってイアンに歩み寄った。イアンはグラスを受け取ったが、まだこちらをにらみ、憂鬱そうにまゆをひそめていた。

「わたしは契約諜報員として、自由裁量権を与えられているのよ」カイラは落ち着いた声を保った。「あなたはどんな場所からも、わたしを追い出すことはできないわ、イアン」

イアンが苛立ちに目をぎらつかせた。カイラはワインをひと口飲んでからベッドに戻り、その上で体を伸ばして、積み上げた枕に背中を預けた。

イアンはまだワイングラスを太腿のあたりで軽く持ってこちらを見つめ、新たな問題にどう対処すべきか考えていた。それと同時に、明らかな欲情にスラックスがぴんと張っていた。スラックスの外に出した白い綿のシャツが太腿近くまで垂れ、ごく柔らかい生地がカジュアルだが洗練された姿に見せている。

「そのことについて話し合いたい?」とうとうカイラは尋ね、もう一度グラスの縁を唇に当てた。

「きみの警備には漏れがある」イアンが告げた。「俺たちは、きみが受けていた訓練と、シールの指導員たちの情報を入手しているぞ」

「もちろんそうでしょう。悪い人たちはみんな入手してるわよ」カイラは口もとをゆるめた。「知識という力は、わたしの秘密を探れると信じている人たちにとってみれば、最高の抑止力だものね。わたしの過去を調べたのなら、抑止をどれほどうまく突破してきたかも知ってるでしょう」

しっかり備えを固めてきたことも。

イアンがワイングラスを口に運んで少し飲み、振り返ってテーブルまで戻り、優美なグラスをボトルのそばに置いた。こちらに向き直ったとき、ちらりと見えたのは、支配欲を必死で抑えようとする苦しげな表情だった。自制心が揺れている。カイラの自制心が揺れているのと同じくらい。とりわけ、イアンが胸に視線をすべらせたときに、それを感じた。硬くなった乳首が、薄いタンクトップを押し上げている胸に。

「きみは、ろくでなしの裏切り者にそそられるのか？」イアンがきいた。「上司はそのことを知ってるんだろうな？」

カイラはあきれ顔をした。「あなたは裏切り者じゃないわ、イアン」

「確信が持てるわけじゃないだろう、カイラ？」

カイラは訳知りの笑みを浮かべてみせた。「あなたがほんとうに裏切り者だとしたら、すでにわたしを殺そうとしているはずだわ。わたしを守るのではなくてね。守るとかいうくだらない考えは、忘れなさい。いいわね？　わたしには通用しないわ」

ぎゅっと太腿を閉じて、あふれてきた湿り気を本能的に押しとどめようとした。ぐっしょり濡れて、とても熱くなっていたので、触れられたらすぐにでも達してしまいそうだ。もし今回絶頂までたどり着けなかったら、イアンを撃ち殺してやるつもりだった。

「どんなものなら通用するんだ？」イアンがもう一度カイラの体にちらりと視線をすべらせてきいた。こちらが欲情し、うずいていることを知っているのだ。

「あなたがなにを求めているかによるわ」

「きみがアルバを出ていくことだ」イアンがぴしゃりと言った。

カイラは半分おもしろがりながらため息をつき、イアンの目によぎったいかにも男らしい苛立ちに笑い出しそうになった。「そうはいかないわ。わたしに近づきたいという欲望には、それ以外に理由がないの？」彼の太腿をちらりと見てから視線を戻し、興味津々というようにまゆをつり上げる。

遠回しな言いかたにはならなかったが、ふたりのあいだでは、一年近くまえイアンがカイラのマンションに忍びこんだとき、すでにその段階は通り越していた。

「まったく、どうかしてる」イアンの声が、きしるようなかすれた声に変わった。自分のシャツのボタンに手を伸ばす。

カイラは身をこわばらせた。不意に、暴力的なほどの欲求が体を駆けめぐり、心臓が早鐘を打ちはじめた。窒息しそうになりながら、なんとか息をつく。

片手の指がゆっくりボタンをはずし、広くたくましい胸があらわになった。もつれた絹のような、黒く短い毛に覆われている。濃すぎず、薄すぎず、女の乳首をこすったり、受け止めたり、温めたりするのにちょうどいい胸毛。そう考えると、カイラの乳首がうずいた。

「それならなぜここに来たの？」乳房のあいだに汗が浮き出るのを感じ、太腿のあいだがさらに濡れてきた。

身を起こしてひざをつき、じっとイアンを見つめていると、口のなかに唾がたまってきた。イアンがシャツの前を開いて、たくましい肩からはぎ取った。力強い筋肉の揺れが、さざなみとなって子宮に伝わってくる。

「俺がここに来たのは、頭がおかしいからだ」イアンがつぶやき、両脚を動かして靴を脱いだ。細い革のベルトをゆるめて、涼しげな綿のスラックスの留め金をはずし、ファスナーを下ろす。

カイラは唇を開いた。酸素を求めて、胸が激しく上下する。空気は情欲で濃く重くなり、なかなか吸いこむことができなかった。

「またじらすつもりなの？」カイラは不意にどうしても知りたくなって、ささやき声できいた。「お願い、イアン。じらさないで。今回だけは」

「今夜はゲームはなしだ、カイラ。俺たちのどっちからもな」イアンがうなった。「いいか、俺が見たいのはきみのなかの諜報員じゃなく、女のほうだ。でないとひどいことになるぞ」

太腿からスラックスがはぎ取られ、太く硬いものがあらわになった。それは猛烈に膨れて脈打ち、先端には丸いしずくがエロティックに光っていた。

「いつだって女のほうを見てるでしょう、イアン」

カイラは唇を舐め、両手とひざをついてにじり寄った。誘いかける男のエキスを、ほんの少しだけ味わいたくてたまらなかった。

「きみは俺と同じくらいどうかしてる」イアンがうなって、手を伸ばしてカイラの髪をひと房つかみ、後ろへ引いてひざまずかせた。

支配欲と力強さ。それは表情に、目のなかにみなぎっていた。

「味見したいわ」カイラはうめき、その力に、まなざしから放たれる渇望に、アドレナリンが呼び起こす自分の欲情に、早くもぼんやりさせられていた。あるとは知らなかった場所に性感帯があったみたい。いいえ、いまは体じゅうのあらゆる細胞が性感帯になっている。

「俺が先だ」イアンがもう片方の温かい腕でカイラの尻を包み、力にものを言わせて、望むままにぐいと引き寄せた。

イアンが頭を低くすると、カイラはさっと前かがみになり、歯で彼の下唇を噛んだ。イアンが髪を引っぱって引き戻した。小さく焼けるような痛みに、喉から震えるうめき声が漏れた。こうされるのが好きだった。これを求めていた。でも、服従しているわけではない。服従なんて、とんでもない。イアンは飛びぬけて有能な男かもしれないが、わたしだって対等に張り合えるはず。

カイラは両手を上げ、爪でイアンの胸を引っかいた。イアンが刺すような視線を向けてくる。カイラは唇を開いて歯を食いしばり、荒い息をついた。

イアンは爪を立てられてもひるまなかった。口もとに淫らで官能的な訳知りの笑みを浮かべ、瞳の赤みがかった茶色の光を、暗く燃えるような色合いに輝かせる。すてきだった。イアンのまなざしに男の苛立ちはなかった。こちらが足もとで愛想笑いをしないからだろう。服従の色もなかった。ただ純粋に、熱く燃える男の飢えと挑戦があるだけだった。

「降参はしないぞ」イアンがかすれた声で言うと、カイラの背筋がわななないた。

「わたしだって」カイラは彼の下腹に生えた絹のような毛を指でもてあそんだ。

「俺のほうが強い」イアンが断言した。

カイラは手のひらで腹から胸まで撫で上げた。

「そうだといいわね」カイラは歌うように言って、親指で彼の硬い乳首をとらえ、ぎゅっと押した。「ねえ、イアン。ほんとうに、そうだといいわね」

イアンが荒々しく唇を重ね、両手でタンクトップのへりをつかんで乳房の上に押し上げた。少しのあいだ唇を離し、服を頭から脱がせる。カイラはもう一度唇をとらえようとした。その熱さを味わう必要があった。こちらから官能の闘いを仕掛けようとしながらも、イアンがふたたび唇を重ねると、そのすばらしい感触にすべてを奪い尽くされた。

キスの主導権を握ろうと躍起になる。しかしイアンは、かたくなに主導権を譲らなかった。たしかにここでは力がものを言うようだった。とりわけ、彼がたくましい両腕を回して顔をうつむけ、カイラの顔を上向かせて、唇を舐めたり吸ったり、舌と舌を絡ませたりして、わななきを呼び起こしたときには。セックスを求めてわなないたことなどないのに。でも、こうしてイアンを求めてわなないている。身を震わせ、体の芯を引きつらせ、胸をうずかせて、こらえきれずに喉から悦びの小さなむせび泣きを漏らしている。

指をイアンの髪に差し入れ、背を反らして、彼の胸を覆う心地よい茂みに乳首をこすりつけた。そそり立つものが太腿のあいだにすべりこみ、パンティーの生地に押しつけられると、高まる欲求にどうにかなってしまいそうだった。

イアンが髪を引っぱって顔を上げさせた。火のような刺激が頭から乳首、クリトリスまで走りぬけた。髪を引っぱられるのは好きではなかった。イアンにされるまでは。彼に悦びと痛みを、腕に抱かれる苦痛と愉悦を教えられるまでは。

「今回だけだ」イアンがうめき、唇で首までたどった。「俺の全身からきみを追い出すまでファックしてやる。俺の頭から消えるまで」舌で鎖骨を舐める。「それで終わりだ」

「せいぜい夢を見てなさい」カイラは頭をのけぞらせ、悦びに浸った。「ああ、イアン。夢を見てればいいわ」

こういう悦びは、簡単に消え去りはしない。行為のあとも苦しめられ、悩まされ続けることはわかっていた。たとえ悦びそのものが、自分にとってこれほど新鮮に感じられても。カイラはこれまで、世の中に倦んだ〈ドミ〉、男に性的な服従を求める女性支配者を演じてきた。性的なプレイやゲームについても、初心者ではない。しかしイアンに抱かれて感じることの悦び、体を駆けぬけ、うっとりさせるこの感覚については初心者だった。

イアンが唇で乳首の硬い先端をふさぐと、カイラは唇を彼の首に当てた。歯で引っかき、舌で舐め、届くところならどこでも、両手で素肌を撫でつけた。

指の下で硬い筋肉が波打った。熱い口で吸われる悦びに、体が溶けてしまいそうだ。ぐっと引き寄せられ、腕を巻きつけられた。まるで二度と放すつもりがないかのように。放してほしくなかった。永遠に抱かれていたかった。

「これでは足りない」イアンがうなって体を動かした。息をのむ間もなくカイラをベッドに押し倒し、抵抗する暇も与えずに、ボックスタイプのパンティーを引き下ろして脱がせる。

カイラは身をよじって逃れようとし、自身の情熱と欲求で攻めかかろうとした。しかし、体を転がすまえに、両手で太腿を開かれ、広い肩をあいだに押しこまれてしまった。唇が、むき出しの濡れたひだのほうへ下りていく。

カイラは身をこわばらせた。どうしようもなかった。口で愛撫されたことがないわけではない。バージンでもない。経験は豊富なつもりだった。イアンが太腿のあいだのなめらかなむき出しの部分に唇を当てるまでは。突然、カイラはどうしたらいいのかわからなくなった。

なぜなら、イアンの触れかたは、初めて体を交える恋人のようではなかったからだ。まるでカイラをよく知っているかのような触れかただった。こちらがしてほしいこと、求めていることを知っているかのような。濡れたひだにいきなり舌を押しこまれ、無上の悦びに身をこわばらせることが、初めからわかっていたかのような。

「イアン？」カイラは自分の体を見下ろした。イアンが伏せたまつげを上げ、けだるく飢えに満ちた目で見返した。

イアンが口で愛撫を続けた。長くゆっくり舌で舐められると、焼けつくような感覚が体を駆けぬけた。特に、クリトリスをちらちらと探られたあと、しっかり熱いキスをされたときには。

「気に入らないのか？」イアンがわずかに顔を上げてささやき、ひどく感じやすくなった場所に柔らかい息を吹きかけた。

カイラは暗くものうげなまなざしをのぞきこんだ。なにを言えばいいの？　答えなければならないの？

「おしゃべりはいいから、続けて」喘ぐように言って、片手で彼の頭を押さえ、待ちわびている体のほうへ唇を戻させる。

　イアンは喉の奥で笑ったが、愛撫を続けた。ああ、その口の動き。舐めたり、すすったり、歯で膨れたひだをこすったり。カイラは身をよじった。やみくもに身をよじったのは、まだ足りないからだった。

　カイラは体をひねろうとした。脚を持ち上げてからひざで立ち、凛々しい顔と長い舌の上にまたがろうとした。口でイアンをとらえられるように。あの淫らな硬い部分を味わい、先端の小さな割れ目に浮いたしずくを舌で舐め取りたくてたまらなかった。

「じっとしていろ」もう一度背を反らすと、イアンが尻を手でぴしゃりと打った。

「なにするの！」カイラは喘いだ。わたしをたたいたの？

　たしかに、痛くはなく、どちらかといえばさらに興奮をあおられた。それでも、尻をぶたれるのは服従者《サブ》だけだ。わたしは服従者ではない。

「じっとしてないと、ベッドに縛りつけるぞ」

「冗談じゃないわ」カイラは両足のかかとをベッドに押しつけて、イアンの下から抜け出そうとした。

　たしかなのは、次になにが起こるか、まったく予測できなかったということだ。イアンが弾みを利用して、くるりとカイラをうつぶせにさせ、ベッドの頭板の支柱から垂れた細長いカーテンで、すばやく片方の手首を縛った。

それからカイラの背中にまたがって、その場に押さえつける。次の瞬間には、もう片方の手首も同様に、薄いカーテンでもう一方の支柱にくくりつけられていた。

「イアン、この人でなし!」カイラはかすれた声で叫んだ。イアンがこんなにもすばやく自由を奪ったことが信じられず、笑い出しそうなくらいだった。しかもとても巧みに自由を奪い、カーテンを支柱のマットレスに近い位置に巻きつけて、体を引き上げられないようにしていた。

「さあ、きみがいい子でいられるかどうか見てみようじゃないか。そして、ごちそうを味わわせてもらう」イアンが耳もとでうなるように言った。「感謝したほうがいいぞ、カイラ。今夜は、それだけが目的だからな。そうでなければ、その熱い小さな体を俺がどう支配するか、見せてやるところだ」

一瞬のうちに、イアンはカイラをベッドにひざまずかせ、腰を上げさせると、自分はその下に仰向けに寝そべった。カイラ自身が、位置を入れ替わって取りたい姿勢だった。

「こんなの、どうかしてるわ」カイラは喘ぎながら言った。大きな両手が尻を包んで撫でつける。

それから、もう一度たたいた。軽く小さな平手打ち、鋭い平手打ち、熱く濃厚な愛撫。同時に舌がひだの奥に差し入れられ、カイラは身もだえしてその愛撫におぼれた。

「ほどいてちょうだい」カイラは息を詰まらせて言った。差し迫ったオーガズムへの欲求が、急速に高まっていた。「わたしもあなたに触れたいの。味わいたいの」

「絶対にだめだ」イアンが片方の膨れたひだをついばんだ。そっとやさしく嚙まれると、痛みと悦びに体がぴくりと跳ねた。こんなに気持ちいいなんてありえない。こんなにすばらしいなんてありえない。弱さを楽しむなんてわたしらしくない。強さを、主導権を求めなくては。

でも、ああ、なんて気持ちいいのだろう。カイラは腰を低くして、もっと深く彼の舌を受け入れ、じっくりと舐めるその感触を味わった。ああ、なんてこと。彼の舌は体の内側を撫でつけ、ひどく感じやすい神経を駆り立てて、息もつけなくさせ、解放を懇願させた。

「イアン、憶えてらっしゃい、あとで仕返ししてやるから」カイラは叫び、全身が汗ばむのを感じた。イアンが身動きしていったん舌を引いてから、クリトリスを覆った。

イアンはそこをもてあそんだ。小さなボタンを口に含んで吸い、舌で転がし、深く熱く唇で奪った。息を吹きかけ、うめき声を漏らしたあと、まわりと、となりと、その近くを舐める。それでも足りなかった。まったく足りなかった。

「お願い……ああ、お願い、イアン。置き去りにしないで」いまにも達しそうだった。あまりにも差し迫っていたから、置き去りにされるのだとわかった。極限まで追いつめられたあと、しゅるしゅるとしぼんで、満たされないままの猛烈なうずきを抱えて放り出されるのだと。

もういや。ああ、もう一度そんなことをされたら、耐えられない。ここまで引き上げられたのだから、頂点を超えさせて、いかせてほしかった。

体も、性の衝動も、自分のものとは思えなかった。おかしくなりそうだ。どうしたらいいのかわからない。

「イアン、もう何年も、こんなことなかったのよ」カイラは縛られたまま身をよじった。「ああ、すごく久しぶりなの。お願い、置き去りにしないで。いかなくてはならないのよ。お願い、イアン」

カイラは追いつめられていた。敏感なつぼみのまわりを舐められ、さらに高みへと向かう。上へ上へとのぼらされ、いきなりプシューとしぼんで、それでおしまいなのかもしれない。猛烈なうずきが何日も続き、解放は得られない。そんなことをされたら、殺してやる。イアン自身の銃を使って、撃ってやる。

二本の指がひだの奥にすべりこんだ。ただすべりこんだだけではなく、ぐっと突いて満たし、力強い動きで奥まで撫でつける。それと同時に口がクリトリスを覆い、吸ったり舐めたりした。どこよりも感じやすいその場所を。

カイラは枕に顔を押しつけて叫んだ。背を反らし、跳ね上がり、身をよじって、すさまじい勢いではじけたとき、理性が吹き飛んでしまうのが感じられた。はじけて、溶けて、押し寄せた熱がすべてをばらばらにした。一度も経験したことのない激しいオーガズムが、体を走りぬけた。

死んでしまいそう。これまで、フランス人がどうしてこれを〝小さな死〟と呼ぶのかわかっていなかった。たしかに、死んでしまいそうだった。最高にすばらしいオーガズムに殺されてしまいそうだ。少なくとも、そんな気がした。

しかし、正気を取り戻すまえに、最初の切ないわななきが止まるまえに、イアンが、この悪魔のような恋人が、さらなる高みへと押し上げた。

イアンが指を引いて、体の下からすべり出た。次の瞬間、鉄のように硬いものが、ぎゅっと引きつっている体の内側を貫き、強く激しく突いた。

カイラは両手に結びつけられたカーテンをつかんで、体を引き上げた。全身がぴんと張っていたが、なんとか息をしようとする。一度でいいから、深呼吸しなくては。最初のオーガズムでまだ体が震えているのに、イアンはそれを引き延ばし、次へ向かわせようとしていた。

両手で尻をつかまれて、その場に押さえつけられ、体のなかに太く硬いものを感じると、身の破滅を予感させられた。性的な関係でも、人生においても、服従者になったことはないのに。でも、ああ、いまなら、そうなることのよさがわかる。

「イアン……」

「ここにいるよ、カイラ」イアンがひどく荒々しいしわがれ声で言い、背後で激しく動いた。「きみを抱いている。放さない」

片方の手で乳房を包み、指で乳首をまさぐる。それから、もう片方の手を太腿のあいだに伸ばし、適度な力でクリトリスをもてあそんだ。

恐ろしく感じやすくなっていたが、イアンは触れかたを、愛撫のしかたを知っていた。そしてどう奪えばいいかを知っていた。やさしくはなかった。悦びと痛みを結びつけて、深く力強くなかへと突き、体と体をぶつける。ふたりのうめき声が混じり合った。

耐えられそうになかった。一線を越えてしまったことにいつ気づいたのか、悦びと感情がひとつに混じり合ったことにいつ気づいたのかはわからない。とても耐えられそうになかった。大きすぎるし、急すぎる。まだ心の準備ができていなかった。

イアンの腕のなかで身をこわばらせ、腰を引いて、制御を得ようとした。心と体を切り替えて、これまでに受けた訓練を、自分が成し遂げたことを思い出そうとした。カイラがまわりの人々に与えている幻想を、イアンにも与えようとした。

「いや、だめだ」イアンが肩を噛んだ。そしてもう一度。「そんなに簡単だと思ってたのか？　いまさら引き下がらせると？　いいか、俺は〈カメレオン〉を奪いたいんじゃない。女を奪うつもりだ」

「お願い」カイラは首を振って、上半身をベッドに突っ伏し、尻を上げたままイアンに体を開いて、何度も貫かれた。「イアン、わたし……」なんなの？　怖い？　自分を見失いそう？「お願い……」

「抱いているよ、カイラ」イアンが覆いかぶさり、官能的な声で言った。興奮は極限にまで高まりつつあった。それでも、イアンの声に自制を聞き取り、つらい気持ちになった。イアンの声には、後悔が聞き取れた。それは彼が身にまとう支配的な力に影を落としていた。

「ここにいるよ。俺のためにいってくれ。俺に預けるんだ。すべてを預けるんだ」

どうすることもできなかった。肉体的にも、精神的にも縛られている。カイラは悟った。すっかり自分を見失っていた。

二度めのオーガズムが訪れたとき、カイラはもう逆らわなかった。叫んで、はじけ、イアンの腕のなかで飛び跳ね、にわかに脈打ちはじめた彼の分身を、鞘《さや》の内側で思いきり締めつけた。

イアンはコンドームのことを思い出しただろうか？　少なくとも頭は働いているようだ。乱れたうめき声をあげ、ぐいぐいと突き、猛《たけ》る部分を脈打たせながら自分を解放したのがわかったが、ほとばしる液体は感じなかった。

興奮に満ちた一瞬、カイラはそのことを残念に思った。それを感じたかった。信じがたい、正気とは思えない一瞬、カイラは考えもしなかったものが欲しくなった。これまでの人生で、一度も考えなかったものを。ただのセックス以上のものが欲しかった。体を張りつめさせた、自制しながらの解放以上のものが欲しかった。

イアンのすべてが欲しい。彼を押しとどめ、明らかな渇望をきびしく抑えこんでいるかたくなな自制心に反抗したかった。イアンに挑みかかり、正面から渡り合う彼を感じたかった。カイラは服従者ではないが、心の一部は服従したくてたまらなかった。イアンの支配欲に正面から向き合い、定められた境界線を押しやって、彼の魂のまわりにしっかりと自分を織りこみたい。イアンがわたしの魂のまわりに自分を織りこみつつあるように。

8

イアンは、ベッドわきに垂れた薄い生地から、ゆっくりカイラを解き放った。手首を縛り、体をその場に押しとどめておくのに使った薄いカーテン。おそらくカイラは、こういう経験はあまりないのだろう。

なめらかなの背中に手をすべらせ、歯を食いしばりながら、丸い尻を撫でた。ほんとうは、そこが赤らむのを眺め、淫らな平手打ちに思いも寄らない悦びを覚えて悲鳴をあげるのを聞き、悦びと痛みのあいだの境界でばらばらになるのを感じたかった。

カイラを愛撫し、奪う方法ならいくらでも思いついた。彼女の体に対してできることならいくらでも思いついた。その体をわななかせ、自分の名を喘ぎ声で呼ばせ、これまで一度も達したことのない愉悦の境地に浸らせるために。

カイラが強い女であることはまちがいなかった。しかしイアンはその強さだけでなく、彼女自身も理解していない渇望を知っていた。そして、カイラのなかで暴れ出しそうな性の衝動が、イアンの抑えこまれた支配欲に反抗したくてうずうずしていることも知っていた。

いまカイラは体の下でうつぶせに倒れ、顔を枕にうずめて、息を弾ませていた。

イアンは薄いカーテンをもとに戻してから、体を起こし、着けていたコンドームを捨てて、カイラのわきに寝そべった。

ばかげたふるまいだ、と考えながら、カイラを腕のなかに引き寄せて胸に抱いた。ほんとうにばかげたふるまいだ。彼女の体の感触は、あまりにも自然に感じられた。まるで自分の胸と腕が、彼女のいるべき場所であるかのように。自分にしっくりとなじむ女。そう気づくと、またもや魂を揺さぶられずにはいられなかった。

「ソレルが、あなたの挑戦的な態度に苛立ちはじめているという報告があるわ」カイラが言って、片手をイアンの胸にすべらせた。「いくつかの小規模なカルテルにも、ソレルに抵抗するよう働きかけているでしょう。近いうちにソレルはあなたを攻撃するわよ」

「ソレルについてきみと話し合うつもりはないよ、カイラ」イアンは、天蓋を覆う薄手のカーテン生地を通して、天井を見上げた。「それに関するどんなことも、きみと話し合うつもりはない」

「わたしはあなたを手助けするために来たのよ、イアン」カイラが苛立たしげな声で言って顔を上げ、こちらを見据えた。「わたしには独自の情報源があるの。あなたはとても危険な男と戦っているのよ。少しでも利益になる情報を、みすみす逃さないでちょうだい」

「きみが利益になるってことか？」イアンは胸をくすぐるひと房の髪を撫でつけた。カイラの髪は絹よりも柔らかく、寒い冬の晩に男をなだめてくれるような温かさがあった。

「わたしはすばらしく役に立つわよ」その言葉にうぬぼれはなく、それが真実であることをイアンは知っていた。カイラはすばらしく役に立つ。

「これは俺の戦いだ」差し迫る危険に、カイラを近づけたくなかった。「ソレルは俺が始末する」

ソレルの正体を暴き、もし自分の手で殺せないのなら、歩み去って、別の者に仕留めさせる。どちらにしても、ゲームが始まったとき、あとに続くはずの激しい衝突にカイラを近づけたくない。

「今週中に、ここを発ってほしい」イアンは言って、カイラと目を合わせ、指の先で頬をなぞった。「アメリカに戻って、この件については忘れろ」

カイラの口もとに悲しげな笑みが浮かんだ。「ほんとうにわたしが言うとおりにすると思っているの？　ここ数カ月、あなたのためにたくさんのことをしてきたわ、イアン。でも、それだけはお断りよ」

「きみの戦いではない」

「わたしが自分の戦いにしたのよ」

この頑固さは、いったいどこで身につけたのだろう？　これまでに会っただれよりも扱いにくい女だ。言い争ったり、叫んだり、わめいたりはしない。自分の意図を告げ、それを最後までやり通す。イアンにはわかっていた。アトランタで彼女について知ったことに加え、調査結果からもそれは明らかだった。

「俺はもうここに戻ってこない」イアンは言った。「夜が明けたら、今夜は存在しなかったことになる。もう二度と同じことは起こらない」

カイラが首を振った。髪が胸の筋肉と張りつめた腹をさらさらと撫でる。

「そうかもしれないわね。あなたは約束を守る男だと聞いているから。でもわたしは、目的を果たすまではアルバを去らないわ」

「目的って何だ？」苛立ちが声に表れた。「ここでいったいなにを成し遂げられると思ってるんだ？」

「あなたを援護して、必要な情報を集められるわ。フエンテスの跡継ぎであるあなたにはアクセスできない情報源があるの。それがわたしの任務よ。終わるまでは立ち去らない。あなたはわたしの仕事をやりやすくすることも、やりにくくすることもできる。どちらでも好きにすればいいわ」カイラはそう言いながら頭を低くして、唇でイアンの肩をなぞり、指で上腕の硬い筋肉をまさぐった。

イアンはまゆをひそめて天井を見つめ続け、感情とは距離を置き、実行中の危険な作戦には手持ちの唯一の武器だけを使おうと決意した。持っているのはごく小さな部隊だった。あまりにも小さいので、もしフエンテスの兵士たちがソレルに敵対することを拒めば、望みはなかった。カルテルに対する部下の忠誠心が、イアンの強みだった。それは金銭を超えた家族的な協力関係だった。ディエゴは将官の大半と姻戚関係がある。将官は尉官と姻戚関係にあり、尉官は兵士と姻戚関係にある。どこまでもつながっていく輪だ。

少数のスパイが紛れこみ、表と裏で別のことを言う者がいるかもしれないが、全員の意見は一致していた。テロリズムは麻薬取引を困難にする。狂信的なテロリストは麻薬の売買をさらに困難にする。したがって、フランス人テロリストをこの事業に参入させるわけにはいかない。

小規模なカルテルの一部は、力が弱すぎてソレルの圧力に抵抗できないが、ソレルに反発する規模の大きいカルテルは、八カ月前にイアンが始めたことを実行に移しつつあった。保護を約束して、小規模な組織を吸収するのだ。

これはゲームではない。情報を収集するよりはるかに多くのことが求められる。もしカイラがイアンと協力して動くなら、これまでのキャリアで初めて、中立の立場を装ってはいられなくなる。自分の身を危険にさらしかねない。そこでひとつの疑問が生じる。なぜそんなことをする？

この十年、カイラはさまざまな機関で独立した秘密諜報員として活動してきた。最初は連邦捜査局《FBI》、次にＤＨＳ。なぜいまになって、自分の身と、中立という見せかけを危うくする？

ジェイソン・マクレーンの姪として、その叔父が世界じゅうに所有するさまざまな企業や資産の株主として、カイラはジェイソンの〝情報源〟と見なされていた。ジェイソンが事業に投資する際に、頼りとしている数少ない人間のひとりだ。ジェイソン・マクレーンは、世界の紛争地域に赴き、人脈を築くことで人道的な援助を採算が取れるものにすることでよく知られていた。カイラも、そういう紛争地域に乗りこむことでよく知られている。それは、反乱の状況や、紛争に関わっている有力者、混乱の先行きなどについて情報を集める手段のひとつだった。そしてある場合には、危険な香りのする変装の達人、〈カメレオン〉になった。周囲の環境に溶けこみ、マクレーンやそのさまざまな事業と無関係の情報を集められるように。

ここ数年で目にしたカイラは、ブロンドのときもあれば、赤毛やブルネットのときもあった。化粧を武器のように使いこなし、顔立ちをすっかり変えてしまうので、カイラ・ポーターの真実の姿はまったく識別できなかった。顔ではなく体の動きを追えば別だが、それができる人間は少ない。腰の揺れ、色には関係のない特別な瞳の輝き、柔らかな曲線を描く独特な形の耳、あるいは隠された香り。それとも、単にひとりの女が特定の男に与える影響と、男がそれを認識する能力なのかもしれない。なぜなら、その女を見るたびに、男は鉄のように硬くなり、あまりの情欲に息が切れそうになるからだ。女がどんな仮面をかぶっていても同じだった。

過去五年間イアンがともに戦ったドゥランゴ部隊は、〈カメレオン〉に提供された情報をもとに数度の作戦を行っていた。そのたびにカイラは作戦に深く関わり、完了時にはその場にいた。部隊にはカイラの正体は明かされていなかったが、毎回イアンはカイラに気づいた。一度、カイラを捕虜として捕らえたことさえある。南米に拘束された合衆国の外交官を救出するために、部隊が派遣されたときだった。

考えてみれば、この女は、イアンの心の平和をかき乱すような、危険すぎる場所にばかり首を突っこんでいる。

「たしかに、うちの天井って、いくら見ても飽きないわよね」カイラが皮肉っぽく言った。「ここで議論しようとしたのがまちがってたわ」

イアンは胸にもたれているカイラを見下ろした。灰色の目に浮かぶ苛立ちに、思わず口もとがほころんだ。ちくしょう、いますぐこの女のそばから逃げ出すべきだ。

「きみの助けはいらないよ、カイラ。立ち去ってくれたほうが助けになる」

どう考えても、カイラとは距離を置かなければならない。

「わたしが立ち去らないことは、よくわかってるでしょう」カイラが歯を食いしばって言った。「あの悪党の正体を暴いて捕らえることに関心があるのは、あなただけだと思ってるの？　悪いわね、イアン。そうはいかないわよ。わたしにとっても、同じくらい重要なんだから」

もちろん、そうだろう。ソレルの配下の武装集団が、二十年前カイラの家族とジェイソンの婚約者を殺した爆弾テロの犯行声明を出していた。

「個人的な報復にしてはならないよ、カイラ」イアンは重々しく言いながらも、自分の発言に含まれた皮肉に気づいていた。「そしてここは、俺たちの関係をめぐって火花を散らす場でもない。いま手がけている仕事についても同様だ。俺たち両方の命が危うくなる」

「信じないわ。わたしたちの関係があるからこそ、作戦の成功がもっと重要になるはずよ。協力して動くことが容易になるはずよ」

「きみにとっては、そうかもしれない」イアンはカイラの顔にかかった髪を撫でつけ、無垢にすら見えるその表情に感じ入った。カイラが持つ生き生きとした清らかさには、いつも驚かされる。そして挑発されているような気になる。カイラがベッドをともにするよう求めるとき、実際にはどれほど多くのことを求めているか、本人はまったく意識していないのだろう。

「あなたにとってもそうだわ」カイラがまゆをひそめ、灰色の目を曇らせた。

イアンは首を振った。「きみを守り、見張ることに気を取られすぎて、危険にさらされるだろう。よそ見をしている余裕はないんだ。ここできみが殺されでもしたら、とても耐えられない」イアンは男性優越主義者だ。そうでないふりをしたことはない。作戦の展開中、近くに女がいれば、視線の片隅で常に見守っていた。たしかに、女は強い。臨機応変で、頭も切れる。しかしそれでも男の本能が、女は守られるべきだと主張していた。

「その危険はわたしが負うわ」カイラが告げた。その口調に怒りはなく、強さと目的意識だけがあった。カイラが戦力であることは、頭ではわかっていた。経験豊かな諜報員だ。しかし心は、カイラの身に降りかかる危険を恐れて張りつめていた。

カイラは俺が守らなければならない。彼女を守る唯一の方法は、ゲームからはずすことだ。

「この件については合意に達しそうもないな、カイラ」とうとうイアンは言った。「今夜手にしたものを楽しもうじゃないか。きみはこの任務に加わってはいないんだからな」

これ以上反論されるまえに、イアンはカイラの唇を引き寄せ、キスをした。朝の太陽のように柔らかく、溶岩のように熱い。それがカイラだった。陽の光と熱。あと数時間だけ、その熱が必要だった。自分でも理解できないほどに、カイラが必要だった。それはイアンを震え上がらせた。けっして和らぐはずがないと思っていた心の奥を和らげられてしまう。常に超然と構えていようという決意が、彼女の前では灰となって風に飛ばされてしまうのだ。

カイラはイアンが身を置くこの場所にやってきた。邪悪なにおいを追いやるさわやかなそよ風のように。熱い絹にも似た唇が唇の上で動き、両手が情熱そのものとなって体を撫でつけた。

今回は、カイラの好きなようにさせた。イアンは仰向けになって眺め、カイラの愛撫と情熱が体に流れこむままにした。この上ない悦びに身を任せる。

いまは、主導権を奪おうとする時ではない。支配欲を満たす時ではない。自分がやさしくなれることを、思いやりをこめて愛撫できることを知っておいてほしかった。なぜなら、陽が昇ればまた、邪悪な世界が産み落とした男に戻らなければならないからだ。

いったいカイラとは何者だろう？　重なった唇が動いて、舌が誘いかけ、からかった。両手で彼女の背中を撫で上げていると、そんな疑問が頭に浮かんだ。

カイラとは何者だろう？　愛撫をこれほど特別に感じさせ、ため息をこれまでに聞いたどんなため息よりなまめかしく感じさせるのはなぜだろう？　それを聞くと、自分が引き出せるはずの愉悦の叫びを、もっと引き出したくてたまらなくなる。

なぜなのかはわからなかった。鋭い小さな歯に下唇をついばまれているいまは、それもどうでもよかった。イアンは両手をカイラの髪に差し入れ、手のひらで撫でつけた。カイラが唇で体を下へたどると、股間が期待に極限まで膨らんだ。

熱い唇が胸をなぞっていく。舌が硬い乳首を舐め、もてあそんだ。そこにため息を吹きかけられ、悦びにぐっと体を伸ばす。

鋭い爪が腹をこすって下へ向かい、淫らな刺激を股間へと直接伝えた。イアンはカイラの背中と肩を撫でさすり、両手で頭を包み、渇望のうめき声をあげた。唇が腹にたどり着いた。

セックスは常に、イアンにとってもっとも大きな悦びのひとつだった。しかし、カイラとのセックスはやみつきになりそうなほどだった。

「ずっとあなたを味わいたくてたまらなかったの」カイラがささやいて、太腿のあいだに移動し、両手で硬い部分をしっかり握り、柔らかな熱で包んだ。イアンの心臓が高鳴った。

「まるごときみのものだ」イアンはつぶやき、自分の声の響きに驚いた。調子のいいときでもざらついてはいるが、いつも以上にしわがれていた。

昔から、感情をかき立てられると声が太くなる。カイラが胸の内に呼び起こす感情をのぞきこみたくはなかった。それはできない。いまはまだ。

しかし、押し寄せる悦びなら歓迎だ。それに、湿った淫らな口が先端を包みこむと、もうほかに選択の道はなかった。

「くそっ。いいよ、カイラ。すごくいい」熱い液体の愉悦。熱く湿ったカイラの口に覆われると、刺激のひとつひとつが、ひどく敏感になった神経の末端をかき鳴らし、筋肉をぴんと張らせた。自分のペニスをくわえるカイラの姿を見るだけで、自制心が吹き飛びそうだった。先ほどのオーガズムのあとで、まだ自制心が残っているとすればだが。

いいや、残っていなかった。先端を口でぎゅっと締めつけられ、舌で洗われると、指をカイラの髪に差し入れ、その場に押さえつけた。舌が敏感な笠の下を探り、鋭い刺激をまっすぐ張りつめた玉に送りこんでいるその場に。

「きみの口には規制が必要だ」イアンはうめいた。「あまりにも淫らすぎる」

片方の手が竿《さお》を撫でつけ、もう片方が引きつる睾丸《こうがん》のほうへ動いた。爪がそこをかすめてもてあそぶと、イアンは欲情にのみこまれて歯を食いしばった。

それでも、カイラに自分を与えた。すべてを与えた。危険を、作戦を、自分が毎日向き合っている罪悪を頭の隅に追いやり、彼女の愛撫に浸った。

「すごくいい」イアンはささやいた。先端を吸われ、身をこわばらせてこらえる。「きみの口が好きだ。きみの愛撫が」

うめき声がこわばった肉体を震わせた。

目を上げて自分の体を見下ろし、カイラを眺める。

その顔は情熱で赤らみ、目は煙って、灰色と薄い藍色が嵐のなかで渦を巻いて混じり合い、イアンを魅了した。

カイラが身を引き、幅広い笠の片側に舌を巻きつけてから、先端にしみ出てきた小さなしずくに目を留めた。なまめかしい笑みを浮かべ、舌をその上にすべらせて、小さなしずくを舐め取る。イアンは頭をマットレスにうずめ、すぐにでも自分を解放したい欲求を抑えた。

「おいで」イアンはカイラの肩に両手をすべらせて促した。「俺に乗ってくれ。とろけるような熱いきみのあそこで、もう一度俺を包んでくれ。もう一度だけ」

イアンはナイトテーブルに手を伸ばし、そこに置いてあったコンドームを手探りした。

カイラがそれをすばやく着けてくれた。数秒のうちに片脚をイアンの腰の向こうに投げ出してまたがり、硬い部分を覆っていく姿をこちらに見せる。

いまいましいことに、カイラはゆっくり動き、膨れた先端がなめらかなむき出しのひだを分け、熱い体の奥へ消えていくのを眺めさせた。一度に少しずつ、体を上下させながら進める。イアンはうめき声をあげ、それと同時に彼女のなかに根元まで収まった。

カイラを見上げ、両手で乳房を包んで、乳首をまさぐる。それから背中を抱いて、ぐっと引き寄せた。可能なかぎりカイラを感じたかった。あらゆる愛撫、あらゆる味、あらゆるため息を。

カイラが息を切らし、イアンも呼吸しようと懸命になった。心地よい彼女の内側が分身をしごき、この上ない悦びとともに締めつける。それはイアンを、これまでどんな女とも行ったことのない場所へと連れていった。唇が重なると、自制心との最後の脆《もろ》いつながりが消えた。片方の手でカイラの尻を、もう片方の手で頭の後ろをつかみ、ぐっと抱き寄せると、彼女の下への動きに合わせて力強く突き上げた。

カイラの唇にうなり声を吹きこむ。あまりにも心地よかったからだ。ここから歩み去るのが死ぬほどつらいことがわかっていたからだ。

カイラを抱いたまま寝返りを打ち、組み伏せて何度も突いた。カイラが両脚を腰に巻きつけて、手を髪から背中にすべらせ、引っかき、ぎゅっとしがみついた。イアンは必死にこらえ、カイラにもこらえることを強いた。

語りかけたかった。彼女がどれほど完璧か、どれほど熱いか、どれほどすばらしいかを伝えたかった。しかしできなかった。いまはまだ。なぜなら、電流が睾丸から背筋を駆けのぼり、脳まで達していたからだ。情欲が体を打ちつけ、アドレナリンが急上昇し、ふたりはともに絶頂へと向かった。

イアンはカイラの肩に頭をうずめ、激しくほとばしるような解放に震えた。悦びが輝きとともにはち切れたかのようだった。

カイラに腕を回し、必死の思いでしがみつく。あともう少しだけ。そうしたら、手を離そう。あともう少しだけ……。

9

夜明けが近づき、窓の外がうっすら明るくなると、イアンはカイラのベッドからそっと抜け出し、昨夜脱ぎ捨てた服を集めた。

身支度を終え、バルコニーに出てから、手すりを乗り越えて地面に飛び降りた。昨夜バルコニーにのぼるのに役立ったユソウボクのそばにしゃがみ、目を凝らして、向こうの石塀と自分とを隔てている庭を見回す。

監視されていないことを確信してから、花の咲いた低木やブーゲンビリア、さまざまな木々のあいだをすばやく抜けて、三メートルの石垣にたどり着いた。もう一度、庭じゅうに植わったユソウボクのうちの一本を使って、石垣のてっぺんまでのぼり、フエンテスの敷地に降り立つ。

そこから別荘までは、ほんの短い距離だった。ディエゴの夜間警備員はイアンが通り過ぎても気づかず、警備員の使っている犬たちは、イアンのにおいにはまったく反応しない。イアンは敷地に属しているのだから、興奮を誘うようなものはなにもなく、犬たちが警備員に警告することもなかった。イアンは寝室のバルコニーによじのぼり、室内に戻った。

ガラスドアを閉めると、ディークが部屋の一角に置かれたカウチから立ち上がり、ぎくしゃくと体を伸ばした。

「一時間で戻ると言いましたよね」ディークが苛立たしげに、長時間の不在を指摘した。

愚痴っぽい口調に、イアンは唇の端をぴくりとゆがめた。「携帯電話がある。必要なら電話できただろう」

ディークがふんと鼻を鳴らしてから、イアンに視線を据えた。「おやおや、まるで無茶な乗馬でもしたみたいだ」護衛の声にはうらやむような響きがあった。「まったく。俺の分も楽しんでくれたようですね」

イアンは思わずくすりと笑いそうになった。ディークの恋人はアメリカの法科大学院生で、ディークが犯罪組織で働くあいだ、家で辛抱強く待っていた。数カ月に一度、ときには一年にたった数回、時間のできたときにこっそり会うという関係を続けている。

そう、イアンは大の男四人分に相当するほど、夜を楽しんだ。しかしまだ、まったく満ち足りてはいなかった。

「一日を始めるまえに、二、三時間眠りますか？　メインルームの見張りに就きますよ」

イアンは首を振った。「いくらか眠ったか？」

「二、三時間」ディークがうなずいた。

「もう少し寝ろ」イアンは指示した。「俺はシャワーを浴びて、打ち合わせのまえにいくつか用事を片づける。午後には、ラダッキオと三人の息子たちとの会合がある。俺は行き帰りの車のなかで寝るからいい」

「ああ、あなたが出かけてすぐ、ラダッキオのやつが親父さんに電話してきましたよ。その会合は、もうさほど重要じゃないかもしれません。ディエゴがかなりきっぱりと、今後フエンテス・カルテルからの仕事依頼はない、と伝えましたから」

イアンは顔をしかめて首を振った。ディエゴが介入してくることを予測しておくべきだった。頭のどこかでわかってはいたのだ。ディエゴは血塗られた手でカルテルを支配してきた。イアンが参入したからといって、やりかたを変える理由はないと考えている。どういうわけか、殺戮《さつりく》や麻薬戦争、それらを勢いづける流血への欲望を、イアンが楽しむようになると考えているのだ。

「ディエゴは、出かけるまえに俺が対処する」イアンはため息をついた。「九時に出発できるよう準備しろ。現地に行って、会合場所に入るまえに安全を確認しておきたい。ヴァレンス・ラダッキオが裏切りかねないのは、ディエゴのほかの取引仲間と同じだが、このあいだの強奪未遂についてどう釈明するつもりなのか聞きたい」

ディークが指で額に触れて同意を示し、挨拶をして寝室からとなりの居間へ移動した。暗がりのなかにひとり残されたイアンは、鋭い目で寝室を見回し、ソレルが敷地内に送りこんだスパイについて考えた。

昨夜出かけるまえに、情報が伝送された証拠を受け取っていた。たいした情報が漏れたわけではない。ほとんどの場合、イアンはディエゴに内情を知らせていなかった。あの男には、自分が目にしたあらゆるものについてソールと話し合う癖があるからだ。ディエゴは注意深く頭が切れるとはいえ、ソレルのスパイを内部に忍びこませてしまっている。

イアンは首を振って、シャワーのほうに向かった。頭からカイラのにおいを洗い流し、自分の計画を練ってそれに取りかかる必要があった。なんとかしてカイラを追い払う方法を見つけなければならない。昨夜のことで、彼女に対する自分の弱さが証明されてしまった。これほど近くにいると知りつつ、彼女のベッドから遠ざかっていることはできないだろう。

そして、何者かがこの情事に感づき、ソレルや別の敵にそれを漏らすまでに、それほど長くはかからないだろう。ディエゴに知られるのも、同じくらい厄介だ。あの親父のことはわかっている。イアンに恋人が、ひと晩限りの関係ではない女がいると知った瞬間、あれこれ計略を巡らしはじめるだろう。ディエゴにとってなにより重要なのは、弱みを握ることだからだ。あの男は、利用できるものを必要としている。カイラの身に危険が迫れば、自分が簡単に操られてしまうことはわかっていた。

自分の猛る部分をカイラがくわえ、目に渇望を浮かべて、顔を欲求に火照らせるのを見ていたどこかの時点で、そのことに気づいた。あるいはそれは、カイラが抵抗をあきらめ、自制心を取り戻そうとするのをやめて、イアンに身を任せたときかもしれなかった。

二時間後、イアンは別荘の一階にある使用人部屋に足を踏み入れた。錠が下ろされたリス・ダニアの寝室のドアを足で蹴破り、蝶番《ちょうつがい》からはずす。

イアンは背後にディークを伴ってゆっくり部屋に入り、ベッドで身をすくめているふたりの女をにらんだ。

「いやはや」イアンはこわばった冷たい笑みを浮かべて、リスとエレノアを交互に見た。「これはこれは、お嬢さんたち、お楽しみの最中だったようだな？」情報漏洩の容疑者ふたりは、イアンが考えていたより親しく交わっていたようだ。

エレノアの子猫のような顔はショックと狼狽《ろうばい》にゆがみ、リスはさっと目を伏せた。しかし、イアンはその目にみなぎる怒りを見て取った。

イアンは醒《さ》めた態度でふたりを見据えた。ディークとほかの男たちが腕にしっかりと自動小銃を抱えて、まわりを取り囲んだ。

「イアンさま、これは……あなたが思ってるのとはちがうんです」エレノアが喘ぎながら言って、焦茶色の目を不安そうに見開いた。リスはその体に寄り添って身を縮めた。

ふたりの体が震えた。胸はむき出しで、女たちはそれを隠そうともしなかった。少しまえまで性行為にふけっていたしるしが、ふたりの太腿や、赤らんだ乳首、下の湿ったシーツに残っていた。

「いや、まったく思っているとおりのはずだ」イアンは木の椅子を前に押しやり、座面にまたがって、背に前腕をかけた。それからふたりに、勝ち誇ったような訳知りの笑みを向けた。

エレノアがシーツを引き上げた。

「シーツは放っておけ」イアンのきびしい声が静寂のなかに響いた。ほかに聞こえるのは、エレノアの喘ぐような息づかいだけだった。

「エル・パトロン・フエンテスは、あたしたちがどんなふうに楽しもうと気になさいませ
ん」不意にリスが、向こう見ずにも口を開いた。怖がっているふりをしていたが、表情には隠しきれない自信と怒りがあふれていた。

「リス、この鶏小屋を支配しているのはだれかということを、忘れてるようだな。この家では、その雄鶏《おんどり》の最後のひと声で、ものごとが決定されるんだ。わかるか？」

リスがふっくらした幅広い唇を舐め、ちらりと部屋を見渡した。その瞬間、脅威と死を感じ取ったようだった。

「イアンさま、ほんのささいな罪ですわ」エレノアがささやき、澄んだ目に懇願を浮かべた。

「ちょっとした慰めを求めただけなんです」

「おまえのお遊びや嗜好《しこう》はどうでもいいんだよ、エレノア」イアンは寛大な笑みを向けて言った。その笑みに、エレノアは居心地の悪さを覚えたようだった。「リスとの関係、それか

らカルテルの敵との関係を案じてるんだ」

まっすぐエレノアを見ていたが、視野の片隅で、リスの目に恐怖がよぎるのをとらえた。哀れなエレノアは、本人が思うほど嘘がうまくなかった。チョコレート色の目に後ろめたそうな表情が表れた。それはぴんと張った乳房に印《しる》された、リスの激しい愛撫の跡と同じくらい明らかだった。

「おっしゃる意味がわかりません」

「嘘をつくな、エレノア」イアンはディークのほうに手を伸ばした。四枚の写真が渡された。きのうエレノアとリスが市場へ行ったとき、デジタルカメラで撮影したものだった。

ソレルの連絡係として知られる男、エルネスト・クルスと話しているふたりの写真があった。それから、かなり分厚い二通の封筒を受け取っている写真。そして、強欲なあばずれ、リスが自分の封筒をあけて、なかの札束で顔をあおいでいる写真。

イアンは写真をベッドに放った。女たちが恐怖に呆然《ぼうぜん》としてそれを眺めた。

「おまえたちは、入手できたちょっとした情報をやつらに伝えたらしい。ラダッキオとの会合が、昨夜遅く行われると思っていたわけか？」リスが怒りを抑えようともせずに、憤然とこちらをにらみ返したが、イアンは続けた。「エルネストの友人たちは、その会合でラダッキオを見つけられなかった。代わりに見つけたのは、小さな軍隊だ。友人たちは今朝、体をばらばらにされてエルネストのもとに戻った」女たちは蒼白《そうはく》になり、おびえて目を見開いた。

イアンの胸に怒りが渦巻いた。

ソレルは急な襲撃にもかかわらず、精鋭を送りこんできた。イアンは部下をふたり失い、ソレルの部下は全員息の根を止められた。

強大な力を持つコカインと、それより強大な力を持つドルのために、彼ら全員が多かれ少なかれ犯罪に手を染め、何度も殺人を犯してはいるが、命を失ったことに変わりはない。

「昨夜俺は部下をふたり失ったんだ、エレノア」イアンはやんわりと言った。「精鋭のふたりをな。あまり心中穏やかにはなれないね」

エレノアがぶるりと身震いし、唇をわななかせた。恐怖で浅黒い顔からは血の気が引き、目は涙で濡れていた。

「イアンさま、だれにも危害は加えられないはずだったんです」パニックに喉を詰まらせながら言う。「彼らはそう約束――」

「おまえはばかか、エレノア?」イアンは鋭い口調で言った。「リスを見てみろ。この女を」

エレノアがリスのふてぶてしい顔にちらりと目を向けた。「この女は、ソレルが勝利すると考えたんだ。ボスが手配した血の風呂で、俺が死ぬと」

「ちがいます、イアンさま」リスが叫んだ。

イアンはジャケットの内ポケットから拳銃をさっと出し、銃口をリスの頭に向けた。一瞬、その顔に浮かんだ恐怖に満足を覚えたが、ほんの一瞬だけだった。

「あなたはあたしたちを殺さないわ」リスが低い声で、自信ありげに言った。「あなたは女を殺さないものね、セニョール・フエンテス？　あなたはエル・パトロンとはちがう。この世界を理解してるのは、エル・パトロンだけよ。あなたは耳障りな声でわめく、ただのロバ――」

弾丸が炸裂《さくれつ》して、リスの頭蓋骨を貫き、後頭部をエレノアの頭上と背後の壁に飛び散らせた。体は後方に放り出された。

銃が撃たれた瞬間、イアンは身を伏せて転がった。上体を起こして銃を構え、戸口に立つ男の胸に狙いをつける。

ディエゴ・フエンテス。イアンは指をこわばらせた。引き絞って発射したいという欲求に、自制心を打ち負かされそうになった。うまくこの場を切りぬけることはできるだろう。この悪党を殺し、事故だったと主張することは可能だ。上官に尋問されることもなく、ソレルを追い続けることができる。じつに簡単だ。

ディエゴが黒い目でイアンをまっすぐ見据え、口もとに心得たような笑みをよぎらせてから、銃を下ろした。飾り気のない白い絹のシャツが浅黒い肌を際立たせ、きっちりアイロンがけされた黒いズボンと、腹立たしいほど高価なローファーは、たったいま流した血にもよごされていなかった。

「そいつらは女ではない、裏切り者だ。裏切り者は死ぬ」ディエゴが吐き捨てるように言った。

「だったら俺はどうなるんだ、親父？」イアンはいきなりどなって立ち上がった。怒りが体を駆けめぐる。「俺はあんたのために自分の国を裏切った。どうしてあんたのことも裏切らないとわかる？」

「血は国よりも強い」ディエゴが答えた。「わたしの血が、おまえの体に流れている。わたしの心臓が、おまえのなかで鼓動している。わたしの一部は永遠におまえと結びついているのだ。おまえはわたしの息子だからな。その淫売たちを始末して、頭から消し去ってしまえ。わたしが所有するものへの裏切りを、許すわけにはいかない。そしてまちがいなく、おまえはわたしの息子なのだからな」

エレノアがすすり泣きはじめた。イアンはその体を守るように、ディエゴとのあいだに立った。

「この作戦は、俺のやりかたで進めると決めただろう！」イアンは冷たい怒りをみなぎらせて言った。「俺の許可なく殺しはしないはずだ」

「わたしが了解したとでも言わんばかりだな」ディエゴがきり返した。「その女の死体は通りに投げ捨てて、レズ相手のそっちの淫売は、病んだ持ち主のところへ戻せ。やつの問いに対するわたしの答えを届けさせるのだ。〝くたばれ、ソレル〟と」

ちくしょう、なんということだ。イアンはこの愚かな男の口を拳で殴りつけて黙らせてやりたかった。あるいはこの黒い心臓に弾丸を撃ちこんで、永遠にたわごとを吐けないようにしてやるか。

「ここから出ていけ」イアンは言った。「いますぐ」

「その女と交渉するためにか?」ディエゴがあざ笑った。「おまえは敵と交渉する。まるで信用できる取引相手であるかのように。おまえはばかだ」

「そしてあんたはあの女と同様、死ぬことになるぞ。すぐにここから出ていかなければな!」イアンは不穏なほど声を低くした。この悪党を黙らせたいという欲求が、身の内で渦巻いた。「あとで相手をしてやる」

ディエゴがあざけるような笑みを浮かべた。「だがおまえはわたしを殺さないし、リスは死んだままだ。息子を襲撃した悪党へのわたしの答えだよ。エレノアが自分でそれを伝えに行ってくれるだろう」そう言うと、くるりと背を向け、部屋から出ていった。

イアンは振り返ってエレノアを見た。泣くのはやめて、冷たくなっていくリスの体をおびえたまなざしで見つめている。

「エルネストに殺されるわ」エレノアがささやき声で言って、イアンに視線を向けた。「あたし、リスを助けただけなんです。頼まれたとおりに。アルバを出て、コロンビアの家に帰るだけのお金がもらえるからって。家族を食べさせていけるだけのお金が……」しだいに声を小さくして黙りこみ、震える手を伸ばしてリスのだらりとした顔に触れる。

いまでは血と死のにおいが部屋に満ち、セックスと恐怖の甘いにおいを消し去っていた。

「ディーク、エレノアを飛行機に乗せろ」イアンは落ち着いた声で命じた。「身の安全を守れ」顔を片手でぬぐい、不意に心に痛みを感じながら、ディエゴが手を下したリスの無残な遺体を見つめた。

イアンは、リスに危害を加えるつもりはなかった。たしかに、脅して、情報を渡すよう説得するつもりではいた。しかし、危害を加えるつもりはまったくなかった。

「尋問すべきでは？」ディークの声も同じくらい落ち着いていた。

「機上でな」イアンはうなずいた。「一時間以内に、飛行機で安全な場所へ運ぶんだ」

緊急の場合に備えて、パームビーチから少し離れた自家用飛行場にセスナが待機している。パイロットも二十四時間態勢だ。

「さあ、エレノア」ディークがエレノアに腕を回し、ベッドから下りるのを手助けした。「服を着るんだ。ここから出るぞ」

エレノアが、混乱した必死の形相でイアンを見た。「殺さないで、イアンさま。お願い」頬に涙をこぼし、赤らんだ唇を震わせる。「ほんとうにごめんなさい」そう言ってディークの腕にしがみついた。まるで、不意のやさしい抱擁から無理やり引き離されるのを恐れるかのように。

「おまえを殺しはしないよ、エレノア。ディークといっしょに行け。彼がおまえの面倒を見る」イアンは横目でリスをちらりと見た。「リスを埋葬しろ。ひっそりとだ。手配を頼む」体ごと向き直り、リスのうつろな表情を見つめる。「ちくしょう、ときどき、朝目覚めることにさえうんざりさせられる」

「まずは寝なくちゃなりませんよ、ボス」ディークがエレノアの身支度を手伝いながらつぶやいた。

「黙れ、ディーク」イアンはどなった。

イアンは手に銃を握ったまま部屋を出て、別荘の廊下を抜け、この時間にディエゴが見つかるはずの唯一の場所へ向かった。あの悪党はなにがあろうと食欲を失わないのだ。あの人でなしは女を殺した五分後には、王のようなそぶりで朝食の席に座ることができる。そして案の定、ディエゴはそこにいた。朝食のテーブルに着き、コーヒーカップと、果物とデザートがのった皿を前にして、相談役のソールを向かいに座らせている。

イアンは無意識のうちに、ディエゴのシャツの胸もとを両手でつかみ、椅子から引き上げて、壁にたたきつけていた。

ショックに見開かれた黒い目がイアンの目と合い、次に怒りにすぼめられた。しかしディエゴがどの程度怒りを感じていようと、いまイアンのはらわたで渦巻いている激しい怒りには遠く及ばなかっただろう。リスがどさりと倒れ、背後の壁に脳みそを飛び散らせた姿をまざまざと思い出し、吐き気を催した。

「いいか、あと一度でも、ああいうふざけたまねをしやがったら、俺は抜ける。わかったな？」鼻と鼻をつき合わせてどなる。殺意に満ちた怒りが体を駆けめぐった。

「あの女はわたしを裏切った」ディエゴがうなった。

「まぬけなくそ野郎め。あの女は情報を持ってたんだ」イアンはしわがれ声で言った。荒々しい怒りではらわたが焼けつくようだった。「俺が必要とする情報を。わかったか？」父親の体を放り出し、拳を固める。なにかを、なんでもいいからなにかをする必要があった。ディエゴのやつめ。リスはまだほんの子どもだった。利用されやすい、多感な、怒りに満ちた若い女で、世間のことなどなにもわかってはいなかった。なのに、ディエゴはあっさり殺してしまった。なんのためらいも、疑問もなく。

「ちくしょう」イアンはつぶやいた。「俺は出ていく」

「そして、ソレルがわたしたち全員を破滅させるのを許すのか？」ディエゴがイアンの正面に身を置き、冷たく抜け目ない表情を浮かべた。「おまえの正義と自由への信念はどうした？」にやりと笑って続ける。「わたしがおまえを守るために動くと、おまえは血を流すことについて泣きごとを言う。ソレルが目的を達して、おまえの大切な国を襲撃したらどうするのだ？」

イアンの心は凍りつきつつあった。この男は、この化け物は、自分の父親だ。十九歳の少女を殺した男。まるで彼女が、生気にあふれたきれいな若い女ではなく、病んだ動物であるかのように。

そして、自分はここから歩み去れない。どれほどそうしたくても、どれほど血と死から遠ざかりたくても、歩み去ることはできない。いまはまだ。

イアンは歯を食いしばった。銃の握りを指で締めつけ、顔をゆがめる。「口を出すな、ディエゴ。出しゃばるなら、俺は抜ける」

イアンはディエゴから離れ、朝食室を出ていった。

ディークが玄関広間に入ってきて、陰気な表情で、イアンに向かって短くうなずいた。イアンは重いため息をついた。エレノアは無事保護され、飛行場に送られた。リスの遺体を埋葬するのと同じ者の手によって。イアンがフエンテスの家に入れることができた唯一の諜報員の手によって。

イアンは明るい陽射《ひざ》しのなかに歩み出て、新鮮な空気を深く吸いこみ、カイラの別荘にちらりと視線を向けた。ああ、彼女のベッドにとどまっていられたなら。柔らかい香りのするしなやかな体を抱きしめ、温かさに浸っていられたなら。しかしそれは、なによりも願ってはならないことだった。カイラにとって、イアンはいまもっとも近づいてはならない危険な存在だ。そしてイアンにとって、カイラは近づいてはならない唯一の存在だった。

イアンが勢いよく扉を閉め、自分とソールを朝食室に残して去ると、ディエゴは安堵《あんど》のため息をついた。イアンの行動がもたらしたさまざまな影響が、頭を混乱させていた。

拳を固めて、ソールのほうを振り返る。心に渦巻く恐怖と怒りで体じゅうの筋肉が震えた。

「まちがいだった」ディエゴは声をひそめて言った。「わたしはひどいまちがいを犯した」

「よく考えるべきでしたね、ディエゴ」ソールも青ざめた顔をしていた。「息子さんに関しては、非常に危ない橋を渡っているんですから。わたしたちにはとても単純に思える規則が、彼にとってはそれほど単純ではないのです」

ディエゴは片手で顔をぬぐい、もう一度どさりと椅子に腰かけた。不意に、目の前の食べ物に食欲がわかなくなった。

「あいつは、女を殺《や》らないつもりだった」ディエゴは言った。「息子は、スパイの脅威を取り除かないつもりだったのだ」

「使用人についての彼の警告を心に留めていれば、そもそも必要なかったことでしょう」ソールがやんわりと指摘した。

「埋め合わせはするつもりだ」ディエゴは髪をかき上げた。息子の目のなかで燃えていた混じりけのない憎しみを思い出すと、胸がうずき、心臓に重苦しさを覚えた。「どうしたらあいつに埋め合わせができる、ソール?」

「息子さんの望みに従いなさい」ソールも動揺していた。「言われたとおりにするのです。いいですね、ディエゴ?」

ディエゴはソールに視線を据え、不意に悲しげな笑みを浮かべるのを見て苦痛を感じた。

「息子さんがわたしにだれを思い出させるか、わかりますか、ディエゴ？」

ディエゴは首を振り、ソールの目に親愛の情がよぎったのを不思議に思った。この老人が慈しんでいる人間はほんのわずかだ。

「あなたのお父さまですよ」ソールが穏やかに言った。「若く、誇り高く、血の気の多いアキレス・フエンテスです。息子さんを見ていると、彼を思い出します」

ディエゴは目をしばたたいて父の古い友人を見てから、首を傾けて考えこんだ。たしかに、と胸につぶやき、記憶に口もとをほころばせる。イアンには、父のアキレスに似たところがあった。強く、誇り高い男。戦士であり、革新者でもある。それが息子だ。そう、おそらくソールは正しい。少なくともいまのところは、イアンの指示に従うべきだろう。

10

わたしには彼が必要だ。

一週間後、カイラはイアンをアルバ島まで追いかけてきたほんとうの理由、彼の仕事に首を突っこむことに決めたほんとうの理由を認めた。そしていま、七日前にイアンが刺すようなまなざしで与えた警告を無視して、フエンテスのクラブ〈コロナードズ〉のラウンジに座っているのも、それが理由だった。

そのクラブは島でも特に人気が高く、観光客や常連客でいっぱいだった。ハードな音楽、人気スポットの中心に存在するひそかな闇の世界。ここは違法業務といかがわしい取引の温床だった。カイラはフエンテスの関係者を装ったソレルの支持者たちのまんなかに座っていた。

カイラがここにいるのは、ＤＨＳの利益を守るためにディエゴ・フエンテスを生かしておき、逮捕と起訴を免除するという合意に従うこととはなんの関係もなかった。カイラはイアンのためにここにいた。彼が感じさせること、渇望させるもののために。

カイラは伏せたまつげの下から、ちらりとイアンのほうを見た。いくつもの席を隔てた場所からでも、彼の怒りが感じられた。

当然ながら、イアンの取引相手ふたりと同席しているという事実は、彼にとって愉快ではないだろう。ここ二、三日のあいだに、数人のソレルの情報員が、フエンテス・カルテルの跡継ぎとカイラの交わりを嗅ぎつけたという情報をわざわざこちらに伝えてきたという事実も。

ソレルは、カイラとイアンのあいだに交流があることを知っている。そして、マクレーンの相続人を利用可能な人材だと考えているらしい。

「カイラ、昨年あんたを襲った災難を考えると、ここで会えたのは驚きだな」海辺の武器商人マーティン・ミザーンが魅力的な笑みを浮かべ、青く冷たい目で、ブロンズ色のストレッチシルクのドレスからのぞくカイラの素足をちらりと見た。それから視線を上げ、肩の細いストラップのそばに残る、いまではほとんど目立たなくなった傷跡を眺めた。マーティンとその双子の片割れは、一年以上前に顔を合わせたことがあるというだけで、誘われてもいないのに同席していた。

昨年アトランタで上院議員の娘の友人という役割を演じたとき、カイラは敵の銃弾を受け、危うく死にかけた。ありがたいことに、イアンとジェイソン叔父のすばやい対応のおかげで救われた。のちに一流の形成外科医が、見苦しい傷を消してくれた。

「こんなに自由に動きまわれることに、自分でも驚いたわ」カイラは微笑んで同意した。「ジェイソンに、この島でのビジネス上の所用をいくつか頼まれたのよ。ダニエルが護衛してくれるしね」

ダニエルは現在、おせっかいな幽霊のようにカイラの席の背後をうろついていた。護衛としての義務を、ごく真剣にとらえているのだ。

「先週、あんたがイアン・フエンテスと話してるのを見たよ」とうとうマーティンが、この三十分いつ持ち出すかと思っていた話題を口にした。「あんたたちはいい友だちなんだろう?」なめらかなフランス語訛《なま》りにだまされてはいけない。見た目は魅力的でも中身はコブラのように、襲いかかるタイミングを計っている。

「わたしたちは知り合いよ」カイラは認めた。「去年、アトランタで会ったの」

「ああ、そうか。あんたはスタントン上院議員の娘と仲がいいんだっけな」マーティンが、まるでその情報が重要であるかのようにうなずいた。「フエンテスは、当時はシール隊員だったんだろう?」

「そうだったかもしれないわね」カイラは興味ありげにまゆをつり上げた。「いまはちがうみたいだけど」

武器商人の官能的な厚い唇が、笑みの形を作った。

「たしかにそうだ」とうなずく。「ここ数カ月のあいだに、すばらしい手腕で父親のカルテルを発展させた。ほかの多くのカルテルとも、まさに互角の勝負をしてるよ」

カイラは口もとに皮肉な笑みを浮かべてみせた。「敵がどう動くかを知ってるという強みがあるのかしらね?」そう指摘して、イアンが麻薬や武器の売買に関わる任務で活動したという、周知の事実に触れる。

「そうだな」マーティンがにやりとした。「そいつはすばらしい強みだ。つまり、あんたたちは友人同士じゃないと言ってもいいのかな？　ひょっとすると、友好的な敵同士とか？」

「ひょっとするとね」カイラはわざと謎めいた笑みを浮かべた。「なぜ気にするの、マーティン？　これまでに聞いたところでは、あなたの輸出入事業は麻薬カルテルとはなんの関係もないでしょう。フエンテス・カルテルについて心配する必要なんてないはずよ」ミザーン兄弟のきわめて合法的で収益の高い事業は、実際には武器取引の隠れみのにすぎなかった。

「ああ。しかしフエンテス・カルテルは、俺たちの多くに影響を与えるのさ」双子の片割れのジョゼフがとなりから口を挟んだ。「イアン・フエンテスが拠点をコロンビアからアルバ島、あるいは比較的小さな島のどこかに移すつもりだってことは、よく知られた事実だからな。アメリカやコロンビアの当局の目を逃れたいんだろう？」

「そうね。彼は脱走兵で、いまは麻薬王だもの」カイラは言った。「かなり慎重になる必要があるんでしょうね。シールは、隊員が悪の道に堕《お》ちた場合、ちょっとばかり腹を立てる傾向にあるから」

カイラはぺらぺらと適当なことをしゃべっていたが、心はそれとは切り離されているかのように別のことを感じていた。ほんとうはわかっていた。イアンはかつての友人たちを巧みにごまかしながら、犯罪者たちにもつけ狙われている。命に関わる、とても危険な場所で立ち泳ぎを続けている。この先起こりうることから、どうやって逃れるつもりなのだろう。逃れられるのだろうか。

イアンはただひとり、自分だけの力で、テロリストの正体を暴いて抹殺しようとしている。二十年近くにわたる捜査と数々の作戦で、だれも正体を暴けずにいるテロリストを。

しかしイアンは、これまでだれも入りこめなかった場所にいる。ソレルがアメリカに近づくために欲しがっているカルテルを所有しているのだ。フエンテスの事業は長年にわたって、麻薬や人間をアメリカからカナダ、メキシコにまで持ちこむ確固とした闇事業をつくり上げてきた。

二世代にわたるチェスの達人。ディエゴ・フエンテスとその父親は、現在イアンが強化しつつある組織を創設した。各国の麻薬取締機関でさえ、どうやってイアンが彼らの警備やスパイや逮捕に向けた作戦からうまく逃れているのかをめぐって、頭を悩ませていた。

マーティン・ミザーンがカイラの向こうをちらりと見てから、気取った笑みを浮かべて、革の座席の背にのせていた手を動かし、カイラの肩にかかった長い黒髪を払いのけて、ドレスの深い襟ぐりからのぞく胸の谷間をあらわにさせた。

カイラは視線をちらりとマーティンの手に向けてから、目を見据えた。

「もう一度わたしに触ったら、手のあった場所が切り株みたいになるかもしれないわよ」そう警告すると、ダニエルの影がマーティンに差しかかり、マーティンの護衛たちも身をこわばらせた。

マーティンが用心棒たちにさっと手を振って安全を装い、おもしろがるかのような笑みをカイラに向けた。

「フエンテスがあんたをすごくじっくりと見てるよ」マーティンが言った。「ふたりのあいだにあるのが単なる友情だっていうのはほんとうかな？　あそこにいる俺たちの友人が、女のことであれほど取り乱してるところは見たことがない。知り合って、もうずいぶんになるけどね」

長い年月が、それを裏づけていた。イアンとマーティンは一度ならずぶつかり合い、イアンが所属していたシール部隊がこの武器商人に攻撃されたことも数回あった。

「たぶん消化不良じゃないかしら」カイラは肩をすくめ、イアンのほうを見ないようにした。「わたしはイアンの問題を話しに来たんじゃなくて、ちょっとお酒を楽しみに来たのよ。あなたはそれを邪魔しているわ」

マーティンが軽くまゆをひそめた。「ずいぶん無愛想なんだな？　あんたには困惑させられるよ、お嬢さん《マ・プティット》。世界で指折りの富豪の姪だというのに、裏切り者であり、麻薬カルテルの所有者でもある男とつき合うまでに身を落とすとはね。どうしてそうなる？　あんたの趣味はもっと洗練されてるはずじゃないか？」

カイラはひざの上で両手を重ね、しばらくのあいだ黙ったままいたずらっぽい目つきでマーティンを眺めていた。

「ダニエル、駐車係に車を回すように言ってくれないかしら」カイラは護衛に指示した。

「ミスター・ミザーンの話に退屈してきたわ」席からすべり出ようとする。

「ノン、ノン、まだ帰っちゃだめだ」マーティンがカイラの手首をつかんで止めるつもりなのか、いきなり手を伸ばしてきた。注意しないと手首を折ってしまいそうなほどの力に裏打ちされた、支配的で荒々しい動きだった。

マーティン・ミザーンはウジ虫のような男だ。女を手荒く扱うことで有名な最低野郎。カイラは手首をつかまれるまえに、相手の指を二本とらえて押し戻した。マーティンがぎょっとして身をこわばらせ、口を閉じたまま鋭い目でにらんだ。

「ルールはわかってるでしょう、マーティン」カイラは穏やかな声で言った。「わたしに触らないで。そうすれば、あなたにも触らないわ」マーティンがひるみ、カイラは指を脱臼させてやれることがわかる程度の力を加え、相手の動きを封じた。

「カイラお嬢さん」双子の片割れのジョゼフが、その応酬を見てにやりとした。「マーティンをいますぐ放してくれ。いい子にするよ。そうだろう、マーティン？」

手を離すと、マーティンが口もとをゆがめ、尊大にまゆをひそめてこちらをにらんだ。「マーティンはますます短気になってるみたいね、ジョゼフ」カイラは言った。「きょうはちゃんと注射してもらったのかしら？」

「このあばずれめ」マーティンは、女からの侮辱を軽く考える男ではなかった。離れた場所から、なにが近づいてくるのかはわかっていた。カイラには、彼が体を動かし、瞬間的に手を伸ばすのが見えた。その急襲を止める方法がないこともわかっていた。ダニエルでさえ、そこまですばやくはない。

しかしあの男はちがう。カイラの頬に届くまであと少しのところで、不意にマーティンの手が止まった。カイラは座席のなかで引きずられ、なめらかな革の上をすべった。ダニエルが背後から飛びこんで、カイラが座っていた場所に着地した。

ダニエルが手に銃を構え、怒りのまなざしでミザーン兄弟をにらんだ。ふたりは両手を上げて降伏のしぐさをしたが、顔には得意げな表情が浮かんでいた。

「彼女を連れてここから出ていけ！」イアンが耳もとでどなり、カイラをダニエルのほうへ押した。「いますぐだ！」

カイラは怒りに燃えて振り返り、会ってはならなかったはずの悪魔の化身と向き合った。用心棒の小集団が、口論を周囲の目からさえぎるためにまわりを囲んだ。そう、〈コロナードズ〉は最高だ。だれが殺そうが、殺されようが、気にかけはしない。手を下した者をじかに目撃しないよう、客の目をさえぎってさえいれば。

「手を離して！」カイラはがっちりとつかまれた腕を引いた。「そして地獄に堕ちてちょうだい。あなたにも、だれにも、助けてもらう必要なんかないわ」

イアンが力強い両手で上腕をつかみ、ぐいと引き寄せた。頭を低くして、ほとんど鼻と鼻をくっつけるようにする。怒りが熱波のように流れてきた。

「俺を追いつめるな、カイラ」イアンが嚙みつくように言った。「後悔することになるぞ」

「あなたを追いつめるですって、ミスター・フエンテス？」カイラは憤然とききかえした。「そんな愚かなまねをするつもりはないわ。でも、手を離さないつもりなら、そのご立派なタマを失うことになるわよ」

「ほほう、これはおもしろいな」ジョゼフが上機嫌で大声を出した。「ふさわしいお相手を見つけたってわけか、フエンテス？　麻薬王と社交界のお嬢さま。いやはや、だれがこんな組み合わせを想像しただろうな？」

その瞬間イアンは、カイラを助けたのはまちがいだったと気づいたらしかった。同時にカイラは、マーティン・ミザーンがこの騒ぎを慎重に演じていたことに気づいた。カイラが許可なく男に手を触れさせないことはよく知られていた。半円形のブース席に兄弟で座りこんだときから、わざとカイラに触れようとあらゆる機会を狙っていたのだ。

そして首尾よく手を触れてつきまとい、イアンが自分の立場を明らかにする機会をとらえた。うわさに聞いたなにかを確かめるため？　報酬を受けてけしかけるように命じられたため？　あるいは、だれかがもっと詳しい事情を知っているせいなのだろうか？

イアンが顔を上げ、マーティンをにらみ返した。冷たく不穏な声で言う。「あす会合する予定だったな」

「そうだ」マーティンが偉そうな態度で言った。

「ジョゼフに任せろ。今度おまえを見かけたら、目のあいだに弾丸を撃ちこんでやる。わかったな？」

「俺と取引しないなら、必要な備品を買うことはできない」マーティンが笑った。「なあ、イアン。こんな身持ちの悪いお嬢さまのために、事業に悪影響が及ぶのを見過ごすつもりか？」

イアンの目に混じりけのない殺意が燃え上がった。カイラはその氷のような炎を見て身をこわばらせ、恐怖で鼓動が速まるのを感じた。

「会合は中止されたと考えてもらおう」イアンが抑えた声で言った。「おまえたちが唯一の供給業者というわけではない。それに、必要なものを俺に供給できるほど長生きしそうにないしな」

カイラの腕をきつく締めつけ、人込みのあいだを引きずりはじめる。カイラがもがいても悪態をついても、情け容赦なく無視していた。

肩越しにちらりと振り返ると、ダニエルが後方を守り、ミザーン兄弟にじっと視線を据えていた。ふたりは立ち上がって、カイラたちが去っていくのを眺め、怒りと不安が入り混じった表情を浮かべていた。

「入口に車をつけてあります、ボス」ディークが告げて、もうひとりの護衛とともにダンスフロアの群衆に道を空けさせた。

「トレヴァー、おまえとクリストは彼女の護衛とともに乗れ。別荘で会おう」

「どっちの別荘です？」別の護衛がきいた。

「俺のだ！」

「冗談じゃないわ」カイラは大声で言い返したが、イアンは耳を貸そうともしなかった。

「わたしの別荘に連れていかないつもりなら、いま放してちょうだい」

もちろん、イアンは無視した。

カイラはよろめきながら、腕を彼の手から引き離そうとしたが、世界が傾き、揺れるのを感じただけだった。次の瞬間には、あられもない姿でイアンの肩に担ぎ上げられたことに気づき、必死で抵抗していた。少なくともイアンは、落ち着いた身のこなしでカイラの太腿に腕を巻きつけていたので、どうにかパンティーをはいていないという事実を隠すことはできそうだった。

「けだもの！」カイラは肘でイアンの腹部を突こうとしたが、その結果尻をぴしゃりと強く打たれた。

嘘でしょう。お尻をたたくなんて。まさか、そんな。

「殺してやるから」カイラは叫び、もう一度肘で突こうとしたが、ふたたび焼けつくような平手打ちを食らっただけだった。ふたりは出口を抜けた。

大嫌い、大嫌い。殺してやる。ああ、体を奪い尽くしたらすぐにでも。平手打ちから伝わるこの焼けつくような激しい情欲が和らいで、どうやって殺してやるかを思いついたら、すぐにでも。

「乗れ」数秒後、カイラはまたちがう革の座席の上に放り出された。車体の長いハマーで、リムジンのように豪華な対面式の座席は、運転席とは仕切られている。それは、フエンテス・カルテルがうなるほど金を持っている証《あかし》だった。

怒りと情欲が体を駆けめぐり、イアンに飛びかかる。一週間のうずきと痛み、たくさんの悪夢、たくさんの恐怖が一点に集約された。車のドアがばたんと閉まると同時に、カイラはイアンの胸を拳で打った。イアンが両手で手首をつかみ、大きな体で座席にカイラを押し倒した。一瞬のちには、唇で唇を奪って覆いかぶさり、ひざで太腿を開かせていた。うなり声とうめき声がぶつかり合い、ふたりのあいだで情欲がはじけた。

もう迷わない。唇と唇が重なり、体で体を押さえられたとき、カイラの頭に最初に浮かんだのはそのことだった。もう迷わない、探さない、突然の虚《むな》しさを埋めようとすることもない。イアンがそれを埋めてくれるから。彼こそ、わたしにぴったりの人だ。わたしが打ち負かせないただひとりの男。わたしの魂の片割れ。

カイラは指先を丸めて、覆いかぶさる体に張りつめた体をすり寄せた。腰を反らして、絹のスラックスに太腿のあいだをもっと強く押しつけ、食いこむひざの感触を楽しむ。

イアンがむさぼるようなキスをした。唇、歯、舌、すべてを巧みに使って、ついばみ、舐め、撫でつけ、カイラを奪い尽くす。自分でも持っているとは知らなかった、感じられるとは思わなかった部分の反応をかき立てられた。

わたしは、イアンが持つ支配者らしい力と互角の力を持つ女だ。欲望に駆られて彼のひざに体を押しつけるのではなく、目を引っかいてやるべきかもしれない。彼のスラックスを湿らせるほど濡れるなんて、どうかしている。

「くそっ！」イアンがぱっと顔を上げた。「パンティーをはいてないのか」

体を引き、太腿のあいだに目を据える。ドレスの裾が両脚の上までまくれ上がっていた。

「パンティーラインを消すためよ」カイラはつぶやいて、体を持ち上げ、まだ手首を押さえている手に逆らって背を反らした。

イアンがさっと目を合わせ、ウイスキー色の瞳をひそやかな炎で燃え上がらせた。顔に垂れかかった髪のせいで、官能的な魅力を持つ戦士のように見えた。

「パンティーライン？」目をしばたたいてきき返す。

「ぴったりしたドレスなのよ、イアン」カイラはうめいた。「パンティーの線が透けてしまうでしょう。いいから、黙ってキスしてくれない？」

あともう一度、あの貪欲な、魂を奪うキスをしてくれたなら、あしたからも正気を保っていられるかもしれない。

「ここは、きみのいるべき場所ではない」イアンが片方の手でドレスの深い襟ぐりをたどって、一本の指を生地の下にもぐりこませ、硬くとがった乳首をかすめた。

イアンが鼻孔を広げ、目に欲望をたぎらせると、子宮に放たれた炎が、熱く激しく燃え上がった。

顔と乳房の下に汗が浮いてきて、体をじっとり湿らせたが、体の内側で燃える火を鎮めてはくれなかった。

「わたしのいるべき場所は、ここしかないわ」カイラはうめいた。イアンが親指と人差し指で硬い先端をつまみ、引っぱったり締めつけたりした。荒々しい指の感触が、神経の末端までぞくぞくさせる。「放して、イアン。わたしにも触れさせて」

触れたくてたまらなかった。イアンに触れたいと思うほど切実に男性に触れたいと思ったことが、これまでにあるだろうか？　ないことはわかっていた。欲望と飢えがこれほど激しく、これほど淫らだったことは一度もない。

煙る目が、同じくらい激しく淫らに乳房を見つめた。若く未熟な乳房ではない。先ほどクラブでイアンを取り囲んでいた女たちとはちがう。カイラの乳房は豊かで、いまは欲求で膨らみ、乳首は硬く張りつめて、彼の愛撫を懇願していた。

「夢に見ていた」イアンが暗い欲望に声を震わせた。「俺の下に組み伏せられて、触れてほしいともだえる体を。ほんとうにそれが欲しいのか、カイラ？　ここにいることでなにを危険にさらしているか、わかってるのか？」

じっくり考えれば、恐怖に駆られるのは確実だった。

「わたしはなにを危険にさらしてるの、イアン？」代わりにカイラはささやいた。「それとも、その危険を恐れてるのはあなたじゃない？　そのタフで強い心が、今度ばかりは揺り動かされそうで怖いんでしょう？」

イアンの瞳孔が開いた。表情を固くして、憂鬱そうにまゆをひそめる。

「きみが欲しい。きみのすべてが」予期していた言葉ではなかった。

「きみが必要だ」イアンがさらに言い、体を荒々しくこわばらせて、こちらを見下ろした。

「あなたのものよ」喘ぐような声。そう、カイラはあはあと喘いでいた。抑えようのない飢えと切望に駆られて、イアンを求めていた。

親指と人差し指で乳首を締めつけられると、一瞬で淫らな熱が体じゅうに伝わった。「きみを俺の下に組み伏せるか、背後の安全な場所に隠すかしておきたい。なにがあろうと。自分を危険にさらすきみを見ると、頭がおかしくなる」

カイラは思わず、口もとをゆるめずにはいられなかった。

「だめよ」そんなことは許せない。許すつもりもない。「あなたはわたしが欲しいの、イアン？　それとも、長年相手にしてきたような頭の弱いかわいい服従者が欲しいの？　もし後者のほうが欲しいなら、どこか別の場所で見つけるしかないわね」

イアンといるときは、自分自身を貶《おとし》めるつもりはなかった。ただの恋人ではなく、パートナーでいたい。長い年月のあいだ、カイラは自分自身を隠してきた。常に役を演じ、常に任務を意識していた。どんな任務であろうと。しかし今度ばかりは、役を演じることはできない。彼の腕のなかでは、彼の心の前では無理だ。

イアンが怒りの表情を浮かべ、体をこわばらせるのがわかった。しかし彼の愛撫が、悦びと痛みの境界線を越えることはなかった。

「これを、俺とのゲームだと考えてるんだろう」イアンがきしるようなしわがれ声で言った。「ああ、カイラ。きみに触れたい、抱きたい、守りたいという欲求のせいで、頭が働かなくなるんだ」乳首から指を離して頭を下げ、感じやすくなった先端を舌でなぶる。敏感な部分をついばまれると、カイラの喉からショックのうめき声が漏れ、悦びが体を駆けぬけた。

「自分の身は自分で守るわ」ひどくか細い声になってしまった。太腿にイアンの指を感じ、ひざが退いて、代わりに手が秘めた部分を包みこむのを感じる。その手に体を押しつけると、手のひらのつけ根が快くクリトリスをこすった。「ああ、イアン、いつになったら、わたしたちがいっしょに戦っていることに気づくの？」

ああ、この愛撫だけで、簡単にいってしまいそう。カイラはうっとりとイアンを見つめ、熱く燃えていた。欲しいのは、彼の腕のなかで見つけたあの悦びだけだった。彼だけが呼び起こせるオーガズムに導かれた性の高みだけだった。

「ここにいるあいだは、きみは俺のものだ。いいな」イアンがうなった。「ほかの男が触れるのは許さない。さもないと、閉じこめられることになるぞ、カイラ。この一件が片づくまでのあいだ、抜け出せる見込みのない場所に。自分の身や、俺がやっていることを危険にさらす見込みのない場所に。わかったな？」

性的な高まりがすうっとしぼみ、カイラは驚きのまなざしでイアンを見つめ返した。彼はセックスのことを話しているのではない。この作戦のあいだ指示に従わないなら、監禁してやると言っているのだ。

「ふざけないで！」カイラは抑えた声で言った。しかし、イアンが本気であることはわかっていた。カルテルにいた八カ月間のあいだに、これまでよりはるかに容赦のない、かたくなな男になっていた。

イアンが怒りに顔をこわばらせた。「俺は、きみが知るだれよりひどい男性優越主義者だ。俺の女が危険にさらされるのは我慢ならない。俺のやりかたに従えないなら、別の方法で確実に守られるようにしてやる」

支配的で、横暴で、独占欲のかたまりのような男。しかし、少なくとも、作戦を実行中であることは認めたのだ。

「イアン、自分のしていることはわかってるわ」かすかにうろたえた声になったことは自覚していた。まったく。わたしは訓練を積んだ契約諜報員で、十年のキャリアがある。この世界については新人ではないというのに。

イアンが目に憑《つ》かれたような暗い影をよぎらせてから、視線でカイラの体をたどり、太腿のあいだに当てた自分の手を見て、指で愛撫しはじめた。カイラは荒い息をついて、ふたたび悦びが五感を浸していくのを感じた。

イアンと目を合わせたとき、その瞳は苦しみを伴う激しい欲望に満ちていた。「きみの約束が欲しい。慎重にやるんだ。俺に守らせてくれ。なにが起ころうと」

「重要なのはそのことじゃないでしょう、イアン」カイラは言った。

「もしきみになにかあったら……」イアンが喉を引きつらせて、ごくりと唾をのんだ。「カイラ、俺をそんな目に遭わせないでくれ。きみの死に耐えて生きなければならないような目に遭わせないでくれ」

いまイアンの目のなかに見えるものはなんだろう？　ひそやかな炎のように燃える苦痛の影はなんなのだろう？

「同じことを、あなたにも約束してほしいわ」カイラは穏やかな声で言った。それなら、同意してもいい。守ってもらうことで、こちらが彼の背後を、そして魂を守れるからだ。イアンが意図していることを実行に移せば、きっと彼の心の一部が損なわれてしまう。

どんな罪を犯したとしても、ディエゴがイアンの父親であることに変わりはない。そしてイアンが人々にどんな恐怖を与えていようと、彼がＤＨＳの関係者であることに変わりはない。ＤＨＳは彼を失いたくはないし、失ってはならないのだ。

イアンが太腿のあいだで手を動かし、指を二本、濡れた秘所のなかへぐっと深く押し入れた。カイラは腰を反らして、片方の足で革の座席を、もう片方の足で床を突き、指をもっと奥へ受け入れ、全身を舐める淫らな炎を感じた。

「ミザーンとのあの騒ぎがきみの企てだったとしたら、尻をひっぱたいてやる」イアンがうなるように言って覆いかぶさり、指で貫き、押し広げた。カイラの全身が汗でじっとり湿ってきた。「一週間、ベッドに縛りつけてやるぞ、カイラ。あんなゲームは二度とできないようにしてやる」

カイラは首を振った。「ゲームなんかじゃないわ」喘ぎながら言う。イアンの指のまわりで、体がびくりと引きつった。「イアン、お願い」

イアンがあらわになった乳首を唇で覆い、口に含んで、強く熱い渇望をこめて吸った。あまりの快感に、カイラは考える力を奪われつつあった。

セックスでこれほど心地よくなれるなんて、これまで知らなかった。想像もしなかった。

男性の腕のなかで我を忘れるなんて、ありえないと思っていた。

「きみは俺のものか、カイラ?」カイラが懸命に目を開くと、イアンが顔を上げて貫くような視線を向けた。「きみがミザーンに殴られようとするところを見るとは。やつを殺したかった」

イアンはわたしに話しかけているの? 何かきいているの? いま? 指が体の奥を満たし、撫でつけ、指先がもっとも感じやすい部分をさすった。これほど心地よく感じられるとは知らなかった部分を。

「あなたのもの?」カイラは喘いだ。

「俺のものだと言ってくれ、カイラ」イアンがさらに激しく深く指を動かし、ぐっしょりと濡れたなめらかなひだの奥を突いた。わななきが体を駆けぬける。

「ええ、いつまでも」カイラは叫んだ。抑えられなかった。自分でもよくわからない、さまざまな形でイアンに所有されているという感覚を抑えられなかった。

そのことは、あとで自分自身に問いかけるべき問題だ。でもいまはだめ。いまは心を奪われていた。イアンが答えの報酬として唇で唇を覆い、舌を深く差し入れてむさぼった。カイラはもっと強く抱かれたくておかしくなりそうだった。イアンが両手と体でカイラの動きを押さえた。

指が体の芯をこすって満たし、撫でつけて突き、手のつけ根が押しつけられると、カイラはついに解放へと導かれた。

イアンの下で、ばらばらに砕け散る。呼吸が喉に引っかかり、全身に電流が走って、目がくらんだその一瞬、恐怖が押し寄せてきた。こんなことができる男はほかにいないからだ。わたしをここまで連れてこられる男はほかにいない。そして、いまの作戦が終了し、ふたりが生き延びられたなら、イアンはわたしのもとから永遠に歩み去ってしまうだろう。

11

カイラが指のまわりではじけたとき、イアンは欲求が、燃え上がる情欲が体を駆けめぐるのを感じた。それは自制心を、危うくされたことなどない自制心を危うくし、かみそりのように鋭い苦痛を伴う飢えで、頭のなかをかき乱した。

しかし、時間は残り少なかった。

イアンは目にかかった汗をまばたきで追い払い、スモークガラスの窓から車の外を眺めた。別荘に着くまで、あと三十分ほどだろう。ミザーンとともにいたカイラを目にし、あのろくでなしに髪を触らせたところを見たとき、どんな気分がしたのかを説明するには時間が足りなかった。あのときは、自分のものだと主張したくて頭がおかしくなりそうだった。カイラは強い女だ。まちがいなく、最高にすばらしい女だ。だからこそ、こちらが守る必要性を理解させるのはむずかしい。

カイラには、熱しやすく大胆で負けず嫌いなままでいてほしかったが、イアンが主導権を握っているという事実を認めてほしくもあった。認めなければならない。彼女の命が、それにかかっているかもしれないのだから。

心の奥の女らしい部分に語りかける時間はなかったが、体の内側の欲望を解放してやる時間ならある。ある程度は。ああ、カイラのなかに身をうずめてしまったら、どうなってしまうのだろう。ひと晩じゅうそこにとどまっていたくなるだろう。ひと晩じゅう彼女のなかにいて、車から降りられなくなるだろう。

カイラのオーガズムが静まると、イアンは押さえていた腕を放し、恵み豊かな肉体に指をすべらせてから、腰に留めた革のベルトをはずした。

体を奪うことはできないが、もう一度カイラの口を感じることはできる。そうしてもらう必要があった。本能的な悦びとともにイアンを口に含み、味わう姿は、愉悦をかき立ててくれる。

カイラの表情が満足から新たな渇望に変わるのを眺めながら、スラックスを腿まで下ろし、手に分身を握った。

「わたしにも楽しませてくれるの？」カイラがおもしろがるような口調で言い、ゆっくりひざをついた。

イアンは車の天井に片手をつき、歯を食いしばってうなり声をこらえた。自分のものを指で締めつけ、唇を舐める彼女を見つめる。

カイラがゆっくり身をかがめた。ああ、どちらをより長く見ていたいだろう？　分身をくわえる口か、後ろに突き上げられた張りのある尻か？

イアンは妥協点を見つけた。脈打つ先端に覆いかぶさる唇を眺めながら、尻を手のひらで軽く打つ。

カイラがびくりとして身をこわばらせ、目を上げた。魔女のような瞳の奥に反抗の光がきらめいたが、そこには悦びと興奮もあった。イアンはもう一度尻の片側をたたき、鋭い愛撫に思わず反応して腰を上げるカイラを見て、笑みを浮かべた。

これを楽しんでいいものかどうか、わからないのだ。そういうかすかな女らしい困惑に、イアンは本能的な独占欲と支配欲が満たされるのを感じた。もう一度、尻を軽くたたく。

「しゃぶってくれ、子猫ちゃん。残りは俺が引き受ける」

明らかに、その愛称も気に入らないようだった。しかし、カイラは子猫を連想させた。勇ましい小さな猫。挑まれればフーとうなり、同時に初めて受けた愛撫に背を反らす。

こんなふうにカイラを撫でた男はほかにいない。こんなふうに彼女の意志を超えたところで体を奪った男もいない。それを知って、興奮がさらに高まった。癖になりそうな、挑発的なこの感覚。正直にいえば、恐怖で縮み上がりそうなほどの欲望をカイラに感じていた。

唇の湿った熱が先端を包むと、イアンは歯を食いしばった。カイラはまだ、まなざしに警戒と不安の色を浮かべてこちらを見ていた。こんなカイラも悪くなかった。ひとつひとつの愛撫を、さらに鋭く、鮮やかにさせる。カイラの不意を突くのが趣味になりそうだ。彼女のほうが先に、こちらの不意を突かなければの話だが。

ああ、ちくしょう！

カイラが脈打つ笠を口の上側に押しつけ、舌をうねらせて敏感な笠の下側をなぞり、玉を打ちつけるような鋭い欲求を送りこんだ。睾丸が激しく引きつり、解放への欲求が口のなかの竿をさらに膨張させた。

イアンはまた尻を平手で打ってから、丸みのある赤らんだ肌を包んで撫でさすり、カイラの目を見つめた。灰色が濃くなり、まわりの青みがかった輪が暗い色になった。魔女の目。誘いかける目。魂をとらえようとする目。

「ここを奪われたことはあるのか？」イアンは引き締まった丸い尻の割れ目を、指で愛撫した。「恋人のためにひざまずいたことはあるのか、カイラ？　そのかわいい尻を開いて、男のもので満たしたことが？」

カイラがびくりとして、目を見開いた。経験はないはずだ。そう、これは主導権を奪うものではなく、与えるものだから。

「ここを奪われるのがどんなものか、想像したことはあるのか？」こういう親密さを別の男と共有したことはないのだと知って、イアンの体がこわばった。分身が脈打ち、引きつって、解放が近いことを伝える。

カイラのまなざしが不安げに揺らいだ。

「きみのここは、きっときついはずだ」隠された小さな入口を指でさすると、それは愛撫のもとできゅっと縮まった。「きつくて熱いはずだ。きみは俺のために叫ぶか？　もっと強く突いてと懇願するか？」

カイラの額に汗が浮き出てきた。イアンはもう片方の手で髪を引っぱり、波打つような舌に合わせて動いた。いまにも達してしまいそうだったので、ほとばしるような解放を抑えるので精一杯だった。

長い髪を反対側の肩の向こうに引っぱり、指をきつく絡める。

「吸ってくれ。舐めるだけじゃだめだ。俺の欲しいものはわかるだろう」

こちらにも、彼女のしていることはよくわかっている。硬い竿のいちばん敏感な部分をじかにもてあそび、自制心を粉々にしようとしているのだ。カイラが硬い玉を指で包んでさすってから、手を引いた。

次の尻への小さな平手打ちは、もっと強く熱かった。「俺をからかうんじゃないぞ」やんわりと言う。「その報いを受けたくなければな」

カイラがまゆをひそめながらも、もう一度玉に指をすべらせ、先端を含んだ口を動かしはじめた。

イアンは赤らんだ彼女の尻をちらりと見てから、今度は軽く小さくたたいた。ゆっくりとした熱い愛撫で、悦びと痛みの境界を越えさせようとする。「そのかわいいお尻を俺のほうに上げるんだ。もう少し高く。俺のほうに上げろ。熱く気持ちよくしてやるから」

カイラが分身を口に含みながらうめき、ぐっと深く吸って、目をぼんやり煙らせた。しかし言われたとおりにし、ひざを引いて尻をこちらへ上げた。

イアンの背中に汗がしたたり落ちた。あともう数分だけ、自制心を保とうと懸命になる。あともう少しだけ。ふたりでいっしょに達したかった。今回は、こちらが彼女の体を、反応を、オーガズムを制御していることを知ってほしかった。

イアンは片手で豊かな髪を引っぱって彼女の口を導き、突くような動きをした。尻を小さくたたきながら、濡れたむき出しのひだのほうへ徐々に近づけ、内側も外側も燃えさせる。カイラは自分で思っているよりも、この種の悦びに弱かった。抵抗しようとする表情にそれが見て取れ、熱い口で吸う様子にそれが感じ取れた。カイラがこちらの正気を吹き飛ばそうとし、イアンはそのまえに境界を越えさせようとした。

俺のもの。カイラは俺のものだ。魂のなかでそれが感じられた。カイラは目で逆らい、挑み、熱く激しく吸ってイアンの自制心をうずかせた。舐めてむさぼり、呼吸する必要性を悦びと痛みに変えた。イアンの全身は汗に覆われ、肺は必死に酸素を取りこもうとした。

うめき声が分身に響き、頭を満たした。尻を打つ手の音が、うめき声の息づかいと呼応しはじめる。

「この尻は俺のものだ。この甘いプッシーは俺のものだ」イアンは何度も何度も尻をたたき、分身を口に含んで叫ぶ声と煙った目に、カイラのうずきを感じ取った。

カイラは俺のものだ。

あともう少しでそれがわかる。歯を食いしばって、さらに強く、濡れたひだに近いところを打ち、肌を火照らせ、悦びと痛みの境界を越えさせようとした。そのふたつがひとつに結びつく場所へと。渇望と欲求の大嵐のなかで混じり合う場所へと。

「俺のためにいってくれ、カイラ」カイラは目を黒く見えるほど煙らせて、口できつく貪欲に、喉の近くまで吸いながら、尻を上げ、うめき声をあげてイアンを駆り立てた。

「感じてくれ、子猫ちゃん」イアンは低くきしるような声で言った。ゆっくりと、すでに一度連れていった至福の場所へと導いていく。興奮と、悦びのうずきと、来るべき解放以外、なにも大切なものなどない場所へ。「きみがどれほど熱く濡れてるか、感じてくれ」太腿のあいだに、焼けつくような愛撫を加える。一回、二回。尻に戻ってから、またむき出しのひだに戻る。

カイラは震え、わなないていた。イアンも、もうこらえきれそうになかった。玉のなかがわき返り、あふれ出そうになる。

「俺のためにいってくれ、カイラ」イアンはさらにしっかりとひだを打ち、次に尻に戻った。

「俺が欲しいものを与えてくれ」

ひだに戻る。一回、二回。尻に戻り、速度と強さを増して小さく打つと、カイラが達し、口を満たしたまま叫ぶのが聞こえた。イアンは頭をのけぞらせ、解放の叫びを押し殺しながら、彼女の口のなかで達した。

突き上げるごとに、わななきとともに精をほとばしらせ、喉を締めつけられるような叫び声を漏らす。同時に指を引きつるひだの奥へと押し入れ、指のまわりに流れる解放を感じた。

カイラがイアンをむさぼり、種を吸い尽くした。イアンは力を奪われて、彼女の上にくずおれそうになった。座席の背に体重を預け、荒く激しい息をついて、彼女の口を最後のほとばしりで満たした。

考えたり動いたりできるようになるとすぐに、イアンは身を引き、スラックスをはいて座席に腰かけ、カイラをひざの上に引き寄せた。いま起こったことを考える時間を与えたくなかった。彼女の体に、その意味がゆっくり浸透する時間を与えるまでは。カイラのような女に降伏したことを認めれば、体を悦ばせるのと同じくらい、頭と心を悦ばせることになるのだから。

「気に入らないわ」カイラが、ためらいがちなかすれた声で言った。イアンは彼女の頭を顎の下に押しつけ、両手でわななき震える体を撫でた。「ほんとうに気に入らない。それに、今度子猫ちゃんなんて呼んだら、寝首をかいてやるわよ」

「絶頂に達して俺の指をびしょ濡れにしたときも、いやでたまらなかったのがわかったよ」

イアンは口もとをゆるめて言った。やさしい声を保ち、彼女の反応を心から賞賛していることがわかるようにする。

カイラが黙ってもたれかかり、両腕を首に回してぎゅっと抱きついた。

「二度としないで」やっとのことで、弱々しくささやく。

イアンは口もとに笑みを浮かべ、カイラの額に額を寄せて、抱きしめた。ああ、彼女を抱くのはなんて心地よいのだろう。爪を伸ばしたまま眠そうにしている子猫のように柔らかい体を、腕のなかに引き寄せるのは。

「もしかすると、次はちがうことをするかもしれないな」イアンはものうげに言って、いま感じている楽しさと純粋な悦びを、われながら不思議に思った。こうしてカイラを抱き、からかっているいまの楽しさと悦びを。

「わたしも、するかもしれないわよ」カイラが顎を噛んだが、口もとには笑みが浮かんでいた。

「ああ、たぶんするだろうな」イアンはカイラの頭を自分の胸に押し当てた。ようやく激しい動悸《どうき》が収まってきた。ハマーの外を眺める。

カイラは自分にぴったりの女だ。初めからそれはわかっていた。だからこそ、関係を築くのを避けてきたのだろうか？　カイラはイアンが戦うあいだ、けっして安全な家にとどまってはいないだろう。いまではそのことを思い知らされていた。カイラは、そばにいることを期待されようがされまいが、いつでもイアンの背後を守ろうとするだろう。それは恐ろしい認識だった。

　自分が、最悪の男性優越主義者だと言ったのは嘘ではなかった。そのとおりだ。彼女を守ることが、自分の人格に大きく関わっている。それは、か弱い母を守るために戦い、失敗しかけた年月のあいだにしっかり植えつけられていた。女は守られ、慈しまれるべき存在で、よごれた闇世界の戦争の前線に立たされるべきではない。

「きみは慎重にやらなければならない」イアンはカイラに向かってというより、窓の外を見つめながら穏やかに言った。「ディエゴは、自分が脅かされていると感じれば、躊躇《ちゅうちょ》なくきみを殺すだろう」あるいは、カイラがイアンを脅かしていると感じれば。そう考えると、身を切られるような気がした。

「わたしは秘密諜報活動の訓練を受けているのよ、イアン」カイラが辛抱強く繰り返した。

「自分のしていることは把握してるわ」

　イアンはゆっくりうなずいた。認めなければならなかった。カイラはもう十年も、人目をはばかる闇社会で生き延びてきた。自分の行動をきちんと把握していなければ、女には成し遂げられないことだ。

「感情が絡むと、まちがいが起こりやすい」イアンは落ち着いた声で言った。だが、自分の感情が絡んだらどうなることか。「油断するな。あまり時間はない。俺たちのほうも、ソレルのほうもだ。あいつは、計画中の襲撃を効果的にやってのけるために、フエンテスの流通ルートを必要としている。それを阻止するには、あいつの正体を暴かなければならない。いずれひどく醜悪な事態になるだろうが、そのとき、きみには安全でいてほしい」

「あなたと同じくらい？」

その言葉はイアンをおびえさせた。

「もっとだ」イアンはささやいた。「もっと安全でいてほしい」

イアンはもう一度カイラを引き寄せ、運転席と後部座席を隔てる黒い仕切りを見つめた。もう別荘は近いはずだ。ディエゴはまちがいなく、すでにミザーン兄弟とのいざこざについて耳にしているだろう。そして、カイラについても。

あの悪党は、イアンに女をあてがおうと躍起になっていた。息子の幸せを願って、などという甘い理由からではない。利用できる弱みが必要なのだ。イアンにはわかっていた。そしていま、腕のなかにその弱みを抱いている。機会さえ与えてしまえば、ディエゴもソレルもためらいなく利用するはずの弱みを。


ハマーがフエンテスの別荘の前に停まったとき、カイラは見苦しくない格好に戻っていた。ドレスはもう腰までまくれ上がってはいなかったし、髪も手早く撫でつけてあった。

イアンの態度も、同じくらい簡単に修復できればいいのだが。

別荘から五分の距離になると、イアンはよそよそしい表情でじっと押し黙った。服装は元どおりに整えられ、冷ややかな仮面が戻ってきた。カイラはいまになって、その仮面をどれほど嫌っているかに気づいた。

ディークが後部座席のドアをあけ、カイラに手を貸して車から降ろした。別荘の玄関扉が開いた。ディエゴ・フエンテスが入口のわきにものうげに寄りかかり、首を傾けて興味ありげにカイラを眺めた。

五十代後半の男性にしては、みごとな体形だった。黒髪はほとんどが白くなり、顔にはしわが刻まれていたが、絹のスラックスと白いシャツに覆われた体はよく引き締まっていた。きっと健康には特別に気を遣っているのだろう。

そして、イアンの顔立ちに実の父親と似たところがあることは、簡単に見て取れた。すでに知ってはいたけれど……。太いまゆ、頬骨の力強い線、官能的な唇。

イアンはカイラの腕をしっかりつかんで、ディエゴの横を通りぬけ、玄関広間に引き入れた。

ディエゴの笑みが揺らいだ。「休むまえに、いくつか話し合う必要があるぞ、イアン」ふたりがわきを通り過ぎると、鋭い声で言った。

「待てるだろう――」

「いいや、待てない」ディエゴがイアンの反論を切り捨てた。「書斎で二十分後に会おう。そのくらいの時間があれば、ご友人をおまえの部屋か、どこでも彼女を泊まらせるつもりの場所へ案内したあと、わたしの書斎まで来られるだろう。そこで待っているからな」

ディエゴがきびすを返して、玄関広間から奥の廊下へと歩み去った。残されたカイラとイアンは、護衛たちに囲まれて玄関口に立っていた。

異常な状態だ。父親とのあいだにこれほど張りつめた空気が漂うなかで、イアンは毎日をどうやって生き延びているのだろう?

カイラは豪華な玄関広間を見回して、右側の天井の高いメインルームと、その奥に広がるダイニングルームをちらりと視線でとらえた。

「とてもすてきな別荘ね」あと一歩で洗練された大邸宅といってもいいくらいだった。フエンテス一族はたしかに、裕福に暮らしているらしい。

「ああ、なかなかのものだ」イアンはつぶやくように答えた。「さあ、俺の部屋まで案内しよう。そのあと、親父がなんの用なのか行ってくる」

イアンの声には、かすかな苦々しさが含まれていた。ただし、カイラのように彼が話すたびに声の抑揚に耳を澄ましているのでないかぎり、ほかの人には聞き取れないだろう。混じり合う、後悔と悲しみと怒り。それは声にきしるような太い響きを与え、カイラの胸をかきむしった。

イアンが玄関広間から、湾曲した木の階段へとカイラを導いた。片手をしっかり背中に当て、指でだれにも気づかれないほどかすかに絹のドレスを撫でながら、階上へと進む。

廊下を歩いていくと、メイドがはにかんだ笑みを浮かべて前方の両開きドアをあけ、反対方向に退いた。ふたりの背後には、護衛が三人残って幽霊のようにあとをついてきた。

イアンがドアを押しあけて、広い居間に入った。ワイドスクリーンのテレビと、ホームバー、大きく快適そうなカウチが備えられている。「寝室はこっちだ」部屋を横切って、別のドアのほうへ導く。それを押しあけて、一歩下がり、カイラがなかに入れるようにした。カイラはなんだか、居間にとどまっていたいような気になった。

巨大な、キングサイズよりも大きなベッドが部屋のなかでひときわ目立っていた。ちらちらと光る網状のカーテンに囲まれ、どっしりとした支柱と厚いマットレスは威圧するようだった。しかしなにより、四隅に加え、頭板と足板の中央にも取りつけられた金属の輪を見て、カイラはごくりと唾をのんだ。それらの輪がなんのためにあるのかはわかっていた。過激なクラブや、ボンデージSMクラブの周辺にになら、近づいたことがある。ああいう輪が、手錠や足枷《あしかせ》に取りつける細い鎖を簡単に固定できることを知っているくらいには。

ベッドの向かい側には重厚な鏡張りの衣装簞笥《だんす》が置かれ、奥の別の側にはドレッサーがあった。一方の壁にも、金属の輪がはめこまれている。

「興味深いわね」カイラは冷静なふりをして、そうつぶやいた。「自分で飾りつけをしたの？」

イアンが喉の奥から鋭い笑い声を発した。「まさか。もともとこうだったのさ。楽にしていてくれ。長くはかからない。部下たちがダニエルとともにここに着いたら、きみの持ち物を取ってこさせよう」

「ダニエルはすぐそばにとどまるわよ、イアン」カイラは振り返って、部屋を出ていこうとするイアンに言った。「ダニエルにも部屋が割り当てられるようにしてね」

「そのことは、戻ってきてから話し合おう」イアンが表情をきびしくした。「反論を始めるまえに、その考えは引っこめておいてくれ。ディエゴとの話をすませてから、決着をつけよう。それまでは、なるべく面倒に巻きこまれないようにな」

カイラはすばやくうなずきながら、指摘された反論を抑えるために歯を食いしばった。とはいえ、ダニエルとの交渉は不可能だ。カイラのすぐそばについて目を光らせていられなければ、本人とジェイソンの両方が発作を起こすだろう。アトランタでの作戦を実行中に撃たれたときも、たいへんだったのだ。何カ月ものあいだ、トイレに行くことさえ、ドアの外にどちらかが立っていなければ許されなかった。

「すぐに戻る」イアンが言って、カイラが反応を返すまえに、片手で首を包んでぐっと引き寄せ、短くしっかりキスをした。それから、背を向けて部屋を出ていった。

カイラは指を唇に当て、力強いキスのうずくような感触に、思わず小さく微笑んだ。唇を奪ったとき、イアンは自分が顔に浮かべた表情に気づいていただろうか。性的なものだけではなかった。別のなにかが、目のなかに満ちてくるようだった。約束にも似たなにかが。

カイラは振り返ってもう一度ベッドを眺め、後悔に駆られてゆっくり目を閉じた。

イアンを裏切ることは、きっと死ぬほどつらいだろう。もしそうなれば、先ほどちらりと垣間《かいま》見《み》えた壊れやすい感情の芽を、踏みつぶすことになるからだ。そのときに感じるはずの、恐ろしいまでの虚しさについては考えたくなかった。

イアンを救おうとして、結果的には自分たちふたりを破滅させてしまうかもしれない。イアンに父親を殺させるわけにはいかないからだ。それがカイラの任務だった。イアンがたしかにここで作戦を実行しているのなら、カイラの仕事はディエゴ・フエンテスを生かしておくことだった。

12

イアンはわざわざノックなどせずに、ディエゴの書斎の扉をあけた。疲れて苛立ち、アドレナリンの分泌が高まったせいでぴりぴりしていた。〈コロナードズ〉でのカイラに関わる揉めごとで、まちがいを犯したことははっきり気づいていた。自分の行動のせいで、カルテルとソレルのテロ組織のあいだで起こりかけている戦争のどまんなかに、カイラを置くことになってしまった。しかも、ディエゴの注意をカイラに引きつけてしまった。そのせいでとてつもなく厄介な事態になることは、ほぼまちがいなかった。

「わたしをどなりつけるな!」ディエゴが待っていた。机の背後に立ち、しかめ面でこちらをにらむ。

イアンは立ち止まり、あざけるようにまゆをつり上げて、口にしかけた痛烈な侮辱をのみこんだ。今夜の親父は機嫌が悪いらしい。

「どなりつけるつもりはなかった」イアンは嘘をついて扉を閉め、向き直ったとき、ディエゴの顔によぎった驚きの表情をかろうじてとらえた。「門限に遅れた子どものように呼び出されるほど重要な用事とはなんなのか、知りたかっただけだ」わざと声にからかうような調子を加える。

ディエゴが少しだけ表情を和らげて、ほとんど無意識に唇の端を引き上げた。

「ミス・ポーターの気分を害したと思うか？」不意にまゆをひそめてきく。

イアンは肩をすくめた。「そうでもないだろう。彼女は女だ。大人の男がばかなまねをすることには慣れてるだろうさ」かろうじて、声に嫌悪感をにじませないようにする。

「ははあ。おまえのそばで長く過ごしているとすれば、それも無理はないな」ディエゴが鼻を鳴らした。

イアンは驚きを隠した。ちくしょう、親父は俺に向かってちょっとした嫌味を言う楽しみを覚えつつあるらしい。予想していたよりかなり長い時間がかかってはいるが。

「ああ、そうだな」イアンはにやりとして、今度は心から愉快な気分になった。ここ数年のあいだに、カイラはイアンの不愉快な性質に何度も向き合わされてきたはずだからだ。

ディエゴがうなり声で応じてから言った。「おまえが到着するまえに、何本か電話があって、ミス・ポーターをめぐるミザーン兄弟とのいざこざついて知らされた。マーティン・ミザーンが彼女を殴ろうとしたという報告だったが？」黒い目が怒りで細くなった。

イアンは胸の前で腕を組んだ。「で、あんたのけちなスパイたちはほかになにを伝えた？」

「ふざけるな、イアン！」ディエゴがどなった。「おまえは金魚鉢のなかで生きているようなものだ、わかっているだろう。だれもがおまえを見ている。反応するまえに、考えてはみなかったのか？　監視の目があるとは思わなかったのか？　イアン・フエンテスがいとも簡単に取り乱したことを報告してくるような？　麗しいミス・ポーター、マクレーン家の相続人であり、世界でも指折りの有力者の大切な姪である女性をめぐって？」

〈カメレオン〉としてのカイラや、諜報員の仕事についてはなにも触れなかった。カイラの仕事についてはだれも知らない。イアンはずっとその状態を維持しておくつもりだった。

「なにも言うことはないのか？」ディエゴがうなった。

「自分の行動を弁護すべきだというのか？」イアンは興味を覚えて尋ねた。「たしかにあんたには、俺の教育に関して長年のブランクがある。だが、自分の女が公共の場で脅されたときの対処法についてあんたに助言をもらうには、俺は大人になりすぎてるよ。そうじゃないか？」

ディエゴが黙りこみ、さらに鋭い目つきをして、憤りに鼻孔を膨らませた。

「おまえが帰宅する少しまえにジョゼフ・ミザーンが電話してきて、マーティンのふるまいについて謝罪するとともに、明朝の取引は自分ひとりで仕切ると約束した」

ちくしょう、予測すべきだった。

「それはよかった」イアンは肩をすくめた。かえって好都合だ。イアンは必要な武器を手に入れ、ソレルのスパイはイアンがカイラの保護をきわめて重視しているという証拠を得るわけだ。

「よかっただと？　まるでマーティン・ミザーンに脅しをかける必要はないかのような言いぐさだな？」ディエゴがさげすむような目を向けた。「今後、やつらはおまえの隙を狙うぞ。なんの警告もなく、後頭部に銃弾を撃ちこむだろう。そうなるまえに先制攻撃を――」

「ほう！　脅しに対して報復される可能性があるから、部下を送りこんでミザーン兄弟を殺せとそそのかしているわけか？」イアンは笑った。「あんたはたいした男だよ、ディエゴ。人々を病気の動物みたいに絶えず殺し続けながら、どうやって長年生き延びてきたんだ？」

「わたしが殺すのは、まさに病気の動物だからだよ」ディエゴがきり返した。「否定できるものなら、してみろ」

叔父たちは、病気ではなかった。ディエゴの弟たち、その妻と子どもたちは、瞬く間に無慈悲に殺された。フエンテス・カルテルに不利な証拠をアメリカとコロンビアの当局に提供しようと考えていたのを、ディエゴに悟られたのだ。

しかしイアンは口を閉じていた。ディエゴの言い訳や、この男が物語るであろう哀れみを誘う逸話などどうでもいい。早くこの会合を終わらせたいだけだった。

イアンは鼻のわきをこすってから、両手をスラックスのポケットに入れ、ディエゴと視線を合わせ続けた。

「この話に要点はあるのか？」

ディエゴが鼻で笑った。「おまえはわがままな子どものようだな」

「俺がここに来た最初の一カ月で、ルールは決めたはずだ。新たな要点があるかどうか、きくべきなのか？」

「ミザーン兄弟をどうにかしろ」ディエゴが警告した。「おまえの不意を突いて襲撃する機会を与えないように」

イアンは唇を結んで思案した。「考えてみよう」

ディエゴが驚きに目を丸くした。「ほんとうか？」

「もちろん」イアンは肩をすくめた。「あすジョゼフに会ったとき、あいつが俺の指示どおりに動かなかったら、あのきたならしい小さな頭を吹き飛ばしてやる。俺を怒らせるあらゆる連中と同じようにな。これで満足か？」

イアンは予兆のようなむずがゆさを感じた。この一年で、どれほど多くの血を流したことだろう？　すでにどのくらい動物を殺しただろう？　テロリストのスパイとカルテルの敵は、いまや掃いて捨てるほどたくさんいる。

突然、皮膚が血と罪悪感に覆われ、ナメクジを触ったときの粘液でぎとぎとしているように感じられた。ナメクジのボスが目の前に立ち、まるで息子を誇るかのようにこちらを見ていた。まるでイアンが褒められるべきことを言ったかのように。まったく、勘弁してくれ。

ディエゴがゆっくりうなずき、安堵のため息をもらしたようだった。「心配なのだ」白髪交じりの髪を指でかき上げる。「おまえには力があるし、やつらもそれを知っている。おまえを殺せば、それはやつらにとって大変な自慢の種になるだろう。ソレルのスパイたちがしくじったことを、やってのけるんだからな」

「心配するのはやめろ」イアンは首の後ろを手でさすって、体のなかにたまっていく悪い予感を追い払った。「ミザーン兄弟のことはどうにかする。カイラのことも」

ディエゴがうなずいた。「ああ、ミス・ポーターのことは大事にしなくてはならない。彼女はお堅くて、腕っ節の強い男とはつき合わないことで有名だからな。彼女の関心を引くことに成功したおまえに、多くの者が一目置くことだろう。おまえは誇るべき息子だよ」きっぱりとうなずく。

イアンは信じがたい思いをどうにか隠した。「まったく」とつぶやく。「どうかしてるんじゃないか。彼女は女であって、戦利品じゃない」

「ああ、彼女の名誉を守りたいのだな」ディエゴが喉の奥で笑った。「しばらくここに滞在するのだろう？　そのうち、赤ん坊の顔も見られるかもしれないな？」

イアンは目をしばたたいてディエゴを見返した。この老人は、ぼけはじめているらしい。

イアンは首を振った。「俺は寝る」

ディエゴがくっくっと笑った。「どうやら、今夜はあまり眠る時間はないようだな。少しは休むようにしろ。いいな？　ミザーン兄弟はずる賢いやつらだ。朝になったら、五感を研ぎ澄ます必要がある」

「ああ。どうにかするよ」イアンは答えて、首を振った。

ディエゴはまだ、頭のおかしい道化のようにくすくす笑っていた。イアンは書斎を出て階段のほうへ向かった。ちょうどそのとき、玄関扉があいて、ダニエルとクリストが入ってきた。ふたりはカイラのスーツケースと数個の大型バッグを抱えていた。ひとつは大きめのボストンバッグだった。あのバッグになにが入っているかはわかっていた。

「必需品だけ持ってきた」ダニエル・キャロウェイの声は冷たくよそよそしかった。「これを彼女のところまで運んだあとで、すぐそばの部屋に案内してもらおう。眠っているあいだに殺されるような事態を、確実に防げるように」はしばみ色の目が、イアンの目をまともに見据えた。

ダニエル・キャロウェイ上級准尉は、三十八歳で海軍を退役するまでシール隊員だった。その後すぐにマクレーンに雇われ、カイラの護衛としての任務に就いた。

五年たったいまも体力は最上の状態に維持されているようだったが、こめかみあたりの髪に白いものがちらほらと交じっていた。まちがいなく、カイラがその白髪を一本ずつ増やしてきたのだろう。

「クリスト、おまえの部屋に泊めてやれ」イアンは命じた。「あすの朝、このちょっとしたゲームのルールを確認しよう」

「彼女の部屋のそばか?」ダニエルが食い下がった。

イアンはあざけるような笑みを向けた。「正確には、俺の部屋のそばだ。彼女はそこで眠るんだから、それでいいだろう」

ダニエルがとがめるような表情で唇を結んだ。「いまのところはな。それでいい」

クリストが咳払いをした。「さあ、行くぞ」ダニエルを促す。「ボスが服を着ているうちにな。脱ぐところは見たくない」

ふたりは立ち去ったが、ダニエルは静かな警告のまなざしでこちらをにらむのを忘れなかった。

イアンは鼻筋をつまんでから、すばやく玄関広間を抜けて居間に入った。まっすぐホームバーに向かい、クラウンローヤルウイスキーの瓶を手に取る。

グラスを荒っぽくカウンターに置き、なかほどまで注いで唇に運び、自分にすら説明できない差し迫った渇望とともに飲み干した。

イアンはうなり、唇からあふれてきそうな悪態をこらえて、部屋から出た。カイラが厄介な女だということはわかっていた。五年前、初めて会った瞬間から、わかっていたのだ。

たしかに、自分の直感は正しかった。

13

イアンは階段を一段飛ばしでのぼり、声もかけずに護衛たちの横を通りぬけた。自室の居間に入り、ゆっくり自分を抑えるように扉を閉じる。

カイラにはここから去ってほしかった。安全でいてほしかった。しかしもはや、安全を考えるには遅すぎた。イアンが望もうと望むまいと、カイラはここにいる。手を触れずにいることなど、できるはずがなかった。

暗くがらんとした静かな部屋を見回した。ふと、バルコニーのドアに目を留める。そちらへ向かって歩き、夜を満たす暗闇へと歩み出た。

暗かったが、ひとりではないと悟った。首筋の髪が、本能の警告を受けて逆立つ。シール隊員としての長年の経験から、それがなにを意味するかはわかっていた。もう二週間以上にわたって感じている。自分が監視されているのはわかっていた。だれが監視しているのかも。

イアンはバルコニーの正面に連なる丘を見渡し、あざけるように表情をゆがめた。どこにいる、メイシー？　ドゥランゴ部隊の天才ハッカーが監視しているのが感じられた。

これまでに持った数少ない友人のひとりだが、いまではイアンを裏切り者の敵と考えている男だった。

メイシーは近くにいる。そして、ほかの連中もだ。かつての部隊長、リーノ・チャベス中佐。副隊長、クリント・マッキンタイア少佐。〝ケージャン〟ことケル・クリーガー。ケルとイアンは同時に大尉になった。そしてメイソン・〝メイシー〟・マーチ中尉。メイシーは、どうしてもそれ以上の階級には上がれない。権威を持つ人間とはうまくいかず、司令官は別にしても、高官たちに反発して必ず昇進の機会を失うのだった。原因は、彼らのコンピュータをハッキングすることにもあった。

彼ら全員が近くにいる。全員がイアンを監視している。自分の胸に的が絞られているのを感じ、ときには遠慮なく撃ってくれと願うこともあった。この作戦が終われば、もう昔の自分には戻れない。部隊の信頼関係を崩してしまった以上、たとえ真実が明らかになっても、謝罪で元どおりになりはしないのだ。

「イアン？」カイラが声をかけた。外の壁を背にして、厚い詰め物がされた椅子に座っている。

カイラがいることはわかっていた。気配と香りを感じ取れるのだ。遠くから監視しているかつての仲間たちを感じ取れるように。

そう考え、イアンはまゆをひそめて両手でバルコニーの手すりをつかんだ。

「きみの援護部隊はだれだ、カイラ？」イアンは尋ねた。カイラの耳にしか届かないごく低い声だった。

「ダニエルよ」カイラがいぶかしむような声ですばやく答えた。

自分たちを取り囲む島の、陰影に富んだ暗闇が、イアンのまなざしをとらえた。数えきれないほど何度も、ともに死と向き合った友人たちが、いまは自分を敵として監視している。〈カメレオン〉がここにいるのも、それが理由なのか？　はっきり本人に確かめてはいないが、イアンがここに来たのはソレルとディエゴを倒すためだということに、カイラは感づいている。どういうわけか、そのことを知っている。

イアンはカイラのほうを振り返り、体の内側で緊張が高まるのを感じた。カイラが黙ってこちらを見つめ返した。ひざを折って椅子の上に座り、イアンのシャツをまとって、黒くつややかな髪を短いケープのようになびかせている。

はらわたに怒りがわき起こり、頭のなかで疑いが膨らんできた。カイラのところまでゆっくり歩き、腕をつかんで椅子から引き上げる。

「だれもきみを見守っていないのか？」イアンはきいて、ぐいと胸に引き寄せた。カイラは息をのんでから、腕のなかに柔らかく身を預けた。イアンは耳に唇を当ててささやいた。

「やつらが近くにいるのを感じるんだよ、カイラ。ほかのだれに、きみの推測を伝えた？　あそこにいる部隊を、いっしょに連れてきたのか？」

「いいえ」カイラが必死に首を振ったが、それほど簡単には信じられなかった。

「俺に嘘はつくな」イアンはカイラを後ずさりさせて壁に押しつけた。体のなかに飢えを感じ、興奮と欲求が、罠《わな》にはまった動物のように股間に爪を立てた。

飢えと怒り。無力感と腹立たしさ。またもや、愛する人を守れないのか。カイラは守られることを拒んだ。身を隠し、イアンをひとり残して危険に向き合わせることを拒んだ。それは耐えられないことだった。

「イアン」カイラが背を反らしてすり寄った。「わたしがあなたに嘘をつくと思う?」

「必要とあれば、ためらいなくつくさ」イアンはうなり声で言った。それはわかっていたし、感じていた。「きみに守ってもらう必要はない」

イアンは両手でカイラの頭を包み、後ろに傾けて、じっと唇を見つめた。車のなかで赤く膨れて、イアンのほとばしらせたしずくで湿り、高鳴る情欲でゆるんだ唇を。

イアンは両手を彼女の肩にすべらせてシャツを引き下ろし、バルコニーの床に落とした。

「あなたを守ろうなんて、大それたまねはしないわ」カイラが頭をのけぞらせた。イアンは唇で首を愛撫し、歯でかすめて、舌で舐め、彼女の味に酔った。

「嘘つきめ」罰として首をついばむ。「自分がしたことを白状するんだ、カイラ。俺に強制させるな。こんな形でだまそうとしないでくれ」

腕のなかでカイラが身をこわばらせたのがわかった。

「かわいそうな水兵さん」カイラがからかうようにささやき、指でゆっくりイアンのシャツのボタンをはずした。「あなたになにが起ころうと、だれも気にかけたりしませんように。広告を出したほうがいいかしら？　関係者各位に？　イアン・リチャーズ・フエンテスは孤高の存在である、って？」

イアンはカイラの腰をぐっと前に引き、太腿のあいだの柔らかな場所に、股間を押しつけた。

「俺を追いつめるな！」イアンにはわかっていた。カイラはなにかをたくらんでいる。カイラと、かつてともに戦ったあの部隊は。おせっかいなやつらめ。あいつらは、ここにいてはならない。ソレルはこれまで数多くの特殊部隊を殲滅《せんめつ》してきた。あいつらには妻が、家族がいる。ここにはなんの用もないはずだ。

「大物の麻薬王を追いつめるなんて、とんでもない」カイラがものうげに言った。柔らかな南部訛りが五感を撫で、股間を締めつける。最後のボタンが、カイラの指の下ではずれた。

「ねえ、イアン、どうしてわたしがそこまで無謀なまねをすると思うの？」

「きみはじゃじゃ馬だからだ」イアンは荒っぽく言い放った。

「あなたのじゃじゃ馬になれるかしら？」なにかが、声に含まれた柔らかさと欲求が、イアンの渇望を抑えていた自制心の最後の糸を断ち切った。

情欲がイアンの全身を駆けめぐった。カイラからあふれ出す反抗心が、なにかを刺激した。

服従させようとは思わない。それより、彼女の炎のなかで燃えたかった。腕のなかでばらばらになるカイラを感じ、自分がそれを制御していることを知りたかった。

服従させることを求めているのではない。あの炎を、あの燃える性衝動とエネルギーを制御すること、それこそが目的だった。自分のなかの雄が、彼女の挑戦にきびしく向き合うことを欲していた。

「きみのしていることは、まちがいだ」イアンは伸縮性のある短いドレスの裾を太腿の上まで引き上げ、愛撫を待っていた甘くなめらかな体を探り当てた。

「どんなまちがい？」欲求にすすり泣くようなうめき声。

「あいつらはどこだ、カイラ？」イアンは柔らかなひだを分けた。「きみを奪うところをあいつらに見られても、俺はちっともかまいやしない。きみは気に入らないかもしれないが」

カイラが背を反らした。「人に見られると興奮するわ」喘ぎながら、指でイアンのベルトとスラックスのボタンをまさぐる。

ちくしょう。あいつらがいることはわかっていた。カイラにもわかっているはずだ。彼女の体はドレスに覆われている。かつての仲間は、ふたりがしていることを察するかもしれないが、なにも見えはしないだろう。カイラのなかに入るのを、部屋に戻るまで待てなかったという事実も。

興奮がカイラの全身を駆けめぐった。イアンが指で、太腿のあいだの膨れた感じやすいひだを愛撫するのを感じた。指先の粗い感触と温かさが、頭をおかしくさせた。指がクリトリスのまわりをまさぐり、ぐっと押して体の芯を刺し貫いた。

カイラはイアンにしがみついた。ひざが震えて立っていられなかったからだ。脚の力が抜け、ほとんど息もつけなかった。頭にあるのは愛撫の熱と悦びだけだった。

どれほどそれを求め、切望したことだろう。だれが見ていようとかまいはしない。ドゥランゴ部隊がどういう人たちかは知っていた。いま現在、実際に自分たちを観察しているのは、あのハッカーだけだろうということも。

でもいま、なによりも大切なのは、イアンのなかに渦巻いている苦痛を和らげることだった。声のなかにそれが聞き取れ、愛撫のなかにそれが感じ取れた。ディエゴ・フエンテスとのあいだになにかあったのだろう。それが鈍いナイフのような力でイアンの内側を切り裂き、ぎざぎざしたうずく傷を残したのだ。

「きみが欲しい」イアンが歯を食いしばるようにして言い、カイラは彼の張りつめたものを引き出した。

「ここにいるわ」息を切らしてささやく。「すぐそばにいるわ」

二本の指がひだに分け入って広げ、体を開かせた。カイラはわななき、愛撫を求めてうめかずにはいられなかった。

イアンはわたしの弱みをつかんでいる。一年前からわかっていたことを、いまはっきり悟った。彼の愛撫は、十年のあいだ性について確信していたことを嘘にしてしまった。彼のキスは自分が女であること、自分の男に服従するようにつくられた女であることを思い出させた。イアンこそ、わたしの男だった。

「おいで、子猫ちゃん」イアンがうなり、片腕をカイラの尻の下に当てて、ぐっと引き上げた。

イアンは荒々しく、自制心を捨てていた。カイラは震え、自制心などどこにも見つけられなかった。彼の腰に脚を巻きつけ、叫び声で夜の静けさを破る。イアンが硬いものをなかへ進めはじめた。

「ああ、イアン」カイラは背を弓なりにして壁にもたれ、彼の肩に爪を立ててから、シャツの下に両手を押し当てた。

「きみのここはきついよ、カイラ」イアンが耳もとでささやき、歯で耳たぶをとらえて淫らに嚙んだ。「きつくて熱くて、とても心地いい」

イアンがひざを折り曲げ、ぎゅっと抱きしめるのを感じた。一瞬ののち、さらに深く強く、奥へと突かれて、はじけるような悲鳴が唇から漏れた。

しっかりと貫かれ、悦びと痛みで呼吸を奪われる。カイラは身をくねらせて、もっと深く受け入れ、焼けつくような悦びと、こんなに刺激的だとは思いもしなかった鋭い痛みを味わおうとした。

脈打つ血管のあらゆる膨らみと動きが感じ取れた。かかとの下でイアンが尻を引き締め、背中をこわばらせて、もっと深く突くと、カイラはさらに熱く濡れ、もっと欲しくなった。

「あいつらは見てるのか、カイラ？」イアンが苦しげな声で言い、なかで動きを止めて、首に顔をうずめた。「あいつらはどこにいる？」

その声には苦悶が聞き取れた。彼らはイアンの友人だ。イアンを裏切り者と考えているかもしれない友人。イアンが彼らのためなら命を捧《ささ》げてもいいと思っている友人。

「わからないわ」カイラは喘ぎながら答えた。たしかなことはわからなかった。そうではないかと推測してはいた。でもわからない。わからないままのほうがいい。

イアンがさらに強く抱きしめ、カイラを半分持ち上げた状態で、ドアのほうへよろよろと進んだ。

「イアン？」

「ちくしょう、きみは俺のものだ！」イアンが所有欲をあらわにした声で言った。その口調と抱擁が、魂まで貫くようなうずく切望を伝える。本気で言っているように聞こえた。「やつらに見せる必要などあるものか」

部屋に入って壁のほうを向き、カイラを押しつけて突きはじめる。

イアンは容赦なく奪い、激しく突いて、貫き、うめき声でカイラの名前を呼んだ。カイラは目の前で飛び散る星を見ながら、イアンをぎゅっと締めつけた。

「ああ、そうだよ、ベイビー。俺を包んでくれ」イアンがうめいた。「感じさせてくれ。わななきのすべてを……」頭をのけぞらせ、荒い息をつきながら、両手でカイラの尻をつかむ。

カイラはなにも考えられなかった。次の動きを決められなかった。悦びにのみこまれてばらばらになり、なぜイアンは自分を抑えているのだろうといぶかっていた。

「落ち着けよ、子猫ちゃん」イアンがわななくカイラをなだめた。またよろよろと運ばれたかと思うと、数秒後にはソファーに押し倒されていた。イアンがしわがれたうめき声とともに身を引いた。

そのときになって初めて、イアンがコンドームを着けていないことに気づいた。カイラも考えていなかった。思い出しもしなかった。

「イアン」カイラは足首で彼の背中を締めつけた。「予防はしてあるわ」

イアンが先端だけをなかにとどめて、身をこわばらせ、唇を固く結んだ。

「予防？」

「避妊のことよ」カイラはごくりと唾をのんだ。「予防はしてあるの、イアン。放さないで」

イアンが首を振って、両手でカイラの腰をつかんだ。体のなかで激しく脈打つものを感じる。

「コンドームを着けずにするなんて、子どものとき以来だ」イアンがうめいたが、声には飢えと欲求が聞き取れた。

「わたしもよ、イアン」不意に目にわき上がってきた熱いものを、まばたきで押し戻す。

「あなたを感じたいの。あなたのすべてを……イアン！」

ふたたび貫かれ、カイラは彼の名前を叫んだ。彼の額から汗がこぼれ落ち、カイラの全身に吹き出した汗がふたりを濡らした。ふたたびエクスタシーにのみこまれていく。

まさかこんなにすばやく達してしまうの？　まさかそこまで、イアンにすべてを握られているの？

しかしイアンのかすれたうめき声が聞こえ、最初の精のほとばしりに満たされると、カイラはふたたびはじけた。彼の腕のなかで背を反らし、震えてわななき、これまでだれにも与えなかったものを与え、だれからも受け取らなかったなにかを受け取っていた。自分自身を差し出し、腕に抱いた男のすべてを受け入れていた。

それは恐ろしいはずだった。なにに向かって自分をさらけ出したのかを悟って、おびえてもいいはずだった。しかし、それは自然なことに感じられた。

イアンが突っ伏し、ふたりとも同じくらい激しく全身を震わせたとき、カイラにできたのは、しっかり彼にしがみついて、混じり合った汗に涙を紛れこませることだけだった。もしイアンを失ってしまったら、わたしはいったいどうなるのだろう？

イアンには、涙のことがわかっていた。女がすすり泣きをこらえるときの、体の震えを知っていた。そういう兆しについて知ったのはずっと若いころだったが、それをカイラのなかに見るとは思ってもみなかった。

イアンは彼女をベッドに運んで寝かせ、横に並んで腕のなかに引き寄せた。カイラが腕をぎゅっとつかみ、細くしなやかな体をぴったりと押しつけるのを感じた。先ほど、カイラの目をのぞいた。部屋の薄明かりのなかで、そのまなざしのなかに悲痛な認識を見て取った。彼女がうまくそれを隠すまえに。

カイラは訓練を受けた諜報員だが、こういう、自分の心が絡むような男を相手にする任務に就いたことはないのだ。〈カメレオン〉は深入りしない。その名の諜報員はそそのかされず、買収もされなかった。それは、〈カメレオン〉の正体が男なのか、女なのか、だれかの想像の産物なのかを、ほとんどの人が知らなかったからというだけではない。その正体がどんな人間だろうと、ものだろうと、〈カメレオン〉は氷のように冷ややかで、動じず、敵に対しては無慈悲だったからだ。

イアンはカイラの顔にかかった髪を撫でつけた。気づいたのは、彼女がここに来て、自分のベッドのなかにいるほんとうの理由を知りたくないということだった。心の一部では、自分を裏切るためにカイラがここにいるのかどうか、知らないままでいたかった。しかし、うすうす感づいてはいた。恋人の目には後ろめたさがあった。それはイアンの心を突き刺した。

「あなたは忘れさせるわ」しばらくするとカイラがささやいて、イアンをはっとさせた。

「なにを忘れさせるって?」

「わたしが何者かということを」

その答えにイアンは口もとをゆるめた。「きみはカイラだ」

「ただのカイラじゃないわ」ささやき声で言う。

彼女は〈カメレオン〉だ。女と諜報員がいま、せめぎ合っている。目のなかにそれが見え、返ってくる反応にそれが感じられた。カイラと顔を合わせるたびに、自分の人生にカイラが戻ってきてからは彼女を抱きしめるたびに、そのことに気づかないふりをしてきた。

「いまここでは、カイラ以外のだれも入りこむ余地はない」イアンは警告したが、慎重に穏やかな声を保ち、カイラをぴったり引き寄せていた。「まちがいを犯してはいけない。この関係に、ほかのものを持ちこむな」

長いあいだカイラは黙ったままでいた。

「それがわたしなのよ」だいぶたってから、細い声で言う。

イアンは両手をカイラの髪にすべらせてから、顔を上げさせ、目をのぞきこんだ。

「俺たちはどっちも、もっと賢明なはずさ」別の考えを許すわけにはいかなかった。許すことはできない。いま、ここでは。〈カメレオン〉と向き合うつもりはなかった。

カイラがそわそわと唇を舐め、まなざしに女らしいためらいの色を浮かべた。そのとき、イアンは悟った。たしかに、彼女には任務がある。〈カメレオン〉はイアンのもとに送りこまれた。しかし、イアンが相手にしているのは女だった。俺の女。

もう自分に嘘をつくことはできなかった。カイラがここにいるのは、ベッドのなかで楽しい時間を過ごすためや、イアンを援護するためだけではない。彼女は契約諜報員〈カメレオン〉だ。美しい目のなかで行われているせめぎ合いが見えた。女として求めている男よりも、はるかに大きなもののためにここにいる。諜報員としての彼女もここにいる。イアンが知る必要があるのは、その諜報員の計画だった。

14

地平線から太陽が顔をのぞかせると、細くたなびくような光が空に縞模様《しまもよう》を描いた。そのかすかな光は寝室を満たす闇を和らげ、カイラはベッドにゆったり寝そべって、眠っているイアンの顔を見つめた。

イアンが眠りに落ちた瞬間はわかっていた。ほんのわずかでも身動きすれば、起こしてしまうだろうということも。ほんとうは、身動きして彼の顔に触れ、ぎゅっと寄せた眉根のしわをゆるめてあげたくてたまらなかった。

イアンは友人たちの命を助けるため、父親に魂を売ったのだ。ネイサンのため、ケルの恋人のため、ともに戦った男たちのため、ディエゴ・フエンテスが関係者に及ぼしている支配力を断ち切る唯一の機会を得るため。カイラにはわかっていた。こんなふうに魂を危険にさらす理由が、ほかにあるはずがない。

ディエゴは人を操る達人だ。DHS長官が保管しているあの男についての機密ファイルを読んだことがある。あの悪党が、麻薬取締局《DEA》やアルコール・タバコ・火器及び爆発物取締局、その他いくつもの機関に仕掛けてきたゲームは、なかなかおもしろい見ものだったかもしれない。もし、たいていはディエゴのほうが勝利を収めるという事実と、たとえ敗北してもDHSに保護してもらう合意を取りつけたという事実がなければの話だが……。卑劣な悪党。ディエゴは彼らの弱みを知っている。そしてイアンの弱みも知り、それを利用した。チェスの名人がポーンを並べ、自分の小さな世界に張りめぐらせた狡猾な支配力でそれらを動かすかのように。

イアンはディエゴのお気に入りだった。騎士《ナイト》であり、誇りの源であり、ただひとりの息子でもあった。そしてこの特別なゲームを楽しみながら、効率よくイアンを利用している。ソレルの裏をかき、アメリカの警察やDEAをからかい、犬の鼻先に骨をぶら下げるかのように、彼らに息子を見せびらかしている。

そう考え、カイラは目を閉じた。イアンはカイラが知るだれよりも強い男だ。ほかの男だったら、いまごろ重圧に押しつぶされているか、屈服しているだろう。イアンが寝返るのではないかという懸念に、DHS長官は眠れない夜を過ごしているはずだ。

現在イアンが振るっている力は、効き目の強い麻薬のようなものだった。どんな男にとっても、そこから歩み去るのは容易ではない。しかし、もしイアンが歩み去らないとしたら、カイラの心の一部は損なわれてしまうだろう。

カイラは喉に引っかかる呼吸を、胸の内でわき立ち、魂を焦がす感情を懸命に落ち着かせようとした。感情から逃れることはできなかった。それはカイラをしっかりつかまえ、和らぐ様子もなかった。自分のなかのなにもかもが、イアンに惹きつけられている。もう何年もまえからそうだった。しかしいまは、これまで知らなかった自身の一部が姿を現していた。アトランタでのあの夜まで、存在することさえ気づかなかった自身の一部が。だれかを愛する女が。

「そんなふうに俺を見るのはやめろ」イアンが命じた。声はいつもどおりざらついていた。眠りのせいでさらにかすれたり、太くなったりはしていなかった。

「いつから起きていたの？」カイラは微笑んだ。イアンが目をあけ、瞳の奥を隠すダークブロンドの濃いまつげ越しに、こちらを見つめ返した。

「ある事実を探り出せるくらいまえからだ」イアンがシーツの下で手を動かし、カイラの太腿の外側から腰まで撫でつけた。声に含まれた疑念に、カイラの心臓がどきりとした。

「なにを探り出したの？」

「きみが、俺のためだけにここへ来たんじゃないということをさ」イアンがからかうように唇をゆがめた。「なんのためにここへ来た？」

カイラはゆっくり身を引いた。裸の体からシーツをはずし、ベッドを離れようとする。しかし、力強い指が上腕に巻きついて、その場に押しとどめた。

問題は、たとえどんな命令を受けていようと、ここへ来たのはイアンのためだということだった。ほかに理由などない。

カイラは振り返ってイアンを見た。わたしは、そんなに冷たく無情な女を演じているのだろうか。あとを追ってくるほど、助けに来るほど、彼を大切に思っているとは想像もできないほどに？

「もしかすると、自分のために来たのかもしれないわね」カイラは言い返し、腕を引いた。

それは真実だった。ここへ来たのは、イアンが生き延びて、彼の魂が守られるのを確かめるため、一生後悔することになるはずの行動を食い止めるためだった。DHSや、その目的と計画など、くそくらえだ。カイラがここにいるのは、ディエゴ・フエンテスを生かしておくためではない。かつてイアンの目にきらめいていたいたずらっぽく楽しげな光を、確実に取り戻すためだ。その楽しさを分け合うためだ。それは、これまでまったくなじみのなかった自身の一部だった。その一部は、冷たくきびしい麻薬カルテルの支配者以上のものを見たがっていた。もう一度、あのときの男を見る必要があった。そして愛する必要があった。いまこうして愛しているように。彼のすべてを。

「嘘つきは嫌いだ」イアンがため息をついてこちらをにらみ、腕を引っぱってベッドのまんなかの自分のほうへ引き戻した。「これについては、じっくり考えてみたんだよ、カイラ。手助けなしでは、先々週あの倉庫に入りこむための情報は得られなかったはずだろう。どこでそれを手に入れた？」

カイラはあきれ顔をしてから、イアンのほうに身を乗り出し、顔の両わきから髪を垂らして、暗闇のカーテンのように自分たちを包んだ。嘘はなし。ゲームはなし。ふたりだけ、真実だけ、そして彼を守るという無言の約束だけ。

「マーティン・ミザーンの兵士たちは、パーティーが好きなのよ」カイラは思わせぶりに言った。「リカード・デソトは、酔っぱらうと口が軽くなるの。あの男が話したのよ」

デソトは、ミザーンの主要な護衛隊に所属する兵士のひとりだった。背が高くて愛想のいいラテン系の女たらしで、獲物を狙ってうろつくワニとしての技能に長けていた。

「で、きみはそこにいたのか？」イアンが目に怒りのようなものをひらめかせて、カイラをぐいと引き寄せ、もう片方の手で首をつかんだ。乳房が、張りつめたたくましい前腕に押しつけられる。

「彼女がそこにいたのよ、イアン」〈カメレオン〉だ。

カイラは少しまつげを伏せ、官能的に声を低くして言った。「デソトにラムを注いで、やさしく感じよくにっこりして、腕を爪でなぞったら、知ってることをぜんぶ話してくれたのよ。ぜんぶね。ソレルの容赦ない切り捨てかたを、愛人を無言で捨てることになぞらえるミザーン兄弟の傾向とか」歯を食いしばって、怒りの息を吸いこむ。「あなたがフエンテスの小さな世界からいなくなれば、ディエゴをもっとうまく操れるというソレルのほのめかしまで」

イアンが唇を固く結んでから、手を離し、ゆっくりベッドの端まで転がって、上半身を起こした。カイラは両手でイアンの前腕をつかんだ。自分の体が簡単に押さえこまれてしまうことに苛立ちが募った。イアンが望みさえすれば、うるさいブヨを追い払うように、カイラを追い払える。ふたりともそれはわかっていた。

しかしイアンはそうしなかった。背中をこわばらせ、じっと動かずにいた。カイラはそろそろと身を寄せ、なめらかな肌に乳首を押し当てて、耳を唇でかすめた。イアンのなかで性的な興奮が高まるのが感じられた。ふたりが触れ合うとき、ふたりが互いに挑みかかるとき、いつもそうなるように。

「答えが欲しい、イアン? わたしがなぜここへ来たかを知りたい? それなら教えて。あなたはなぜ、アトランタでわたしの寝室に忍びこんだの? なぜわたしをベッドに押し倒して、天国をちらりと見せただけで、それに触れさせてはくれなかったの? たくましいシール隊員が、小さな女に怖《お》じ気づいたわけ?」

両腕を肩にすべらせると、イアンが手を伸ばしてカイラの両手首をつかんだ。

「わたしが欲しいんでしょう」カイラは言った。「それが気にくわないんだわ。そうじゃない、イアン?」

そうであることはわかっていた。アトランタでその片鱗《へんりん》を見ていた。ふたりが顔を合わせるたびに、イアンの表情に浮かぶ怒り、苛立ち、焦燥。それを思い出すと、いまでも胸が痛んだ。それは心をねじ上げ、感情をぐいぐいと引っぱった。ひどく不公平な気がした。もしイアンがわたしにこれほど大きな影響を与えられるのなら、なぜ同じようにわたしが彼に影響を与えられないのだろう?

「きみは厄介の種だ」イアンがカイラの腕を放し、股間を硬くしたまま裸で立ち上がった。「それだけさ」

カイラはベッドにひざをついて座り、昇る太陽のほの暗い光のなかでイアンを眺めた。彼が振り返って、肩越しにちらりと目を向けた。

「俺はシャワーを浴びる。きみが身支度するあいだに、居間でディークと会うつもりだ。朝食に下りていくまえに、話し合う必要がある」

「なにについて?」カイラは立ち上がって、気の利くメイドがベッドの足もとの椅子にかけておいてくれたローブのところまで歩いた。それをまとって、ひもを結んでから、イアンをにらみ返す。

「このちょっとした破滅的な作戦での、きみの役割だよ」イアンがうんざりしたかのようになった。「いまだに、ミザーンにあれほど簡単に利用されるようなばかをやったことが信じられない」彼の目によぎった苛立ちを、カイラは見逃さなかった。

「ええ、たしかに。あなたにとっては苦難の道のりになりそうね」カイラは歯を見せて笑った。「気をつけたほうがいい。わたしだって嚙みつく方法を知っているんだから。「なぜ、あっさり無視しなかったの、イアン? マーティンは最初の一発をもう少しでわたしに当てるところだったけど、最後の一発はわたしのほうが当てていたはずよ」

ミザーンのようなろくでなしに対処する方法なら知っている。昔から扱いに苦労してきたのは、イアンのような男たちだった。

「無視すべきだった」イアンが肩をすくめて、また向きを変えた。「きみも言ったとおり、きみは自分の身を守る方法を知っている。しかし、もう手遅れだ」

イアンは背を向けたまま歩み去った。全裸でとても男らしかったので、カイラはいまにも濡れてきそうになった。もしこれほど腹を立てていなければだが。

「もう手遅れですって?」カイラはバスルームに駆け寄ってから、くるりと振り返った。恥ずかしさで顔が熱くなった。イアンがトイレの前に立っていたからだ。「ちょっと、イアン」

イアンが喉の奥で笑うのが聞こえ、すぐさま扉がバタンと閉じた。カチリと錠が下りる音もした。あの最低男。

「あなたって、ほんとにどうかしてるわ!」トイレの水を流す音がしたあと、カイラは歯を食いしばって言った。

イアンはまったく気にかけていないようだった。少しあとで、ドアの隙間からシャワーの音が聞こえはじめた。カイラはバスルームのドアから離れ、閉じたバルコニーのドアのほうへ歩いた。扉をあけてバルコニーに出てから、ダニエルが滞在している部屋に続くドアのほうへ進む。

ガラスドアの外で立ち止まってのぞきこむと、ダニエルと目が合った。椅子に座ってブーツのひもを結んでいるところだった。寝室の扉をちらりと見てから、すばやく立ち上がり、椅子の背からシャツを取ってさっと着る。それから扉をあけて、バルコニーに出てきた。

ダニエルが扉を閉めたとたん、カイラは面と向かってなじるように言った。「ドゥランゴ部隊は島にいるの？」

ダニエルが鋭い目つきをして、片手でシャツのボタンをのんびり触りながら、こちらを見下ろした。

「どうして俺にわかる？」冷ややかに答える。

そう、なるほどね。ダニエルは知っている。顔の表情と声の調子でそれがわかった。

「いつからここにいるの？一線を越えてわたしに嘘をつくまえに、だれがあなたに給料を払っているのか、思い出すことね、ミスター・キャロウェイ」

ダニエルが陰でこっそり部隊と連絡を取っていたのかと考えると、無性に腹が立った。それよりしゃくに障ったのは、ダニエルがこの作戦にはぜひとも彼らが必要だと判断して、ひそかに行動したのかもしれないということだった。

ダニエルが重いため息をついた。「嘘はついていないよ、カイラ。だから〝ミスター・キャロウェイ〟やら、脅しやらはやめてくれ。連中がここにいるんじゃないかとうすうす感じてはいたが、どこにいるかはわからない。見つけ出す気もない。追加的な援護があるに越したことはないだろう」

「うすうす感じていたのに、わたしに伝えなかったの？」カイラはイアンの部屋のほうをちらりと振り返った。「イアンは彼らがここにいることを知ってるわ、ダニエル。もしいるとしたら、理由はひとつしかないでしょう。イアンを殺すことよ」

「彼は寝返ったのか？」もっともな疑問だということはわかっていた。

「まさか。寝返ってなんかいないし、裏切り者でもないわ。イアンには悪人の気質は少しもないのよ、わかってるでしょう。でもそれは問題じゃないわ。問題は、イアンがほんのわずかでも、悪人ではないそぶりを見せるわけにはいかないということよ。こっそり入りこんでいるなんて、連中はいったいなにを考えてるの？」カイラは押し殺した低い声で言った。あまりに低かったので、ダニエルは言葉を聞いているというより、唇の動きを読んでいるにちがいなかった。「DHSがイアンを保護下に置いているとは思わないの？　わたしにはピンと来たのよ。上官たちは認めないでしょうけど、きっとそうよ、ダニエル。イアンは認可を受けてここに来たんだわ」

「連中の姿を見たのか？」ダニエルが慎重にきいた。

カイラは苛立ちのまなざしで護衛をにらんだ。「そんなはずないでしょう」

「イアンは？」

カイラはすばやく首を振った。

「それなら、連中のことは心配するな。ここにいるとすれば、それは連中なりの理由があるからだ。成り行きを見てみよう」

どちらにしても、ダニエルはドゥランゴ部隊の入国になんらかの形で関わっているのかどうかを打ち明けはしなかった。

「警告しておいて」カイラは冷たい笑みを浮かべた。「絶対に、イアンを危険な状況に追いこまないようにと。絶対によ、ダニエル。でないと、たくさんの首が飛ぶことになるわよ。わかったわね？」ダニエルの首もそのひとつだ。「イアンになにかあったら、連中には報いを受けてもらうわ。わたしは本気よ」

ダニエルが唇の端を軽く引き上げた。ちらりとよぎったいたずらっぽい表情に、この男性がどれほど妻に愛されているのかが見えるような気がした。気がしただけだ。いまはひどく腹を立てていたので、そんなふうには考えられなかった。

「きみはまるで、子どもを守ろうとする母親ライオンみたいだな」ダニエルが胸の前で腕を組み、手すりに寄りかかった。「イアンは大人の男だよ、カイラ。自分の面倒くらい自分で見られる」

「それは問題じゃないわ」

「まさにそれが問題なんだよ。手のなかで守ってやろうとし続ければ、イアンはきみに反発するだろう」

カイラはショックを受けて、ダニエルを見返した。「そんなことはしてないわ」

一瞬ダニエルはためらいの表情を浮かべたが、すぐにそれを消して、決意と自信に満ちた顔つきになった。

「いいや、している。イアンは気に入らないだろう。そもそもきみがこの件に関わったことに腹を立ててるんだ。彼は、きみを守ることを、危険に近寄らせないようにすることを、自分の仕事だと考えている。きみが日常的に向き合っている危険を受け入れられる男ではないんだ。憶えておいたほうがいい。イアンはこれからもずっと、攻撃にさらされる場所に立つのが自分の義務で、傷の手当てをするのがきみの義務だと考えるだろう。きみが気に入ろうと気に入るまいと」

まったく気に入らなかったが、ダニエルの言うとおりだという気がした。昨夜、マーティン・ミザーンはほんの一発殴ろうとしただけだったが、イアンはまったく受け入れようとはしなかった。やれやれ。ニューヨークの通りで、強盗未遂犯にもっとひどい目に遭ったこともあるというのに。

カイラはぎゅっと唇を結んで、胸の前で腕を組み、バルコニーの木の床を見つめた。それから顔を上げて、ほとんど唇の動きだけでダニエルにささやいた。「もし彼らの居場所を知っているなら、警告したほうがいいわ。ここにいることにイアンは気づいてるって」

ダニエルは知っている。あからさまに嘘をつきはしないが、秘密を守るためにあいまいな言葉を並べる癖があることくらい、カイラにはわかっていた。

ダニエルがゆっくりうなずいてから、低い声できいた。「イアンが俺を追い払ったらどうする、カイラ?」

「受け入れろ」イアンの声は怒りでしわがれていた。

カイラはくるりと振り返って、バルコニーの戸口に立っている上半身裸の体を見つめた。イアンの黒みがかった目の奥はワイン色に輝き、表情は張りつめていたが冷静だった。

「ダニエルはどこにも行かないわ」カイラは言った。イアンが外に出て、ゆっくり近づいてきた。白いスラックスと怒りのほかは、なにも身に着けていない。

こちらに歩み寄ると、日焼けした肌の下で筋肉が波打ち、力強く収縮した。まなざしはきびしかった。

「ダニエルはきょう出ていく。さもなければ、きみは彼の命を危険にさらす」イアンが冷たく告げた。「ここに中立派はいないんだ、カイラ。わかるか?」

「ダニエルはわたしに忠実だわ、イアン」カイラはきり返した。「交渉の余地はないわよ」

「俺の問題に首を突っこんできたとき、きみは交渉の余地をつくった」イアンがうなり声で言い、ダニエルに目を向けた。「出ていってもらいたい」

「イアン――」

「いや、カイラ、彼の言うとおりだ」ダニエルがカイラの腕に手を当て、不意にまじめな表情をした。「きみの忠誠心が疑われることはないかもしれないが、俺の場合はそうはいかない。ここでは受け入れられないだろう」

護衛なしでの活動を強いられるのはこれが最初ではないし、おそらく最後でもないだろう。しかし、気に入らないことに変わりはない。

「ダニエルはここで役に立てるわ、イアン」カイラは歯を食いしばって言った。

イアンがゆっくり首を振って、こちらに視線を戻した。冷たい目だった。「ダニエルは目撃者になるだろう。それは許されないことだ。理解できるか?」

そしてカイラは理解した。先日、フエンテス家で使用人が殺され、永遠に見つからない場所に遺体が埋められたことを思い出した。ディエゴ・フエンテスは、その少女がイアンを裏切ったという理由で殺し、もうひとりも殺すように命じた。イアンはその子をこっそり逃がし、島からアメリカへ送り届けた。ひとりは裏切り者。もうひとりは目撃者であり、フエンテス・カルテルにとっての脅威になった。ひとりでは生き延びられないと、イアンにはわかっていた。

死のうわさを追いかけ、その裏にある事件を探り出すのは容易ではなかった。イアンは足跡をとてもうまく隠している。そしていままでは、ディエゴの分まで隠しているのだ。

カイラは心臓がどきどきと音を立て、背筋に寒気が走るのを感じた。イアンの目をのぞきこみ、彼が毎日向き合っている真実に逆らおうとする。

「俺は別荘に戻る」ダニエルが穏やかな声で言った。「必要ならいつでも、盗聴防止装置付の携帯電話で連絡すればいい」片手でカイラの肩をつかんだが、カイラのほうはイアンをじっと見つめ、慰めようとする手の感触にもほとんど気づかなかった。「ジェイソンに、きみはだいじょうぶだと伝えておこう」

「ジェイソンをここから遠ざけておけ、ダニエル」イアンが護衛のほうにさっと視線を戻した。「ここからずっと遠くへ。ついでに、ほかにも友人や協力者がいるなら、そいつらを俺の目の届く場所に近づけないでくれ。敵らしき者と本物の敵を区別している時間はないんだ。必要な友人はすでにそろっている」

そう言うと、イアンは手を伸ばしてカイラの腕をつかみ、ぐいとダニエルの手から引き離した。カイラはイアンの胸にぶつかり、両手をがっしりした胸板に押し当て、顔を上げて驚きのまなざしを向けた。

「ほかの男には触れさせない」イアンの顎が怒りに引きつった。「俺のベッドで寝ているあいだは、きみは俺のものだ」

声ににじむ所有欲は、突然引き寄せられたことより、もっとカイラを驚かせた。驚かせ、奇妙なほど欲情させた。

イアンについて行った調査では、女に対して所有欲をあらわにする性質は示されていなかった。めったに親密な関係は結ばず、女とつき合う際には、細心の注意を払って、従順で淡泊な女を選んでいた。

カイラは振り返ってダニエルを見た。無言で立ち、鋭いまなざしで思案ありげにふたりを見つめている。

「立ち去るように言え、カイラ」イアンが断固として言った。

カイラは重いため息をついた。「別荘に戻って」ダニエルに言う。「わたしはだいじょうぶよ」

「アルバから出ていけ」イアンが命じた。

「イアン、その必要はないわ」カイラは抗議した。

「消えろ、ダニエル」イアンは無視して言った。「わかったか?」

口調には、はっきりと脅しが含まれていた。衝撃的なほどの。

「イアン――」

「きみは俺を選んだ」声と表情は氷のように冷たかった。「きみは俺の側につくことを選んだ。その選択は代償を伴うんだよ、カイラ。必要以上に、罪のない人間の血で手をよごしたくはないんだ。わかるか?」視線をダニエルのほうに戻す。

ダニエルがゆっくりうなずいてから、カイラに警告するようなまなざしを投げた。「わかるよ、イアン」

「ばかげてるわ。ダニエルがわたしを置き去りにしたなんて、だれも信じないはずよ」カイラはかっとしてイアンのほうを振り返った。「こんなふうに、あっさり命令して追い払うことはできないわ。援護はどうなるの？」

「ダニエルに死んでほしいのか？」イアンがうなり声で言った。「逆らうのはやめろ、カイラ。いますぐにだ。誓って言うが、きみの命はそこにかかっているんだからな。援護がないことには理由がある。わかるか？　あまりにも危険すぎるんだ」

イアンはそれ以上、反論する機会を与えなかった。腕を強くつかんで寝室に引き戻す。扉を閉め、振り返って錠を下ろしてから、ようやく手を離した。

イアンが向き直ったので、カイラは文句を言おうと口を開きかけた。しかし声を発するまえに、イアンが手で唇を覆い、頭の横に頭をつけた。

「聞け」耳もとで、怒りに満ちた低い声がした。「七日前、十九歳の子どもが、俺にとっての脅威になると見なされ、目の前で殺された。弾丸がその子の頭を貫いたんだ、カイラ」抑えた声には苦悶と怒りの響きがあった。「ダニエルを死なせたいのか？　自分も死にたいのか？」

イアンがカイラの髪に手を差し入れて、頭を上向かせ、燃えるようなまなざしで目をのぞきこんだ。カイラは見つめ返し、彼の人生がどんなふうに変わってしまったのかを、苦い気持ちで悟った。

「きみを無理に追い出させないでくれ」イアンが片手でカイラの顎を包み、悲痛な表情を浮かべた。「お願いだ、カイラ。俺にそんなことをさせないでくれ」

返事をするまえに、イアンが唇で唇を覆った。強く顎をつかんで口をあけさせると、舌を押しこんで唇をぴったり押しつける。

そして顎から手を下ろし、腕を尻に巻きつけてぐっと引き寄せ、スラックスに覆われた分身を太腿のあいだに収めた。カイラは彼の首に両腕を巻きつけ、指を湿った髪に差し入れた。

イアンが生きている地獄が、カイラを苦しめた。避けようのない流血が、悪夢を満たした。その道にイアンを追いこんだのは、父親なのだという認識とともに。

「考えるな」イアンが噛みつくように言って、カイラのローブを肩から引きはがし、腕の下へ押しやってから、張りつめて膨らんだ乳房を両手で包みこんだ。「考えるな。逆らうな、カイラ。ただ俺に身を預けてくれ。いま、ここで」

それ以外になにができるだろう？　カイラは頭をのけぞらせ、唇から叫び声を漏らした。イアンが唇ですぼまった先端を包み、口のなかへ吸いこんだ。

たちまち湿った熱が、敏感な乳首のまわりで一気に高まった。イアンが歯でこすって、子宮を燃え上がらせ、締めつけて、体の芯からしっとりと濡れた反応を引き出した。彼にしがみつくことしかできなかった。その愛撫、乳房を吸う唇の感触、強く引き寄せる腕、髪を引っぱって頭を上向かせる指。太腿のあいだで、薄い綿のスラックスに覆われた分身が脈打ち、準備を整えているのが感じられた。

「イアン、おかしくなりそうよ」おかしくなりそうなのは、息ができないから。彼の腕のなかでは考えられないから。嫌悪するべきなのに、それが好きでたまらないから。もっと多くを感じたかった。世界を遠ざけ、ふたりのあいだで山火事のように燃えている情熱で、血と死についての認識を消し去りたかった。

「いや、すでにおかしくなってる」イアンが、腕のなかに引き寄せたのと同じくらいすばやく手を離した。目には情欲が燃えていたが、半分まぶたを閉じて、急いで数歩後ずさりする。

「シャワーを浴びろ!」

突然の命令に、カイラは混乱してイアンを見つめ返した。「シャワー?」

こちらに向けられたまなざしは、苛立ちと情欲に満ちていた。

「階下《した》でディエゴが待っている。そして三時間以内に、島の反対側で会合がある。つまり、きみがシャワーを浴びて身支度を整えるまで、約三十分しかない」

「じゅうぶんな時間があるわ」カイラは気取った笑みでイアンの言い分を退けた。勢いよく片手を伸ばしてスラックスのベルトをつかみ、彼を引き寄せようとする。というより、イアンが動かなかったので、自分を引き寄せることになった。ベルトをつかんで指でボタンをはずし、もう片方の手でファスナーをつかんで下ろす。「さあ、つかまえたわ」手をスラックスのなかに差し入れ、指で太く大きなものを包みこんだ。まるで鉄のように硬くなっていた。

生きている鉄。手のなかで脈打って、激しい渇望の波を送りこんできたので、思わずひざから力が抜けそうになった。

両手のなかの彼の感触、鋼のように硬い部分の内側で脈打つ太い血管。ウイスキー色の目は、くすぶるように熱を帯びている。

イアンが手首をつかんで、撫でつける手を止めさせた。

「やさしくはしないぞ。ゆっくりでもない」頬を紅潮させ、にらむようなまなざしを向ける。

「やさしくしてとか、ゆっくりしてとか頼んだ？」

いきなり体をくるりと回され、カイラは息をのんだ。気がつくと、近くに置かれた椅子の肘掛けの上に身をかがめて、両腕を前に伸ばし、両手首をつかまれていた。膨れて感じやすくなったひだに、硬いものが押しつけられるのを感じる。

「きみがやさしさを求めないのはいいことだ」イアンがうなった。

最初の突きで半分まで身をうずめて押し広げ、カイラの体に悦びの熱い波を送りこむ。

「やさしくしてほしくなったか、カイラ？」イアンがかすれた低い声で耳にささやき、身を引いた。

「いいえ」カイラは必死に首を振ってから、叫び声をあげて背を反らした。イアンが完全に身をうずめると、炎のような苦しみを伴うエクスタシーが体の芯を走りぬけた。

イアンが両脚で外側からカイラの太腿を挟みこみ、腰を引いて、硬く長いものをゆっくり淫らにすべらせた。カイラはやみくもに彼を締めつけようとした。

「もっと欲しいのか、カイラ？」

彼の太腿の筋肉がぎゅっと引き締まるのを感じ、両手が手首から腰へすべるのを感じた。

「もっとよ。いつだって……」カイラは頭をがくりと垂れて、苦悶と愉悦の叫びを漏らした。

イアンが体を打ちつけた。やさしくはなかった。カイラの体からあふれ出すなめらかな蜜に助けられ、一度の強い突きでなかへ押し入る。太いものが体の奥深くへとすべり、張りつめた内側に分け入って、炎のような悦びを全身に駆けめぐらせた。

「イアン、ああ、わたしをどうするつもり？」カイラは息をはずませた。イアンがまた身を引き、強く打ちつけると、叫び声が漏れた。

あまりの心地よさに、我を忘れそうだった。とりわけ、イアンが動きを止めて、内側で体を脈打たせ、太腿でしっかり支えて、両手であざになりそうなほど強く腰を締めつけたときには。

「きみをどうするつもりかって？」イアンがなかにとどまると、カイラの体がそのまわりで震えた。力強い収縮と重みが、たまらない気持ちにさせる。「きみのほうこそ、俺の自制心をめちゃくちゃにする」

イアンが腰を引き、感じやすいひだのあいだに分身をすべらせて、背後から太いうめき声を響かせた。

「どういうこと？」カイラはわななき、イアンが完全に身を引くと、ぶるりと震えた。

次にどうなるかはわかっていた。心の準備を整えようとする。指で椅子のクッションをぎゅっとつかむと、反対側の肘掛けのほうへ押さえつけられた。それでもじゅうぶんではなかった。イアンがなかへ押し入り、カイラはもう少しで砕け散りそうになった。

イアンが止まらなかったからだ。強く激しい動きで打ちつけ、貫き、押し広げる。五、六回強く突かれると、カイラは叫び声をあげて絶頂へと導かれた。イアンをぎゅっと締めつけながら、解放が体を走りぬけ、途方もない爆発的な力で体と頭を駆けめぐるのを感じた。

背後でイアンがうなり、うめき、体を引きつらせた一瞬のちに、自分を解放した。

カイラの上にくずおれながら、腰を上下させ、つながった体のあいだにとらわれた分身をすべらせる。カイラは悦びに伴う最後の苦しみにわなないた。そのときになって初めて、イアンがコンドームを使わなかったことに気づいた。

激しくすばやく奪われたのは、初めてではなかった。しかしそれで陶然とさせられたのは、まちがいなくこれが初めてだった。

イアンがたこのある無骨な手で髪を肩の後ろに引っぱり、唇を腕に押し当てた。抱き寄せられると、カイラは激しい呼吸に全身を震わせた。彼の湿った分身はまだふたりのあいだで脈打っていた。

「シャワーを浴びる時間は二十分だ」イアンがしわがれ声で言った。荒い息をつき、唇で愛撫を続けていたが、声は怒っているかのようだった。「絶対に、遅れないほうがいいぞ」

イアンが体を離した。カイラは身を起こして振り返り、椅子にもたれてイアンがスラックスをはくのを見ていた。数秒のうちに、広い肩に汗が光っているのを除けば、完璧に落ち着いた姿になった。それに対して、カイラの脚はスパゲッティのようにへなへなで、頭は粥《かゆ》のようにどろどろだった。

「十八分だ」イアンの声はきびしく、目はさまざまな感情にきらめいていた。怒りと情欲のなごり。

「十八分ね」カイラは脚に力を入れ、なんとかイアンから遠ざかった。「十分で支度をするわ」

15

カイラは十分で身支度を整えた。イアンはカイラがバスルームからゆっくり歩み出てくるのを眺めた。ぴったりしたカジュアルな白いパンツと、クリーム色のノースリーブのブラウスを着ている。

長く黒い髪はほとんど乾き、絹の滝のように肩のまわりと背中に垂れていた。うっすらと日焼けした肌が白い生地によく映え、すばらしくセクシーな脚は、違法なほどヒールの高い白いパンプスをはいているせいでいっそう長く見えた。ウォークイン・クロゼットのところまで歩いていく。メイドがスーツケースの中身をそこに入れていた。カイラはなかへと消えてから、服装に合った小さな革のクラッチバッグを持って出てきた。

まるで堕ちた天使のようだ。

何分かまえに手荒な扱いをして、椅子の上にかがませ、けだもののようなやりかたで体を奪ったにもかかわらず、カイラはこちらに向かってからかうような笑みを浮かべてみせた。

カイラが服を選んだあと、イアンもスラックスをはき替えていた。いまは濃紺のカジュアルなパンツをはき、その上にゆったりした上等なグレーの綿シャツの裾を垂らしている。そしてきょうは、ブーツをはいていた。戦闘用ブーツではないが——あのブーツがひどく懐かしい——はき心地のいいしっかりした革のブーツで、これから向かう会合が厄介な事態になっても、戦いやすいはずだった。

その会合に、カイラを連れていかなければならない。もう一度彼女の服装をじっくり確認し、怒りに歯を噛みしめた。どこから見ても無害な女だ。実際には、無害どころではないことはわかっているが。

イアンは、小型の武器がいくつか入っているドレッサーの引き出しのところへ行った。錠をあけて、予備の拳銃と、クリップ留めされた弾薬を数個取り、引き出しに鍵をかけ直してから、カイラのほうを向く。

「これを持っていけ」武器と弾薬を差し出す。

カイラは何も言わずに受け取り、バッグに入れて、藍色の縁取りのある灰色の目をいたずらっぽく光らせてこちらを見た。

「自分の武器も持ってきたのに」カイラが言った。「あれはどこへやったの?」

「ダニエルが持っている」イアンは両手をパンツのポケットに入れて、もう一度カイラにさっと視線を走らせた。「そんなヒールをはいていると、なにかあったとき、ひどく不利になるぞ」

「ロシアでは、ヒールをはいていても不利にはならなかったわ」カイラが穏やかな声で指摘した。「それに、わたしを無力でか弱い女だと思わせたいなら、見た目もそのとおりにしなくてはね。ちがう雰囲気の装いをすれば、相手を警戒させてしまうわ」

カイラの言うとおりだった。上から下まで、女以外の何者にも見えてはいけない。戦利品。それ以上であってはならない。

イアンはゆっくりうなずいた。「ジョゼフ・ミザーンに会う。先日の取引の場に現れた暗殺者と昨夜のいざこざをめぐるちょっとした〝誤解〟の埋め合わせに、えらく大きな取引を持ちかけてきた。詳細を詰めて、あいつの意図を探るために、会うことにした」

「わたしは後ろに従っていなくてはならないわね」カイラが言った。

それから眉根を寄せて、会合にひそむ危険性について考えはじめたようだった。

イアンは続けた。「会合は、島の南東の沿岸で行うことにする。土地はかなり平坦《へいたん》で、低空飛行しやすい。トレヴァーがヘリで先に飛んだあと、俺たちは陸路で入る。二台の車で行く。きみと俺はディークとともに乗り、メンデスとクリストがもう一台に乗る。ミザーンはオープンカーではなく、リムジンのなかで会おうとするだろう。あいつの意図を探ったあと、俺たちは立ち去る」

「なぜテレビ会議ではないの？　そのほうが安全でしょう」

「しかし、表情や身ぶりを読み取ることがむずかしくなる」イアンは言った。「ミザーンは、俺が腹を立てていることを知っている。報復されるまえに、丸く収めようとするだろう。生き延びる決意をどの程度固めたのか、見てみようじゃないか」

イアンはじっとカイラを見つめ、報復についての発言にどう反応するかを探った。しかし、特別な反応はなにもなかった。カイラは選択肢を考慮するかのように、ゆっくりうなずいた。

「そこを立ち去ったら、次にフエンテスの麻薬をコロンビアの港からアメリカの領海に運ぶ男たちと会う。俺が連中と話すあいだ、きみはトレヴァーとクリストのそばに残れ。その会合に、きみは出席しない」

カイラがさっと顔を上げ、反抗的に目を光らせた。

「それがまちがいだとは考えなかったのかしら?」カイラがいざというときに使う威圧的な声できいた。

「いいや、きみをその会合に出席させるのはきわめて軽率だと考えた。俺の恋人としてふるまう場合、よく知られたきみの名前と、アメリカ社会での影響力は危険の種になる」

カイラが唇を引き結んだ。

「なぜ変装してここへ来なかったんだ?」イアンはきいた。「なぜこんなふうに、自分を危険にさらす?」

「あなただって変装してないでしょう」少し間をあけてから、カイラが低い声で答えた。「わたしたちはいっしょに行動するのよ。本来の自分としてね、イアン。それに、わたしの体を奪っているときに、あなたが別の名前を口にするのを聞きたくはないわ。たとえどんな状況だろうと」

ちくしょう。そんな答えは予期していなかった。そして、胸の奥を強く引っぱられたかのような自分の反応も予期していなかった。

「変装しなかったのは愚かなことだ」体の内側に怒りが満ちてきた。ちくしょう。自分を抑えることに関して、実行すべきことに関して、カイラが現れるまでは、なんの問題も感じなかったというのに……。いまでは体のなかでふつふつと怒りがわき上がり、抑制する方法を見つけなければ、自分のほうが彼女にとって危険な存在になりかねなかった。「自分の身や名誉を危険にさらすことになるとは思わなかったのか？」

「そんなの、一時的なことでしょ」カイラが手を振ってその考えを退けた。「この件が片づけば、わたしたちふたりの名誉は回復するわ」

一瞬、苛立ちが体を走りぬけ、激しい感情に自制心が鈍った。カイラはあまりにも自信たっぷりで、自分の能力を信じきっている。イアンはそのことにおびえた。

そして股間を硬くした。

イアンは長いあいだカイラを見つめ、彼女が自分に及ぼす影響と、彼女のなかに見える強さを理解しようとした。いったいどうしたら、これほどみごとに女らしく、同時にこれほど強い女ができ上がるのだろう？　カイラと接触するようになって以来、彼女は常に守られる側より守る側にいた。叔父は護衛をつけるように主張したが、カイラは完全に自分の身を守ることができた。

カイラはイアンの頭をおかしくさせる。その理由の一部は、自分がひどく男性優越主義的だからだということはわかっていた。カイラを守りたかった。かくまっておきたかった。しかし、そんな必要はまったくなかった。そのせいで、自制心はますますかき乱され、自分自身の魂を危険にさらすほど、彼女に惹きつけられていった。

もしカイラになにかあったら——イアンはその考えを切り捨て、追いやり、急いで彼女から顔をそむけた。

「行こう。ディエゴが階下で俺たちを待ってる。そのあと、会合に出発しなければならない」

感情は抑えろ、と自分に言い聞かせる。感情を押し殺しておけば、俺が生きざるをえない人生に立ち入ったカイラが、うまくいけば生き延びる姿をとなりで見ていられるだろう。

まったく。ふざけるのもいい加減にしたらどうだ？　すでに自制心をずたずたにされているじゃないか。昨夜はディエゴとの対決に引きこまれそうになり、さっきはカイラを椅子の上にかがませて、けだもののように奪ってしまった。

なんてことだ。最初にキスさえしなかった。

イアンはカイラを部屋の外へ導いた。どういうわけか横に並んで歩かせる気になり、自然に片手を腰のくびれに当てた。ほんの少しだけ触れるように。罪の意識が襲ってきて、はらわたをよじり、胸をうずかせた。

先ほどカイラが椅子の上にかがんで、イアンを受け止め、情欲と嫉妬と切実な心配が入り混じったものを受け止めたときの記憶に、ふたたび歯を食いしばる。数日のうちに臼歯がすり切れてしまいそうだった。いまの時点では、歯を食いしばるしか選択肢がなかったからだ。

カイラを誘拐して、安全な場所にかくまっておくことはできなかった。すでにその選択肢については、最近DHSの上官と傍受不能な回線で連絡を取った際に提案した。しかし、カイラはそこにとどまる、と告げられた。彼女の諜報活動の才能を生かすかどうかはイアンしだいだが、この計画から彼女をはずすことはできず、無理に追い出すこともできない。

カイラはこの計画に加わる決意を固めている。まだなぜなのかは突き止められなかった。もし、ドゥランゴ部隊とともに動いているのではないとすれば。

ふたりは階段を下り、玄関広間を抜けて朝食室へ向かった。父と呼ぶ怪物と会わせるために、恋人を連れていく。ある程度の自制心を持って進めなければならない。情欲や苛立ちに歯を食いしばったり、場違いな勃起をこらえたりしていてはならない。なぜならこの恋人は、卑しむべき人生のなかでこれまでに出会っただれよりも、自信にあふれ、強い心を持った女性なのだから。

朝食室に近づいていくと、従僕が両開きの扉をあけ、無表情で後ろに下がった。イアンはカイラを部屋に導いた。

　落ち着くよう自分に言い聞かせながら、カイラの腰を撫でるように片手をすべらせ、尻をぎゅっとつかんだ。手を離さなければならないことを残念に思ったが、一瞬のちにはディエゴに気づかれなかったことを祈った。

「イアン！　息子よ」ふたりが入っていくと、ディエゴが立ち上がり、日に焼けた顔に満面の笑みを浮かべ、黒い目をうれしそうに輝かせた。イアンは、小さなガラス張りのテーブルに備えられた椅子をカイラのために引き、自分はディエゴの向かいに座った。

「おはよう、ディエゴ」イアンは挨拶してから、おどおどしているメイドに合図し、コーヒーを注がせた。

　メイドはすべて入れ替えられたが、リスが死んだといううわさは知れわたっていた。使用人たちはみんな無口で用心深かった。

「客人をきちんと紹介してくれなかったな、イアン」ディエゴの声は不機嫌そうで、あろうことか、感情を傷つけられたかのようだった。傷つくだけの感情を持ちあわせた怪物。その矛盾した表現にはぞっとさせられた。

「悪いな、ディエゴ」イアンは気恥ずかしそうな笑みを浮かべてみせた。「ちょっと緊張していたんでね」

「緊張だって？」ディエゴが驚いて目をしばたたき、イアンの居心地悪そうな表情をうのみにして、まなざしを和らげた。

カイラは椅子に座って、イアンの気まずそうな様子を楽しむかのように、にやにやと笑っていた。

「カイラ」イアンは咳払いをした。「父を紹介しよう」激しい怒りに心をかきむしられながら言う。ディエゴの目が潤んだように見えたときには、怒りのあまり喉が締めつけられるような気がした。「ディエゴ・フエンテスだ。ディエゴ、こちらはミス・カイラ・ポーター」

「ミス・ポーター」ディエゴがぴくりと顔を引きつらせてから、喜びに震える笑みを広げて、カイラの手を取ろうとした。「息子が、これほど洗練された若い美女の興味を引くことができたとは、なんともうれしいよ」

「ミスター・フエンテス、イアンがその魅力をどこで手に入れたのかがわかりましたわ」カイラは、ほんの一瞬だけディエゴに握手を許すと、すぐに手をすべらせてひざの上に戻した。

かすかな慎みと警戒心をにじませて、麻薬王を見つめ返している。あからさまな愛想のよさはなかった。ディエゴが何者であるかをはっきり認識しているという事実を、隠そうとはしなかった。

「ああ、彼女は賢い女性でもあるわけだな、息子よ?」ディエゴがまるで誇らしげな親のようににんまりとした。元シール隊員としては、背筋に戦慄を覚えずにはいられなかった。

「たしかにそうだな、ディエゴ」イアンはまるでおもしろがるかのように、カイラに向かってうなずいた。

ディエゴが席に戻って、メイドに手振りでカップを示し、コーヒーが注がれるまで待った。

「朝食にはなにを召し上がるかな、お嬢さん?」ディエゴがきいた。「なかなかいい果物がそろっているよ。うちのイアンは、蛋白質《たんぱくしつ》のほうが好みらしいがね」手を振って、壁沿いに設置されたビュッフェを示す。

「両方とも、少しずついただきますわ」カイラがビュッフェに貪欲な目を向けた。「幸運なことに、わたしは新陳代謝がいいんです」いたずらっぽい表情で目を輝かせ、辛抱強く待っているメイドにうなずいてみせる。「玉子、ベーコン、それとあのおいしそうなビスケットをひとつ。果物はあとでいただくわ」

その要求にディエゴがまゆをつり上げると同時に、カイラは濃いブラックコーヒーの入ったカップを唇に運び、香りを楽しみながらひと口飲んだ。

「ああ、食欲のある女性はいい」ディエゴがつぶやいた。「アメリカの雑誌《ソサエティ》は、たしかあなたのことを〝いまどきの女性〟と書いていたな。いかにも現代女性らしい食欲を持つ女性、と」

イアンもその記事を読んでいたので、思わず笑った。社交界でのイメージは、本物のカイラ・ポーターとはまったくちがう。

「《ソサエティ》は、あらかじめ約束していた話題ではなくて、わたしの食習慣ばかりしつこく尋ねたんです。叔父とわたしが当時取り組んでいた慈善活動について話すはずだったのに」

ディエゴがくすくす笑った。「あなたは社交界のあでやかな淑女というイメージをものすごい勢いで破壊していると、編集者は主張していた。先人たちがそれを守るために重ねてきた努力を上回る勢いで、と。それは明らかに、知的で強い女性であるしるしだと、わたしは思うね」椅子にゆったり背を預けて続ける。「あのインタビューでは、薬物使用についても触れていたな。あなたの麻薬に対する立場は非常に強固だった。世界の死と不幸を売買する者たちは、引きずられ、八つ裂きにされ、ウジ虫に食われるべきだと、あなたはコメントしていた」温かく励ますような声と、好奇心に満ちたまなざしを保ったままで言う。

「ディエゴ」イアンは警告をこめて言った。「朝食時に、食欲をそそる会話とはいえないいな」

非難を受けて、ディエゴが鼻孔を膨らませた。「そのような見解を持つ女性がなぜ、みずからの評判を落として、麻薬カルテルの首領で脱走兵でもある男と寝るのか、知りたいのだよ。教えておくれ、ミス・ポーター、なぜ息子と寝て、自分の身と名誉を危険にさらすようなまねをする？」

「ミスター・フエンテス、《ソサエティ》が触れなかったのは、わたしが女だということです。自分が大切にする人は、自分で選びます。協定ではありません」上体を乗り出し、イアンが父に食ってかかるのを妨げる。イアンは動きを止め、椅子にもたれてカイラを見つめた。

カイラの表情は、心の内面を表しつつあった。たしかに女だ。俺の女。その表情を見て、イアンの股間は硬くなった。

「本気かな?」ディエゴが興味ありげにきいた。

「ええ、本気です」カイラは椅子に深く座り直し、渇望に揺らめくまなざしをちらりとイアンに向けた。ちくしょう。カイラは絶妙のタイミングを選んでそのまなざしを投げてきた。たいていは隠している感情を、一瞬だけ見せるために。

「さっさと朝食を終えて、出かけるぞ」イアンの声はとげとげしかった。自分の耳にもそう聞こえていたが、後悔はしなかった。ディエゴのほうを振り返る。「〝俺のもの〟という言葉の意味がわかるか?」

「イアン、そんなことをきく必要はないわ」カイラがかすかにおもしろがるかのような口調で反論した。「お父さまは、だれにでもちょっとばかりおかしな趣味があることを、よくわかっているはずよ」

イアンはさっと視線をカイラに向けた。怒りが燃え上がり、自制心が揺らいだ。ディエゴに向き直る。

「俺の質問を理解したか?」

ディエゴがゆっくりうなずいた。「ああ、イアン。理解している。これ以上は彼女に質問しない」その声にも警告が含まれていた。「所有するものを守らなくてはならないということとは、理解しているよ」

イアンは椅子から立ち上がった。朝食も、コーヒーも、どうでもよかった。ディエゴの目をにらんだまま、カイラのほうに手を伸ばす。

カイラはすぐさま指をイアンの指にからませ、素直に椅子から立ち上がって横に立った。

「時間をむだにしすぎた」イアンはこわばった声で言った。「途中でどこかに立ち寄って、食べるものを買ってやろう」

「蛋白質?」カイラが低い声で、思わせぶりにきいた。

イアンはどうにも自分を抑えられなかった。ディエゴの驚いたまなざしからさっと視線をはずす。股間はすっかり硬くなっていた。

「もちろん、蛋白質だ」もう一度ディエゴに目を向け、その表情を眺める。黒い目にいたずらっぽい光が浮かび、緊張はゆるんで、死のオーラはふたたびうわべの魅力の下に隠れた。

「今夜話をつけよう」イアンは穏やかな声でディエゴに警告した。「約束しておく」

イアンはカイラを部屋から連れ出し、玄関広間でディークやほかの者たちと合流した。

「ディーク、パームビーチのほうに回って、カイラのためにコーヒーと朝食を買う必要がある。〈ドイチュ・ヴェロニク〉でいいだろう」

「〈ドイチュ・ヴェロニク〉ですね」ディークがうなずいた。「わかりました、ボス」

イアンはカイラを見下ろし、別荘の外へ導いた。ちくしょう。彼女は自分のちょっとしたほのめかしがイアンにどんな影響を与えるのかを知っていたにちがいない。そしてディエゴも、場合によってはイアンをうまくあしらえることを学びつつある。いずれふたりには、目にものを見せてやらなければならない。

屋根のある広いポーチをおりて、カイラをリムジンに乗せてから、あとに続いてひんやりとした革張りの車内に乗りこむ。

カイラが後方の向き合った座席のほうへ身をすべらせ、ゆったり座って優雅に脚を組み、クラッチバッグをわきに置いた。イアンは向かいに座り、黙って彼女を見つめた。メンデスがドアを閉め、車は動きはじめた。

イアンは座席のあいだにある窓の開閉スイッチに指を当てたが、カイラから視線をはずさなかった。運転席と後部座席を仕切る黒塗りの窓が開いた。

「あなたのその目つき、もしそこまで計算高そうでなければ、刺激的といってもいいくらいよ」カイラがもの憂げに言った。かすかな南部訛りが、声に艶っぽい魅力を添えていた。

「なにを考えてるの、イアン？」両手をゆったりと脚にのせ、首を横に傾けて、思案ありげにこちらを見つめる。

「麻薬取引。武器取引。流血と死」イアンはあざけるような笑みを浮かべた。「カルテルの首領が、ほかになにを考える？」

カイラがすでに濡れて光っている唇を舌で舐め、まなざしを揺らがせてから、いぶかしげにこちらを見つめた。

「車のなかの会話を傍受される心配はない」イアンは言った。「盗聴器はどこにもない。安全だ」

「どうして確信できるの？　乗るとき車を点検しなかったわ」

イアンはため息をついてから、パンツのポケットに手を入れ、細い電子探知機を取り出した。一瞬だけカイラに見せ、すぐにポケットに戻す。

携帯電話ほどの大きさだが、そこに搭載された電子回路は、さまざまな受信機を感知する。

カイラが悔しそうに言った。「それも見せてくれないつもりなのね？」

「これは試作品なんだ」イアンはにやりとした。「しかし、交渉には応じようじゃないか。いくつか質問に答えれば、俺のおもちゃで遊ばせてやろう」

カイラがなにかに気づいたように目を光らせたあと、すぐさま優美な肩をすくめた。「この件が片づいたら、自分で調べてみるわ。ジェイソン叔父がクリスマスに買ってくれそうだし」

イアンはゆっくりうなずいた。「ジェイソンはいつから諜報活動に関わってる？」

「ジェイソンが諜報員だとは言わなかったわよ」カイラがひざの上で両手を握りしめた。

「ドゥランゴ部隊がアルバにいるとは言わなかったのと同じだな」イアンはゆっくり上体を前に傾けた。カイラをにらみつけ、氷のような声で言う。「今朝、連中のことをダニエルと話していただろう。あいつが追い払われる可能性と、ドゥランゴ部隊の存在をあいつが知ってることについて、話していた」

カイラの表情に驚きと緊張がよぎった。

「バルコニーに盗聴器を仕掛けてある」イアンは座席に背を預けた。「きみがシャワーを浴びているあいだに録音を確かめた」

「それなら、部隊がここにいるとわたしが知らなかったことも、わかったでしょう」

「しかし、きみはダニエルのことがわかっている。あいつは連中がどこにいるかを知っている。そこで、最初の質問はこれだ。ダニエルはどこに連中を配置して、やつらをどう手助けするつもりだ？」

リムジンの後部座席が沈黙に満たされた。ふたりの視線がぶつかり、緊張が走った。イアンはその無言の戦争に勝つ決意を固めていた。

「なぜそれが問題になるの、イアン？」カイラはようやく口を開いた。「もし彼らがここにいるとしても、あなたを攻撃するなという直接指令にそむいてはいないわ。攻撃を仕掛けてはいないでしょう。もしかすると、あなたが装っている愛情深い息子の仮面を見破って、手助けするために来たのかもしれないわ」

「俺が、連中の手助けを必要とすると思うのか？」

かつての仲間たちが手助けのために待機している可能性を知ってイアンがどう反応するか、

カイラはある程度予測はしていた。しかし、目に怒りを燃え上がらせたり、カイラの首の後ろをつかんで鼻と鼻をつき合わせるように身を乗り出したりするとは予測していなかった。

「ダニエルと連絡を取れ」イアンが冷たく言った。声はきびしく、表情は険しかった。「そして、俺からの伝言をリーノに伝えるように言え。リーノだけにだぞ。〝殺し屋の秘密〟と伝えるように言うんだ。リーノにはその意味がわかるだろう。それから、俺は文字どおり本気だと警告するよう、ダニエルに言え」

〝殺し屋の秘密〟……個人的な因縁はあまりにも多く、友人を装う敵もあまりにも多い。攻撃のまえに、そのちがいを選《よ》り分けるすべはない。つまり、彼はたったひとりで動く。それで話は終わりだ。一触即発のこの状況では、干渉を許すわけにはいかない。

カイラは身をこわばらせた。ひと月前、病院でネイサン・マローンに質問をしたとき、彼がその隠語を口にしたのだ。この作戦との因縁が深い者も浅い者も、全員が死ぬことになるかもしれない。だからイアンは情報を共有しない。共有できないのか、それともするつもりがないのかは、推測するほかになかった。

「連中に意味を聞いたのか？」イアンがゆっくり手を離し、座席に背を預けた。わざと体の力を抜いていたが、カイラは少しもだまされなかった。

「なんですって？」質問の意味はわかっていたが、カイラはきき返した。いまイアンのなかに見えているものに比べれば、質問の意味などたいして重要ではなかった。

冷たくきびしい決意。情欲はどこにもなく、これまで垣間見えていた渇望や欲求もどこにもなかった。それは、ふたりを結びつけた作戦中に、カイラの正体を見破った茶目っ気のある大尉ではなかった。カイラを守ろうとする苛立った恋人でもなかった。目の前にいるのはシール隊員だった。そして彼は、ソレルとディエゴの首を、兄弟と呼ぶ男のもとへ持ち帰るまでは、だれにも邪魔はさせないと決めていた。

「部隊のだれかに、その言葉の意味を聞いたのか？」イアンはまばたきせず、目に温かさはなかった。カイラの背筋がぞくりと震えた。

「ええ、聞いたわ」カイラは認め、これを認めたことで、自分の目的に支障をきたすことはあるだろうかと考えた。

イアンの目の奥で、なんらかの感情が揺らめいた。

「それでも来たのか？」イアンが唇を結んで、初めて感情を表に出した。まなざしに怒りがよぎる。「頭がどうかしてたんじゃないか、カイラ？」

そうだろうか？　いいえ、イアンは自分にとってそれほど大切だった。いつそれほど大切になったのかは、よくわからない。

「あなたがわたしの立場だったら、戦いのなかにわたしを置き去りにした？」カイラは逆に尋ねた。「こういう状況に出くわして、わたしの身に危険が迫っていると知っても、歩み去っていたというの、イアン？」

「それとは話がちがう」さらに感情があらわになった。頑固な決意が顔をのぞかせ、隠れた渇望がちらりとひらめく。

「どうちがうの？」カイラはぐっと身を乗り出した。自分でもよくわからない感情で、胸が締めつけられた。「どうしてあなたはわたしから歩み去れないのに、わたしには歩み去れと言うの？」

「きみは女だ」イアンが咳払いをした。だが、そのしぐさで無意識に困惑を見せてしまったことに気づいたらしく、顔をしかめた。「面倒に巻きこまれた女を見捨てることはできない」

「でもきっと、わたしは面倒に巻きこまれたとは考えないわ」カイラは言った。「わたしは訓練を受けた諜報員よ。自分でうまく解決できると考えるはずだわ。あなたに守ってもらう必要はない。なぜ干渉したがるの？」

そしてなぜわたしは、イアンが男性優越主義に従って女性たちを助けることよりも、わたしを助けることを特別気にかけていると認めさせたいのだろう？　それが望みだとすれば、彼の言うとおり頭がおかしいのだろう。イアン・フエンテスはあまり多くの人と親密につき合う男ではないからだ。母親を愛していることはわかっている。継父を尊敬し、子どもだったネイサンが母の命を救う手助けをしてくれてからは、彼に命を捧げていることも。

カイラが調べたところによると、イアンはともに戦ったシール隊員たちと強いきずなで結ばれている。仲間たちを尊敬し、彼らのためになら死ねるだろう。いつでも彼らを守るつもりだし、いまも守っているのだ。

部隊があらわにしたのは、イアンが孤立した存在だということだった。友だち関係はすべて仕事に関わるもので、女性との関係はせいぜい数週間しか続かない。欲望を満たす以上のつき合いはなく、そういう女たちからは簡単に歩み去ることができた。

カイラが望みをつないでいるただひとつの事実は、イアンがカイラを知っているということだった。どんな変装をしても、どんな人格を演じても、イアンは見抜くことができた。目がいいだけでは、そんなことはできない。目がいいだけでは、欲望を満たしかけて、その場から歩み去ることはできない。カイラのマンションの部屋に忍びこんだあの晩、イアンがそうしたように。

あの晩、カイラはイアンになにかを感じさせた。感じさせたことはわかっていた。ほかのだれにも触れられなかった心の一部にイアンが触れられることに気づいたちょうどそのとき、彼の目を見て、わかったのだ。

「まだ答えを聞いていないわ、イアン。なぜわたしが助けを必要としていなくても、あなたは助けようとするの？」相手が弱っているときに攻撃しろ。十歳のころから、ジェイソンにそう教えこまれた。しかしどういうわけか、イアンはこの状況を予見していたように思えた。

カイラは座席からすべり下りて、ふたりのあいだに敷かれた柔らかいカーペットの上にかがみ、イアンの太腿のあいだに入りこんだ。

イアンは驚いたようだった。しかし、カイラ自身も驚いていた。自分でも知らなかった胸の内の硬いなにかが、和らいだようだった。わたしは諜報員であるよりも女でありたい。武器であるよりも恋人でありたい。気持ちの変化はとても自然で、心を解き放ってくれたので、カイラは生まれて初めて、ほんとうの自分とは何者なのだろうと考えはじめた。

16

「なにも言わないのね」カイラはつぶやいて、両手でイアンの太腿の内側を撫で上げ、引き締まった腹から胸までをなぞった。

「俺はやっぱり、きみを守ろうとするだろう」イアンが張りつめた表情でごくりと唾をのんだ。カイラの手の下にある筋肉も張りつめていた。目は温かく、煙るような色になっている。

「なぜそうするの、イアン？　それがわたしの質問よ。あなたが男性優越主義者だから？　それとも、別に理由があるの？」

驚いたことに、イアンが手を伸ばして指でカイラの頰をたどり、まじめな声で言った。

「俺は男性優越主義者だ、カイラ。きみを守る必要がある」

「そして、わたしはここであなたのそばにいる必要があるのよ、イアン」カイラはなんとかこらえて、声が震えないよう、目に涙があふれないようにした。「あなたの援護をする必要があるの」

「いったいきみをどうすればいいんだ？」イアンが額に額を押し当てて、両手で顔を包み、困惑させられたかのようにこちらを見下ろした。「ここで自分がすべきことはわかっている。ひとりのほうがうまく動ける」

「これなしでやるの？」カイラは唇で唇に触れてゆっくりなぞってから、舌をのぞかせて、男らしい曲線を描く唇を湿らせた。「なぜわたしたちのどちらも、なしでやらなくてはならないの、イアン？　わたしはあなたを手助けできるわ。それに……満足させられるわ」愛せるわ。もう少しでその言葉が唇からこぼれそうになった。その言葉は体じゅうに熱と恐怖を送りこんだ。

わたしはイアンを愛しているのだろうか？　だから放っておけないのだろうか？　なんてこと。いったいいつ、そんなことになったの？

「きみは気を散らすだけだ」イアンがうなったが、まだ唇は重ねたままでささやいていた。舌で舌に触れ、歯で下唇をとらえて淫らについばむ。単純な愛撫にこれほどの悦びを感じるはずはないのに、それは五感を走りぬけ、子宮に熱を渦巻かせた。

「あなたの気を散らす必要があるときだけよ」カイラは片手をイアンの首に巻きつけ、髪に指をからませて引き寄せ、さらに唇を開いた。

残念ながら、イアンは差し出されたキスを受け止めることも、彼を味わいたいというカイラの欲求を満たすこともしなかった。片手で髪をつかんで引っぱり、カイラの頭を反らせて、目に心得たような光をちらりと浮かべる。

「俺はリムジンのなかで、きみの性的な誘惑に気を散らされるほど欲求不満じゃないよ、カイラ」イアンが笑いと苛立ちが混じり合ったような声で言った。「それに、いま試みているのはまじめな会話だ」

「いったいいつから？」カイラは憤慨したかのように目をぐるりと回してみせた。「わたしが耳にしてるのは、警告や不吉な脅しばかりよ。落ち着いてちょうだい、イアン。自分で言うのもなんだけど、わたしはものすごく優れたパートナーになれるわ。わたしがいて幸運だと考えるべきよ」

イアンは眉根を寄せたが、なにか言うまえに、車のドアがさっとあいた。カイラはなにも反応できずにいるうちに、座席に押し戻された。イアンがわきからさっと武器を出し、カイラの前にしゃがんで、銃口をディークの顎の下に押しつけた。

「蛋白質です」ディークが喘ぐような声で言い、日に焼けた顔を青くした。「車を停めたことはご存じだと思ったもので」

カイラはイアンの肩越しに、ナプキンのかかった銀色のトレーを見た。コーヒーとベーコンの香りがした。ベーコンの下に、ふわふわの玉子もあればもっとうれしいのだけれど。

イアンが銃を下ろした。カイラは彼を押しのけてトレーを取り、ディークに笑みを向けた。

「この人、ぴりぴりしてるわよね？　さっき落ち着くように言ったのよ」

ディークが咳払いをした。「あなたにも朝食をお持ちしました、ボス」首をさすりながら身を引き、背後に手を伸ばして別のトレーを受け取る。それから身を乗り出して、イアンの向かいの席にトレーを置いた。ディークは食べ物を運び終えるとすぐに下がり、扉を閉めた。数秒後、ふたたびエンジンがかかり、車が動き出した。

カイラは座ってナプキンを取り、山盛りのふんわりしたスクランブルエッグを見て、満足しながら息を吸いこんだ。ミルクも砂糖も入れないブラックコーヒー。ベーコンがどっさりと、手作りのビスケットがふたつ、ジャムの小皿と銀器。

「まるで家にいるみたい」カイラはつぶやいた。「なぜ島に滞在しているあいだ、この店を見つけられなかったのかしら?」

「ヴェロニクは、だれにでも朝食を出すわけじゃないんだ」イアンがぴしゃりと言った。「まったく、カイラ、きみは車が停まったことにも気づかなかっただろう」

カイラはふんわりした玉子をフォークですくった。「もちろん気づいていたわ。あなたもでしょう」

まつげの下からイアンの表情をのぞく。なんだか楽しくなってきた。イアンと面と向き合って言い争い、挑みかかるのが楽しかった。

イアンが困惑と苛立ちが混じったまなざしで見つめ返した。「どうしてわかった?」

カイラはため息をついて玉子を飲みこんでから、フォークの先をイアンに向けた。「感じたからよ。あなたは緊張して目を見開いてから、ゆっくり力を抜いたわ。あなたは知ってたのよ。ただ、ディークがドアをあけたとき、不意を突かれただけでしょう」

イアンが頭をのけぞらせ、まるで祈るかのように天井を見つめて、荒い息をついた。「きみは俺の頭をおかしくさせる」

「そんなことないわ」カイラは上品に鼻を鳴らした。「でも、もう少し楽しむことを教えてあげられるかもしれないわね。ここ八カ月で、あなたがかなり怒りっぽくなってるってことは言ったかしら？　以前は楽しみかたを知っていたじゃない、イアン」

とにかく、楽しみとはなにかを知っていたはずだ。

「以前は、きみとともに作戦に関わるほどばかじゃなかった」イアンが吐き出すように言った。「きみは危険で、向こう見ずだ。身の安全を守るために縛りつけなくてはならないような女に会ったのは初めてだよ」

カイラは目を丸くした。「まあ。長いあいだ言いたいことを我慢してたみたいね、イアン？」

笑いを噛み殺す。イアンは怒ってはいなかった。少なくとも、カイラに対しては。カイラはイアンに影響を与える。イアンに影響を与えるのが簡単ではないことはわかっていた。しかし、彼がこれほどうまく対処するとは思いも寄らなかった。仕事に専念するあいだ、カイラをベッドに縛りつけるわけでもない。これは、正しい方向へ進む大きな第一歩に思えた。

「今夜、尻をたたいてやるぞ」イアンが脅すように告げた。「もっと欲しいと叫ぶまで、尻をたたいてやる」

「それはお仕置き？」カイラはにんまりとして尋ね、背筋が期待でわななくのを感じた。だいじょうぶ、うまく対応できる。

「いいや」イアンがゆっくり首を振った。「きみを絞め殺さなかったことに対して俺が受ける報酬だ」


ジョゼフ・ミザーンがとびきり魅力的な笑顔を向けてきた。リムジンに歩み寄り、後部の向き合った席に着くと、短い距離を挟んでイアンとカイラをじっと見つめる。フランスから来たこの武器商人は、口もとに狡猾そうな笑みを浮かべ、水色の目を光らせた。

「やあ、また会えてうれしいですよ、ミス・ポーター」ジョゼフがカイラに挨拶した。「朝日のように美しく、海のように気まぐれな人だ」くすくすと笑う。「彼のような男にぴったりだよ」白っぽいブロンドの頭を鋭く振って、イアンに向かってうなずく。

「本題に入ろうじゃないか、ミザーン」イアンは険しい声で言った。ジョゼフがあからさまな猫撫で声を出していたからだ。これまでは殺したいとまでは思わなかったとしても、いまはちがった。「ソレルとの関係を話す気はあるか？」

相手の瞳孔がかすかに開き、的をはずしてはいないことがわかった。

「俺たちは武器について話し合いに来たんだろう」ジョゼフがふたたび気楽な笑みを浮かべ

た。「卸売価格での、一度きりの取引をさせてもらうつもりだよ。会合のときに現れた暗殺者の件と、マーティンが美しいミス・ポーターを殴ろうとした件のお詫《わ》びとしてね。マーティンのお遊びはときどき、親しい人間以外には理解しにくいことがあるんだ」

「で、暗殺者は？　あれもお遊びのひとつか？」イアンは冷ややかにきいた。

「あれは青天の霹靂《へきれき》さ」ジョゼフが悔しがるかのようにため息をついた。「あいつらがあそこに来るとは知らなかった」

「たわごとはそのくらいにしておけ、ミザーン」イアンは切りつけるように言った。「おまえは知っていた。ソレルに会合のことを話したからだ。マーティンがカイラを殴ろうとしたのも、俺たちの関係を公にさせるための計画だった」

ジョゼフが好色そうな唇を愉快そうにすぼめた。「匿名の情報源から、情報が入ってきたんだよ。アトランタでのあんたたちの関係と、ここでの関係についてもね。どうやら別の目にも監視されているようだな」

「そしておまえは、俺に関するその情報を、親友のソレルに報告したわけだ」イアンは推測を口にした。「そいつはひどく危険な生きかただぞ、ジョゼフ」

「俺はその情報を伝えてはいないよ、イアン」ジョゼフがきっぱりと首を振った。「逆に、大金を費やしてあんたたちの関係を証明させようとする何者かから、情報を受け取ったのさ」広げた両手を上に向ける。「商取引だよ。そうだろ？」

「あるいはおまえの死刑執行令状かもな」イアンは押し殺したしわがれ声でほのめかした。横にいるカイラがかすかに緊張し、ミザーンが一瞬だけ恐怖をよぎらせて、すぐにそれを隠すのがわかった。

「俺たちは実業家だよ、イアン」ジョゼフが座席の上で居心地悪そうに身動きした。「あんたとの取引で、俺が喜ばしく感じるのもそういう部分さ。あんたは、血の染みに優《まさ》るドルの価値を理解してる。俺はごたごたの償いをするために、ここに来た。フエンテス・カルテルと戦争する気はないからな」

イアンは首を傾け、あざけるようにジョゼフを見据えてから、振り返って車窓の外を眺めた。そこでは、トレヴァーが計画どおり、特別に改造されたヘリコプターを着陸させているところだった。

「イアン？」ジョゼフがけげんな様子で尋ねた。「なにか問題があるのか？」

「部下たちを下がらせろ、ジョゼフ」イアンは命じた。ミザーンの護衛たちがヘリコプターに武器を向けていた。「おまえに危険はない。約束する」

ジョゼフはじっとこちらを見たが、ジャケットのポケットから携帯電話を出してボタンを押した。

「後退しろ」ジョゼフがイアンの目をまっすぐ見ながら、送話口に向かって言った。「危害は加えないと約束された」

無条件の信用に、イアンは思わずにやりとした。この世界でさえ、人は約束を守るか否かで判断される。そのことはすでに学んでいた。

「マーティンが俺のものに手を触れた代償は、すでにきっちり支払ってもらった」ジョゼフの目を見据えたまま言う。「さらに、卸売価格でM16自動小銃を百丁、擲弾《てきだん》発射機を三丁もらおう。弾薬の数は、別荘に戻って、ディエゴと必要な数を話し合ってから決める」

ジョゼフが目をしばたたいて見返した。「ずいぶん豪勢なお詫びじゃないか？」

「自分は幸運だと考えたほうがいい」イアンは横の窓を下げ、ヘリコプターに向かってうなずいた。扉が開いたとたん、わきから転げ落ちたマーティン・ミザーンの姿が確認できた。必死で立ち上がろうとしながら、腫れて血まみれの顔に弱々しく困惑した表情を浮かべ、リムジンのほうを見る。数人の護衛が急いで駆け寄った。

「いったいこれはどういうことだ？　なんてこった《モン・デュー》、マーティンになにをした？」ジョゼフがドアに手をかけたが、イアンはその手首をつかんでひねり、体を倒して顔を革の座席に押しつけた。ジョゼフが苦痛にうめく。

「あいつは生きてる」イアンはすごみ、カイラを連れてきたことへの後悔を抑えつけた。こんな自分の姿は見せたくなかった。「殺すこともできたんだ、ジョゼフ。今度同じようなことがあったら、おまえたちふたりとも殺してやる」

イアンは武器商人の体のほうに上体を乗り出し、相手の頭の横に顔を寄せて、苦痛に満ち

FUTAMI BUNKO
http://www.futami.co.jp/

た水色の目をにらみつけた。

「今度ソレルが情報を欲しがったら、今度俺のものを襲うよう求められたら、このことを思い出せ。そして次回は、俺が自分の手でおまえたちを殴り殺してやる。憶えておけ。そんなことは望まないだろう、どうだ?」

ジョゼフが必死に首を振り、額に大粒の汗を浮かべて、途切れ途切れの喘ぎ声を漏らした。

「俺はアメリカの軍隊で、人を痛めつけるたくさんの方法を学んだ」イアンはジョゼフの手首を易々《やすやす》とひねり、新たな叫び声を引き出した。「死なせてくれと懇願させるような方法をな。おまえが懇願する姿を見ないですむようにしてくれ、ジョゼフ。いらいらするだけだし、スケジュールにも影響を及ぼすんでね。おまえにそんなことをされると、俺は残忍になる」

親指で相手の手首をさらに強く押し、きついひねりを加えて、ポキッという音を聞く。折れてはいないし、脱臼してもいないが、痛みはそれに匹敵するほどだ。

イアンは身震いしている男を放して座席に戻り、ドアを押しあけた。

「それでも俺を裏切ろうと考えて、ソレルと電話で話すつもりなら、始末をつけたければ会いに来いと伝えておけ。今度ろくでもない仲間を使って俺を攻撃させたら、そいつらも殺してやるからな。これは約束だ。ジョゼフ、聞こえたか?」

ジョゼフがもがいて座席に戻り、恐怖に満ちたまなざしでイアンを見据えた。先ほどまで完璧に整えられていたブロンドの髪が、いまでは顔のまわりでくしゃくしゃに乱れていた。

「俺たちを生かしておくつもりか？」ジョゼフがためらいがちにきいた。

イアンは首を振って、あざけるようにチッチッと舌を鳴らした。「俺は約束を守るさ、ジョゼフ。ソレルとはちがってね。最後にもうひとつだけ、忠告しておく。とっととアルバから出ていって、ソレルと俺が話をつけるまで戻ってくるな。おまえを殺したくはないからな。わかったら、俺のリムジンから降りろ。おまえにはもううんざりだ」

イアンは武器商人のジャケットの襟をつかんで座席から引き上げ、車の外へ放り出した。ジョゼフがもがいて立ち上がり、よろよろと護衛たちのほうへ向かった。イアンがドアを閉じると、ジョゼフが最後にもう一度、リムジンのほうに警戒のまなざしを投げた。

ヘリコプターが飛び立ち、リムジンは会合場所を離れて、島の東海岸に沿って速度を上げはじめた。

「なぜヘリではなくて車でここに来たの？」カイラがきいた。

その質問も、落ち着いた態度も、予測とはちがっていた。そのくらい予測してしかるべきだったのだが。

「ドライブが好きだからさ」イアンはうなり声で答えた。

「嘘つき」

イアンは大きく息を吐いた。「ここに来て最初の二カ月で、二機のヘリを撃墜され、三人の護衛を殺された。やつらにとってはリムジンを攻撃するほうがむずかしいからな」

「やつらって？」

イアンはうなるような笑い声をあげた。「さあな。腹を立てたシール部隊、特別部隊《SF》、ソレルの部下、ＤＥＡ、ＣＩＡ、ＦＢＩ。いやはや、俺が来てからというもの、このろくでもない島には、いろいろな略語を持つ世界じゅうの機関の連中が張りこんでるよ」

しかし、自分を殺そうとする連中のだれひとり、責める気にはなれない。ただ、いまは自分だけのことではなくなった。カイラもいる。ちくしょう。不意に、この任務がひどく我慢ならないものに思えてきた。これまでは想像もしなかった形で。

イアンは指で髪をかき上げ、自分たちの位置を確認した。わきのホルスターから拳銃を取って弾倉を点検し、パンツのポケットから予備の弾薬を出して確かめる。

そして振り返り、後部窓から、あとをついてくるＳＵＶを見た。メンデスとクリストが大型の銃を持ち、トレヴァーはヘリコプターに乗って頭上から監視していた。

できればヘリコプターに乗りたかった。しかし残念ながら、ヘリコプターは追跡されやすく、空から撃ち落とされやすい。いまのイアンは敵が多すぎた。

「これから向かう会合では、どんなことが起こりそうなの、イアン？」

イアンは視線をカイラに振り向けて、拳銃をホルスターに収めた。

きっぱりと首を振る。「どんな会合になるかは話しただろう」

カイラがあざけるような表情をした。「さあ、イアン、ごまかそうとするのはやめて。ほんとうはどういうことなのか話してちょうだい」

「ごまかすことなど、なにもないさ」イアンは肩をすくめた。「コロンビアからアメリカの領海に荷物を輸送する連中と会う必要がある。運搬の第一段階で、彼らにはGPS座標を与える。そのあと、段階的に輸送路を伝えていく」

カイラに黙っていたのは、少なくとも輸送業者のひとりは、自分たちが請け負うはずだった荷物が別の業者に移されたことを知って、ちょっとばかり腹を立てるだろうということだった。

これから交渉をする男たちは、フエンテスの正規兵やカルテルのメンバーではなかった。ディエゴは、イアンがやってくるまで、たいていは独立した請負業者を使っていた。イアンは徐々に、その請負業者をカルテルのメンバーと入れ替えていった。効率を高めるためだ、とディエゴには説明した。ふん、効率のよさなどくそくらえだ。要するに、ディエゴを倒したあと、カルテルを潰すのがはるかに容易になるからだった。

しかし現時点では、入れ替えられようとしている業者たちは、肩をすくめて笑いながら受け入れてくれるわけではない。従業員を解雇するのではなく、殺し屋を、高い地位にいると錯覚している凶悪な麻薬密売人を解雇するのだ。

ロドリゴ・クルスはDEAとFBIの最重要指名手配リストに載っている。この件が片づいたら、死ぬか、数日のうちにうまく逮捕に追いこまれてくれるとありがたいのだが。

こういうときたまに、ことによると遺伝子やDNAは憎しみより強いのではないかと、はっきり気づかされることがあった。自分に種を提供した男と同じくらい巧みに、人をあざむき、制御し、操ることができるとわかってきたからだ。

「このちょっとした会合が、どのくらい危険になりそうだと予想してるの？」

イアンはカイラを見つめ、この女性を誇りに思い、失うことを恐れた。しかし心の一部では、彼女がいまや自分の最大の強みになっていることがわかっていた。

「さあな、わからないよ、カイラ」イアンはものうげに言った。「輸送を毎回請け負うことに生き残りをかけている、半ダースのコカイン輸送業者と会うんだ。きみはどう思う？」

「あなたが彼らを怒らせるようなことを計画していなければ、危険はほとんどないと思うわ。彼らのひとりが、ソレルと共謀している恐れがあるなら別だけど」

「いま現在、フエンテス陣営にいる者はひとり残らず、ソレルと共謀している可能性がある」イアンは鼻を鳴らした。「俺は用心することを学んだ。それだけさ」

「もしそれだけなら、わたしもあなたといっしょに行くわ」カイラが言った。

「今度、きみを出席させられない会合があるときは、ベッドに縛りつけてほしいのか？」イアンはカイラをにらみつけた。自分が野蛮に見えるほどきびしい表情を浮かべているという自覚があった。たしかに、野蛮な気分がした。こういう会合の場に足を踏み入れるたびに、これが自分にとって最後の会合になる可能性を意識していた。いまでは、カイラの命まで危うくしている。

「男性優越主義なんて、あなたに似合わないわよ、イアン」カイラがため息をついた。「わかったわ。いい子にして、リムジンのなかで待ってる」

イアンは短くうなずいた。「長くはかからない」リムジンが港町のオラニエスタッドに近づいた。「ただの会合だ。ここアルバでフエンテスが手がけている事業は単純だからな。ここから命令が発せられる。ディーラーがコロンビアで積荷を受け取る。島で船積みをする危険は冒さない」

「わたしが知りたいのは、あなたがどうやってここで生き延びているのかということよ。アルバはそれほどいい隠れ場所とはいえないわ」

「俺は隠れてはいないさ」イアンは肩をすくめた。「俺に対して発動された作戦からことごとく逃れてきたおかげで、逮捕されていないだけだ。予測可能な移動ルートは使わないし、気を抜くこともない。それに加えて、金がものを言う。アルバはアメリカに、この地で俺に対する作戦を行うことを許可していない」

「アルバはアメリカととても親密な関係にあるとばかり思ってたわ」カイラが指摘した。

「あなたは脱走兵だし……」

「下調べが足りないようだな」脱走兵という言葉に、はらわたを締めつけられた。「実際には、俺は将校を辞職したんだよ。アトランタでの作戦中に、書類が受理された。一週間後に辞職することに決まっていたんだ」

「でも一週間早く実行したわ。厳密には脱走兵よ」

イアンは同意するふりをして首を傾けた。「じつをいうと、弁護士団がワシントンでその件に反論していてね。カルテルは、優秀な弁護士を何人か抱えている」

それは事実だった。当然ながら、海軍もＤＨＳも、現時点ではそれほどきびしく追及してはこない。

カイラが口もとに笑みを浮かべて、視線をイアンの背後に向け、島を取り囲む真っ青な海を眺めた。彼女のまゆが不意にひそめられたのが、最初の警告だった。

「脱出しろ！　脱出しろ！」トレヴァーの声が、後部座席わきの無線受信機から聞こえてきたのが、最後の警告だった。

イアンはカイラを床に押しつけた。リムジンが急に進路をそれ、後部窓が下がりはじめた。イアンはさっと頭を振り向けて悪態をついた。リムジンの前方が爆発したかのようだった。車が道路から飛び出し、岩だらけの砂丘のわきにはまりこんだ。

着地の衝撃で体を投げつけられたが、なんとかカイラをその場に押さえていようとした。車が震えた。イアンはドアを蹴りあけて、カイラを引っぱり出し、駆けつけたメンデスとクリストのほうに放った。

「トレヴァーを着陸させろ」メンデスに向かってどなる。クリストがカイラを受け止めた。

「いますぐだ」

イアンは運転席側のドアをつかんで引いたが、あかなかったので悪態をついた。振り返って車の後方に飛びこみ、仕切りから運転席に入りこんでディークの様子を確かめた。

「ディークはどうです？」メンデスが叫んだ。

「生きてる」かろうじて。

イアンは助手席のドアをつかんで押しあけてから、後退してディークの意識を失った重い体を座席の上で引きずった。メンデスとクリストが運ぶのを手伝った。ヘリコプターの回転翼が、周囲に風を打ちつける。

「ボス、モーターボートが二隻です」トレヴァーが叫び、こちらへ走ってきてディークの脚をつかんだ。

「ヘリに乗せろ」イアンはどなった。「急げ。別荘に電話して、医者を呼ばせるんだ。トレヴァー、そのボートになにか特徴となるしるしはあったか？」

「見覚えがありますよ、ボス」トレヴァーが後ろ向きに歩いて、急いでディークをヘリコプターのほうへ運び、ほかの者もそれに続いた。「両方とも、オラニエスタッドのレンタルボートです」

彼らはディークをすばやくヘリコプターに乗せた。イアンはカイラのほうを振り返り、はっとした。

カイラは靴を脱いだまま髪をなびかせ、M16自動小銃を両腕で支えて身構え、周囲の安全を確保していた。イアンは生まれてから一度も、こんなにセクシーなものを見たことがなかった。

「行くぞ」イアンはすばやく歩み寄ってカイラの手から武器を取り、メンデスに放った。「メンデス、おまえとクリストで、大急ぎで別荘へ向かえ」カイラをトレヴァーとともにヘリコプターの前方に乗せ、窮屈な後方の、まだ意識のないディークのそばに飛び乗る。

じっとカイラに視線を注いでいると、ヘリコプターが飛び立ち、機体を傾けて、島を突っ切っていった。航空機を使うのは気が進まなかった。

「追跡装置は作動してます、ボス。なにもとらえていません。無事に着けるでしょう」

最新型のレーダーと武器探知装置を搭載してあり、緊急の場合にもしっかり備えてあったが、それも絶対確実とはいえない。

「頼むぞ、トレヴァー」イアンは応じた。心配そうにこちらを振り向いたカイラと目が合った。

カイラは戦場のまっただなかにいて、イアンは彼女を追い出すことも、守ることもできない。そう認識すると、はらわたがうずいて、胸が締めつけられ、体のなかで怒りが燃え上がった。

カイラをここから出ていかせたい。こんな状況から遠く離れた場所へ送り出し、危険に触れさせないようにしたい。それが無理なことはわかっていた。カイラはただ訓練を受けた契約諜報員というだけではない。イアンの急所を握っている女なのだ。それはどうあっても断ち切れそうになかった。

男性優越主義などどうでもいい。それ以上のなにかがある。抑えられない、追いやることのできない感情。保護欲と所有欲、怒りと心配が入り混じったもの。カイラはどんどん心のなかに入りこんでくる。どうやって止めればいいのか、イアンにはわからなかった。

17

ヘリコプターは別荘の真裏に着陸した。男たちがプールのある中庭に続く両開きのドアから走り出てきた。M16とウージー短機関銃を両手に握ってヘリコプターを取り囲む。イアンがわきから飛び降り、兵士たちの数人に合図して護衛隊長の体を降ろさせ、家に運ばせた。

カイラはトレヴァーの手を借りて操縦席のドアから降り、イアンを見た。唇と目のまわりにしわが寄り、まなざしは激しい怒りでたぎっていた。

「医者はこちらに向かってます」別荘に集まっていた兵士のひとりがイアンに向かって叫んだ。ヘリコプターの回転翼が速度をゆるめて止まった。「街を発つまえに、ラモンが電話してきました。長くてもあと三分ほどでしょう」

イアンがうなずいて振り返り、カイラの手首をつかんでわきに引き寄せてから、別荘へ向かった。

「ディークを部屋に入れて、医者をまっすぐ案内するんだ。それから、車でリムジンのところまで行って、牽引《けんいん》して、処分しろ。この暗殺未遂の証拠はすべて消し去りたいんだ。わかるか？」鋭い口調で兵士に言う。

「了解《シー》」兵士がくるりと振り返って、数人の仲間を呼び集め、家に入っていく部隊とは分かれて、となりの車庫へ走っていった。

カイラがイアンに導かれて略式のパティオルームを通りぬけ、広い廊下から玄関広間に入ると、ディエゴ・フエンテスが書斎から出てきた。なにも言わなかったが、表情は重苦しく、不安げだった。濃いまつげを伏せて黒い目を隠し、唇を固く結んでいる。心配し、おそらく少しおびえているのだろう。しかしカイラはあまりじっくり考える暇もなく、イアンに引っぱられて、ディークを運ぶ兵士たちに続いて急ぎ足で階段をのぼった。

「俺たちの部屋に行ってろ」イアンが険しい声でそっけなく命じ、ドアの錠をあけてカイラを押しこんだ。「すぐに戻る」鼻先で扉が閉じられた。

カイラはあきれてぐるりと目を回した。反抗したかったが、イアンの目には、いまはあまり追いつめるなという警告があった。おとなしく待っているのが、もっとも賢明だろう。イアンが戻ってきたら——カイラは大きく息を吐いた。ああいう雰囲気は、以前にも目にしたことがある。急上昇したアドレナリン、行動への欲求。こちらへ戻ってくるときには、お茶とケーキ以上のものを求める気でいるだろう。

カイラはぞくりと粟立《あわだ》った両腕をさすり、胃をつつきはじめた興奮を静めようとした。イアンは激しく挑みかかってくるだろう。機会を与えればすぐさま、正面からぶつかってくるだろう。

カイラにはわかっていた。とはいえ、ともに働いたたいていの男たちとはちがって、カイラはそれほどアドレナリンに衝《つ》き動かされはしなかった。ともに働いた諜報員やシール隊員の一部は、危険な状況から戻ったあと何時間も、けんかかセックスをしていた。

アドレナリンにあおられたセックスは、あまり好みではなかった。イアンが現れるまでは。だが、いまではその利点がわかってきた。

そう考えて、髪を指でさっとかき上げた。きょうイアンを失っていたかもしれない。そして、彼が襲われたのは初めてではないのだ。この八カ月間に、五、六回もの企てがあった。ドアの前で振り返り、部屋の中央まで歩いてから、靴をリムジンのなかに忘れてきたことに気づいた。お気に入りだったのに。

カイラはカウチのところまで歩き、クラッチバッグの細いストラップを肩からはずして、携帯電話を出した。

周囲をちらりと見回してからバスルームに移動し、戸口のなかに立った。磁器の洗面台の蛇口に手を伸ばして水を出してから、短縮ダイヤルを押す。

「ちくしょう、いやな予感がしていたんだ」ダニエルが最初のコールで応じた。「無事か？」

「だいじょうぶよ」カイラはわきで流れている水の音よりも声を小さくして、イアンが部屋に取りつけているらしき盗聴器に拾われないことを願った。「何者のしわざ？」

「俺たちのほうで、いま調べてる」

「俺たち？」カイラは鼻筋をつまんだ。「まったく、わたしが思っているとおりの人たちのことだとしたら、イアンは激怒するわよ」

「人の贈り物にけちをつけるなよ、ちくしょう」ダニエルが毒づいた。「ボートの足取りを追ってる。一軒のレンタル店に絞ったが、レンタルのリストには載っていなかった。じきにもっと情報をつかめるはずだ」

「早くして。イアンは殺気立ってるわ。恐ろしいことになりそうよ」

「死者は？」

「なしよ。でも護衛隊長が意識不明なの。頭に負った傷は、かなりひどかったわ。ハンドルに頭をぶつけたんじゃないかしら」

「イアンは、援助の手を受け入れる必要がある」ダニエルがうなった。「話を持ちかけてみてくれ、カイラ。援助が必要になるはずだ」

カイラは自嘲気味の低い声で笑い、ドアを見つめた。イアンは、仲間たちを危険にさらすような作戦を受け入れない。それはわかっていた。これを自分の戦いだと考えている。ディエゴは自分の父親だから。

「無理よ。でも、あなたが連れてきた贈り物さんたちに伝言があるわ。〝殺し屋の秘密〟……言っておくけど、彼は本気よ」

ダニエルが、盗聴防止機能付の電話回線を震わせるような悪態をついた。

「わたしだって……」はっとしてすばやく電話を切り、バッグに携帯電話を戻した。ドアノブが回る音がした。

洗面台の前に身をすべらせ、かがんで顔を洗う。間一髪のできごとに、心臓がどきどきした。もし電話しているところをイアンに見つかったら、作戦のあいだじゅうずっと、ベッドに縛りつけられるだろう。だれとなにを話していたか、イアンにはよくわかっているだろうから。

カイラは目を閉じたまま水を止め、銀のラックにのったハンドタオルをつかんだ。タオルで顔を覆ってすばやく拭いてから、目をあける。はっと息をのむのを抑えることはできなかった。

ディエゴが戸口に立ち、まなざしに黒い怒りを揺らめかせてこちらを見ていた。

「イアンは、何者のしわざか知っているのか?」死に満ちた低い声。

ディエゴ・フエンテス、カイラが調査を重ね、何度も倒そうと努めながら、失敗させられてきた男だ。

カイラはゆっくり首を振った。わざわざ装わなくても、ぞくりと恐怖が走った。とりわけ、ディエゴのスラックスのベルトからのぞく銃の台尻が見えたときには。

「わたしが怖いのか」ディエゴの声には満足の響きがあり、まなざしには取り澄ましたいたずらっぽさがちらりと見えた。「イアンの相手をしすぎて、そういう感覚を忘れていたようだ。あいつは恐れを知らないからな」

「あなたは彼のお父さまよ。彼があなたを怖がるはずないでしょう？」カイラは咳払いをして、この男にもお世辞に弱いところがあるのだろうかと考えた。

「そうだな」ディエゴが一瞬目をそらした。こちらに視線を戻したとき、そのまなざしはこれまでどおり平板だった。「わたしはあいつの父親だ。にもかかわらず、なにが起こったのかを知らない。あなたが話してくれ」

カイラは首を振って、ごくりと唾をのんだ。リムジンが道路を飛び出して、岩だらけの砂丘に突っこんだときのことを思い出した。恐怖に身がすくみそうになったが、それは自分の命ではなく、イアンの命を心配しての恐怖だった。

カイラの顔によぎった感情を見て、ディエゴがまた唇を固く結んだ。

「なにが起こったのか、わからないんです」イアンがディエゴに教えたがっていないことを教えてしまったら、たいへんなことになる。「一瞬前まで海岸沿いを走っていたと思ったら、次の瞬間にはリムジンに乗ったまま飛んでいました」

ディエゴがゆっくり息を吸った。鼻孔が膨らみ、獰猛《どうもう》な表情になる。目に苦痛がよぎったように見えた。

「それはたいへんだったな」ようやくディエゴが言った。「息子を襲ったやつらを、わたしが見つけ出して殺してやる」

「わたしだって」カイラは上品に鼻を鳴らしてから、ディエゴのわきを抜けて居間のほうへ移動した。小さなバスルームは、ディエゴと向き合うには狭すぎて落ち着かない。「どう見ても、ただのお遊びではなかったわ」

「わたしが息子のために報復すると、あいつが怒るというのは知っているか？」ディエゴが苦々しい口調で言った。「いままでは、ちょっとした楽しみすら認めてもらえない。まったく、傲慢なやつだ。そのせいで死ぬことになるぞ」

なぜそのことをわたしに話すのだろう？　カイラはためらいがちに視線を返した。ディエゴは、思いやりのある親しみやすい人柄で知られる男ではない。まるで正反対だ。それなのになぜ、わたしに話しかけているの？

「もしかすると、あなたを守ろうとしているんじゃないかしら？」カイラは相手とのあいだに数メートル距離を置いたが、銃を抜かれたら、それがどの程度役立つのかはわからなかった。

その意見を聞いて、ディエゴが目つきを鋭くした。

「ほんとうにそう思うのか？」まゆをひそめて言う。まるで、これまでは考えてもみなかったが、不意にその意見に希望を見出したかのように。

「そうね」カイラはそわそわと唇を舐めた。「イアンはわたしにも、なんの楽しみも味わわせてくれないんです。銃も取り上げてしまいました。わたしの身の安全を守るためだから、と言って」

信じられない。わたしはカルテルの支配者とゲームをしているのだ。イアンの言うとおりかもしれない。頭がどうかしている。

ディエゴは手を上げて顎を撫で、コブラが獲物を見据えるように、鋭い目でカイラを見据えた。

「人生の暗黒面をのぞくのが好きなようだな、ミス・ポーター？」

カイラはまゆを上下させた。「ダース・ベイダーは、わたしのあこがれでした」

ディエゴが唇をぴくりと動かし、まゆを上下させて応じた。「ずいぶんお転婆《てんば》な娘さんだ」

「ええ、子どものころからそうでした」カイラはいたずらっぽく目を躍らせてみせた。「先ほども言ったように、イアンは楽しみをぜんぶ自分に預けるべきだと考えているみたいなんです。わたしを守るつもりなんですよ」

「あなたは保護されるのは嫌いなんだね」

「慣れていないんです」カイラは肩をすくめてカウチに座った。両脚を折りたたんでわきにのせ、ふつうの恋人の父親と話しているようなふりをする。世界で指折りの悪名高き麻薬王とではなく、微笑みかけるのと同じくらい簡単に自分を殺せる男とでもなく。

「わたしも保護されるのには慣れていなくてね」ディエゴが思案ありげに言った。「それは、ただの仕事以上のものを示しているのだろうか。ちがうかね？　ことによると、なんらかの感情とか？」

　カイラはまるで困惑したかのように、まゆをひそめた。「あなたは彼のお父さまなんでしょう？」

　ディエゴが満面の笑みを浮かべた。「そう、わたしはあいつの父親だ。あいつはわたしを守ろうとしているのか。考えてもみなかった」

　カイラは両手を広げて、いぶかしげな視線を返した。「それ以外にどんな理由があるかしら？」父親を殺すまえに、その父親がほかの人々を殺すのを阻むという理由を除けば。

「わたしの息子は、すばらしい女性を選んだようだ」ディエゴがさっとうなずき、口を開いてさらになにか言おうとしたが、ドアが勢いよくあいたので、驚いて振り返った。

　イアンが戸口に立っていた。伸びすぎたダークブロンドの髪を乱して、冷たくきびしい表情を浮かべている。口もとにはぎゅっと深いしわが寄り、目は怒りに燃えていた。

「ディークはだいじょうぶ？」カイラは急いで立ち上がり、用心深くイアンを見つめた。

　その顔つきは、穏やかとはとてもいえなかった。

「ディークは意識を取り戻した。まだ医者がついてるが、だいじょうぶだろう」

「ああ、それは非常によかった」ディエゴが微笑んだ。「おまえの恋人に言っていたのだよ、おまえは誠実な男だと。誇りに思うべき男だとね」

危険な状況になりそうだと感づいてさえいなければ、顔をしかめたいところだった。

「少なくとも、《ソサエティ》のきみの熱弁について、また説教してたんじゃないんだな」

イアンが言って部屋に入った。一度もディエゴから目を離さなかった。「俺を褒め称えて彼女をもてなすのはもう終わったのか？」声には残忍な響きがあった。

ディエゴが大きく息を吐いた。「ああ、終わった。オフィスで報告を待っている。なるべく早く来てもらいたい」

「それはどうかな」

イアンの全身から苦痛がにじみ出ているのが感じられた。顔にも、目にも、それは表れていなかったが、カイラには感じられた。わかっていた。それはカイラの体を包みこみ、心臓を締めつけた。

「わたしは報告を得られるのか、イアン？」ディエゴが苛立ちを募らせた声で言った。

「俺が知ったときが、あんたの知るときだ。それまでは、頼むから、酒を飲んでシャワーを浴びる時間をくれ。気に入りのリムジンに乗ったまま放り投げられるのは、愉快とはいえないんでね」

イアンが慎重に声を抑えているのがわかった。周囲の空気には凶暴な力が漂い、目はぎらぎらと光り、顔はこわばっていた。ざらついたうなり声は、これまで以上にしわがれていた。

「リムジンならもう一台買えばいい。すぐに届くようにしてやろう」ディエゴがすばやくドアのほうへ向かった。希望に満ちた、なだめるかのような表情で言う。「ゆっくりしろ、イアン。休んで、眠れ。わたしがあれこれ処理しておくからな。そういうことはかなり得意なんだ。それに、自分から楽しみを探しはしないと約束するよ」

つまり、殺しはしないということだ。

イアンがディエゴに背を向けた。息子の顔に暗い怒りがひらめいたことにも、目に苦痛の光がよぎったことにも、ディエゴは気づかなかった。

「流血はなしだぞ、親父」イアンが荒々しく命じた。

カイラがちらりと目をやると、ディエゴが口もとをゆるめて、イアンの背中に向かってうなずいた。

「流血はなしだ、息子よ。約束する。片づいたら、わたしのところへ来てくれ。それまでに、すべてを整えておく」

イアンがうなずいた。

ディエゴが感謝するかのような笑みを浮かべ、カイラに向かって手を上げて挨拶した。それから部屋を出て、ドアを閉めた。部屋にふたたび平穏が訪れると、カイラは身震いした。まるで赤ん坊をあやすワニを見ているようだった。数秒のうちに、赤ん坊はワニのおやつになってしまう。その幻影は、ぞっとするほど強烈だった。

ドアがかちゃりと閉じると、イアンは振り返ってそこまで歩き、しっかり錠を下ろしてから、鍵のかかった衣装箪笥の引き出しのところへ行った。さまざまな機器が入った引き出し。あのなかにイアンがしまっている電子機器のおもちゃに触ってみたかった。

「部屋は安全だ」イアンが注意深く抑えた声で言った。

体も注意深く抑えられていた。声も、行動も、すべてが抑制されていた。

「ディークはほんとうにだいじょうぶなの？」カイラはきいた。

「経過は良好だ」イアンがシャツのボタンに手を伸ばした。カイラの心臓がどきりとした。

なるほど、アドレナリンだ。紅潮しはじめた頬のあたりに、シャツを脱いであらわになった硬い筋肉に、支配的な情欲が見て取れた。

硬い体。それがイアンを表す言葉だった。よく日焼けした肌の下で盛り上がる筋肉。それはたくましく波打ち、動くたびに力強く収縮した。

「ディエゴとなにを話してたんだ？」声には高圧的な響きがあった。まるでオオカミが、次の獲物となる運命の哀れな小さいウサギを見るように、こちらを見ている。

「あなたのことよ」カイラは答えた。「きょうの報復のために、血と死で仇《あだ》を返させてくれないことに、少し腹を立てていたみたい」

「で、きみはなんと言ったんだ？」イアンが両手をベルトにかけた。カイラは目で追って、ごくりと喉を鳴らした。濃紺のパンツの膨らみを見て、口のなかに唾がたまってきたからだ。

イアンは硬くなっていた。欲情し、張りつめていた。

「ええと」カイラはもう一度そわそわと唾をのみこんだ。イアンが答えを気に入らないだろうと思えたからだ。「イアンはあなたを守ろうとしているんじゃないかしら、って言ったわ」

イアンが唇をぎゅっと結んだ。「なにを根拠にそんなことを？」

「そうね」カイラは慎重に唇をすぼめた。「あなたがわたしを守るという理由で、わたしになんの楽しみも味わわせてくれない、と話したかもしれないわ。そのことと、よく似ているみたいだったから」背中の後ろで手を組んで、イアンを見つめ、怒りの爆発を待つ。しかしそれがなさそうなので、説明しようとした。「ほら、シールとしての人格とか、そういうことよ。〝男子はたとえ軍から抜けたとしても〟とかなんとか――」

「服を脱げ」

こうなることはわかっていたが、イアンに命じられたとき、体が燃えるように反応したことに、自分でも驚いた。猛烈な炎の波が押し寄せ、灼熱《しゃくねつ》の激しさを伴って子宮に流れこんだ。

「それはどうかしら」欲情しながらも、からかってみたいような気分になる。「わたしはアドレナリンのはけ口じゃないのよ、イアン。とにかく、いまはまだ。話をする必要があるわ」

イアンは話す気などまったくなかった。カイラの体に視線を這わせる。白いパンツとクリーム色のブラウスは泥でよごれていた。髪は顔のまわりでなまめかしく乱れて、手に触れたときの温かな絹のような感触を思い起こさせ、両手をうずかせた。

「話はしたくないんだ、カイラ」イアンは彼女に近づいた。服を脱ぐように命じるべきではなかったかもしれない。初めてのときを除けば、体を奪うたびに、性急で手荒になっていた。今朝も昨夜も、ゆっくり時間をかけて肌の感触を楽しもうとしていなかった。ほんとうの意味では。

カイラをじっくり味わっていなかった。腕のなかでばらばらになったときカイラが悦びに叫ぶ声を聞いていなかった。それは犯罪的なことだ。彼女が必要とする悦びを、完全な形で与えてやらないとは。彼女を高みへと押し上げるあらゆる愛撫、あらゆるキスを与えてやらないとは。

「イアン」カイラが言い返した。イアンが目の前で立ち止まると、灰色の目を縁取る藍色の輪が濃くなり、瞳には嵐が吹き荒れた。「話さなければならないことがあるわ」

「なにを話す?」イアンは指でブラウスの細いストラップの下をなぞり、絹の生地に触れて、カイラの髪と肌のほうがもっと柔らかいと考えた。

「たとえばディエゴのこと」カイラの目にやましそうな光がよぎった。

「ディエゴのことなど話す気はない」イアンは言って、ふたたび高まってきそうな冷たい怒りを押し殺した。苦痛を覚えた。その苦痛が理解できなかった。カイラに対してだけ強く感じる飢えと欲求が理解できないのと同じように。

イアンはブラウスのストラップの下に指をすべらせ、襟ぐりの円い線をたどった。カイラの肌から指に熱が流れこみ、五感への刺激に酔わされる。

これまで、カイラのような女には一度も会ったことがなかった。彼女が自分に与える影響は、弱さなのだろうか、それとも強さなのだろうか?

「そこから永遠に隠れていることはできないわ」カイラが張りつめた声でささやいた。

声が張りつめていたのは、息を弾ませていたからだ。胸が激しく上下して、絹の下の硬くすぼまった乳首の存在に視線を引きつけた。

「なにも隠そうとはしてないよ、カイラ。ただきみを悦ばせたいだけだ。自分たちふたりを悦ばせたい」

自分のなかに感情の泉がわき上がってきた。イアンにはそれが感じられた。意味が理解できず、できればなんの関わりも持ちたくないと思った。少年のころは、さまざまな感情を懸命に押し殺してきた。望んだり求めたりしないよう努めてきた。カイラが現れるまでは。ちくしょう、カイラは、これまで自分の人生には必要ないと決めていたものを望ませ、求めさせる。

希望。温かさ。本物の情熱。その本物の情熱が、イアンの弱みだった。カイラの目に燃える欲望の炎と、内側から垣間見える強さが、どんなものよりもしっかりと自分をとらえていた。

「きみにはこの件から抜けてほしかった」イアンは言って、両手をブラウスの裾まで下ろし、それをつかんで引き上げた。「安全なところにいてほしかった。完璧に安全なところに。すべてが片づいたらきみを見つけて、アトランタで始めたことを果たすつもりだった」

カイラが両腕を上げて、イアンがブラウスを脱がせるのを許した。一瞬でブラウスが床に落ちた。カイラが大きく息をついて乳房を上向かせた。乳首が硬くなってとがり、軽く日に焼けた肌がうっすらとした汗で輝きはじめる。カイラは真正面に誇らしげに立っていた。ためらいも、はにかむ様子も見せず、ふたりのあいだではじけようとするものから目をそらしもしなかった。

股間がすでに恐ろしく硬くなり、激しく脈打っていた。

「いつからわたしは、守ってもらう必要のある女になったのかしら?」カイラが両手をイアンの胸にすべらせ、指でボタンをはずしはじめた。「もしかすると、ロシアで会ったとき?」

カイラがロシア人の変装をしていたことを思い出し、イアンは口もとをゆるめた。

「ロシアではないな」両手で顔を包みこみ、唇を唇に近づける。渇望が頭のなかで規則的なリズムを刻んだ。

「じゃあ、アルバニア?」カイラが唇に向かってささやき、両手でシャツのへりを押し開いて、ちらほらと毛の生えた硬い胸板に触れた。

「アルバニアのはずがない」カイラは必要とあれば、反逆者にも、有能な戦士にもなれた。

「それなら、なぜいまになって保護が必要なの？」カイラがきいて、イアンの両肩を押した。

イアンが両手を顔から離すと、カイラがシャツを腕から引き下ろした。

彼女の両手が盛り上がった上腕を撫でつけ、爪で突き、いちばん太い部分をつかんで締めつける。

「きみは保護を必要としない」認めるのは簡単ではなかった。「それならなにが必要だ？」

カイラの目に影がよぎった。後悔と悲しみ。

「あなたが必要よ」カイラが両手をパンツのベルトまで持ってきて、それを引っぱり、金属の留め金をはずしてから、指でファスナーを下ろした。「必要なものを与えて、イアン。もしかすると、あなたにも必要なんでしょう？」

そう、たしかにそれが必要だった。それなしでは——カイラなしでは魂が壊れてしまうのではないかと思うほど必要だった。何カ月にもわたって、嘘の人生のなかで眠り、食べ、飲み、毎日毎秒呼吸することは、酸のようにイアンをむしばみつつあった。

カイラがここに来るまでは。カイラが一条の陽光のように、ふたたび人生に入りこんでくるまでは。

「おいで」イアンは腕にカイラを抱き上げ、胸に引き寄せて寝室へ移動した。

今回は、名前のつけられないなにかが欲しかった。言葉では表せないやりかたで、触れたり触れられたりしたかった。カイラがアルバにやってくるまでの自分は、ゆっくり死にかけていた。しかしいまは熱く燃え、脈打ち、存分に生き、もっと彼女が欲しくてたまらなかった。

「なにをするつもりなの、イアン？」カイラの表情とまなざしに、ちらりと脆さと不安がよぎり、イアンは思わず微笑みそうになりながら、彼女をベッドに下ろした。

言い争うときも、体を交えるときも、真正面からイアンに挑みかかるカイラだが、なぜかこういうやりかたには落ち着かない気持ちになるらしい。どうやら、彼女をむさぼることより、もっと味わうことを憶えておいたほうがいいようだ。

「お手軽なセックス以上のものが欲しいんだよ、カイラ」イアンは彼女のパンツのボタンをはずし、ファスナーを下ろした。ウエストバンドに指をかけて、太腿へ、そして長くセクシーな脚へと脱がせていく。なんて美しい脚なのだろう。

「どうして？」カイラがまゆをひそめ、指で毛布をぎゅっとつかむのを、イアンは見逃さなかった。「お手軽なセックスは悪くないわよ、イアン」

「それではとても足りないのさ」イアンは彼女のパンツを床に放ってから、自分のパンツもさっと脱ぎ捨てた。「それとも、どうしてそっちのほうが好きなのか、話す気はあるか？」

18

どうしてお手軽なセックスのほうが好きなのか？　カイラは大きく息を吸ってイアンを見上げ、この人に対する戦術をほんの少し誤ったかもしれない、と悟った。イアンには、ほかのだれにも見えないことが見える。特に、カイラの秘密を見抜くことが得意なのだ。

「あまり時間がないでしょう」カイラはそわそわと咳払いした。「あなたには片づけるべき仕事があるし、ディークが――」

「きみに嘘をつかれるのは気に入らない」イアンが唇をゆがめ、からかうようなセクシーな笑みを浮かべた。子宮がぎゅっと締めつけられ、太腿のあいだから蜜があふれ出す。イアンが横に寝そべった。

「わたしがどんな嘘をついているというの？」カイラは振り返り、となりに横たわるイアンの胸毛が乳首を撫でるのを感じた。

官能的で不思議な感触だった。なぜこれまでそのことに気づかなかったのだろう？　不ぞろいな茂みに感じやすい先端をこすられて呼び起こされる、すばらしい悦びに。

「きみは顔を合わせるたびに、行為をせき立てようとする」イアンが抑えた声で言って、片手で腰から太腿まで撫で下ろした。「最初のときを除けば。あのときは、俺がきみの自制心を奪い取った。それが怖いのか、カイラ？　自制心をなくすのが？」

自制心をなくしたら、人生はどうなってしまうのだろう？　自身と自身の感情を保つ能力をなくしたら？　特に、感情を。

「セックスは自制心の奪い合いではないのよ、イアン」カイラは高まる緊張を感じながらも、自信ありげな笑みを浮かべたままでいた。「悦びを分かち合うことでしょう、ちがう？」

悦び。しなければならないのは、イアンにじゅうぶんな悦びを感じさせ、血をわき立たせ、熱い欲望を満たすこと。お手軽なセックスとはちがうのかもしれないが、そういうやりかたなら心の一部を損なわずにいられる。すべてを奪われてしまったら、彼をあざむいている自分を隠すことができなくなってしまう。

カイラは片方の手でイアンの腹部を撫で下ろし、もう片方の手を首に巻きつけた。唇を唇のほうへ近づけて触れ、ささやきかける。

熱がわき上がって、イアンの両腕と同じくらい力強く体を包みこんだ。彼の唇が反応して開き、キスを始めると、カイラは息が詰まりそうになった。片方の手で首をぎゅっとつかみ、もう片方の手を硬く膨れたもののほうへ動かす。

彼に触れ、感じる必要があった。イアンほどすばらしい心地にさせてくれる人は、これまでだれもいなかった。彼の愛撫。背中を、太腿をすべる彼の手。もう片方の手が、後頭部の髪に通された。イアンの意図を、次の動きを予測するまえに、髪をつかまれ、頭をゆっくり後ろに引かれ、キスを中断された。体を駆けぬけるすばらしい悦びを中断された。それは、イアンを簡単に操ることはできないという事実を教えてもいた。

「イアン、ここはゲームをする場所じゃないのよ」カイラは言って、そそり立つものを手で包み、ゆっくり時間をかけて撫でた。

「それなら、ゲームには乗らなければいい」イアンがうなった。

腰を動かし、カイラの手のなかで自分をしごくと同時に、自由なほうの手でカイラの指をつかんではずす。

イアンが暗く燃えるような目をして、煙草色の瞳の奥を情欲で輝かせながら、覆いかぶさってきた。

「わたしを押さえつけたって、どちらも楽にはなれないわよ」しかしそれでも、カイラは背を反らして、彼の胸に乳首をこすりつけた。それと同時に、イアンが両手首を片手でつかんで頭の上に固定した。

「それほど長く押さえつける必要はないさ。その熱い小さな体のなかで炎が燃え立つまでのことだ。そうだろう、カイラ？　きみがどれほど貪欲になれるかを思い出すまでのことだ」

カイラは唇を噛み、イアンをにらんだ。「あなたはそこまで貪欲にはならないとでも？」

「いや、俺は貪欲になるよ」イアンが白い歯でカイラの唇をかすめ、微妙な体の動きを押さえこんだ。そのあいだカイラは、拘束を解ける体の位置を見つけようと努めていた。「とても貪欲になる」

イアンが唇をふたたび重ねて動かし、舌でカイラの唇を押しあけて、舌を舐め、たこのできた指でうずく乳房を包んだ。

カイラはびくりと跳ねて、その愛撫の悦びにたじろぎそうになった。指先が乳首のまわりをこすったが、張りつめた先端にはけっして触れなかった。

さらに口を開いて、舌を伸ばして彼の舌を撫でつけると、愉悦が体を満たしていった。熱い刺すような感覚が押し寄せ、体じゅうを巡って、神経の末端を感じやすくした。キスをされ、指先で乳首のまわりを撫でられるごとに、手首を押さえつけられるごとに、欲求が高まり、募っていくのが感じられた。

「イアン」カイラは唇を引き離しながらも、背を反らして硬く温かい体にすり寄った。「こんなふうにしないで。お願い」

「ただ、いやと言え、カイラ」イアンが唇を頬から顎にすべらせた。「ひとことだ。その言葉を使うだけでいい」

カイラは唇を開いた。その言葉が口先まで出かかり、喘ぐように息を吸う。

「そうしたら、俺はやめるよ」イアンが粗いビロードのような声で約束した。「きみを自由にさせる。俺はシャワーを浴びて、仕事に戻る。それできみは、自分のなかの大切ななにかを守れるわけだ。そうだろう？」

唇から割れた叫び声が漏れ、カイラは歯を食いしばった。いやと言えば、すぐにやめるですって？　太腿をぎゅっと閉じて、体の芯で高まってきたうずきを抑えようと必死になる。もしやめられたら、死んでしまうかもしれない。

「不公平だわ」カイラは息をはずませた。ああ、いまは呼吸のひとつひとつにさえ、淫らな刺激を感じる。

「公平にやるとは約束しなかった」イアンがカイラの背中をベッドに押しつけ、頭を低くして、唇で鎖骨をそっとなぞり、舌で肌を味わった。

耐えられそうになかった。体のなかで熱が渦巻き、悦びを陶酔に変えそうなほど肌を敏感にさせた。

「世界でいちばん美しい胸だ」イアンが自由なほうの手で熟れた膨らみを包み、親指で乳首をさすった。

硬くなった先端を刺激されると、快感が駆けぬけて、子宮がぎゅっと縮んだ。

その悦びを味わう間もなく、イアンがさらに頭を下げ、唇と舌で貪欲な線を描きながら、まっすぐ乳首まで進んだ。

イアンが熱く湿った唇で張りつめた先端を包みこみ、口のなかに含んで強く吸った。カイラはひるみ、唇からかすれた叫び声を漏らした。

「わたしを破滅させたいのね」カイラはざらついた声で責め、頭をのけぞらせて枕にうずめた。

イアンが口で乳首をしっかりと吸い、舌でなぶり、正気を奪った。先端は苦しいほど張りつめ、果てしない愛撫にうずいた。荒々しく舐められるたびに、体を焼く炎がますます激しく燃え上がるようだった。

「わたしも触れたいわ」カイラは両手の指を丸めた。焦燥感に締めつけられ、彼を感じたいという欲求が耐えがたいほどになる。

「まだだめだ」イアンが唇を離して、顎で胸をなぞった。

少しだけ伸びた無精ひげが胸の柔らかな肌をこすり、炎の刺激をすばやく体じゅうに送りこむ。

「なぜまだだめなの？」カイラは身をよじって、手首を、そして感情をがっちりつかんでいるイアンの手から逃れようとした。

すっかり力を奪われていた。イアンの愛撫は強い酒よりも効き目があり、体以上のなにかに影響を及ぼした。それが問題だった。イアンは隠しておきたい心の奥底に影響を及ぼす。長年のあいだずっと隠してきた、存在することすら忘れていた心の奥底に。

「俺がきみに触れたいからだ」イアンが顔を上げて、目に荒々しく暗い炎を燃やしてカイラを焦がし、ベッドの上で体を起こした。

それからカイラの頭のわきにひざをついた。理由がわからない。触れたいと言いながら、硬く長いものをカイラの唇のすぐ上に置いて、手首をしっかりと押さえている。

カイラは身を起こして膨れた笠の部分に触れようとする代わりに、その下の敏感な玉をとらえた。

イアンはぴたりと動きを止め、荒い息を漏らした。カイラが唇で睾丸の横を覆い、舌で洗いながら、ささやくようなうめき声でイアンのこわばった体をぞくぞくさせた。

なんてことだ。

イアンは厚い頭板の上に体を傾け、呼吸に集中して解放を遠ざけようとした。カイラの口には規制が必要だ。よこしまなわざで、男の正気を不法に破壊しようとする。竿の下でひきつる部分を口に含まれると、危険なほど爆発への欲求が高まってきた。

歯を食いしばって、ベッドの裏に固定された金属の輪を探り、細い鎖と手錠を引き出す。かつてこの別荘を所有し、家具を備えつけた人物は、特別な注意を払って性的快楽を得るための装備を隠していたようだ。

カイラが唇と舌で玉をひたむきにもてあそぶあいだに、イアンはすばやくビロードの裏地がついた手錠を彼女の両手首にすべらせ、かちりと固定してから、身を引いた。

カイラは最初、困惑した様子で目をしばたたいた。それから、両手を引いて、鎖のカチャカチャという音を聞き、しっかり拘束されていることに気づいたようだった。目に恐怖の影がよぎる。

「いやと言えばいい」イアンは言って、両手をカイラの肩と腹にのせ、もう一度横に寝そべった。

「わたしはあなたのろくでもない服従者ではないのよ、イアン」カイラが言って、拘束している鎖をまた引っぱった。「頭がいかれたんじゃない？」

「最近じゃ、いかれてることは、俺にとってはごく小さな問題さ」イアンは答え、カイラが頭を反らして黒い手錠を見つめる姿を眺めた。「もし自由になりたいなら、あの言葉を口にすればいいだけだ。俺たちはこの場から離れよう」

「それじゃわたしは、縛られて拷問されるか、抱いてもらえないかなの？」カイラの目がナイフのように鋭くなり、怒りで妖しく光った。雲の色のなかで強烈にひらめく輝きに、イアンはぼうっとしかけた。

「完璧に理解しているじゃないか」イアンは賞賛するように微笑みかけた。「きみが賢いことはわかっていた」

「この最低男！」しわがれた苦しげな声を聞いて、イアンは彼女の反応をもっとじっくり観察した。

「自由にしてほしいのか、カイラ？」イアンは声をやさしくして言い、肩にそっと唇を当ててカイラを見つめた。「怖いのか？」そう聞いて、けしかける。

カイラはごくりと唾をのんだ。息を弾ませてイアンをにらみ返し、彼のまなざしのなかに決意を見た。なんであろうと、イアンは欲しいものを引き出すつもりだ。そうでなければ歩み去ってしまう。カイラにはわかっていた。

「怖がったほうがいいの？」心の底からおびえていた。

イアンは肉体的に傷つけはしない。しかし彼がするつもりでいることは、カイラをばらばらに壊してしまう可能性があった。

「本気で怖がったほうがいい」イアンが答えた。「きみはいつも自分を抑えている。いつも自分の一部を安全な場所に置いている。そうだろう？　だからお手軽なセックスが好きなんだ。すぐにクライマックスまで駆けのぼりたがって、ゆっくりとした高まりは欲しがらない。ゆっくりとした高まりの、なにがそんなに怖いんだ？」

「退屈なのよ」カイラはぴしゃりと答えた。「もうひとりが楽しんでいるあいだに、いったいだれがただ寝そべって耐えていたがるっていうの？」ふたたび手首を激しく振って、鎖をカチャカチャいわせる。

「怖いんだろう」

イアンの声に含まれた確信に、カイラは息をのんで、目と目を合わせた。

「あなたのことなんて怖くないわ」カイラは否定した。彼に関わる自分の感情にどれほどおびえているかを、知られるわけにはいかない。

「証明しろよ」イアンが唇の端をかすかに引き上げて、訳知りの薄ら笑いを浮かべ、カイラの負けであることを示した。

「だったら放して」

イアンがゆっくり首を振った。「自由にしてほしいなら、いやと言え……今回は、せき立てることはできないよ。夜が終わるまでに、俺はきみのすべてを奪う。あるいは、まったくなにも奪わない」

イアンは本気だ。表情にそれが見え、覆いかぶさるようにかがめた体に、独占欲をこめて腹部に触れた手に、それが感じられた。その手が太腿のあいだへとすべった。

「濡れているよ、カイラ。すごく濡れていて、熱い」

カイラは目を閉じた。体から流れ出すなめらかな蜜にイアンが指をすべらせ、愛撫の熱でじらし、恐ろしく感じやすくなった部分をまさぐったので、叫び声をこらえるだけで精一杯だった。

「支配欲の強い女だ」イアンが喉の奥で笑いながら言った。「叫び声をこらえるのはたいへんだろう」

カイラはぱっと目を見開いた。いや、できるだけ見開こうとした。力が抜け、ぼんやりしていたが、血液は体じゅうをすばやく力強く巡り、アドレナリンは呼吸を荒くさせていた。

「最低男」それは非難というよりうめき声だった。イアンがわかりきったことを指摘しながら、指で膨れたひだを分け、ぐっとなかへ押し入ったからだ。「ひどいわ、イアン」

イアンが唇と唇を重ね、カイラの喉から漏れた叫び声を自分のなかに取りこんで、唇を舐め、激しいキスをしながら、二本の指で内側をもてあそび、撫でつけ、こすった。全身を駆けめぐる刺激に、カイラはおかしくなりそうだった。

イアンがじっくり時間をかけるつもりだというのは、すべてを奪うつもりだというのは、冗談ではなかった。イアンは、キスに飢えた男のようにキスをした。指が内側を探り、いったん退き、また戻ってきて、ゆっくり淫らに何度も突いた。

カイラは内側から外側まで、熱く燃えた。荒々しい炎のような刺激に全身を震わせて、イアンの指のまわりでひだを締めつけ、肺から息を押し出すと、敏感なつぼみがうずきはじめた。正気を失ってしまうのではないかと、怖くなってきた。

「ああ、なんて美しいんだ」イアンがささやき声でカイラの五感をくすぐって、キスをやめ、唇を離して顎のほうへすべらせた。カイラのかすれた叫び声などものともしなかった。

「イアン、お願い」カイラは背を反らした。また指が退き、今度は戻ってこなかった。イアンが太腿を撫で、両脚をさらに押し広げながら、唇で首をたどった。

カイラは両手首の拘束具をぐいと引いた。両手で彼の体を感じたくてたまらなかった。すすり泣くようなうめき声をあげる。イアンが唇で乳首をそっとかすめた。片方の乳首から、もう片方の乳首へと、からかうような、じらすような愛撫をする。それから一方を口に含んだ。舌で感じやすい先端を洗ってから、むさぼるように激しく吸う。そして、唇で下へとたどり、うずく秘所にたどり着いた。

こんなことをさせてはだめ。こんなことを許してはだめ。イアンの唇はまるで体への烙印のようで、熱く湿った悦びの軌跡を残した。汗が肌を覆って、ひだからなめらかな蜜があふれ、準備を整えさせ、内側の渇望を高めていく。

ああ、どうしても欲しい。自分のなかでも説明のつかない、なにか暗い飢えに駆られたように、イアンが欲しかった。

「お願い、イアン。じらさないで」頭を枕の上でよじる。胸のなかで苦しいうずきが高まっていった。この欲求を、悦びを失いたくなかった。体の内側にそれをためこみたくなかった。あまりにも鋭い苦痛が呼び起こされ、オーガズムへの欲求が体のなかで意志を持ちはじめそうだった。発散して、消してしまわなければならない。自制心のかけらだけは絶対に手放す気はなかったからだ。

カイラの秘密を探り出そうとした恋人はイアンが初めてではない。だれにも渡さないと決めている、女としての心の深部を。イアンが初めてではない。最後でもないだろう。それでも、彼に奪われる可能性がいちばん高かった。

「かわいそうなカイラ」イアンがささやいて、太腿のあいだで動き、両脚をさらに広げさせて、肩を押し入れた。「やめてほしいのか?」

「そんなにうまくいかないわよ、イアン」カイラは喘いだ。イアンが指でなめらかなひだを撫でつけた。「あなたはわたしを粉々にするかもしれない。でもあなたが思ってる形とはちがうわ」

絶頂に達するまえになえてしまうだろう。いつもそうなるのだ。

「心配しないでいい、カイラ。俺がなんとかするよ」

その声の調子にカイラは目をあけ、首を傾けて、うっとりした状態でイアンを見下ろした。荒々しい顔は引き締まって、目は情熱的に輝き、唇は情欲で膨れている。しかしそれより驚きだったのは、なにもかも理解したような目の光だった。

「あなたが望むものは与えられないわ、イアン」カイラはうめいた。「わたしは持っていないから」

「きみは持っているよ、カイラ」イアンはさらに脚を押し広げ、頭を低くして、クリトリスにそっとやさしくキスをした。「そしてもうすぐ、俺がそれをもらう」

それは約束以上の、宣言だった。イアンは本気でカイラのすべてを奪うつもりだ。

カイラは深く息を吸った。空気が足りない。熱があたりを取り囲み、体を満たした。まるで燃える太陽の中心になったような気がした。もう少しで爆発しそうだが、悦びが薄れて凍えるほど冷えてしまうことを予期していた。

イアンがまた喉の奥で笑って、指で膨れたひだを分け、頭を低くした。

カイラは自分の叫び声で震えた。それは胸からあふれ、喉からほとばしった。イアンが唇を脈打つつぼみに当てて、深くキスをした。キス。吸ったり、舌をすばやく振り動かしたりするのではない。口をすぼめたキス。それは敏感な部分を打ちつけ、激しく引きつらせた。

そのキスをもっと感じたかった。手首につながれた細い鎖を両手でつかみ、ベッドにかかとをうずめて、もっと体を引き上げ、クリトリスを唇にぐっと押しつけようとする。

肌に大粒の汗が浮いてきて、細い流れが額と腹を伝うのが感じられた。生きたまま焼かれ、追いつめられていた。手錠を引っぱり、すすり泣くような叫び声を漏らす。イアンが唇と舌で舐めたり吸ったりし、猛烈なまでの飢えを駆り立てた。

それは積み重なり、燃え上がっていた。いまイアンを求めているほどに、なにかを切実に求めたことは一度もなかった。

「その意気だよ、カイラ」イアンがかすれた声でなだめ、太腿のあいだのひどく感じやすくなっている部分に息を吹きかけた。「ただ気持ちよくしてあげよう」

イアンがふたたびキスをした。しっかりとした小さなキス。ささやきのような深いキス。膨れたひだを吸い、キスするたびに、舐めるたびに、喉を鳴らしてうなるたびに、飢えを高めていく。

いつもなら、こんなふうに叫ぶ代わりに、なえているはずだった。しかし欲望はますます募り、叫び声はますます哀れな懇願の響きを帯びてきた。カイラは切々と解放を求めていた。その言葉を聞き、体を打ちつける願いを感じた。欲望と情熱と感情が、体の内側でさらに大きく熱く燃えはじめた。

「イアン、いますぐよ」カイラは背を弓なりにして、腰を押さえるイアンの手に逆らった。「死んでしまうわ。お願い」

体の芯が引きつり、さらに蜜があふれた。イアンが不意に舌を差し入れた。それでも足りなかった。

腰をつかまれ、舌で撫でつけられ、舐められて、カイラは身をよじった。背を反らして指で鎖をぎゅっとつかみ、絶頂に向かおうとする。とても近かった。すぐそこまで来て、わたしを待っている。

「ひどいわ、イアン」カイラは枕に頭をぶつけた。太腿を締めつけて、イアンの頭をその場に押さえつけようとする。

イアンが力強い両手で太腿を大きく開いて押さえ、貪欲な口でカイラをむさぼった。

「ああ!」荒々しいうめき声が膨れてうずく部分に響き、カイラはわなないてもがいた。

「甘いよ、カイラ。きみのここは甘くて、熱い」

カイラは身をよじらせ、もっと激しい愛撫を必死で求めた。

「なにが欲しい、カイラ?」

「いますぐ」カイラはうめいた。「いますぐあなたが欲しい」

「いますぐなにが欲しいんだ？」イアンがこれまで以上にしわがれた声で、なだめるように言った。「さあ、欲しいものを言ってごらん」

「奪って、イアン」叫び声には切羽詰まった響きがあった。「いますぐ。お願い」

「なにを奪うんだ？　なにを奪ってほしいか、言ってごらん」イアンがクリトリスに向かって言い、打ちつけるような鋭い刺激を送りこんだ。カイラはさらなる悦びに、息を吸おうと喘いだ。苦痛を伴う悦び。その悦びはあまりにも強烈で、あまりにも圧倒的だったので、魂まで解きほぐされた。

「わたしを」カイラは叫んだ。「わたしを奪って」

「きみのすべてをか、カイラ？」イアンが尋ね、唇で言葉を形作りながらクリトリスを撫でつけた。「きみのどの部分だ？　甘いプッシーだけか？　それとも、もっとほかの部分もあるのか？」

もっとほかの部分もあるの？　もっと必要なの？　もっと欲しいの？

「やめないで」イアンが太腿のあいだで身を起こすと、カイラは懸命に目を開いて、自分の体を見下ろした。イアンが唇を腹に当ててから、ひざをついた。カイラは腰を持ち上げ、懇願するような声で訴えた。「お願い、やめないで」

「どの部分が俺のものなんだ、カイラ？」イアンが覆いかぶさって、片手でカイラの顔を包み、唇で唇に触れて目をのぞきこんだ。「どの部分を奪えばいい？」

もっと必要だった。これまで必要とした以上のものが。

「わたしのすべてよ」ひと筋の涙がこぼれるのを感じた。「わたしのすべてを奪って」

イアンが唇を重ね、灼熱の炎のように体を燃え上がらせるキスをした。カイラは、これまでの人生をかけて築いてきた心の防御壁が崩れていくのを感じた。

イアンのとりこになっていた。我を忘れていた。汗で湿った重い体の下で身をくねらせ、肌と肌の触れ合いを求めていた。胸毛が乳首をこすり、硬い腹筋が腹部に押しつけられる。力強い太腿が脚を開かせ、猛る先端が膨れたひだに押しつけられた。

絶頂はあまりにも近かった。感じやすい部分に硬く脈打つ竿を感じる。その熱が頭をおかしくさせた。その太さと、鉄のように硬い力強さを意識して、体の芯が苦痛を伴う飢えで締めつけられた。

「泣かないでくれ」イアンが浅黒い顔に燃えるようなまなざしを浮かべて、もう一度身をかがめ、頬の涙をキスでぬぐってささやいた。「だいじょうぶだよ、カイラ。きみも俺のすべてを奪うんだから」

最後の糸がぷつりと切れた。胸のなかでなにかがぎゅっと縮まってから、どこかへ流れていった。

「愛してるわ」唇から言葉がこぼれ出た。

カイラは枕に頭を押しつけた。ああ、まさか。そんなこと、言ってないでしょう？　そんな言葉、口にしてないでしょう？

「ちがうの」カイラはイアンの驚きのまなざしをのぞきこみ、身をこわばらせた。その言葉を、その感情を打ち明けてしまったことが信じられずにいた。目を閉じて、呼吸が喉に引っかかるのを感じる。

そのときイアンが動いた。そそり立ったものがそっと突くのを感じた。少しだけなかに分け入り、退き、それから力強い突きで根元までうずめる。

恐怖が消し飛んだ。いまはもう、悦びとあふれる気持ちしかなかった。それらは混じり合って心と体を満たし、これまで想像したこともなかった悦びの極みにまでカイラを引き上げた。

「俺を見ろ」イアンがなかで動きを止めた。根元まで身をうずめ、カイラのなかで脈打っている。「俺を見ろ、カイラ」

「やめて。こんなことしないで」カイラは首を振った。「終わらせて。終わらせて、イアン」どうしたらいいのかわからなかった。興奮が炸裂した。えもいわれぬ愉悦のさざ波は、あまりにも激しかった。絶頂とはちがっていたが、絶頂にとても近かった。それは高まっていくばかりだった。上へと炎を燃え立たせている。

「俺を見ろ、カイラ」イアンが腰をその場に押さえつけ、カイラは動こうともがいた。「俺を見てくれ」

イアンの声は苦しげにしわがれていた。カイラは懸命に目をあけて、彼の目の暗い炎を見つめた。

「さあ、俺を奪ってくれ」きびしく荒々しい表情でうなる。「俺のすべてを奪ってくれ」

イアンがゆっくり退き、体を離した。カイラは不意に快感を失って、息をのんだ。

イアンの顔を見る。カイラは我を忘れ、なにひとつ自分を抑えられなくなった。いまではイアンもそうなりつつあった。それが見て取れた。苦しげに身震いをし、両手をかすかに震わせて、ベッドわきのナイトテーブルからコンドームを取り出し、パッケージをあけてすばやく装着する。

イアンが表情をゆがめた。カイラは腰を上げ、彼の先端を自分のひだのほうへ導いた。欲しくてたまらなかった。イアンが欲しくてたまらなかった。もっと多くのイアンを。いますぐに。

太く脈打つものが、ふたたびなかへと押し入ってきた。

目をあけているのがむずかしかったが、イアンを見つめている必要があった。彼がけっして視線をはずそうとしなかったからだ。イアンが目をそらせないのと同じように、カイラも目をそらせなかった。

「欲しいわ……」カイラはごくりと唾をのんで唇を噛んだ。まぶたがとろりと閉じそうになる。イアンがふたたびなかで動きはじめた。深く、ゆっくりと。

「きみが欲しいものはわかってる」イアンが声を荒々しくこわばらせて言った。

カイラはぼんやりしながら目を上げ、どっぷりと愉悦に浸った。永遠にこれが続いてほしかった。永遠に、果てしなくこれが続くのを求めていた。

全身に汗が吹き出してくる。イアンの額に浮かんだ大粒の汗が、顔と胸に流れた。カイラはしずくの跡をたどった。それが首から胸、硬い腹部からその下へ流れていくのを見つめる。その下の部分に視線をとらえられた。彼の分身が自分の体から引き出され、あふれた蜜で濡れて輝きながら、ふたたびなかへ入っていく。

「見ているのが好きか、カイラ?」イアンが張りつめた声できいた。「俺のものがきみを奪うのを見ているのが? どんな感触がするかわかるか? 灼熱の万力にとらわれて、締めつけられているみたいだよ」

イアンが太腿の筋肉をこわばらせて身を引き、浅黒い肌に大粒の汗を滴らせた。カイラの内側からさらに蜜があふれ出した。彼がなかに押し入るとそれを感じ、後ろへ引くとそれが見えた。

カイラはもう一度目を上げて、イアンの目をのぞいた。彼のとりこになっていた。隠すには遅すぎる。抑えるには遅すぎる。

「愛してるわ」叫び声が漏れ、激しい感情にとらえられた。イアンが不意に、力強く突きはじめた。

顎を引き締め、歯を食いしばっている。自制しているのは彼のほうだった。カイラは彼の一部になっていた。イアンはカイラの体に入りこむと同時に、魂にまで入りこんでいた。「愛してるわ」目を閉じて最後にもう一度その言葉を口にすると、苦しみを伴う悦びが、全身を貫きはじめた。

カイラは背を反らして跳ね上がった。エクスタシーは耐えられないほど大きく、体じゅうに鋭い衝撃が走って、魂にまで切りこんでくるのが感じられた。

イアンがうなり声でカイラの名を呼び、覆いかぶさって腰を激しく強く動かし、猛烈な渇望をこめて奪った。愉悦が絶え間なく体の内側で炸裂する。悦びと痛みが交錯し、カイラは生まれて初めて、魂に触れられるとはどういうことかを知った。イアンが最後にもう一度激しく突いて、身をこわばらせた。猛る部分を脈打たせ、わななきながら自分を解き放ち、両腕をカイラの背中に回して引き寄せる。

そっと抱かれると、カイラの内側が引きつって、イアンを締めつけた。きつく、しっかりと。イアンが頭をカイラのそばの枕にうずめ、回した両腕の力を強めてぎゅっと抱きしめた。もう二度と放すつもりがないかのように。

19

地平線からゆっくり太陽が顔をのぞかせた。イアンはコーヒーを片手にバルコニーに立ち、別荘を取り囲む土地を眺めていた。

コロンビアにあるフエンテスの私有地とはちがい、別荘とその敷地は山やジャングルに囲まれてはいない。地形は平坦で、周囲に小高い丘があり、巨大な丸石が点在している程度だった。

バルコニーは、コーヒーを飲んだり、ゆっくり座ってこの任務が片づいたら対処すべきことを考えたりするのに安全な場所とはいえなかった。しかし、頭を巡るさまざまな思いは消えてくれなかった。その中心に位置するのは、自分のベッドで疲れきって眠っている女だった。

カイラに愛していると打ち明けられるとは予期していなかった。カイラの防御壁を壊したとき、よりによってその告白を耳にするとは、まったく予期していなかった。

イアンは無精ひげの生えた顎に手をすべらせてから、またコーヒーをひと口飲み、前方の丘の巨大な丸石と鬱蒼《うっそう》とした木立を見つめた。

自分を監視する目を感じていなかったわけではない。連中がここにいることを認めはじめたというだけだ。それに、ドゥランゴ部隊が近くにいるという事実より大きな問題があった。カイラのほうがずっと大きな問題だ。彼女はものごとを客観的に見られなくなっている。女にとって、それは命取りになりうる。ここから先、カイラは自分の命のことは気にかけなくなるだろう。それはわかっていた。イアンを救う必要がある場合、あるいは任務遂行のためにイアンが死ぬことになる場合、みずからの命を投げ出そうとするだろう。

この作戦が終わるまで、カイラを縛って猿ぐつわを嚙ませ、安全な場所へ追い払っておくべきだった。どうにかして、いつもどおり、自分以外のだれの命も危険にさらさず、この任務を完了することができたはずだ。自分の命を失うか、ソレルとディエゴの命を奪うか。八カ月前ネイサンを救い出したとき、そう誓った。友人の変わり果てた姿を見て、ディエゴにその責任があると知ったときに。

あのふたりの首を取るとネイサンに約束した。なにがあろうと、その約束を実行に移すつもりだった。たとえ命を失っても。しかし、カイラの命を犠牲にはできない。

イアンは顔をうつむけ、指で髪をかき上げてから、もう一度丘を見つめた。カイラはあまりにも大切な存在だった。あの倉庫で、自分を助けに来たことに気づいた瞬間から、わかっていた。いや、八カ月前、アトランタでケル・クリーガーの恋人を守る作戦に関わっているときからわかっていたのだ。

もうどうしようもない。

イアンは手にした盗聴防止装置付の衛星携帯電話を開き、メイシーの番号を押した。

「くそ野郎」野蛮なほど低いメイシーの声が聞こえてきた。「いまごろ電話してきやがって」

「送り出さなければならない荷物がある」イアンはきっぱりと言って、カイラを追い払うことを考えて目を閉じた。「手は空いているか？」

「もしそれが射撃のうまい黒髪の女のことなら、くたばりやがれ」メイシーがうなった。

「俺は関わる気はないね」

そう聞いて安堵している場合ではなかった。

「だったらなぜここにいる？」イアンはきいた。「撃てばいいじゃないか。もしそれが任務ならな。あとの手間が省ける」

イアンは椅子に背を預け、だれが撃つどんな銃弾でも受け止めるそぶりをした。ドゥランゴ部隊がここにいる理由はよくわからなかったが、殺すことが連中の望みなら、好きにすればいい。流血と死にはもううんざりだった。後悔にはもううんざりだった。シールは隊員の裏切りを許さない。連中を責めるつもりはなかった。

「〝殺し屋の秘密〟」カイラに伝えた隠語を、メイシーが口にした。「カイラからおまえの伝言を受け取ったよ。なあ、イアン、おまえは友人ってものを理解してないようだな？　俺がおまえのぼんくら頭を狙い撃ちすると思うのか？　おまえが朝のコーヒーをすするあいだ、おまえの女がドアの内側に立って、悲嘆に暮れたように見つめてるってのに？」

イアンはさっと振り返った。

カイラがどんな表情を浮かべていたにしろ、それは瞬く間に消えたが、目はまだ憂いを帯び、いぶかしげだった。

「隊長に代わる」メイシーが告げた。

「リチャーズ大尉、これが片づいたら、おまえのケツを蹴り飛ばしてやるぞ」リーノが電話に出た。静かな声には怒りの響きがあった。「いつどこで会う？」

「会わない」イアンはさらに声を低くし、カイラの目から視線をはずさなかった。「無理だ」

「認められないな」リーノが冷ややかに告げた。「彼女も連れてこい。俺たちの居場所はわかってるだろう」

そして電話は切れた。

イアンは大きく息を吐いて、首を振った。連中に会いに行くなどとんでもない。監視の目があらゆるところにあるうえに、いまの計画を危うくする可能性が高すぎる。

もう一度、露出した岩を眺めわたす。

「きみを追い払える見込みはないのか？」イアンはため息をついた。

「無理ね」カイラがまじめな声で答えた。

「きみにもしものことがあったら、俺は耐えられない」イアンは認めた。内心では、残された魂のかけらが損なわれてしまうと気づいていた。残りはそれほど多くないというのに。

「わたしは出ていかないわよ、イアン。力ずくで追い払うこともできないわ。そうしたかったのなら、昨夜以前にそうすべきだったのよ」

ちくしょう。そのとおりだ。そうすべきだった。

「イアン、わたしはなにも知らない部外者ではないのよ」カイラが言葉を継ぎ、近づいてきた。

イアンの手からコーヒーカップを取って、わきの小さなテーブルに置いてから、ひざの上に座る。カイラはイアンの絹のシャツを着ていた。彼女の肌で温められた生地が肌をすべり、彼女の香りを運んできた。

イアンは両腕を回して胸に引き寄せずにはいられなかった。

「わたしは訓練を積んでいるわ」カイラが耳にささやいた。「あなたと並んで歩く能力はじゅうぶんにあるはずよ。そうじゃないふりはしないで」

カイラの頭を片手で包んで肩に引き寄せ、額と額を合わせて唇を近づけ、じっと目を見つめて言う。「きみを失ったら、残り少ない俺の魂が壊れてしまう」

「あなたから歩み去れば、残り少ないわたしの魂が壊れてしまうのよ」カイラが応じた。

「わたしたちは何年も、追いつ追われつのゲームをしてきたわ。もうやめる潮時よ。いま、ここで。体力以外のすべてについて、わたしはあなたと互角だわ。わかってるでしょう。男性優越主義者だからいっしょに働きたくないという理由で、わたしを押しのけないで」

男性優越主義の問題だけではなかった。彼女を失えば耐えられないだろうという確信があった。

「タブロイド紙でつるし上げられるぞ」

「その場面をプリントしたTシャツを持ってるわよ」カイラがにんまりとした。

イアンは思わず口もとをゆるめた。たしかにそうだろう。もう何年も、カイラはタブロイド紙を賑《にぎ》わせていた。意図的に波風を立てる場合にも、叔父とともに慈善事業を支援する場合にも。カイラは物議を醸し、異彩を放っているだけでなく、政府の最高機密を扱う契約諜報員でもある。じつに恐ろしい女なのだ。

イアンは顔を上げて唇をカイラの額に押し当て、ゆっくり目を閉じて、腕に抱いた彼女の温かさと柔らかさを楽しんだ。あともう少しだけ、こうしていたかった。

「シャワーを浴びなくては」目をあけて、ベランダの向こうの青く澄みきった空を眺める。

「きのうの事件に対処しなくてはならない」

「犯人を追うつもり？　何者のしわざかわかってるの？」

イアンはうなずいた。何者であるかはわかっていた。今朝起きたとき、受信ボックスに情報が届いていたのだ。

「ソレルの部下だ」イアンは答えた。「今朝、ソレルがアルバにいるという知らせを受け取った。どうやら、しばらく前から滞在しているらしい」

カイラが肩にもたれたままうなずいた。「情報と命、どちらを取るのが目的?」

「どちらも目的ではない」イアンは言った。「ソレルの連絡係と、きのうのボートに乗っていたふたりの男を捕らえるために、フエンテスの小さな部隊を送りこむ。一時間前に出発させた。俺はいまのところ、連絡を待つだけだ」

ゆっくりと、大詰めを迎えつつある。これまで、ソレルが企てたイアンの誘拐・暗殺計画をことごとく阻止してきた。最後の一手は、あのテロリストを会合に引きこむことだ。あの男の正体さえわかれば、殺せるだろう。

これは待機戦術だ。以前は、自分にはそのための忍耐力があると信じていた。これまで、忍耐力に問題を感じたことはなかった。カイラがふたたび自分の人生に足を踏み入れるまでは。

「連絡を取るつもり?」カイラがきいた。だれのことを言っているのかはわかっていた。

ドゥランゴ部隊だ。もう一度丘を見上げて、疲れたため息をつく。リーノは、イアンとカイラが命令どおり現れなければ激怒するだろう。しかし、かつての上官はいったいなにを期待しているんだ? リーノはここになんの用もないはずだ。リーノの妻は生まれたばかりの子どもとともについ最近退院した。あの男はアメリカで家族の世話をしているべきだ。部隊をできるだけ遠くへ追い払うのをおもな目的としている人間を助けようとするのではなく。

ディエゴ・フエンテスは、あの部隊に所属する男たちをもてあそぶのを趣味としていた。ひとりひとりをどこまで追いつめられるかを見届け、最後には破滅させるのが自分の義務だと考えているのだ。そして、もう少しでネイサンを破滅させるところだった。もし過去の計画を成功させていたら、隊長の妹も、上院議員の娘も殺していただろう。どちらの女性も、この部隊のシール隊員ふたりと親密な関係にあった。

イアンは、カイラの質問に対して首を振った。「もうすぐ片がつく。この時点で連中が手助けできることはなにもない」

「あなたの援護ができるわ」

「連中は俺の邪魔になる」イアンはひざからカイラを下ろすと、コーヒーカップを手に取り、寝室へ彼女を導いた。

扉を閉めて錠を下ろし、机のところまで移動して、コンピューターのセキュリティプロトコルをオンにしてから、カイラのほうを振り返る。

「ものごとが進むときには、一気に進むだろう。きみの忠誠心はどこにあるのか、確かめておきたい」

「なにに関して?」カイラが長い黒髪を肩に垂らして、慎重なまなざしを返した。

「ソレルは死ぬ」ほかの選択肢は認められない。「それが受け入れられないなら、いますぐ抜けてくれ。俺と、この任務のあいだに入ってこないでくれ」

「あなたの任務は、あの男を殺すことなの？」カイラが心配そうな表情でまじめに尋ねた。

「DHSは、ソレルが提供できる情報を必要としていると思ったけど？」

「あいつは死ぬんだ、カイラ。DHSがなにを必要としていようが、なにを望んでいようが、知ったことじゃない。だからいますぐ、だれに忠誠を誓うのか決めてくれ。俺か、DHSか」

カイラは俺に忠誠を誓うだろう。イアンにはわかっていた。カイラにもわかっていた。しかし、それを耳で聞きたかった。彼女にそれを感じてほしかった。

カイラが柔らかなピンク色の唇を舐め、こちらからの圧力を感じ取って、藍色で縁取られた灰色の瞳を揺らめかせた。

「あなたに忠誠を誓うわ、イアン」ようやくささやき声で答える。「でもそれを悪用はしないで。わたしはあなたの操り人形じゃないし、そんなふうに使われたくはないわ」

「操り人形になれとは頼んでいないよ」イアンは歩み寄ってカイラを腕に抱き、苦痛の表情を隠した。「あいつを生かしてはおけないんだ、カイラ。たとえ情報のためであっても。あいつはあまりにも多くの人脈を持ち、あまりにも多くのスパイを抱えている。逃亡の危険性を残すわけにはいかない。ネイサンやその妻を危険にさらすわけにはいかない。たとえ情報のためであっても」

過去の暗い記憶が押し寄せてきた。一瞬、ほんの一瞬、イアンは子どもに戻り、虚ろなテキサスの夜に向かって苦悶の叫び声をあげていた。腕のなかで母がぐったりとして、死にかけていた。イアンは声が潰れるまで叫び、もう叫べなくなるまで叫んだ。母の血が体から流れ出ていくのと同じように、燃えるような痛みを伴って、体から希望が搾り取られてしまうまで。

そこへ、夜のなかから子どもとその父親が現れた。イアンの悲鳴を聞きつけた少年が、家族を起こしたのだ。ネイサンが、イアンの命と母の命を救ってくれた。その事実を忘れたことは一度もない。これからもけっして忘れないだろう。

「やつはどうしてる？」思わずそうきいていた。「がんばっているか？」

「がんばっているわ」カイラの声は、口に出すつもりがないことまで伝えていた。ネイサンがただ生きるために向き合っている闘い。さまざまな手術と、何カ月ものあいだ投与され続けた〝娼婦の粉〟の影響を乗りきるための闘い。

合成デートレイプドラッグをそこまで大量に投与されれば、死んでいてもおかしくはない。ネイサンが最初のひと月を生き延びたことさえ驚きだった。

イアンはゆっくりカイラから手を離した。「シャワーを浴びなければならない。ディークの様子を確かめて、パームビーチでいくつかの会合に出席する必要がある。きみは俺のそばにいろ。俺の戦利品として。しばらくのあいだは、その危険な本性をだれにも悟らせないようにしてくれ」

カイラがこの任務に関わるつもりなら、彼女の特別な才能を有効に使うつもりだった。カイラは一見、柔らかな綿毛のように見える。繊細で無邪気で、女らしい傲慢さを持っているように見える。

「あなたの背中から目を離さないわよ、バッドボーイ」カイラが両手でイアンの尻のわきを撫でた。イアンは口もとをゆるめずにはいられなかった。

「だろうな」すばやく唇にキスをしてから、振り返ってシャワー室へ向かった。「きみがシャワーを浴びているあいだに、あれこれすませておく。とりあえず、ダニエルと連絡を取ってみてくれ。セキュリティプロトコルで、四分間の安全な通信が可能だ。手際よくやって、ダニエルに余計な手出しはしないよう言っておけ。俺やディークを無防備にさせたら、あいつが死ぬことになるからな。そんなことが起こらないようにしてくれよ」

少しあとで、イアンは両手をシャワー室の壁について、温かい湯を浴びていた。自制心。必要なのはそれだけだ。あともう少しだけ自制心を保っていれば、これを乗りきれるだろう。急速に事態が動きはじめている。ソレルの部下を捕らえるために送りこんだ部隊は、カルテルを引き継いだとき、ディエゴが所有していた兵士のなかから集めた精鋭たちだった。

かつてロシアの過激派組織に率いられていた男たちは訓練と実践を積んでいて、イアンから見ても、ちょっとした特別部隊の水準に達していた。手際がよく、有能で、無慈悲な男たち。この世界では、慈悲は血以外のなにももたらしはしないことを、イアンは学んでいた。慈悲などどこにもない。力という正義、それだけだ。

頭を上げて、湯が顔を流れ落ちるのに任せた。胸が締めつけられ、苦悶があふれてきた。ここに来てから人を殺《あや》めて流した血は、永遠に脳裏を去らないだろう。その血が、この世界と同じくらい堕落した邪悪な人間のものであっても、それは関係ない。無実の人間を殺したことはなかった。これは戦争なのだ、と自分に言い聞かせようとした。ここは病んだ世界、自分は病原菌を取り除こうとしている。しかし、もうそんな言い訳は役に立たなかった。カイラが現れた最初の晩以来、役に立たなかった。

昨夜、カイラの口から愛の言葉がこぼれたとき、それを身に染みて感じた。カイラにとっての愛はすべてを意味するはずだ。だれであろうと、なんであろうと、彼女が愛するものは彼女を所有する。だれであろうと、愛する人には命を捧げるだろう。それを許してはならない。たとえめちゃくちゃになった自分の人生に歩み入ることは許しても、カイラの身の安全は守ってやらなければならない。

目をあけると、シャワー室のドアが開いて、カイラが湯気の立ちこめるなかに入ってきた。灰色の瞳はやさしく、表情は心配と、愛に満ちていた。

カイラに触れる必要があった。イアンは腕を回し、両手を彼女の背中に当てて、欲情した自分の体に引き寄せ、なにも言わせずに唇を奪った。

ダニエルがなにを報告したにせよ、聞きたくはなかった。いまはまだ。まずはもう一度、カイラを味わう必要があった。彼女の熱と情熱で五感を満たしたい。

片手を太腿のあいだにすべらせると、カイラもなめらかな蜜をあふれさせていた。欲しかったのはこれだった。カイラが自分のために濡れて準備を整えている。

イアンは彼女の尻をつかんで体ごと持ち上げ、細い脚が腰を締めつけるのを感じた。痛いほど勃起した部分が柔らかなひだに押しつけられる。

今回はコンドームは使わなかった。カイラは避妊をしている。イアンのほうにも問題はない。それに、どうしてもこうする必要があった。素肌と素肌を重ねる必要があった。ふたりの情欲を隔てるものを、あいだに挟みたくはなかった。

激しい興奮が背筋を駆けぬけ、イアンは頭をのけぞらせた。睾丸が引きつり、こらえようと歯を食いしばる。いまにも彼女のなかに自分を注ぎこんでしまいそうだった。少しずつ貫いていくと、カイラが締めつけてささやくようにうめいた。イアンは彼女の肩をシャワー室の壁に押しつけた。

カイラはまるで熱そのもののようだった。すさまじいまでの熱。それは苦しみと痛みを切り裂いて魂にまで達し、腰に巻きついた両脚よりもきつく魂を包みこんだ。

イアンは目をあけて顔をうつむけ、もう一度唇と唇を重ねた。湯で濡れた柔らかな唇をついばんでからゆっくり口を開かせる。

「まるで永遠の命を手に入れたかのようだ」イアンは唇に向かってささやいた。「その命にくるまれているかのようだ。わかるかい、カイラ？」

カイラが驚きに目を見開いた。

「きみが俺になにをしているか、わかってるかい？」イアンは荒々しくうなり、根元まで身をうずめて、カイラの内側が引きつって締めつけるのを感じた。

「あなたはわたしになにをしてるの？」カイラが喘ぎ、両手でイアンの肩をぎゅっと握った。

「ああ、イアン。あなたはわたしをばらばらにしてしまうわ」

カイラがばらばらに？　イアンはそのなかで溶けていきつつあった。熱が自分を生きたまま焼くのが感じられた。カイラが胸のほうに顔をうつむけて、鋭く小さな歯で肌をついばんだ。イアンは腰を動かしはじめた。

カイラの内側はとてもきつく、とても熱かった。なめらかな熱でイアンの体を焦がし、しっかりとしたリズミカルな動きで締めつける。快い刺激が、感じやすい先端の神経を撫でつけ、竿に伝わり、熱の指となって玉を打ちつけた。竿の下で玉が引きつり、解放を求めてうずいた。カイラが唇で胸をこすり、全身を駆けめぐる悦びをさらに大きくした。なまめかしいうめき声が頭に響きわたり、肩を引っかく爪が、カイラを奪うときの信じられないほどの悦びを高めた。

「俺から離れないでくれ」わき上がってきた感情が思わず言葉となって唇から漏れ、イアンは歯を食いしばった。

「けっして。ああ、イアン。けっして離れないわ」

イアンはカイラを壁に押しつけて強く抱き、何度も貫いた。飢えて理性を失った悪魔のように、激しく奪う。たまに自分が悪魔になったような気がすることがある。しかし、カイラはイアンの穏やかな一部だった。ひそかな安らぎだった。

両手で彼女の腰を締めつけ、体が解放を求めてわき立つのを感じた。もうこらえる必要はない。カイラが耳もとで叫び声をあげ、絶頂に達してわななき、イアンの自制心を奪い去った。

イアンは腰を動かし続けながら、熱い液体が激しく脈打つ流れとなってほとばしるのを感じた。歯を食いしばって、叫び声を押し殺す。

愉悦の震えが神経と筋肉を走りぬけ、エクスタシーで体じゅうを打ちつけた。何度経験しても、それは驚きだった。カイラだけに感じるエクスタシーだった。肉体を越え、魂まで満たす悦び。

もしカイラを失ったら、自分は死んでしまうだろう。

20

カイラが現れるまえ、本来の自分と、ディエゴ・フエンテスの世界に足を踏み入れてからの自分は、一体化しつつあった。イアンはその兆候を感じ取っていた。正しく公平なものと、好都合なものの境界線があいまいになってきていた。ゆっくりと、自分が追っているのと同じ種類の怪物になっていく。カイラが心を捧げてくれるまで、そのことに気づかなかった。

しかし、カイラはいったいイアンのどの部分をつかまえているのだろう?

一週間後、イアンはオフィスに閉じこもり、ディークとトレヴァーがまとめた報告書を引き出しながら、その疑問から目をそらそうとしていた。

あいにく、目をそらしてもなにも変わらなかった。カイラはイアンを所有していた。心と魂を。善良なほうの人間と、フエンテスの名を受け入れて以来、血と悪徳に磨かれ腹黒くなったほうの人間の両方を。

イアンは報告書と写真を眺めた。一週間前、リムジンの運転席にミサイルを撃ちこんだふたりの男の尋問に関するものだった。観光客だ、と最初ふたりは主張していた。ただの観光客。ソレルが船旅に愛用しているヨットとうわさされる〈キャントレラ〉号に乗ってやってきた、ただの観光客。

ティモシー・ヴァングレッシとエイドリアン・ヒューズは、観光客とはほど遠かった。イアンの副官アントリ・コヴァリョフが尋問を始めると、ふたりはたやすく落ちた。

イアンは尋問のビデオを見た。アントリがふたりの男に痛みを与える映像が流れても、顔をしかめはしなかった。一時間以上持ちこたえたのは、ふたりが訓練を受けた証拠だった。しかしアントリは、拷問の達人のもとで訓練を受けた男だ。イアンがシール隊員として立ち会った尋問のなかでさえ、一度も見たことがないようなわざを知っていた。

「ソレルに殺される」とうとうヴァングレッシが泣き出した。顔は血まみれで腫れていたが、それでも睾丸の悲惨な様相に比べれば、はるかにましだった。アントリから投与された麻薬と、加えられた痛みは、限界を超えていた。「あいつと女を殺すつもりだった。マクレーンの姪が後ろ盾になれば、あいつは強大な力を持つことになる。強大な後ろ盾を。ソレルが実権を握るまでのあいだ、あの女があいつに影響を与えるのはまずい」ヴァングレッシがろれつの回らない舌で言い、空気を求めて喘いだ。アントリが睾丸を挟んだ締め具の圧力をゆっくりゆるめてから、そこに貼りつけた導線への電流を切った。

「ソレルとは何者だ？」アントリが落ち着いた冷ややかな声できいた。

ヴァングレッシが首を振った。「見たことがないんだ。彼はここに、島に来てるが、連絡は電話だけだ。彼の電話専用の、携帯電話がある」

「おまえが持っていた携帯電話か？」アントリが天気の話でもするかのようにきいた。

ヴァングレッシがすすり泣いた。「俺たちが持ってる携帯電話だ。連絡と命令専用の。それだけだ。誓ってもいい。パリで〈キャントレラ〉号を待って、乗りこんだ。ヨットがここに停泊したあと、俺たちは降りて、薄暗がりのなか、ミサイル発射装置とボートを借りるための書類を持って、岸を走った。ソレルはその日に会合が行われるのを知ってた。俺たちが着いたあとに、フエンテスが取るはずのルートを知ってた。俺たちは待った」

「〈キャントレラ〉号での連絡係はだれだ？」

「頼む」ヴァングレッシが、整った顔を痛みと恐怖にゆがめてすすり泣いた。「頼む。殺されちまう。殺され――」聞くに堪えない甲高い叫び声がした。アントリが男の睾丸に直接つけた導線に電気を流したのだ。もし椅子に縛りつけられていなければ、転げ落ちていただろう。

一瞬ののち、ヴァングレッシはどさりと椅子の上で倒れこみ、ぜいぜいと激しく息をついた。電流がふたたび弱められた。

「連絡係はだれだ？」アントリがもう一度きいた。

「アスカーティだ」ヴァングレッシがささやき声で答えた。「グレゴール・アスカーティ。やつはソレルを知ってる。やつなら特定できる」

その情報に続いて、一発の銃声が鳴り響いた。そしてもう一発。ふたりの男は縛られたまま ぐったりして、虚ろな目を見開き、それぞれの頭に一発ずつ受けた銃弾で即死した。

アントリはきわめて効率のいい仕事をする。

しかしビデオを見ているあいだイアンの頭を占めていたのは、ヴァングレッシではなくネイサンのことだった。フエンテスの私有地に監禁されているあいだにネイサンが耐えたすさまじい拷問は、これからもずっと心と体に傷を残し続けるだろう。ヴァングレッシが見つけたような、安らぎと平穏は得られないのだ。

イアンは指で髪をかき上げて椅子から立ち上がり、バーのほうへ向かった。保管してあった口当たりのよい高価なウイスキーをグラスに注いでいると、ドアを軽くたたく音がしたので、振り返った。

「なんだ？」

ドアがあいて、ディエゴが現れた。いつもどおり、非の打ちどころのない服装だった。白いスラックスのウエストバンドに白い綿シャツの裾をきちんとたくしこみ、革靴をはいて金の腕時計をはめ、銀髪交じりの黒髪を後ろに撫でつけている。貴族的な顔には、好奇の色を浮かべていた。

「尋問で多くの成果があったか？」ディエゴがきいて、オフィスに足を踏み入れ、ドアを閉じた。

「それほどでもない」イアンは肩をすくめた。

イアンはディエゴの先を歩き、追いつかれるまえに無頓着にビデオを消した。

「おまえが息子でなかったなら、とっくに殺しているところだ」ディエゴが冷酷な視線を向けた。

「兄弟だからといって躊躇はしなかったんだろう。なぜ父親だからといって躊躇する?」イアンは尋ね、机の上の書類挟みを閉じて、もう一度目を上げた。

ディエゴの目によぎった苦痛に驚く。しかし、自分がそれに気づいたことに、もっと驚かされた。

「相手の急所を突くことに、すばらしく熟達しているようだな、イアン」ディエゴが苦い口調で静かに言った。机の前に置かれた革の椅子のひとつに座る。「もしかするとそういう面では、わたしが望む以上にわたしに似ているのかもしれない」

「そうかもな」イアンは認めた。自分のなかにディエゴの片鱗を見て、遺伝が人格の形成に大きな役割を果たしていることを認めるのは、容易ではなかった。

目を合わせると、ディエゴもじっとにらみ返してきた。深い、底なしの、無慈悲な黒い目。ディエゴ・フエンテスは、やさしさや情け深さとは無縁の男だ。

「わたしの息子であることに誇りが見出せないのだろう、イアン?」ようやくディエゴが重々しく尋ねた。「誇りというより、不名誉の源なのだろう。わたしが築いたものすべてが」

両手をぐるりと回して書斎全体を示す。「すべてが、おまえにとってはどうでもいいものなのだ。そうじゃないか？」

　イアンはゆっくり椅子に背を預けて、カルテルの支配者をじっと眺めた。

「俺はここにいる」少し間を置いてから、イアンは冷ややかな声できっぱりと答えた。「約束どおりに、約束した仕事をしている」

「それは、おまえに背を向け、おまえを罵倒している友人たちの命を守るためだ。機会さえあれば、おまえに唾を吐きかけるはずの女たちのためだ。連中のために、おまえは人生をかけて戦ってきた敵に加わることになった。おまえの母親と子どもだったおまえを守る責任がありながら、それを果たせなかった男とともに。おまえはわたしの息子となることで、わたしに報いを与えているのか？」

　ディエゴの声には悲しみがあり、一瞬、ほんの一瞬、イアンの心にも後悔がよぎった。子どものころ、地獄になりはてた生活から、父が自分と母を救い出してくれるのを夢見たものだった。常に逃げ、常に生きるために、生き延びるために闘っていた。

　父親が何者であるかを知ったときには、裏切られた思いで打ちひしがれそうになった。

　ディエゴがこちらを見つめながらまゆをひそめた。

「若いころ、わたしは人間の本性について知るべきことはすべて知ったと考えていた」ディエゴが先にイアンの目から視線をはずし、まばたきで涙を抑えるかのようなしぐさをしてから、ひざに置いた両手を見下ろした。「さまざまな場面での裏切りと男の名誉を知り、それぞれに対処する方法を会得したと考えていた」視線を上げる。「しかし、思っていたほど自分が聡明《そうめい》ではないことに気づいた。その教訓を得たころには、手遅れになっていた。わたしに安らぎを与えてくれたかもしれない人々、いまでは心から求めている家族になりえた人々は、もういない」

イアンはその言葉に隠された意味を探ろうとして、胸の前で腕を組み、唇を固く結んだ。ディエゴは、俺がここにいる理由を嗅ぎつけたのか？　そんなはずはない。嗅ぎつけられたとしたら、すでに殺されているはずだ。

「何が言いたい？」イアンはきいた。

ディエゴが首を振って、一瞬まぶたを閉じた。「すべてのものごとには、なんらかの教訓があるのだ、イアン。憶えておけ。この時点で犯したまちがいは、いずれ常について回るようになる。悪夢のなかだけではない。おまえの未来や、魂にまで入りこんでくる。年を取ると、自分を支えてくれるつながりを断ってしまったという実感ほどつらいことはないのだ。そういうつながりは重要だよ」

「ディエゴ、あんたの話はソレルのテロリストの弁論と同じくらい筋が通ってるよ」それはこの任務の核心を突いてもいた。ディエゴとソレルの首。個人的にネイサンに届けるつもりだ。報復。贖《あがな》い。怪物たちに生きる資格はない。そうだろう？

ディエゴが疲れたようにため息をつき、口もとに苦笑いを浮かべた。「おまえは、わたしが引退して発言権を失ったかのように事業を運営している。助言を求めようともせず、実行中の計画をなにも知らせようとしない。気づいていないのか、それではうまくいかないということに？」

うまくいくようにするしかない。任務が完了すれば、カルテルは解体する。イアンは自分の胸に、常に援護してくれた友人たちに、それを誓っていた。どんな犠牲を払おうと、カルテルは解体する。

「いまでもあれこれ口を出しているだろう」イアンは言い返した。ディエゴの口出しは必要なかった。

「老いた獅子《しし》を矯正することはできない。なわばりを脅かす者がいれば襲いかかって当然だ」ディエゴが主張した。「わたしの手で死んだ者、苦痛をこうむった者は、わたしを滅ぼそうとした。わたしは自分の所有物を守るだけだ」

老いた獅子。まるで、自分が売っている麻薬にはなんの影響も害悪もないかのようだ。そう、この男にとって、麻薬取引は砂糖菓子を売る程度のことにすぎず、獰猛なシール隊員やテロリストは少しばかり自分を懲らしめようとしているにすぎないのだろう。

ちくしょう、怪物たちはこうやってみずからの邪悪さを正当化するのか？　俺自身も事業を引き継いで以来、こうやって流した血を正当化してきたのか？　なわばりを守るために？

両手に染みついた血を感じ、死者のむせび泣きを聞き、やつらは無罪ではないと自分に言い聞かせてきた。麻薬の売人、殺人者、強姦者、けだもののような連中。ディエゴとたいしたちがいはない。自分の父親とたいしたちがいはない。不意にわき上がってきた思いに、胸が締めつけられた。

イアンは身を乗り出して机に両腕をつき、冷ややかに応じた。「善良な人間が、無実の者を守るために死んでいる。あんたは死を取引してるんだ、ディエゴ。俺がいまそうしているのと同じように。くそに香水を振りかけて、見栄えをよくしようとするな。あんたは麻薬カルテルの親玉だ。俺たちは子どもたちに死を売っている。売春をさせ、薬漬けにし、それで利益を得ている。そういうことだ。俺たちはなわばりを守る獅子ではない。人間の卵をむさぼり食うヘビだ」

ディエゴが驚いたかのようにまばたきをして見返した。「なるほど、そこまで考えていたわけか。だったらなぜここにいる？」

なぜなら、ほかに道がないからだ。なぜなら、これが自分の人生であり、家族同然になった友人たちの人生だからだ。イアンは孤独なひとり者だが、彼らには家族や恋人がいる。失うものがある。

「そういう取り決めだっただろう。憶えてるか？」イアンは怒りを隠して、あざけるように言った。いまでは、自分にも失うものがあったからだ。「俺は、ソレルからあんたのカルテルを救う。あんたは、俺の友人を救い、俺たちを悩ませるスパイを倒すのに必要なものを提供する。単純な取引だ」

「そこにはなんの感情も含まれていないというのか？」

「ばかばかしい。俺はあんたの名前を受け継いだだろう」イアンは怒りに駆られて椅子から立ち上がった。「いったい俺になにを求めてるんだ、ディエゴ？」

「父さんと呼んでもらいたいのだ！」ディエゴも怒りを爆発させて椅子から立ち上がり、高ぶった感情に顔をゆがめた。「ソレルが死んだとき、おまえにナイフで喉を刺される心配はないと知っておきたいのだ。息子の手にかかって死ぬことはないと」

「あんたの弟たちが、あんたの手にかかって死んだように？」イアンはうなり声で応じた。「そういうことか、父さん？　過去にタマを食いちぎられないようにしたいのか？　まったく、冗談はやめてくれ！」イアンは指で髪をかき上げ、くるりと背を向けた。

〝父さん〟という言葉を聞いたとき、ディエゴは一瞬青ざめてから、クリスマスを待つ子どものように目に希望をあふれさせた。そのまなざしに、感情の刃《やいば》がイアンの心を切りつけた。

この悪党に哀れみなど感じはしない。後悔などしない。けっして手に入らないものを欲しがったりはしない。

「おまえは……」ディエゴが言葉を切って、咳払いをした。「おまえはわたしの意見をめったに聞こうとしない」

　イアンは両肩をほぐし、慎重に背を向けたままでいた。

「いまは、あんたの意見は必要ない」怒りで歯を食いしばりながら、ディエゴのほうを振り返る。そしてふたたび、毎朝鏡のなかで見るなじみ深い顔立ちを見た。

　髪と目の色はちがう。イアンのほうが少し背が高い。しかし顔の輪郭や唇の曲線、まゆの形はそっくりだった。目鼻立ちの多くの部分を父親から受け継いでいる。そしてほかの部分も。認めたくない、向き合いたくない部分も。

　ディエゴの笑みに含まれた苦々しさがわずかに薄れ、希望のようなものがのぞいた。イアンはそのことにうんざりした。うずくような後悔を感じたことに、もっとうんざりした。

「いったいなんのために入ってきたんだ？」イアンは噛みつくように言った。「仕事があるし、夕方には会合もある。たわごとにつき合ってる時間はない」

　ディエゴがうなずいた。「そうだな、おまえはカルテルと、その構成員たちと、その製品をまとめ上げ、守るのに忙しい。わたしがここに来たのは、細部に至るまで管理するおまえのやりかたが気に入らないと告げるためだ。おまえは一目置かれるべき強い男だし、わたしもそれは認めている。しかし、わたしはまだ追い出されるほど年老いてはいないし、無能でもない。それに、ソレルの正体を暴いたあと、どう決着をつけるかという問題がある。もし立ち去るつもりなら、わたしが創った世界からわたしを切り離したまま、置き去りにしないでくれ」

イアンは軽くうなずいた。「わかった」

すべてが片づいたとき、ディエゴはソレルと同様に死んでいる。だったらどう答えようがいいじゃないか？

ディエゴの黒い目に驚きがよぎった。驚きと、希望、そして恐ろしいことに、父親としての愛が。その感情を、イアンはなによりも嫌悪していた。ちくしょう。そんなものは欲しくない。感じたくはない。これ以上自分の心を危険にさらしたくはない。

「では、あすの朝に会おう」ディエゴがさっとうなずいて、ドアのほうへ向かった。「今夜出かけるまえに、おまえと美しいミス・ポーターとわたしで、晩餐《ばんさん》をともにするのはどうだ？」ドアノブを握ってから振り返り、ふたたびイアンに向き直る。「先ほど、プールサイドでまた彼女と話す機会があってね。とても知的で美しい女性だ。おまえがこれまでまわりに置いていた女たちとは違うタイプだな」

イアンは黙ってディエゴを見返した。この男とは、母のことを話したくないのと同様、カイラのことも話したくない。

ディエゴがイアンの沈黙を受け入れたかのように、軽くうなずいた。「時間があれば、同席してくれるとうれしいよ」少しためらってからつけ加える。「わたしたちには互いを知る時間が必要だよ、イアン。過去を癒すための時間が」

ディエゴは答えを待たなかった。扉をあけて外へ出ると、そっと扉を閉めてイアンをひとり残した。

イアンは振り返って壁のほうを向き、両手を腰に当てて、ゆっくり深く息を吸った。こんなことをしている時間はない。ソレルはすぐにでも動き出すだろう。まだアルバ島の沿岸に停泊して厳重に警備されているヨットから、アントリがアスカーティを生け捕りにできたらすぐにでも。もし捕らえることができなくても、ソレルは自分の正体が暴かれかかっていることに、これまで以上の危機感を覚えるだろう。きっと近づいてくるにちがいない。

一年近く待機と監視を続けてきたことが、ようやく決着しかけている。確実に決着させせなくてはならない。

机のほうを振り返り、今週撮ったヨットの写真が入っているファイルを取り上げた。アスカーティはここにいる。二十人近くの正体未確認の容疑者とともに。ディークは上階で身元確認に専念し、アントリとトレヴァーはさらに写真を撮ってイアンに転送する作業を続けていた。

進歩とは一段階ごとに着実に進めていくことだ、とイアンは自分に言い聞かせた。これはひとつの段階にすぎない。ここでの、ディエゴの人生での、カルテル内とその構成員のなかでの地位を固めること。すべてが片づけば、カルテルは砂上の楼閣のように崩れ去り、跡形もなく消える。大量の埃を掃除するかのようにきれいさっぱりと。これは決着へと続くもうひとつの段階にすぎない。得られるはずのないものに対する感情やこみ上げる後悔も、任務が終われば消えるだろう。ここでは、理想主義は愚か者の方策だ。イアンが戦いを繰り広げている世界には、なんの理想もありはしない。最終結果があるだけだ。

成功があるだけだ。

少なくとも、それが自分に言い聞かせていることだった。自分を納得させようとしていることだった。任務は重要だ。成功は重要だ。復讐は重要だ。ほかのことはどうでもいい。

それならなぜ、ずたずたの傷口のように心が痛むのか？　なぜ、ネイサンとその父親に救われたあの寒々しい夜を鮮明に思い出したのか？　なぜ、存在しない父を求めて泣き叫んだことを思い出したのか？

21

二十代のころから活動している諜報の世界では〈カメレオン〉と呼ばれていたが、カイラはその晩、積み重ねた人格の層の下に本来の自分を隠すことについては、イアンのほうが上だと認めざるをえなかった。

その日の午後、イアンが書斎から歩み出てきた瞬間、表情の下に注意深くためこまれた怒りが感じ取れた。ウイスキー色の目に渦巻く感情にあおられた怒り。どういうわけか今回は、ディエゴがこれまでになかった形でイアンの心をかき乱したようだった。

一日じゅう、イアンはそれをうまく隠していた。保護者ぶった態度で辛抱強くディエゴに接し、護衛たちと笑い合い、大規模な麻薬カルテルの跡継ぎという役割を完璧に演じていた。しかしカイラには、イアンのなかで緊張が高まっているのが感じ取れた。任務だけのせいではないはずだ。ほかのなにかがある。はっきりと特定はできない暗いなにか、怒りをかき立てるなにかが。

イアンの不機嫌は夕方になっても続いた。とうとう太陽が沈みはじめると、カイラは居間ではなく寝室から続く広いバルコニーの扉のほうへ移動した。ここからは、自分が借りた別荘の上階と、ダニエルが使っている寝室の明かりが見えた。

護衛が直接関わらない任務に当たるのは、これが初めてではない。むしろ、護衛がわきで見守る以上に干渉することのほうが奇妙に感じられる。自分では対処できないほど危険が大きくなったとき、すばやく手を貸してもらうのがいつものやりかただった。

カイラは太い柱に寄りかかって別荘を眺め、ふと、まゆをひそめた。部屋のなかに、別の人物の影がちらりと見えた気がした。

カイラは大きく息をつき、片手を絹のカプリパンツのポケットに入れて、細長い携帯電話に指をすべらせた。ドゥランゴ部隊があそこにいて、なにかをたくらんでいる。そのことが腹立たしくてならなかった。

イアンはかつての部隊の仲間たちと会うことをあからさまに拒否して、自分が始めたままの形で任務を遂行すると決めた。ひとりで。カイラを別にすれば。

正直に認めるなら、イアンがカイラを拘束して、すべてが片づくまで、あるいは自分が死ぬまで、安全な場所に閉じこめようとしないのは少しばかり驚きだった。

小耳に挟んだ情報の断片がほんとうだとすれば、イアンが死ぬ可能性はある。イアンは、アスカーティを捕らえるために部隊を送りこむ計画を立てている。ソレルの真の正体を知っているらしいただひとりの男だ。ＤＨＳや、世界じゅうのさまざまな法執行機関でさえ、これまでソレルには手を出さなかった。諜報員を近くに置こうとしたり、足跡をたどって追いかけようとしたり、盗聴を試みたりすることはあっても、捕らえようとはしてこなかった。ソレルが怒りを爆発させれば恐ろしいことになるからだ。だれであろうとアスカーティを捕らえる者は、テロリストの最大限の怒りを買うだろう。ソレルも同時に捕らえないかぎりは。

しかし、その怒りが麻薬カルテルとアメリカ海軍の脱走兵に向けられるとしても、だれが気にする？　カイラは目を閉じて、こみ上げてきた緊張をぐっとこらえた。イアンは着実にソレルを追いつめ、カルテルに対するテロリストの襲撃をことごとく頓挫《とんざ》させたという厳然たる事実で間接的に戦いを挑んできた。

しかし今週、リムジンにミサイルを撃ちこんだ男ふたりを捕らえたとき、イアンは守勢から攻勢に転じた。そしてふたりを殺した。

理論的には、そうするしかなかったことはわかっていた。男たちを捕らえた以上、ソレルにメッセージを送る必要がある。遊びではないのだと。本気で自分のなわばりを守るつもりだと。しかし正直なところ、カイラはイアンがそれを実行するとは信じていなかった。彼がどうやって対処するつもりでいるのか自分でも確信を持てずにいたが、これまで考えていたより、イアンがはるかにきびしく断固とした態度で臨んでいることがはっきり見えてきた。つまり、ディエゴ・フエンテスの命が息子に奪われる危険性は、想像していたより高いということだ。

カイラは少なくともダニエルにそれを報告する必要があった。ディエゴを確実に生かしておき、アメリカとの取り決めを実行させるのがカイラの仕事だった。テロリストやうわされる襲撃についての重大な情報をＤＨＳに提供させる一方で、麻薬事業への支配力は維持させておくという取り決めを。

ＤＨＳはディエゴを逮捕も拘留もせず、事業の本拠地を正面から襲撃することもない。コロンビア政府も同様だ。フエンテス・カルテルは、麻薬が製造所を離れるまでは、慎重に扱われる。それ以降は、攻撃の対象となりうる。

それはきたない取引だった。もしほんとうのことを知ったら、イアンはカイラもアメリカ政府もけっして許さないだろう。

カイラは身を守るかのように胸の前で腕を組み、顔をうつむけて、罪悪感と無力感を抑えこもうとした。

イアンが怒りに駆られるのも、血を求めるのも当然だ。ディエゴの狡猾な妻カルメリタのせいで、イアンは無邪気な幼年時代を失った。そしてネイサンのこともある。ディエゴがネイサンに対してしたことは、凶悪そのものだった。その凶悪さを、アメリカ政府は守ろうとしている。

イアンに父親を殺させずにすむなら、それでよしとすべきだろうか？　もはやカイラにはわからなかった。わかっているのは、この任務がイアンを変えてしまったということだ。以前よりもかたくなで、冷淡になった。

「ずいぶん考えこんでるな」

あいた戸口からイアンの低い声が聞こえ、カイラはさっと振り返った。柔らかな口調に、心臓がどきりと音を立てた。

かたくなになったはずのイアンだが、声にはそれ以上のなにかがあった。ほとんど後悔のようななにかが。表情は陰に隠れていたが、体から発せられる緊張が感じられた。

「夜を楽しんでいたの」微笑んで応じると、イアンが近づいてきた。「すてきな眺めよ」

「破滅的でもある」イアンが腕を回してカイラの腰をつかみ、別荘のほうに体の向きを変えさせた。「ダニエルは立ち去っていない」

「立ち去らないわ」カイラはイアンにもたれて、体を包みこむ温かさと強さに半ば目を閉じた。「ダニエルが立ち去らないことはわかっているでしょう」

「そしてやつらもな」イアンが耳もとでつぶやいた。「ドゥランゴ部隊はダニエルとともにあそこにいるよ、カイラ。きみも俺も、そのことを知ってる。出ていかなければ、連中は死ぬことになる」

「彼らが出ていかないことも、わかっているはずよ」カイラは同じくらい柔らかな声で言った。「逆の立場だとしたら、あなただって立ち去らないでしょう。彼らに会うべきだわ。協力して戦うべきよ」

唇が首に触れ、片方の手が髪を肩の後ろへ引っぱるのを感じた。

「これはやつらの戦いではない」イアンの声には苦痛に似たものがあった。顔を見て、そこにある感情を読み取りたかったが、振り返ろうとするとイアンがその場に押さえつけた。「屋根の上を見ろ」手で顎をつかみ、顔の向きを変えさせて、傾斜した瓦屋根の端が見えるようにする。「ほら、バルコニーの屋根が、家の側面から斜めに出ている部分が見えるか？あそこは影が濃いが、もっと濃い影がぼんやりと浮いているところがある。わかるか？」

人の姿ではないようだ。闇を背にかすかに射す月明かりは暗すぎるし、細長すぎる。

「見えるわ」

「あれはメイシーの持ってる特別なレンズだ。潜水艦が使う望遠鏡のようなものだな。あいつは角の向こうに潜んで、望遠鏡をこっちに向けて、俺たちを観察してる。メイシーは観察に興奮するのさ」イアンの声には、かすかな懐かしさと笑いがあった。

「あの人は変態よ」カイラは言って、にんまりとした。

「そうとも言う」イアンが耳を噛んだ。「あいつの尻を蹴飛ばしてやろう。自分が変態だってことをきみに教えるとは」

カイラはふんと鼻を鳴らした。「ひとこと挨拶すれば、変態だってことはすぐにわかるわ。あの人はなにも言ってないわよ」

イアンがくすくす笑った。「あいつは恥知らずで、下品で、人でなしだ」

「わたしが知ってるメイシーのイメージどおりよ」カイラはイアンと同じ、吐息のような低い声を保った。

「リーノとクリントは、ダニエルとともに家のなかにいる。ケルはたぶん、敷地内をひそかに歩きまわって、観察と待機を続けているだろう。くそっ、あいつはこのバルコニーにぶら下がることだってできるんだぞ。気づいたときには手遅れさ。ケージャンのワニと呼ばれてるのは伊達《だて》じゃないんだ」

「リーノとクリントはなにをしてるの？」カイラはきいた。本人は気づいていないはずの、親愛と忠誠がにじみ出ている声をもっと聞きたくてたまらなかった。

「リーノは計画を立てている」イアンが腕をぎゅっと巻きつけた。「メイシーは俺たちの位置を中継して、特別なマイクで俺たちの会話を拾おうとしているが、寝室の妨害電波発信機に阻まれている。きっとそのことで腹を立ててるはずだ。リーノは、部隊や俺を危険な目に遭わせずに接触する方法を見つけ出そうとしている。クリントは、持ってる情報を詳しく調べて、俺の次の動きを予測し、どこで待ち伏せすべきか割り出そうとしている。あいつは夕方、変装して〈コロナードズ〉に来て、俺を観察していた。おそらく俺を罵っているだろう。リーノは考えこんでいる。考えこんでいるときのリーノは、心配しすぎる傾向がある」イアンの声には後悔の響きがあった。「俺はうまくやつらを避けてきた。やつらはそれを受け入れるつもりはないようだ」

カイラは別荘を、メイシーがレンズで監視しているあたりを見つめた。「あの人たちと接触するつもりなんでしょう?」

イアンが耳を嚙んで、低い叫び声をあげさせた。

「メイシーが唇の動きを読んでいることを知ってるんだろう、じゃじゃ馬め」うなり声で言ってから、軽くひりひりしている部分を舌で洗った。

「なぜ疑問をいだかせたまま放っておくの?」

「あいつらが、いるべきではない場所に首を突っこんでこようとするからさ」イアンが怒りを募らせた声で言った。「リーノの妻のレイヴンは、子どもを産んだばかりだ。モーガンという名の男の子で、まだ生後二、三週間しかたっていない。リーノは猛烈に働いて三カ月の休暇を取り、家にいられるようにした。赤ん坊とのきずなを結ぶために。クリントは結婚してまだ数カ月だ。ここに来るために、新婚旅行を早めに切り上げた。ケルはエミリーとの結婚を延期した。知っていたか?」

カイラは首を振った。ふたりが日取りを決めていたことも知らなかった。

「招待状を受け取っていてもいいはずね」カイラはまゆをひそめた。「わたしを花嫁の付き添い役にしてくれるって約束したもの」

「もしきみが生き長らえたら、か?」イアンが唇を首に押し当て、しばらくのあいだ苦しめてから、身を引いた。

　カイラは振り返った。イアンが手すりに腰をもたせかけて、両腕を胸の前で組み、こちらを見下ろした。カイラに腹を立てているのではなかった。心配しているのだ。カイラと同じくらい、じきに事態が大詰めを迎えることを意識して、苛立っている。

「きょうの午後、ミサイルを撃ちこんだソレルの部下を始末させた」イアンが疲れたようにため息をついた。「夜明け前に、小部隊がアスカーティを捕らえに行く」

　カイラは大きく息を吐いた。「アスカーティはソレルの正体を知っていると推測されているけれど、確証はどこにもないわ」

「きょう確証を得た。電流の通じている導線をタマにつながれた男は、嘘をつかない」イアンの声には、隠しきれない自己嫌悪がにじんでいた。「アントリには、得られる情報をすべて引き出したと確信してからふたりを殺せと命じておいた。眉間への一発だけで」

「ほかに選択肢はあったの？」なかったはずだ。しかし、自分の決断に対して怒りと苦痛をあらわにするイアンの声を聞くと、カイラの胸の内のなにかが和らいだ。

「常に選択肢はあるんだ、カイラ」イアンが首を振った。「あれは、本気だということをソレルに示すもっとも簡潔な方法だった。別のことをしても、ソレルのレーダーには引っかからないだろう」

「だったら、ほかにどうしようもなかったのよ」カイラは肩をすくめた。「あいつらは人間じゃないわ、イアン。怪物よ。日常的に死を取引して、とうとう自分たちがそれに捕まってしまったというだけ」

「罪悪感などない。思い違いをするな」イアンがうなり、表情をこわばらせた。「怒りはあるかもしれない。その多くが自分自身に向けられている。ゲームを長く続けすぎた。もう終わらせる潮時だ」

「それじゃ、ソレルが姿を現さざるをえないようなことをするつもりなのね。鍵はアスカーティではないわ。もしあの男がそうなら、だれかが以前に試しているはずよ。考えてみて、イアン。ドゥランゴ部隊の仲間を遠ざけておきたいのはわかるけど、アスカーティを捕らえるのは彼らと話をするまで待って。彼らと協力するのよ。彼らが見張るだけではなく、あなたと接触しようとしているのは、なにか利用する価値のあるものを手にしているからだわ。あなただってわかっているんでしょう」

イアンが荒く息を吐き出した。「もう何日も、メイシーが衛星携帯電話で接触しようとしてる」

イアンの目を見ればわかった。彼らがなにかを握っていること、きわめて重要な用件がなければ、ここまでしつこく接触してくるはずはないことを知っているのだ。なにもなければ、監視して待機し、できるかぎり援護しようとするだけだろう。

「連中をこの件に関わらせたくなかった」イアンが言った。「きみを関わらせたくなかった」

「彼らはあなたの友人よ。本気で、あなたが寝返ったと彼らに納得させることができると思ったの？　彼らはばかではないわ、イアン」

「闇の世界に身を落としたのは俺が初めてではないだろう」イアンが嫌悪に顔をゆがめた。

「よくあることだ」

「あなたはちがうわ。あなたはあの人たちを脅かしているんじゃなくて、守っているのよ。彼らにはわかっているわ。もし自分がすっかり悪に染まったんだと彼らを納得させたいのなら、アトランタの作戦の前から始めたほうがよかったかもしれないわね」

イアンがうなり声をあげてから、腰のホルダーから携帯電話を取り、アントリの携帯電話につながる短縮ボタンを押した。

カイラの言うとおりだと認めるのが気にくわないのだろう。そしてもちろん、ドゥランゴ部隊を作戦に引きこむことも気にくわない。自分がすべてを取り仕切りたいからではなく、その危険を負うべきなのは自分ひとりで、ほかのだれでもないと感じているからだ。

「捕縛は延期しろ」イアンは電話に向かって命じ、カイラと視線を合わせたまま、憂鬱そうに眉根を寄せた。「夜明けに、追って指示を伝える」

数秒でイアンは電話を切り、疲れたように首を振った。

「二時間後、別荘に忍びこむことにする」カイラに向かって言う。「夜に紛れるような服装をしろ。ディークには、出かけることを伝えておく」

カイラはうなずこうとした。イアンが片方の手で首を包み、もう片方の腕をウエストにかけてぐっと引き寄せた。焼けつくような渇望とともに唇で唇を奪うと、唇のあいだに舌を差し入れてカイラを味わい、貪欲なうなり声を漏らす。むさぼるようなキスだった。

イアンに触れられて純粋な熱い悦びを感じると、ドゥランゴ部隊に会うことについてのさまざまな考えや、呼吸することさえもが、どうでもよくなってくる。

いつもこうだった。貪欲なまなざしを向けられただけで心が奪われ、軽く触れられただけで五感を熱く焦がされる。やみつきになって、それを味わわずにはいられない。

「すべてが片づいたら」イアンが少しだけ身を引いて言ってから、また短く激しいキスを奪った。「すべてが片づいたら、俺の問題に首を突っこむきみの癖について話し合おうじゃないか」

「いいわ」カイラはあっさり応じて、両腕を彼の首にぎゅっと回して唇を引き寄せた。

ふたたびついばむようなキスをしたあと、イアンが身を引いてこちらを見つめた。焼けつくようなまなざしには貪欲さと情熱と怒りがあった。彼のなかでさまざまな感情が渦巻き、暴れているのが見て取れた。その感情が周囲の空気を打ちつけ、カイラの心まで焦がした。

「ほかになにかあるの、イアン？」カイラは尋ね、手を上げてざらざらする頬に触れた。

「書斎で、ディエゴとのあいだになにがあったの？」

イアンが体を遠ざけ、目をそらして遠くを見つめ、きびしくこわばった表情を浮かべた。

「なにもない」うなり声で答える。「二時間後に出発する。しっかり準備を整えろ。でなければ、ディークとともにここに残していく」

「だめよ」カイラは、振り返って立ち去ろうとするイアンの腕をつかんだ。「そんなふうにわたしを閉め出さないで、イアン。なにがあったのか話してちょうだい」

つかんだ腕の筋肉が収縮して、危険なほど張りつめた。イアンがこちらを見下ろした。

「この任務に関わることはなにもない」暗く荒々しい、ほとんど潰れかけたような声で言う。

「その件に関わっているのは後悔だけだよ、カイラ。いまはそれに向き合うことはできない。それについては、すべてが片づいたあとで話そう」

イアンが手を振りほどいて寝室に戻り、カイラはあとに続いた。胸が痛かった。彼の苦しみを、せめてその一部を和らげてあげたくて、喉が締めつけられた。

「二時間あるわ」カイラは言って、イアンの背中に近づき、両手をそこに当てて撫で下ろし、ウエストに巻きつけた。

背中に頭をもたせかけ、イアンのなかで高まっていく緊張を感じ取る。「数分の余裕はあるでしょう」

「きみと過ごすのに必要な時間が、たった数分だと思うのか？」イアンがカイラの両手をとらえてスラックスのベルトのところまですべらせた。「まったく足りないよ、カイラ」

「それなら、数十分よ」カイラはにんまりとして、振り返ったイアンを見上げた。ナイトテーブルの上の小さなランプが、浅黒く、研ぎ澄まされた顔立ちに影を落としている。

「いまの俺に、こんなことをしてもらいたくないだろう」イアンがカイラの腕をつかんで握りしめた。怒りが目のなかに燃え上がる。「下がってくれ、カイラ」

「なぜ?」絶対に下がるつもりはなかった。「内側にたくさんのものをためこんだ、その冷たくてきびしい壁を守るため? 教えて、イアン、そのなかにひとりきりでいて、寂しくなることはないの?」

イアンが唇をぎゅっと結んだ。「きみは、自分がなにを言ってるのかわかってないんだ」

「そう?」カイラは茶化すように微笑んだ。「あなたは、なんでもひとりでやらずにはいられないのよ。この任務を目の前にして、いっしょに戦った部隊にも協力を求めなかった。彼らはあなたにとって、重要ではないんだわ。この計画のなにひとつとして、あなたにとって重要なものはないのよ。最終結果以外は。だれも、なにも、あなたが望まなければ使われることはないんでしょう、イアン。わたしでさえも」

イアンがさらにきびしい顔つきをした。「残念ながら、きみは使われることになる」歯を食いしばって言う。「きみが自分でそうさせたんだ」

彼の声に、顔に表れた感情に、カイラはショックを受けて、唇を開いた。まるでベールが持ち上げられて、以前はかすかに感じていただけの、男の魂があらわになったかのようだった。カイラはイアンを見つめた。苦悶と切望に満ちた、貪欲な顔を。

「ちくしょう」不意にイアンが悪態をついて、ぐいっとカイラを引き寄せ、両手で絹のカプリパンツのウエストを引っぱった。生地が裂けて破れ、シュッという淫らな音を立てる。イアンがうなった。「言ったはずだ。警告したはずだ。こんな俺は欲しくないだろうと」

「欲しいわ。どんなあなたでも」カイラは喘ぎ、彼の手がブラウスの襟ぐりにかかるのを感じた。ボタンが飛んで生地が裂け、切れ端が取り除かれ、放り投げられた。「イアン、わたしの服を引き裂いてばかりいるのね」

「服なんかどうでもいい」イアンが唇を首に押し当ててカイラを腕に抱き上げ、シャツの生地に乳房をこすりつけながら、ベッドへと移動した。「いくらでも買ってやる」

そしてカイラをマットレスの上に放ってから、すばやくあとに続いて覆いかぶさり、ふたたび唇を奪って我を忘れさせるようなキスをした。深く、力強く、舌で口を舐め、唇を重ねたまま動かし、傾けてぴったりと覆う。カイラはその熱に脳のなかまで焦がされ、暴力的なほど激しい欲求に打ちのめされそうになった。

イアンはわざわざ服を脱ぎはしなかった。片手でカイラの両手首をつかんで頭の上で押さえ、もう片方の手でベルトとスラックスの留め金をはずす。ファスナーを下ろし、ひざを使ってカイラの太腿を押し広げると、数秒のうちに、張りつめた先端が押し入ってきた。やさしくはなかった。ゆっくりでもなかった。つぶやくように悪態をつき、捨て鉢なうなり声をあげながら奥へと進み、締めつける体となめらかな蜜を押し分け、根元までうずめる。

カイラの全身に悦びが駆けぬけた。強烈な感覚に体が燃え上がり、もっと多くを求めてわななく。クリトリスが膨れてうずき、体の芯が引きつって彼を締めつけた。

「きみのなかは、まるで天国のようだ」イアンがうめいて頭を肩のところに下げ、渇望をこめて唇でなぞった。「まるで絹の炎に包まれているようだ」

イアンが腰を動かして内側を撫でつけ、ひどく感じやすくなった神経を太い笠でこすって、カイラの呼吸を奪った。

「抱きしめてくれ、カイラ」イアンの声はとてもかすれて低かったので、ほとんど聞き取れないくらいだった。「ああ、お願いだ、しっかりつかまえていてくれ」

カイラは一瞬だけ身をこわばらせた。ほんの一瞬、イアンの声の打ちひしがれた響きを頭に染みこませるまでのあいだ。欲求が彼の体を締めつけるのが感じられた。性的な欲求だけではなく、ただの欲望よりもっと大きな、もっと暗い、もっと大胆なものだった。イアンが、自分自身からも隠そうとしているなにか。

カイラは両腕を彼の首にきつく巻きつけた。イアンが片方の手で両手首をつかみ、もう片方の手で腰をつかんだ。その肘で自分の体重を支え、腰を動かしはじめる。

それは計算された官能的な動きではなかった。やみくもで原始的な動きだった。イアンが得ようとしているのは絶頂だけではない。強烈な原始の飢えが、カイラの五感を駆けぬけた。イアンが感じられた。こんなふうに、魂に届くほど男性を感じたことは一度もなかった。これほど深いなにかを感じたことは一度もなかった。

　しかし、イアンはそこに触れていた。ひたむきにカイラを奪い、繰り返し身をうずめて、飢えと欲求の炎をさらに高く、熱く燃え上がらせる。悦びが感情をあおった。興奮が欲求をあおった。カイラは力強いオーガズムにのみこまれ、まぶたの裏で鮮やかな光がはじけるのを感じた。

「ちくしょう」イアンがいつもより潰れた声で悪態をつき、体を震わせながら突き続け、自分を解放した。コンドームではなく、カイラのなかに熱いものをほとばしらせる。悦びの波が引き延ばされ、カイラの体を走りぬけた。「ちくしょう、俺にこんなことをさせるなんて」

　カイラはさらにきつくしがみついて、イアンが口にした以上のことを感じ取った。そう、イアンはわたしを罵っている。ときどきわたし自身、彼を追いつめてなにかをさせる自分を罵りたくなる。これまではふたりとも、それぞれの心をうまく守ってきた。ふたりの唯一のちがいは、カイラが闘いに疲れてしまったことだった。わたしは彼のもの。それを否定はしない。

「愛してるわ、イアン」悦びに喘ぎ、陶然としながら、ふたたび誓いを口にする。「愛してるわ」

「ちくしょう」

　カイラは悲しげな笑みを浮かべずにはいられなかった。かすかな希望を感じ、自分たちふたりを危うい場所に置いてしまったことを自覚してもいた。イアンが認めようと認めまいと、いまの彼はこの関係に深い感情を寄せている。これでふたりとも、弱みを持つようになってしまった。

22

カイラはイアンの心をとらえ、魂にまで入りこんでいた。どうしても追い出すことはできなかった。イアンは彼女の後ろにつき、別荘を抜け出して、石垣の向こうのカイラが借りた別荘へ向かった。彼女の背後が無防備にならないように気をつけ、黒い服を着た影のような姿を家にいるだれにも見られないようにした。

自分よりも、カイラの身の安全のほうが気にかかった。任務をできるかぎりすばやく進めることよりも、カイラを守ることのほうが気にかかった。

ちくしょう。こうなることはわかっていたのだ。自分にとって大切になりすぎて、カイラを対等な人間、あるいはパートナーとして見ることができない。イアンの頭に浮かぶのは、絹のような肌と情熱的な叫び声だけだった。愛を交わすとき、どんなふうにしがみついてくるか、腕のなかでどんなふうにわななないて達するか。

カイラはイアンの心をずたずたにしながら、そのことに気づいてもいない。二十年以上前に荒涼とした砂漠に築きはじめ、その後何年もかけて強化してきた心の壁を、カイラは打ち壊しつつある。喪失からイアンを守り、切望を鎮めてくれる心の壁を打ち壊しつつある。これまでに得た人間関係より大きくて深いなにかを求めたがる切望を。

いまや壁は崩れかけ、カイラが触れるたび、愛していると耳にささやくたびに壊れていった。それをうれしく思う気持ちもあったが、一方では、すでに修復できないほど壊れてしまった砦《とりで》を必死で建て直そうとしていた。なぜなら、いま考えられるのは、カイラを失ったあとの人生のことばかりだったからだ。もし、ソレルに殺されてしまったら。誘拐されてしまったら。もし、自分のもとから奪い去られるようななにかが起こったら。

カイラが現れるまえのうら寂しい人間に戻るのは、あまりにも憂鬱で、耐えがたいほど残酷だった。

ふたりは石垣を乗り越えたあと、並んでしゃがみ、暗い風景を慎重に見渡した。フエンテスの護衛たちには、カイラとその護衛には近づかないよう命じてあった。通常、イアンの命令は厳密に守られるはずだ。フエンテス・カルテルを引き継いだ初期の段階で流した血が、それをたしかなものにしていた。

しかしときおり、ディエゴが兵士の忠誠心を奪い取ることがあった。監視されているかどうかは確信が持てなかったが、追跡されていないことはわかっていた。ディークがスパイに目を光らせている。もし連中が外に出ていれば、戻ってから報告があるだろう。

「問題なしよ」カイラがささやき、振り返ってイアンの顔の真下に顔を向けた。「メイシーとケルが外に出ていたとしても、もう引き上げたみたいね」

「やつらは外に出ていた」イアンはつぶやいた。「ケルはまだ外にいる。まちがいない」

上を向いたカイラの繊細な顔立ちと、一風変わった色の目を見つめ、また胸が締めつけられるのを感じてから、注意深くあたりを見回す。

いまはとなりにいる女に魅了されている場合ではなかった。カイラはここではパートナーであり、そう扱われることを要求している。カイラを守るには、五感を研ぎ澄ませていなければならない。

イアンが装着している暗視スコープはあらゆるものをとらえていたが、人間の気配はなかった。ケルは腕を上げたようだ。前回、隠密《おんみつ》行動の訓練をしたときには、簡単に追跡できたのだが。

「壁のそばから離れるな」イアンは命じた。「家の裏手に着くまで、外側を歩く。葉が生い茂っていて陰に隠れられるし、暗視スコープが石を通すことはないからな」

カイラがうなずき、半分かがんだ姿勢で壁に沿って慎重に移動しはじめた。

形のいい小さな尻が目のすぐ下にあり、イアンは額に汗が浮いてくるのを感じた。カイラはこの尻だけで、股間を信じられないほど硬くさせることができるのだ。解放を味わってから、まだ二時間もたっていないというのに。

イアンは首を振って後ろを向き、もう一度あたりを見回した。石垣のてっぺんと、敷地側に立ち並ぶ木の枝に、特に注意を払う。

数分のうちに、ふたりはベランダの扉の真正面に立ち止まり、背後の壁と階段状の庭のそばに隠れて立ち止まっていた。

イアンは手振りでカイラにルートを指示してから周囲を観察し、武器をしっかり構えた。カイラがなかほどまで進み、巨大なコンクリートの噴水の裏にかがんだ。動きを止め、周囲に目を配ってから、イアンのほうを振り返り、自分の武器を構える。

イアンはすばやくカイラの位置まで移動すると、彼女の背後にぴたりとつき、あけ放してあるベランダの扉のほうへ押しやった。

もちろん、自分たちが来ることを部隊の連中は予期していたはずだし、終始ケルが背後を守ってくれていたのはまちがいなかった。メイシーもだ。イアンには、その心強さとチームワークが感じられた。それは、ともに任務に就いたとき、常に自分のあとを追いかけてきた感覚だった。

ふたりはすばやく屋根のあるベランダへと移動し、体をまっすぐ伸ばして、開放的な朝食室に足を踏み入れた。

イアンは両わきに銃を構えて先に入り、すばやく壁際に移動した。それから、武器を片手にじっと立っている人影に銃を向けた。カイラが身を低くしてさっとすべりこんだ。

「家の警備は万全だ」クリントが落ち着いた声で告げた。「居間に入れ。ケルとメイシーは、ほかにうろついてる影がないか、ひととおり調べしだい戻ってくる」

イアンはゆっくり武器をホルスターに収めてから、暗視スコープをはずし、八カ月前まで友人と呼んでいた男を見据えた。

そして気をつけの姿勢を取った。副隊長とのかつての気楽なつき合いを考えれば、こういう状況で軍の儀礼は必要なかったが、どういうわけか本能的に敬意を示すしぐさをしていた。

「ばか野郎」クリントがうなった。「休め、大尉。銃殺隊じゃないんだぞ」

しかし、そうとしか思えない雰囲気だった。

クリントが押し黙り、じっくりと考えこむようにふたりを眺めた。カイラが自分の武器をホルスターに収め、暗視スコープをはずした。

「いつからここに駐留してる？」イアンはきいた。クリントが背を向けて、家のなかへ導いた。

「おまえがカイラをフエンテスの別荘に配置した晩からだ」クリントが鋭い声で答えた。「当然、おまえはすでに知ってたんだろう。部下のひとりにこの場所を、生肉を見守るワニみたいに見張らせてるんだからな」

イアンは口もとをぴくりと動かした。その言葉は、クリントではなくケルから聞かされると予想していた。「この件に関わるなという伝言を残したときに、意図を察してくれると思ったんだが」

「〝殺し屋の秘密〟か?」クリントがうなった。「ああ、もう少しでおまえのために、地上から姿を消してやるところだったよ。忘れてるようだな。〝殺し屋の秘密〟は個人的な活動にのみ適用される。麻薬カルテルは当てはまらない」

「家族関係は、個人的なものではないというのか?」イアンはきり返した。

まったく、こいつらはなにを望んでいるというのだろう。この件がイアンにとっていかに個人的なものか、詳細に説明してほしいのか?

「まあそういうことだ、リチャーズ」クリントがうなり声で答えて振り返った。怒りに顔をこわばらせている。「麻薬カルテルと正体不明のテロリストは当てはまらない。憶えておけ」

クリントが激怒しているのはまちがいなかった。イアンは指で髪をかき上げ、首を振った。

「くそったれ、マッキンタイア」イアンは悪態をついた。「俺があんたたちを引きずりこまなかったのは、ディエゴがあんたたちの顔をあまりにもよく知ってるからだ。あんたがあいつに殺されるところを、俺が見ることになるかもしれないんだぞ。あの小さなメイドが殺されるのを見たようにな。あの娘の脳みそは、自分が死んだことに本人が気づくまえに、壁に飛び散ってた。ああ、わかったよ。もうあんたの頑固なケツを動かそうなんて気は起こさないよ」

クリントがこちらを向いて、唇を固く結び、顎の筋肉を不穏なほど引きつらせた。クリントは、逆らってはならない男だった。しかしイアンは、部隊のなかでもっとも危険な男に逆らうこともいとわなかった。相手の顔に表れた激怒は、かつてほど力強くはないようだった。イアンはクリントの怒りに正面から向き合った。謝罪はしない。どの言葉についても、謝罪などするつもりはなかった。

クリントが視線をさっとカイラに振り向けた。「たるんでいるな、ポーター捜査官。いまごろはこいつを手なずけているかと思ったんだが。もう少し礼儀作法を教えてやってくれないか」

「まだ学んでいる最中なのよ」カイラがもの憂げに答えた。かすかな南部訛りに、部屋に漂う緊張感も忘れて、イアンの股間が引きつった。

しかし、カイラがイアンの腕に指をすべらせ、横に並んで立ったとき、イアンのなかでなにかが変わった。ほかの者たちは、自分の前に立つか、後ろに立つかのどちらかだ。これまでどんな男も女も、こんなふうに横に並んだ者はいなかった。

胸に押し寄せた感情を必死に抑え、両手を動かさずにいようとした。しかし、カイラの体を感じたくてたまらず、気づくと腕を回して引き寄せていた。

クリントが唇をぴくりと動かした。「こいつの訓練を続けてくれ。潜在能力はあるかもしれない。さあ、なかへ入れ。ちょっとばかり笑えない事態が進行しつつある。俺たちは今夜、イアンの部屋に押し入る計画だった。ありがたいことに、おまえのほうから手間を省いてくれた」

イアンは鋭い目つきをして、クリントのあとに続いた。もし連中が危険を伴う手段を考えていたのだとしたら、事態は笑えないどころではないだろう。連中が、ソレルに対するイアンの任務について知っていることは明らかだった。無理に近づいてこられれば、すべてを水の泡にしかねない。

「連絡方法ならいろいろあっただろう」イアンは言った。

「ああ、あるとも」クリントがうなり声で応じた。「情報が漏れるかもしれない方法もな。俺の理解では、この任務が果たされるまで、おまえは完全に抹消された扱いになっている。おまえの継父とも話したが、彼でさえなにも聞かされていなかった。かといって、厄介なソレルのスパイが絡んでるかもしれないルートを通って、ことを荒立てるのは避けたいからな。まっすぐ情報源に当たる。そういうやりかたが好みだ」

クリントの声は苦々しさに満ちていた。それは、ソレルのスパイがいかに効率的に政府のルートに潜入しているかに気づいたとき、部隊全員が味わった苦々しさと同じだった。

「俺はこれを片づけなければならない」イアンはきっぱりと言った。「必要があればアスカーティを捕らえるよう、部下を待機させてある。やるならいましかない」

「やるな」クリントが、正式な応接室のはずれにある居間へ導いた。

「おまえに必要なのはアスカーティではない」リーノが部屋の暗がりから歩み出て、M16を携えたまま、穏やかにイアンを見つめた。「また会えてうれしいよ、イアン」

「リーノ」イアンはうなずいてから、リーノが両腕に抱えた武器をいぶかしげにちらりと見た。

「警備のためだ」リーノが肩をすくめた。「メイシーとケルはまだ戻る途中だ。それまでのあいだ、守るものがあるからな」

「そうなのか?」自分たちの命のほかに? しかし、この時点でなぜイアンを危険要素と考えるのかはよくわからなかった。

「一週間、躍起になっておまえと接触しようとしてきたのには理由があるんだぞ、イアン」クリントがどなった。「寝ぼけてるのか? いつから、俺たちがおまえの任務を危険にさらすなどと考えるようになった?」

「俺が脱走兵で裏切り者だという一般情報が広がったときからさ」イアンはどなり返し、カイラが警告するように背中を撫でるのを感じた。

くそっ、なぜそれだけで、わき上がってきた怒りが和らぐのだろう? いったいカイラがどんな急所を握っているというのだ? いずれにしても、それはイアンのなかで高まった暴力的な緊張をゆるめた。こちらを見ていたふたりの男が、心得たような笑みを浮かべた。

「俺が国を裏切ったといううわさが流れたら、信じるか、イアン?」リーノがきいた。「それとも、もしネイサンだったら、信じるか? 証拠があろうとなかろうと?」

「俺は証拠を作り上げた」イアンは言った。「自分にとってかなり不利な証拠を」

「ちょっとばかり行きすぎた証拠をな」リーノが同意した。「この作戦が片づいたら、俺を妻と息子から引き離したおまえのケツを蹴飛ばしてやる。それまでは、詳細について話し合う必要がある」

　メイシーとケルが部屋に入ってきた。

「くそ野郎」メイシーがイアンのわきを抜けながらつぶやいた。「このろくでなしが。せめて俺たちにも楽しみを分け与えろってことだよ」

　ケルがくっくっと笑って、部屋の奥に移動し、壁沿いに置かれた張りぐるみのカウチにどすんと座った。

「すべて問題なしだ。数カ所に監視カメラと動体検知器を設置してある。さしあたり安全だ」

「妨害電波発信機も設置してある」メイシーが報告した。「あっちの別荘はずいぶん静かなようだ。俺の見たところ、フエンテスの親父は地階に引きこもってる。ひとりでいるのが好きなのか？」イアンのほうをちらりと見る。

「あいつは地階にある遊戯室が好きなのさ」イアンは皮肉な口調で答えた。「きれいな若い女がいっしょに遊んでくれる」

　男たちが顔をしかめた。

「あんたたちは全員ここにいる。で、いったいなにごとだ？　俺はなんのために、アスカーティの捕縛を延期させてる？」

「わたしのためよ、リチャーズ大尉」

イアンは銃を取り出して、くるりと振り返った。別の部屋へつながる暗い戸口に、小柄な若い女性が現れた。

その女性には見覚えがあった。ここ二、三カ月のあいだ、いくつかのクラブでよく見かけていた。赤い髪、愁《うれ》いを帯びた用心深い緑色の目。

「テイヤ?」カイラが驚いた声で言って、イアンの腕に触れ、武器をしまってもいいことを示した。

ほかの男たちは、立っている者も座っている者も気楽な様子で、女性の存在を受け入れているようだった。

「彼女を知っているのか?」イアンが部屋に入ってきた。彼女が部屋に入ってきた。イアンはこわばった声できいた。

「テイヤ・タラモシーよ」カイラが答えた。「なぜ彼女がここにいるのかはわからないけど」

「また会えてうれしいわ、カイラ」テイヤがまるで女王のようにカイラに向かってうなずいた。

「テイヤ」

カイラの声からも緊張が感じ取れた。イアンと同じくらい意表を突かれたようだ。

「なぜ彼女がここにいる?」イアンは慎重に武器を下げた。「まともな理由があるんだろうな、リーノ。さもないと、こんなふうに俺の任務を危うくしたことで、あんたたちのケツを蹴り飛ばしてやる」

テイヤが自嘲気味に唇の端を引き上げた。「彼らのせいではないわ、リチャーズ大尉。わたしがここに来た理由を知ったからには、彼らにほかの選択肢はなかったの。わたしたちは共通の目的に向かっているのよ。わたしには手助けができる」

テイヤは二十二、三歳以上には見えなかった。ひどく華奢《きゃしゃ》なので、大人の女として見ることがむずかしい。

「どういう手助けだ？」イアンはうなり声できいた。「ソレルの正体を特定できるというのでなければ」

「それより有効なことよ。ソレルをあなたのもとにおびき寄せることができる。わたしはあの男の娘なの。これ以上の餌はないでしょう」

イアンには信じられなかった。そんなに簡単にいくはずがない。

「あいつの正体を特定できるのか？」

テイヤが口もとを引き締めた。「残念ながら、顔はわからないの。もしそこまで簡単なことなら、何年もまえにテロリスト取締機関に情報を提供していたわ。顔はわからない。でも、声はわかるし、あの男の唯一の特徴となるしるしも知っているわ。そこまでは情報提供できる。そして、わたしのためにあいつを殺してほしいの」

イアンの体が期待で震えた。横にいるカイラが身をこわばらせるのが感じられ、男たちの目に満足の色が浮かぶのが見えた。

彼ら全員が、これを待っていたのだ。何年にもわたる調査と計画。かなりまえに、ソレルのもとを逃げ出した妻と娘の話を聞いたことがあった。妻はニカラグアで死んだことがわかったが、娘は想像の産物ではないかとうわさされていた。ソレルの正体をどうしても暴きたい捜査官たちが創り出した都市伝説ではないかと。

地下テロ組織におけるここ二十年のソレルの台頭は、謎めいていた。権力の移行は、直接ソレルのもとで働く者たちによって行われたが、だれも彼の姿を目にしてはいなかった。ソレルはなんらかの方法によって、白人奴隷市場のなかで資金を調達し、帝国を築くことに成功した。その後テロリズムへと向かい、けっして正体を現さずにすべてを進めていた。この男の名前が登場して以来ずっと、有力な容疑者すら挙がっていない。ソレルは奇妙な存在、影のような存在だった。

「テイヤのことは知ってるわ、イアン」カイラがつぶやくように言った。「なにかから逃げていることはわかってた。なにからなのかは、わからなかったけど」

テイヤが形のいい小さな鼻にしわを寄せ、唇を結んだ。

「母がソレルのもとから逃げ出したのは、わたしが三歳のときだった。母はわたしを修道院に預けて、自分は逃げ続けたの。善良な修道女たちは、わたしが危険にさらされていることを知っていて、守ってくれた。ソレルが母を見つけて殺すまでに、ほんの数カ月しかかからなかったわ。ある晩シスターのひとりがわたしを起こして、わたしたちは修道院を抜け出したの。翌朝の明け方に、修道院は焼け落ちてしまった。なかに六人の修道女を残して。検屍《けんし》官《かん》の報告では、少なくともひとりは、修道院が燃やされるまえに拷問されていたそうよ。それ以来、わたしは逃げ続けている。常にほんの数歩だけあの男の先を進み、常に生き延びるために闘っているわ」

「それならなぜ、いまになって攻撃に転じる？」イアンは信じやすい性格ではなく、うまい話は疑ってかかるほうだった。

テイヤがため息をついて、背後にいるリーノをちらりと見た。「あなたが軍を抜けて、カルテルの実権を握るとともに、ソレルの乗っ取りを阻止したとき、その時が来たとわかったの。ソレルはわたしを追跡し、近くまで迫りつつあるわ。十年ほどまえには、わたしを育ててくれた修道女を見つけた。彼女はソレルが間近に迫っていることを知っていたわ。それで、よく知る司祭にわたしの世話を頼んで、母と同じことをした。自分は逃げ続けたの。きっと、ソレルの部下に殺されるまえに、わたしのかなり正確な特徴を教えてしまったのね。数カ月のうちに、司祭もわたしも逃亡せざるをえなくなった。何年も逃げ続けたあと、司祭が自分よりうまくわたしを守れると思う人を見つけたの。わたしの人生は血に満ちているわ、大尉。司祭が殺されたあと、世話を引き受けてくれた退役海兵隊員といっしょに逃げた。数カ月で海兵隊員も殺され、わたしはひとりになった。十七歳のころから、わたしはずっとひとり。

ソレルの手から逃れるために戦い、常に捕まったときに待ち受ける未来が頭から離れない。身の安全を守る唯一の道は、あの男が死ぬことなの」

話すうちに、テイヤの声は、こらえた涙と人生を覆いつくす恐怖のせいで潤んできた。カイラがイアンのわきから離れて歩み寄り、部屋の中央に立つテイヤに両腕を回した。テイヤは顔を上げ、唇を震わせて、父親が奪ったたくさんの命の責任を細い両肩に負っていた。

「テイヤは、おまえの助けを求めてアルバに来たんだ」リーノが進み出た。「メイシーが〈コロナードズ〉で何度か、おまえをじっと観察して、近づこうとしている彼女を見ていた。一週間前、ケルが、フエンテスの敷地に忍びこもうとしている彼女をとらえた。そして、計画が整うまで俺たちの保護下に入るよう、彼女を説得したのさ」

「なぜ俺のところへ来させなかった？」イアンはきびしい口調できいた。

「なぜなら、ディエゴがもっとも信頼している兵士のひとりが、アスカーティと通じているからだよ、イアン。ディエゴの従弟《いとこ》のミュリエルだ。テイヤがフエンテスの別荘に入ったら、待ち伏せに遭っていただろう」

イアンは内心ぎょっとした。ミュリエルは、別荘とディエゴを守らせるため、フエンテス・カルテル内からイアンが選んだ護衛のひとりだった。

「証拠はあるのか？」イアンはきいた。カイラがさっとこちらに視線を向けて、ゆっくりテイヤから手を離した。

リーノが部屋のわきに置かれた小さなテーブルのところへ行き、ファイルを取り上げた。ゆっくりイアンに手渡す。

鮮やかな色で印刷された写真が、ミュリエルとアスカーティの会合を写し出していた。封筒を交換し、ミュリエルが相手に写真を渡している。別荘の内部と敷地の写真、イアンがさまざまな供給業者や運送業者とともにいる写真。

「イアン」カイラがそばに戻ってきた。

「あいつは、朝には別荘でディエゴと顔を合わせるだろう」イアンは冷ややかに言った。「その場で捕らえて、アントリに尋問させる」

「アントリは効率よく仕事をこなす男だ。あいつがロシアの連邦保安局のスパイだということは知っていたか？」

「ああ、気づいていた」イアンは写真を眺め続け、ディエゴにとって従弟の裏切りは衝撃だろうという事実を考えないように努めた。ディエゴは、あらゆることについてミュリエルとソールに相談している。なぜそれが気にかかるのか、イアンにはわからなかった。

イアンがフエンテス・カルテルに参入したとき、アントリはきわめて地位の低い兵士だった。イアンはあの男の能力を見出すとすぐ、保安担当に昇格させた。初めから、アントリがスパイだということは知っていた。この男はひそかに逃亡を計画していたが、コロンビアでのある晩、イアンが待ち伏せして呼び止めたのだ。ディエゴが所持していたアントリのファイルを読んだ直後のことだった。そのファイルの内容は、真実からは遠くかけ離れていた。そしてどうやらミュリエルの本性も、認識されていた姿とはかけ離れていたらしい。

イアンは指で髪をかき上げ、もう一度テイヤに視線を向けた。

「どうやってソレルの声を識別する？　会ったことがないのなら、これまでずっと逃げていたのなら、どうしてあいつを識別できるんだ？」

テイヤが苦笑いを浮かべた。「以前、ソレルがわたしに電話番号を残したの。残念ながら、追跡は不能よ。リーノが番号を知っているわ。ときどき、どれほどあの男を憎んでいるかを思い出したいとき、電話をかけるの。ソレルは必ず応じるわ。まちがいなく、本人よ。どうしてもわたしを手に入れたいから、ほかのだれも電話に出させないの。あの男は何度も何度も、わたしに言い聞かせてきたわ。自分はおまえの父親だ、ただおまえを守りたいだけだ、と。あれはソレルよ、ミスター・リチャーズ。悪夢のなかで聞こえるあの声を憶えているわ。子どものころ、母をレイプするあいつの声を聞いたの。とても落ち着いていて、理性的なのに、悪魔のように響く声。命をかけて、あれは本人だと言えるわ」

テイヤの言っていることが真実だとすれば、彼女はほんとうに命をかけているということだ。イアンはカイラと目を合わせ、そこに懸念を読み取った。カイラはテイヤを知っている。この女性を信じていることは明らかだった。

テイヤはあまりにも若かった。まだ二十三歳ほどだというのに、取り憑かれたような苦痛のまなざしが、はるかに大人びた印象を与えている。長いあいだ直感に従って生きてきたイアンには、この女性を軽視することはできなかった。しかしだからといって、信頼できるとは限らない。

「それに、わたしには切り札があるわ。ソレルに気づかれていない切り札が」テイヤがじっとイアンを見つめた。荒々しい緑色の目に涙が光っていた。

「どんな切り札だ?」イアンは慎重にきいた。

「ソレルと同じ母斑があるの。大鎌に似た形よ。ソレルが本人を表すしるしとして使っているもの。そのしるしと同じ形の母斑が、あの男の背中にもあるのよ」

テイヤが後ろを向いて着ている薄いTシャツを持ち上げ、背中の低い位置にある母斑を見せた。尻の割れ目からおそらく五センチくらい上の、ちょうど中央に、小さな黒いあざがあった。たしかに、ソレルが本人を表すしるしとして使っている大鎌に似ていた。

カイラはテイヤの腰の母斑を見てから、イアンに視線を向けた。イアンは身をこわばらせもせず、動きもせず、少しも表情を変えなかったが、不意に電気を帯びているかのような緊張感を漂わせた。

「母斑のことなど、だれも知らないはずだ」イアンがつぶやいた。そのことに関しては、うわさもなく、ほんのわずかな情報すらないことは、カイラも知っていた。

「これまでは、わたしと母以外だれも知らなかったのよ。修道女のもとに残されたとき、けっして人に見せるなと母に注意されたの。だれにも知られてはならないと。その言いつけを守ってきたわ」

「ソレルにも同じ場所に母斑があるのか?」イアンがその部分に顔を近づけてきいた。テイヤが肩越しに彼を見た。

カイラはイアンを見ていた。もう疑っている様子はなかった。まるで、自分だけが知っている情報とうまくつじつまが合ったかのようだった。

イアンはしゃがんで、その母斑をじっと見つめていた。

「ソレルをここへおびき寄せるチャンスはあるよ、イアン」リーノがテイヤの反対側から静かな声で言った。「テイヤが協力してくれるし、正体を暴く方法もある」

「ソレルは死ぬ」イアンが母斑に目を据えたまま言った。「あいつがどれほど情報を持っていようとかまいはしない」ゆっくり立ち上がって、テイヤの肩越しにリーノをまっすぐ見つめる。「生かしてはおけない」

「テイヤを保護できる場所を用意しなければならないわ。別荘から離れたところに」カイラは言った。テイヤがTシャツの裾を引き下ろした。「テイヤを確保していることが目で見てわかる証拠を、ソレルに示す必要があるわね。痛めつけると脅すのよ。もしテイヤに傷が残れば、あの男にとっての彼女の価値は下がるわ。ソレルは傷物の取引はしないから。娘はあいつにとって、有用な資産なのよ。完璧なものを創り出す能力を高めてくれる資産」

「アントリにやらせよう」イアンがゆっくりうなずいた。「テイヤを尋問する見栄えのいいビデオを作る。あざができたように見せかけて……」

「本物のあざをつけなければ、うまくはいかないわよ」カイラは首を振った。「あざというのは、肌の変色だけではないから。ソレルを納得させるには、一歩踏みこまなければならないわ」

「カイラの言うとおりよ」テイヤがカイラの手を取った。数人の男が反射的に首を振った。「あざをつけられるのは、初めてというわけでもないわ。それに、アントリがうわさどおり尋問のわざに優れているのなら、うまくやる方法もわかっているでしょう」

勇気。この女性は、年には似合わないほどの勇気を持っている。アントリのような凶暴な男に手を触れさせることを覚悟するとは。

イアンは視線をカイラに向けた。彼女の目には苦痛の影があった。あの残忍な人でなしに家族を殺されたことを思い起こしているのだろう。当時カイラは十歳だったが、彼女はテイヤが生きてきたような恐怖を逃れることができた。ありがたいことに。

「ソレルを納得させるために、テイヤを殴る必要はない」イアンは首を振って、もう一度赤い髪と荒々しい緑の目を持つ小柄な女性に視線を向けた。いろいろなものを見すぎた目、知りすぎた目。瞳の奥の苦痛と怒りで、人の心をかき乱す目。「彼女を確保していることが、見てわかる証拠があればいい。あの男はずっと娘を追いまわしているんだ。近づく機会を与えれば、尻尾を出すだろう。そうせざるをえないはずだ。なんとしても娘を手に入れたいはずだから」

カイラはイアンの話を聞くテイヤの目をのぞき、そこに恐怖がひらめくのを見た。勇気ある女性だが、賢くもある。自分がどういう状況に置かれているのか、よくわかっているのだ。

「ビデオを作ろう」イアンが続けた。「テイヤを安全な隠れ家へ連れていき、ビデオを撮影してコロンビア経由でアスカーティに送る」少し考えてから、つけ加える。「回答期限は短くして、ただちに対応させる」

「ソレルは、アスカーティからそれほど遠く離れてはいないわ」テイヤが言った。「アスカーティがいるところならどこでも、近くにソレルが見つかるはずよ。でもアスカーティを捕らえても、あの男は駆けつけてはこない」

イアンはゆっくりうなずいて、リーノのほうを振り返った。周囲の空気に危険が満ちて、脈打っているかのようだった。鋭い目つきをして尋ねる。「どういう可能性を想定してる?」

「テイヤを助けようとした人たちの名前を彼女にきいて、調査してみた。彼らは死んでいた。拷問による死だ。ひどい殺されかたをして、おそらく知っていることをすべてソレルに吐かされてしまったんだろう。あいつ特有の手口に一致している。ソレルのネットワークに関して集めた証拠によれば、本人のしわざだ。組織のなかで、あいつほど拷問に詳しい者はほかにいないからな。ソレルがたしかにフランス人であることはわかっている。テイヤの母親は、フランス系だ。彼女の死に関する報告によると、ニカラグアを訪れて二週間ほどたったころ、通りで拉致されたらしい。数名の目撃情報があったが、地元警察の捜査がどれほど大ざっぱかはわかるだろう。数時間で打ち切りになった。彼女の遺体が発見されるまで、届け出と目撃者の話が保管されていただけだ」

「母の名前は、フランシーヌ・テート。フランスの実業家の娘だったの。祖父母は、母が誘拐されたあと、破産に追いこまれて、わたしが生まれるまえに亡くなったわ。母本人が修道女たちに話したところによると、母は誘拐されて売られたそうよ。でも、買った男の名は明かさなかった。子どものころ誘拐され、十三年後にはニカラグアのいかがわしい通りに、黒っぽいセダンから放り捨てられたの。レイプされていたわ。指は粉々に砕かれ、足の裏は焼かれていた。ゆっくりと死んでいったのよ」テイヤが眉間にしわを寄せて語った。目はぼんやりと虚空を見つめているようだった。「小柄で繊細な人だった。母が泣いていたのを憶えているわ。笑い声は一度も聞いたことがなかった」

テイヤが身震いしたように見えた。カイラがイアンの横に立った。イアンは自然に彼女に腕を回して引き寄せ、体からにじみ出ている苦痛を感じ取った。テイヤがリーノのほうを向いた。「わたしにも武器が必要だわ。あの男に誘拐されるわけにはいかないのよ、リーノ。ここで止めなければならない。ソレルが死ぬか、わたしが死ぬかよ、わたしが死ぬかよ」

リーノがゆっくりうなずいた。

「計画をまとめ上げて、先へ進める必要がある。なにが起こっているのかソレルに悟られるまえに」イアンは言った。「ソレルがテイヤに一、二歩遅れを取っているのでなければ、彼女がここで俺を見ていたことを、やつは知っているのかもしれない。前回の攻撃で銃ではなくミサイルを使ったのは、それが理由ということもありうる。隠れ家のことは考えているか？」

「ここだ」リーノがにやりとした。「カイラが出ていって以来ずっと、テイヤはここにいる。必要なのは、ビデオを作って送り、反応を待つことだ。すべて準備は整っている。あとはおまえを待つだけだった」

「くそ野郎」メイシーが横でつぶやいた。

カイラはイアンが唇の端を引き上げてにやりとするのを見た。明らかに、この悪態を聞くのは今夜が初めてではないようだった。イアンが男たちをぐるりと見回した。「機会がありしだい、あんたたちの大事な女たちに伝えるぞ。あんたたちが彼女たちを置き去りにして、アルバのビーチで遊んでいるとな。ふさわしい罰だろう。ここ二、三週間ずっと、狙撃用ライフルを俺に向けて、いらいらさせ続けたんだからな」

「俺が持ってる最高の望遠鏡だよ」メイシーがにやりとした。「感じただろう？」

「おまえが引き金を撫でるたびに感じたよ、メイシー」イアンがうなった。

「撃ってやりゃあよかった」メイシーがぼやいた。「ちくしょうめ。おまえは俺たちに楽しみを分け与えるべきだったんだ。おまえはほんとに自分勝手だよ、イアン。俺が昔からそう言ってきたとおりだろ」

イアンがカイラをわきに引き寄せた。カイラは彼の体の温かさと力強さ、揺るぎない自信を感じた。「おまえには想像もつかないくらいにな。憶えておけ、次にカイラに望遠鏡を向けたら、それをおまえのケツに突っこんでやる」

メイシーが顔をしかめたが、部屋を満たしていた緊張感は消えつつあった。

この八カ月で初めて、イアンは仲間意識を、長年頼みとしてきたチームワークを感じた。そして腕のなかに、すぐ横に、魂の核が存在しているのを感じた。これまではそれを自覚することを避け、否定しようとし、必死に追い払おうとしてきた。しかしテイヤ・タラモシーを眺め、この女性がひとりで怪物と向き合って生きようとするのを見るうちに、かつての自分がいかにテイヤによく似ていたかに気づいた。

カイラが魂の一部を埋めてくれた。空虚で孤独だった部分を。怪物の危険が過ぎ去ったあとも、生きるために闘わなければならなかった部分を。テイヤにもそんな存在が見つかることを、イアンは祈った。

23

テイヤがどんな人生に耐えてきたのか、これまでまったく想像がつかなかった。

カイラはバルコニーからイアンの部屋に入り、ベッドのそばの椅子から立ち上がったディークにはほとんど目もくれずに、バスルームへ逃げた。

胃がむかむかした。テイヤとは知り合いだった。六年近くまえ、フランスで会っていた。ふたりはいっしょにコーヒーを飲んだ。カイラは、フランスの外交官がロシアの諜報員に機密書類を売る場面を見張っているところだった。ふたりは女同士として週末の買い物を楽しみ、笑い合った。見知らぬ土地で過ごす見知らぬふたり。テイヤがどれほどの危険にさらされていたのか、まったく気づかなかった。

むしろ、自分と同じ諜報員ではないかと推測していた。もしかすると暗殺者か誘拐組織の一員かもしれないと考えていたこともある。しかしテイヤは、たいていはよそよそしく、目に苦痛の影を浮かべていたものの、疑いをかき立てるような言葉を口にすることはなかった。

次に会ったのは、アフガニスタンで赤十字社とともに活動しているときだった。そしてアメリカでも、ハリケーン・カトリーナ襲来直後に、赤十字社との活動で再会した。だが、テイヤが生きてきた地獄のことなど、まったく知らなかった。彼女がどれほど若かったか、なにを求めていたのか、まったくわかっていなかった。

安全。怪物からの保護。怪物の正体。なぜすべてを考え合わせてみなかったのだろう？

カイラはバスルームのドアを勢いよく閉めた。なぜあの子が面倒に巻きこまれていることに気づかなかったのだろう？　フランスで初めて会ったときには、まだ子どもだということさえ知らなかった。あの目のせいだ。あの荒々しい、絶望と苦悩に満ちた目。当時は、まだ十七歳そこそこだったはずだ。自分と同じ諜報員かと思っていた。あの子がテーブルにやってきて、背を反らして微笑み、席は空いているかと尋ねたとき、カイラはゲームをしているつもりだった。とても未熟な諜報員が現れたと考えた。カイラがゲームをする気になったのは、そのときの任務が、情報の交換を見張って確認するだけのことだったからだ。

まったく、なんということだろう。あれはソレルを標的にした情報だった。

アフガニスタンでは、テイヤは赤十字社とともに活動していた。ＣＩＡは、その地を拠点にしているテロ組織が、ソレルとつながっているのではないかと疑っていた。

ハリケーン・カトリーナ。ソレルはその地の荒廃と混乱を利用して、数カ所の官庁を襲撃した。カイラはソレルの部下ふたりを追跡し、小さな部隊に加わって動き、逮捕しようと試みた。

ソレルの部下たちは逃げおおせただけでなく、FBIが暴いたテロリスト・ネットワークに関する機密ファイルを盗んで逃亡した。

テイヤはそこにも現れた。

任務を終えた日、カイラはFBIのオフィスの外でテイヤに目を留めた。鋭い目つきで、FBIのビルを見上げていた。それから、まるで見られていたのを知っていたかのように、カイラの視線をとらえ、じっと目を合わせた。あの暗く絶望に満ちた苦悩のまなざしで。

わたしはその絶望を読みちがえた。

カイラはぜいたくなバスルームの隅にある小さなクッション付の椅子に腰を下ろし、両手の拳を目に当てた。

先ほど、同じあの小さな女性が、壁に鎖でつながれ、Tシャツとパンティーだけという姿で耐えているのを見た……。

アントリ・コヴァリョフがテイヤをしっかりと鎖につなぐと、彼女の目に恐怖がよぎった。アントリが自分の顔に黒い覆面を着け、乱暴にテイヤの長い赤毛を引っぱって顎を上げさせ、両手で首をつかんでカメラを見据えた。

「ソレル、われわれはおまえの娘を預かっている」両手を首から離し、肌が赤くなるほどの力で腰をつかみ、ぐるりと回転させて、カメラに母斑が映るようにする。「見ればわかるように、娘にはおまえと同じ母斑がある。娘を渡してほしければ、フエンテスとの取引に応じろ」

カメラがふたたびテイヤの顔を映した。反抗的な態度で、目に恐怖と怒りをたぎらせ、殺気立った激情をこめてレンズをにらむ。

ああ、テイヤはほんの子どもだ。大学に行って友だちと笑い合ったり、たまにパーティーではしゃぎすぎたりしていたかもしれない。わたしはそういう子どもたちの安全を守るために、世界の怪物と戦ってきた。それなのに、子どもが危険にさらされていることを、出会ったときに気づきもしなかった。

バスルームのドアがゆっくりあく音がした。イアンだとわかっていたが、顔を上げることも、目から拳をはずすこともできなかった。そんなことをすれば泣いてしまうだろう。涙など、なんの役にも立たない。テイヤが経験した苦痛や恐怖を和らげることもない。

「すぐに終わるし、テイヤはだいじょうぶだ」イアンが目の前にひざまずき、片手でカイラの髪を肩越しにかき上げて、もう片方の手で顔を包みこんだ。「きみのせいではないよ、カイラ。きみひとりで世界は救えない」

カイラはくすんと鼻を鳴らした。子どものような気分だった。あの日の朝、叔父に起こされて、両親が亡くなったことを知らされたときのように。途方に暮れた気分だった。そして責任を感じていた。

カイラは首を振った。

「何年ものあいだ、母とともにカルメリタ・フエンテスから逃げていたころ、俺は母に謝った。俺のせいで苦しませていることをどんなに悪いと思っているか、と。ディエゴと連絡を取るべきだとも言った。俺のことを話して、あいつに引き渡せば、自由になれるから、と」

カイラは拳を下ろした。目から最初の涙をこぼすと同時に、イアンをにらんだ。「そんなの許せないわ」

イアンが小さく口もとをゆるめた。キスしたくなる唇、体に感じたくなる唇。

「母もだいたい同じことを言った。みんなを救うことはできないけれど、愛する者を救うために戦うことは必ずできる、と言った。母は俺を愛してくれた。俺のためなら死んだだろう。実際、死にかけもした」煙草色の目に炎が燃え上がった。「しかし、母はあることを教えてくれたんだ、カイラ。俺たちにできるのは、最善を尽くすことだけだと。きみは最善を尽くした。テイヤは生き延び、万事うまくいけば、今回も俺たちとともに生き延びるだろう。きみにできるのは最善を尽くすことで、なにかやだれかを見落としていたからといって自分を責めることではない。そんなことをすれば、きみは弱気になる。いまは弱気になっている暇はないはずだ」

イアンが指先でカイラの頬をなぞり、目を見つめた。いかつい顔に心配そうなしわが寄り、また視線を唇に引きつけられた。

「わかっていて当然だったのよ」カイラは首を振って、もうひと粒涙をこぼした。苦痛で声がかすれた。「テイヤの目のなかにそれがあったわ。当時から、目のなかにあったのよ。わたしは注意を払っていなかった。テイヤはすぐそばにいたのに、ほんの子どもだったあの子のことが、目のなかの絶望が、見えていなかった」

「俺のなかにはそれが見えていたかい？」イアンがきいた。「きみに会うたび——」

「あなたは欲情していたわ」カイラは微笑み、かすれた声で言った。

「恐ろしく欲情してた」イアンが認めた。「きみを味わいたくてたまらなかった」

「それは見えていたわ」カイラは鼻をくすんと鳴らした。「感じたわ」

「きみに会うのが楽しみだった。きみが近くにいるのがわかるたび、きみを捜していた」

「わたしの気を紛らそうとしているのね」カイラは言って、ため息をついた。「もうしばらく、自分を責めさせておくべきよ」

「責めるのは禁止だ」イアンが両手でカイラの顔を包んで引き寄せ、唇で涙のあとをたどった。イアンの腕のなかでしか感じない温かさと欲求に満たされる。

「わたし、結婚していたことがあるの」カイラは言って、なぜそんな言葉が出てきたのか不思議に思った。

　イアンが身を引いて、しばらくのあいだ黙ってこちらを見つめ、ゆっくりうなずいた。

「知っている」

「彼はわたしを捨てたの」カイラは唇が震えるのをこらえようとした。「彼がわたしを捨てたことは知っていた？」

カイラは震えていた。どうしてなのかはわからない。ずっと昔のことなのに。遠い昔のこと。

「離婚を申し立てたことは知っていた」イアンはとてもやさしかった。ふたたびカイラの髪をかき上げ、身をかがめて震える唇の端にキスをする。

「わたしのことが理解できなかったからよ」なかなか言葉が出てこなかった。「わたしが理解させなかったからなの。ジェイソン叔父の仕事で街を離れるたびに、夫には想像もつかないような危険と向き合っていることを教えなかった。たぶん、夫には耐えられなかっただろうから。きっとやめるように要求されたでしょう。でもわたしにはやめられなかった」

イアンが首を傾けて気遣わしげに見つめ、目に理解の色を浮かべて待った。カイラは叫んでイアンにわからせたい気がした。自分にはなにかが欠けていて、ときどき見るべきものが見えなかったり、すべきことができなかったりする、と。

自分が彼を裏切ろうとしていることを警告したかった。しかし、もしそうしてしまったら、ああ、もしそうしてしまったら、イアンは絶対に裏切る機会を与えないようにするだろう。

「きみは、夫に真実を話すのが耐えられなかったんだろう」イアンが両手でカイラの肩から上腕まで撫で下ろした。

「夫は裏切られたように感じたでしょうね」カイラはささやき声で言った。

イアンがうなずいた。「きみは彼の妻だった。きみの横に立つのが彼の仕事だったんだ、カイラ。真実から彼を守るのは、きみの仕事ではなかった」

いかにも男の立場からの意見だった。決まってカイラを苛立たせるような意見。口を開いて反論しようとしたが、イアンが指で唇を押さえた。

「本能だよ」イアンが言った。「何世紀にもわたってずっと、自分の家を、女を、子どもを守るのが男たちの仕事だった。感情については臆病なんだ。気持ちを表現するのが苦手で、胸の内を言葉に出すことを気詰まりに感じる。だから、やりかたを知っている唯一の方法で自分を捧げる。俺たちは守るんだ。愛する者たちを息苦しくさせるほど守ろうとし、いつも無事でいてもらえるよう懸命になる。本人が原因だと思えるような脅威からさえも。それは俺たちの遺伝子に刻まれているんだ、カイラ。よかれ悪《あ》しかれ男にとっては、感情を口にするのはむずかしい。強さを見せることのほうがずっと簡単なんだ。侮辱ではない。それが、愛する者たちに対して男が感情を表す方法なんだ。それを変えることはできない」

「自分の身は自分で守れるわ」

「その必要はないはずなんだ。テイヤにその必要がないのも同じだ。彼女は守られるべきだった。世界の悪から保護され、父親の狂気から遠ざけられるべきだった。しかしテイヤは闘うことを学び、生き延びることを学んだ。きみが別の状況からそれを学んだように。きみから強さを奪いたくはない。俺が道を切り開かなくても、きみが横に並んで歩けると認めるのは、それほど簡単ではないよ。男が女に並んで歩いてもらいたがらないのは、女の能力が劣っていると考えているからではない。女を守りたいからなんだ」

「愛しているからなのね」カイラは切ない気持ちでささやいた。

ふと、恐怖に打ちつけられた。はじかれたように立ち上がり、よろめきながらイアンのわきを抜け、極度のパニックに襲われて彼を見つめる。イアンがゆっくり身を起こした。

「あなたはわたしを愛してないわ」愛せるはずがない。愛させてはいけない。いまはまだ。イアンを愛するのはいい。すべてが終わったら、自分がここに送られてきた理由のせいで、イアンが歩み去るとわかっていてもいい。でも、こんなのはだめ。彼の愛は裏切れない。ああ、お願いだから、わたしを愛さないで。

「そうなのか？」イアンがきいた。しわがれ声が神経を撫でつけ、悦びと恐怖の両方をかき立てた。

「ええ、そうよ」カイラは髪をかき上げ、うなじのあたりの髪をつかんだ。体のなかで高まる緊張を感じ、自分がばらばらになりそうな気がした。「愛せるはずがないわ。わたしを愛するなんて、愚かなことよ、イアン。元夫にきいてみるといいわ。ほんと、電話番号だって教えてあげるわよ」

　イアンを裏切ってしまうから。もうひとつの人生を秘密にすることで、夫を裏切ってしまったように。いまわたしは、ＤＨＳとの契約で引き受けた計画を秘密にすることで、イアンを裏切っている。

カイラは後ろに手を伸ばし、ノブを握ってドアを押しあけた。イアンが歩み寄った。「元夫にきいてみて。きっと教えてくれるわ。わたしを愛するなんて、最悪のまちがいだって」

カイラはイアンの表情を眺めた。ウイスキー色の目にいたずらっぽい光がちらつき、あふれる感情がいかつい顔立ちを和らげている。

イアンは目を奪われるほど端整というわけではなく、粗野で危険な容貌をしていた。ハンサムというには、目鼻が鋭くはっきりしすぎている。そしていま、明らかにためらいながらこちらを興味深げに見つめている顔は、いつも以上にごつごつして見えた。

「俺のような男のとなりを歩ける女を見つけるのはむずかしいよ」イアンが穏やかな声で言い、後ずさりしてバスルームを出るカイラについてきた。「俺は調子のいい日でもいやなやつだし、ありとあらゆる男の欠点を備えてる。たとえば、きみを後ろに押しやって、かばい、守るべきだと常に考えてしまうような欠点を。俺たちは互いを退屈させることは絶対にないよ、カイラ」

カイラは首を振った。心臓が喉までせり上がってきそうだった。イアンが自分に感じているのは、困難な人生のまっただなかで慰めを見出すための情欲と渇望以上のものではないのだと考えようとする。

愛はあとになってからの話だ、とカイラは自分に言い聞かせた。いまの話ではない。イアンがわたしの真実を知るまでは。ここにわたしが送られてきた真の理由を知るまでは。いまそれを話すことはできない。

大人になって以来初めて、自分のなかの女の部分が〈カメレオン〉よりも重要になり、カイラは後悔していた。任務を後悔し、自分が女として目覚めたことを、嘘がうまくなりすぎたことを後悔していた。自分を抑え、イアンから懸命に遠ざかり、距離を置こうとした数年間を後悔していた。

カイラは、自分でも存在するとは思わなかった部分が心のなかにあることを学びつつあった。官能的な女の部分。イアンが呼び起こす渇望と欲求。感じやすさ。女が持つ、自分だけの男に対する洞察力。

この先永遠にあなたを守るためだと弁解することもできるかもしれない。しかしどちらにしても、イアンは絶対に信じないだろう。人は自分の父親を殺すような場面に向き合うべきではない。たとえ父親がどんな怪物だとしても。しかし誇り高いイアンのことだから、自国の政府が情報を隠していたという事実を、けっして受け入れられないだろう。

カイラはさらに身を引いて、何度も首を振った。自分がいちばん欲しいもの、長いあいだ夢見てきたものを、頭のどこかで拒絶していることを自覚していた。

イアンの愛。

「なぜそんなに怖がっているんだい、カイラ?」イアンが両手をさっと伸ばしてカイラの手首をつかみ、その場に立ち止まらせて、体を近づけた。

腕のなかに引き寄せようとはせずに、自分から歩を進めて、体を押し当ててから、カイラの両腕を引いて背中に回させ、温かさで包みこむ。

拘束されるのは嫌いだった。押さえつけられるのは嫌いだった。イアンが現れるまでは。いまはこうして、熱い反応を呼び起こされ、かつては知らなかった女としての核の部分を激しく揺り動かされている。

カイラは抱擁のなかでぐいと身を引いたが、心のどこかで、もがいているのは自由になりたいからではないことに気づいていた。自由になりたくはない。もっと強く、しっかり抱いてほしかった。なにもかもどうでもよくなるまで世界が遠ざかり、ふたりの情熱が創り出す現実だけが残ればいい。ふたりを取り巻く危険や嘘が消え去り、自分を完全に満たしてくれるただひとりの男性に、手が届くようになればいい。

「答えを聞いてないよ、カイラ」イアンがカイラを引き寄せて背を弓なりにさせ、唇をカイラの唇の端に当てた。「なにを怖がっているんだ？　きみのほうはだれかを愛せるけれど、だれもきみを愛せないというのか？」

「そのとおりよ」カイラは喉から言葉を絞り出すようにして答えた。

「なぜだい、カイラ？」イアンは唇を重ねたが、カイラが貪欲に唇を開いて舌で彼の唇をなぞっても、反応しなかった。「なぜだれもきみを愛せない？」

「だれもわたしを知らないからよ」また途方に暮れたような気分になった。夫に捨てられ、途方に暮れたときと同じように。「わたしは〈カメレオン〉よ。いつも変化しているわ。そんな人間を、だれが愛せるの？」

イアンが顔を上げて、こちらを見下ろした。

「それでも、いつもカイラだ」イアンがずばりと言った。

いつもカイラ。いつもひとり。両親が亡くなるまえは知っていた安心感と平衡感覚が、いまも取り戻せていなかった。家族がソレルという名の亡霊と戦い、そのせいで亡くなったという事実とともに生きてきた。父は行方不明の子どものために戦い、その子と誘拐犯を徹底的に捜したのだった。

父は弁護士で、母は児童保護施設の代表者だった。施設の子どものひとりが行方不明になり、足跡が白人奴隷組織へとつながっていることがわかったとき、父と母はその足跡を追った。

しかし、ソレルが反撃してきた。そして、両親とジェイソンの婚約者が殺された。その過程でさらにふたつの人生が損なわれたことに、ソレルは気づいてもいなかっただろう。必ず倒してやると誓う敵をふたり作ったことにも。

イアンが現れるまで、愛は人生の一部ではなかった。真の安全も。彼の腕のなかで、自分が安全と温かさを感じられることに気づいた。そしていまになってようやく、それがどれほど恐ろしいことであるかに気づいた。あまりにもたやすく、イアンを失う可能性があるからだ。

「愛の話は、すべてが片づいてからにしましょう」カイラは苦し紛れに言った。「そうしたら、わたしを愛していないことがわかるわ。いまの状況が、そんな気にさせるのよ。この世界があなたを包みこんで、息苦しくさせているのよ。あなたはわたしを愛していないわ、イアン。わたしが思い起こさせる日常の空気を愛しているのよ。それだけのこと」

そうでないことはわかっていた。わたしのことをよくわかっている男がいるとすれば、それがイアンだ。だから怖かった。決心がぐらついた。そんなことを許してはいけないのに。

イアンが喉の奥で笑った。声に明るく温かな笑いを響かせ、ぐっと引き寄せる。

「心理学はきみの得意分野ではないだろう、カイラ」

「そんなことないわ。テロリズムとその被害者について、最高の犯罪心理分析官のもとで何年も学んだんだから。ほんとうよ、自分の言っていることはわかってるわ」

息が切れたような声になった。体が情欲で満ちてきた。こんなにイアンに近づいてはいけない。もっと多くを求めてはいけない。

イアンはただ微笑んだ。ゆっくり唇が曲線を描くと、それを味わいたい、自分の唇に感じたいという欲求が五感を走りぬけた。同時に恐怖心もわき起こってきた。イアンはまるですべてを見通しているかのように、こちらに視線を注いでいた。カイラ自身にも理解できない部分を見通しているかのように。

「愛しているよ、カイラ」

頭のなかで、心のなかで、感情が爆発した。唇からか細い叫び声が漏れ、目から涙があふれて頬を流れ落ちたことにも、ほとんど気づかないくらいだった。イアンが口で涙を受け止めたあと、すぐさま唇と唇を重ねた。

「俺のものになってくれ」唇に向かってささやく。「いますぐ、ここで。俺のものになってくれ」

ああ、これからもずっと、わたしは彼のものだ。

イアンがカイラの手を放したが、もう身を引くつもりはなかった。彼の体からわたしを引きはがせる者はだれもいない。

カイラがイアンの首に両腕を回すと、イアンが背中を抱きしめた。唇の感触は、夢のようにすばらしかった。粗いビロードに神経の末端を撫でられているかのようだ。熱い悦びが体じゅうを駆けめぐった。

カイラはイアンの腕のなかで背を反らし、彼の一部を永遠に自分のなかに取りこんでしまいたいと願った。いつも肌身離さず身に着けて、けっして失わずにいられる彼の一部を。

「俺の勝ち気なかわいい恋人」イアンが身を引き、抗議の叫び声を無視した。「今回は、激しくすばやくはしないよ。それが自分を守る方法なのかい、カイラ？　激しくすばやくすれば、しっかりしまいこんである自制心にしがみついていられるのかい？」

「わたしの自制心？」カイラは喘ぎ、懸命に目をあけて、黒いシャツの裾へとイアンが両手を動かすのを感じた。「自制心に必死でしがみついているのは、あなたのほうでしょ」

「確かめてみようじゃないか」イアンが提案した。ざらついた声と自信たっぷりの笑み。挑戦的なほのめかしに、うめき声をあげたくなった。

「ずるいわ」カイラは喘ぎ声で言った。「あなたのほうが長く持ちこたえられるのは明らかだもの。わたしがあなたの自制心を奪うのはたいへんだけど、あなたにとっては簡単なんだから」

イアンがまたくすくす笑った。「それがきみの見かたなのか、カイラ？　激しくすばやくすれば、きみのほうが俺の自制心を奪い取ったことになると？」

「当然でしょ！」カイラは息を切らして言った。伸縮性のある綿の黒いシャツが引き上げられ、胸があらわになった。「ほかにどういう意味があるっていうの？」

「あまりにも貴重な悦びを失いたくない、という意味かもしれないよ」イアンが言い、カイラが両腕を上げると、シャツを脱がせてわきへ放った。「むさぼるよりじっくり味わいたいという意味かもしれない。きみはじっくり味わいたいと思ったことはないのか、カイラ？　悦びを嚙みしめ、永遠に手放さずにいたいと？」

イアンはカイラの魂を、永遠に自分のもとにつなぎ止めようとしている。急がずじっくり味わおうと話す声に、それが聞き取れた。体だけでなく、魂そのものに自分を刻みつけようとしている。カイラのあらゆる部分を、ひとつも逃さないようにするために。

イアンはわたしを愛していると、理解していると考えている。この悦びは嘘を越えられると考えているのだ。

「今回は、自制はなしだ」イアンが警告して、自分もTシャツを脱ぎ、床に放った。逃げるべきだ。なにか言い訳を見つけて、これ以上がっちりとイアンにつなぎ止められないようにすべきだ。

カイラは上半身裸のままで、イアンを眺めた。近くの椅子に座ってコンバットブーツのひもを解きながら、こちらを見つめている姿を。

「ブーツを脱げ、カイラ」イアンが穏やかに言った。

カイラはベッドの端に座って足首をひざにかけ、イアンを見つめながらひもをゆるめた。まるで、自分ではものを考えられない操り人形になったかのようだった。

そわそわと唇を舐め、イアンと同時にブーツを脱いで、もう片方のひもに取りかかる。脱ぎ終えると、イアンがふたりのブーツとシャツを集めてクロゼットのほうへ行き、棚にのせてから、こちらを振り返った。

クロゼットの戸口に立って、腰に留められたベルトに両手を持っていき、次に黒いミリタリーパンツのファスナーに触れる。カイラは立ち上がって彼の行動をまね、視線を感じながらパンツを脱いだ。息が荒くなり、胸が激しくすばやく上下する。

じゅうぶんな酸素を取りこむのはむずかしそうだった。体を駆けめぐる激しい情欲を振り払うのはむずかしそうだった。

「少し眠ったほうがいいかもしれないわ」カイラは息を切らして提案した。そうはいかないとわかっていたが、これから起こるはずのことからどうにかして逃げられないかと必死だった。

少なくとも、延期はできる。延期はいい考えだ。

「もしそうしたいなら、居間のカウチを使えばいい」

イアンがたくましい両脚からパンツをはぎ取ると、眠るなどという考えは頭から消し飛んでしまった。イアンが背中をまっすぐに伸ばした。分身が幅広く硬く体からそそり立ち、ぴんと張った笠は情欲に脈打っている。

ひと目見て、体の芯が締めつけられ、満たされて奪われたいという欲求に熱く濡れてきた。まるで、イアンはカイラの一部であるかのようだった。分離されてはいても、ぴったりと自分に合うように作られている。

カイラが見ていると、イアンは指で太い竿を握って撫で、締めつけながら、こちらの視線を感じていた。

カイラは太腿のあいだが蜜で潤ってくるのをますます強く意識していた。部屋の暗い明かりのもとで、その湿り気はむき出しの肌の上で光っているだろう。イアンの視線はそこに向けられていた。視線が感じられると、そのせいでさらに濡れ、同時に乳房が膨らんで、乳首が信じられないほど硬くなってきた。

唇を舐めて、片手を腹にすべらせ、指を下に向けてさらに先へ進め、イアンの顔に視線を移動する。

イアンはこちらを見つめ、顔をゆがめた。カイラは太腿のあいだの感じやすい部分まで、指をすべらせた。快感に息をのむ。指先でクリトリスをこすると、激しくあでやかな炎の筋が体を焦がした。

「美しい」イアンがうめいた。「俺のためにひだを開いてくれ。きみのクリトリスがどんなに硬くなってるか、どんなに膨らんでるか見せてくれ」

カイラは二本の指でひだを分け、中指で苦しいほど硬くなったつぼみを転がした。

蜜があふれ出てきた。それがひだから滴り落ち、内側をなめらかにした。

イアンが自分の硬いものをぎゅっと握ってから、力をゆるめた。情欲に鼻孔を広げる。まるで、離れた場所からカイラの香りを吸いこもうとするかのようだった。

カイラが指をとろりとした蜜のなかへ押し入れ、湿った部分を撫でると、イアンが近づいてきた。行動しなければならないことはわかっていた。最初に動いて、ここに立っているのではなくベッドに彼を押しつけ、誘惑してじらさなければならない。しかしカイラは、もう片方の手で腹部を撫で上げ、膨らんだ乳房を包んだ。

自分がイアンをじらそうとしていることはわかっていた。彼を誘惑し、我を忘れさせたかった。

はっと息をのむ。イアンがカイラの手首をつかみ、なめらかな熱から指を引き出して、持ち上げた。自分の口のほうへ。

ああ、このままでは立っていられなくなる。イアンがカイラの指を自分の口のほうへ持っていき、舌先で舐めてから、口のなかへ引き入れて、湿り気を吸い取った。

イアンの目は燃え上がり、表情は張りつめていた。胸からうめき声が響く。指を撫でつける舌の感触は、想像もつかないほどセクシーだった。こんなに淫らだなんて、どうかしている。指先は性感帯ではないでしょう？

いや、もちろん性感帯だった。ただし、イアンがそうなるように仕向けたときだけ。

カイラは頭をのけぞらせ、髪が背筋を撫でるのを感じた。もうひとつ加わった快い刺激が、淫らなひとときをさらに高めた。また自制心が危うくなる。

「俺を見てくれ、カイラ」イアンの声が神経の末端を撫でつけた。ざらざらと粗い、ほとんど潰れているような声。

カイラは懸命にまつげを持ち上げながら、情欲が体のなかで大きくなるにつれて、まぶたを引っぱられるかのようなだるさを感じていた。

「俺にとって、きみがどれほど美しいか、わかってるかい？　どれほど勇敢で強いか？」イアンがきき、最後にもう一度舌で指先を舐めてから、カイラの手を自分の肩に置いた。

腹部のあたりで彼の硬いものが脈打つのが感じられ、貪欲な体の奥を突かれたくてたまらなくなった。

「わたしは、ただのわたしよ」カイラはすばやく首を振って、喘ぎながら答えた。

「ただのきみだ」イアンが同意して、片方の手をカイラの腰に当て、もう片方の手でわきを撫で上げて、重い乳房を包んだ。

「イアン、わたし、耐えられるかどうかわからないわ」体の外側は震えていたが、内側はとろとろと溶けていきそうだった。

「悦びに？」イアンが微笑みかけた。その表情はいたずらっぽく、官能的だった。「もちろん耐えられるさ、カイラ。俺が与えるどんな悦びにも耐えられるよ」

悦びのせいで死んでしまうかもしれない。わたしにできるのはそういうこと。

カイラの唇から驚きの喘ぎ声が漏れた。イアンが頭を低くして、唇で熟れた乳首をくわえたからだ。

「立っていられない」両脚が震えていた。

「俺が手助けするよ」イアンが言った。その声はとてもやさしく、情欲と淫らな約束に満ちていた。

ひたひたと忍び寄るエロティシズム。次の瞬間には、イアンが唇で唇を覆い、両腕でぐっと抱きしめて、力強い体でカイラを支えた。興奮した体で。分身が腹部に押しつけられ、汗に濡れた肌の上で脈打っている。乳首は胸毛の茂みにこすられ、感じやすい先端がうずいた。ただのキスではなかった。それは自制心をなくさせようとする動きだった。ゆっくり味わうように、唇と舌、ささやくようなうめき声と、か細い叫び声を絡み合わせる。

カイラは両腕をイアンの首に回して引き寄せ、感情的で官能的な悦びの軌跡を魂でむさぼった。これからもずっと手放さずにいられるように。イアンが歩み去って二度と戻らなくても、憶えていられるように。

「ましになったかい?」イアンがなだめるように言った。ざらついた声が、子宮にまで刺激の波を送りこむ。

「脚がなくなったみたい」カイラはつぶやき、もう一度彼の唇をとらえてキスを続けようとした。

イアンがくすくす笑ってから、唇で首から耳、肩へと愛撫していった。

「俺がきみの脚になるよ」イアンがカイラを抱き上げてベッドまで運び、横たえて覆いかぶさってから、ふたたび唇を奪った。両手で乳房を撫でて包みこみ、親指で乳首をこする。唇がそれを追いかけた。

カイラはやみくもに首を振った。イアンがなにをするつもりなのかはわかっていた。耐えられそうになかった。愛撫を、自分だけが与えられる悦びをカイラの魂に刻みこむつもりだ。

「イアン、お願い」カイラはうめいたが、懇願してもイアンは気を散らすことなく唇を進めた。

首と鎖骨に刺すようなキスを浴びせてから、張りつめた硬い乳首の先端にまっすぐ向かう。どんな抗議の声にも取り合わなかった。

「今夜はきみのすべてが欲しい」イアンが言って、煙る目でこちらを見下ろした。カイラは唇を噛んでゆっくり首を振った。「きみのすべてだよ、カイラ。となりを歩くことを許すなら、きみのすべてが自分のものであることを知っておかなければならない。この甘く熱い体のあらゆる部分と、心と魂のあらゆる断片が。きみは俺のものになる」

カイラは毛布を握りしめた。

「いや……」

「ふざけるな！」イアンの目に怒りがひらめいた。「きみは、この件に関わることを俺に受け入れさせた。今回は、きみが俺を受け入れる番だ」

24

カイラは俺の愛が欲しくないのか。その考えがイアンの頭を駆けめぐり、心の壁を焼き尽くして、ひどく腹立たしい気持ちにさせた。

カイラは俺を愛している。愛されていることはわかっていた。それははっきりと感じられ、彼女の目のなかに見え、体が触れるたびに伝わってきた。しかしお返しの愛は欲しくないと言う。

なぜだ？

イアンは豊かな乳房を両手で包みこんで、素肌が熱く燃えるのを感じ、情欲に紅潮するのを眺めた。乳首を舌で転がすと、それは敏感な小石のように硬くすぼまった。体の下で、カイラが身をよじる。

カイラの目には影が差し、恐れと悦びが渦巻いていた。それを見てイアンは困惑していた。傷つきやすい女と勇敢な諜報員が混じり合った風情には、常に魅了されてしまう。カイラはきびしくもなく、気むずかしくもなかった。笑い、気遣い、愛しながらも、自分の愛する者たちが一瞬にして奪われる可能性を知っている。

イアンはそう考えながら、硬く敏感な乳首を舐め、やさしく口に含んで吸った。カイラは俺を愛している。こちらからは愛される理由をなにも与えていないというのに。何度も、カイラを押しのけようとしながら同時に引き寄せた。それでもカイラは常にそばにいて、俺の一部となり、まるで初めから決まっていたかのように、するりと魂に入りこんだ。

しかしいま、カイラは心のなかの同じ場所、同じ安心感を俺に与えることを拒んでいる。ちくしょう。カイラはもはや、この人生のなかでどうしても必要な存在だった。絶対に必要だからこそ、任務に女を引き入れることについての自分の偏見を押しやって、カイラを受け入れたのだ。俺が向き合っている危険にカイラも関わっているというのに、彼女のために開いている魂のなかへ、入ってこられないというのか?

そんなはずはない。カイラは入ってくる。なんとしても、ふたりで必要なものを与え合うのだ。

「きみは俺のものだ」イアンは汗で輝いている肌にささやいた。一方の乳房からもう一方の乳房に移って、舐めてついばみ、素肌を味わって、その味に酔いしれる。

「お願い、イアン」カイラの喘ぎ声が頭を満たし、情熱と欲望、抵抗と欲求が響きわたった。

「俺のものだと言ってくれ」イアンは反対側の乳首をじっくり舐めて口のなかに引き入れ、五感に染みこむ彼女の甘い味に、思わず身震いしそうになった。

「あなたのものよ、誓うわ。わたしはあなたのものよ」カイラが背を弓なりにして、ベリーのように熟れた先端を口の奥へ押しこんだ。

イアンはカイラが心から求めているはずのものを与えた。乳房の先端を唇で包みこむ。それからなかへ引き入れて強く吸い、舌で乳首をもてあそびながら、カイラの味を楽しんだ。

体の下でカイラがぴんと背筋を伸ばし、腕のなかでわなないた。

「俺はきみのものか、カイラ?」イアンは顔を上げて、カイラの汗に濡れた顔に浮かぶ苦悶の表情をちらりと見た。ベッドの上で頭を激しく振り動かし、拒絶するように顔をゆがめ、唇から叫び声を漏らす。

イアンは一方の乳首を舐めてから、もう一方も舐めた。乳房から胸の谷間へとキスでたどり、甘く魅惑的な香りのする秘所へと向かう。

あのビロードのような熱に、身をうずめたくてたまらなかった。自分のまわりで彼女が張りつめ、受け入れようと広がるのを感じたかった。彼女の蜜が潤す、甘い深みを貫き奪いたかった。

そう、たしかに俺はカイラの心を、魂の一部すらも手に入れた。しかし彼女のすべてを手に入れてはいない。いまはまだ。夜が終わるまでにはきっと、手に入れてみせる。

「イアン、苦しめないで。そんなことしないで」傷つきやすさ、恐怖、欲情。懇願する声のなかですべてがぶつかり合った。イアンは頬を柔らかな腹の膨らみにのせ、懸命に深く息を吸って、自分がなにを求めて闘っているかを思い出そうとした。

無理に奪いはしない。俺はカイラを受け入れた。カイラが信念のために闘いたいという要求も、この場にいて、自分の家族を殺した男が倒れるのを見届けたいという要求も。甘やかされることや、危険から遠ざけられることを拒絶する気持ちも受け入れた。だからお返しに、こちらのことも受け入れてほしい。自分のものだと宣言し、強く求めてほしい。

理由はよくわからないが、そうしてもらう必要があった。自分がカイラを愛していることはわかっている。彼女が自分を愛していることもわかっている。この時点で彼女が進んでそれに向き合うかどうかが、どうしてそれほど重要なんだ？

重要だった。どちらかが相手を失う可能性があるときに、ふたりのあいだに誓いがないということが問題なのだ。イアンがどれほど愛していたか、求めていたかをカイラは知らずにいることになる。どういうわけか、その言葉を聞きたがらないのだから。

「きみの味が俺にどんな影響を与えてるか、わかってるかい？」イアンは太腿の肌をついばみ、肩で両脚を開かせた。両手で腰をつかんで押さえ、鋭く小さな爪が頭皮に食いこみ、髪が引っぱられるのを無視する。

「わたしにも触れさせて」カイラが叫んだ。「あなたを味わわせて」

「愛させて、か？」イアンは微笑み、頬を太腿にのせて、甘くぴりっとした香りが五感に染みこむのを感じながら、カイラを見上げた。「俺にきみを愛させてくれ、カイラ」

カイラがわななき、嵐のような灰色の目でこちらを見つめ、声を出さずに懇願した。

「体で教えてやろう。言葉では聞きたくないようだから」

イアンは片手を腰から離して、両脚のあいだをたどった。指先に熱い湿り気を感じる。それを味わいたくて唾がたまってきた。カイラはシロップよりも甘く、陽射しよりも熱く、情熱と愛でイアンの核の部分まで焼き焦がす。

「イアン、あなたはわかってない……わたしになにをしているか、わかってないのよ」

「きみは俺になにをした？」イアンは柔らかなひだを分け、狭い割れ目を指でなぞった。

「どんなふうに感じてるか、教えてやろうか？　俺にも同じものが必要だと認めさせてやろうか？　ああ、そうだよ、カイラ。俺は自分のしていることがわかってる」

カイラが反論したり、髪をもっと強く引っぱったりするまえに、イアンは顔をうつむけて、張りつめた硬い小さなクリトリスを舌で転がした。柔らかなピンク色をして、情欲に脈打ち、蜜できらめくつぼみは、媚薬《びやく》のようにイアンを惹きつけた。欲望をあおられ、口のなかに感じたくてたまらなくなる。

ああ、彼女の味が好きだ。舌の上ではじけ、かすかな砂糖と炎のスパイスで口を満たしてくれる。

イアンはカイラの体に向かってうめき、またわななきを感じ、これほどの悦びを与えられることに途方もない誇りを覚えた。カイラが与えてくれるのと同じ悦び。魂を駆けぬけ、男と女を永遠に結びつけるような。

そう、互いに与え合う悦びは絹のような感情に編みこまれた鎖、ふたりがともにいても離れていても、常に互いのものであるという証だった。

イアンはこれまでだれのものでもなかった。いまに至るまで。


カイラはイアンの下でもだえ、身をよじったが、どうしても逃れることはできなかった。彼の髪を引っぱり、息を切らして懇願したが、どうしても唇と舌の破滅的な愛撫や、口で吸われる強烈な悦びを止めることはできなかった。

背を反らしてさらに近づこうとしながら、同時に悦びをこらえようと必死になる。

ああ、どうしよう。あまりにも心地よすぎる。イアンが舌でクリトリスのまわりを撫でつけ、唇で吸った。カイラがいまにも達してしまいそうになると、移動して狭い割れ目をなぞり、口のなかに柔らかいひだを吸いこんでうめき声をあげる。蜜が愛撫する指先に滴り落ち、その指は入口をまさぐりながらも、まだ貫いてはいなかった。

「俺はきみのものかい、カイラ?」イアンがまたささやいた。

ああ、どうしてそれが問題になるの? なぜそんなことを気にするの? わたしがイアンのものであることは知っているはずだ。心も魂も彼のものだ。わたしが愛されることにおびえているとしても、なにがそんなに問題になるのだろう? わたしは彼を愛しているし、喪失に耐えることができる。以前にも経験はあった。愛する者を失うことに耐えてきた。しかしこれまでは、愛を知らなかった。こういう愛は。もし自分が愛するのと同じようにイアンに愛されているとしたら、わたしはこの男性だけでなく、彼の魂まで裏切っていることになる。そんなことには我慢できない。立ち去ったイアンが裏切られたと感じ、わたしを憎むようになるなんて我慢できない。元夫でさえ、歩み去ったときにはわたしを憎んではいなかった。もちろん彼にも、わたしを愛させはしなかった。

カイラはイアンの名前を叫んだ。クリトリスのまわりで刺すような熱いエクスタシーがはじけた。イアンがまた口のなかに小さなつぼみを引き入れ、舐めたり、味わったり、キスしたりした。小さく吸うようなキスを浴びせ、カイラがもう少しで一線を越えそうになると、ぴたりと止まった。

太腿で締めつけてその場に押しとどめようとしたが、たくましい肩がそれを妨げた。イアンの気をそらそうとするたびに、指が内側を少しだけ撫でて、体の動きを止めさせ、もっと多くを求めさせた。

「イアン、お願い。お願いよ」カイラははあはあと喘ぎ、いまにも叫んで懇願しそうになった。なんでもいいから、内側で高まっていく官能の苦痛を和らげるなにかをしてくれなければ、死んでしまいそうだった。

イアンが指でふたたび内側を撫でつけた。カイラは息を切らし、もっと多くを求めて叫んだ。

「とても柔らかくて熱い。とてもきつくて甘い」イアンが入口をこすると、カイラはさらに蜜があふれるのを感じた。

ベッドにかかとを押しつけ、腰をぐっと反らす。

「ああ、イアン」弱々しく切実な叫び声が喉から漏れた。もう一本の指がもてあそぶように下へ向かい、尻の小さな入口をなぞる。

「ここを奪われたことはないんだろう、カイラ?」先端がほんの少しだけ貫いた。感じやすい部分に、容赦のない快感を送りこむ程度に。

カイラは目を閉じた。次になにが起こるかはわかっていた。わかっていた……。

「イアン!」カイラは叫んだ。指が深く貫いた。ほんの少しだけ深く。それから後退した。イアンが口でクリトリスを覆った。彼が動いて手を伸ばすのが感じられた。一瞬ののち、ナイトテーブルの引き出しがぱたんと閉じる音がした。

そのほかの音を聞き分けることはできなかった。ただ心の奥で、もしここを奪われたら、彼のものになるのは体だけではないことを悟っていた。

アナルを奪われたことはなかった。マスターベーションに使う淫らなおもちゃは数に入らない。問題なのは、それを使うたびに、イアンをめぐってとりとめのない想像が展開することだった。大問題なのは、潤滑剤でつるつるした彼の指がいま、そこを愛撫するのを感じていることだった。

「あなたは、自分がしていることをわかってないのよ」カイラはうめいた。「理解してないのよ」

熱烈な指の刺激に、悦びが背筋を駆けのぼってきた。なめらかな温かい一本の指が、尻のきつい入口にゆっくり入り、同時に二本の指が火照って引きつるひだの入口に入る。

どちらも深く貫かれたわけではなく、これほどの快感を覚えるのが不思議なほどだった。炎が燃え上がって肌を舐め尽くし、悦びが全身を走りぬけ、カイラは息をのんだ。

イアンが唇でクリトリスを覆いながら、カイラの両脚をつかんで腰を高く上げさせ、自分の両肩にそれぞれの足をかけさせた。カイラには、自分が彼に体を開き、すべてを奪う許しを与えていることがわかっていた。

イアンがクリトリスに向かってうめき、さらに指を深く挿入した。

カイラはイアンの髪から指を離した。悦びに浸りながら自分の乳房を包み、指で乳首をもてあそび、炎のような刺激を高めて、自分がばらばらになっていくのを感じる。

イアンにおぼれていた。どうしようもなかった。悦びは耐えられないほど、抗《あらが》えないほど大きかった。カイラは腰を高く上げ、エクスタシーにうめいた。指がさらに深くすべりこんできた。しかしまだ足りない。まったく足りない。

ヴァギナから二本の指が抜かれた。カイラは自分の乳首をつまんでさらに刺激を高めた。イアンが舌をひだのあいだで動かし、引きつる入口をちらちらと舐めながら、さらに深く尻に指を入れた。

「イアン、ああ、お願い。耐えられないわ。耐えられない」両足をイアンの肩に押しつけてさらに腰を上げ、二本の指が尻をゆっくり貫いていくのを受け入れる。

広がっていく焼けるような熱さに、呼吸を奪われる。指が徐々になかへと進み、自分を貫き、準備を整えるのが感じられた。

「だいじょうぶだよ、カイラ」イアンがやさしくひだにキスをして、唇で吸い、舌で洗った。

「俺がなんとかする」

カイラはベッドに頭を打ちつけた。殺すつもりだろうか。

イアンがさらにぐっと指を進めて、同時に舌を引きつるひだの奥へ入れたとき、カイラは自分が闘いに負けつつあることを知った。

「ファックして！」カイラは叫んだ。「いますぐ！」

「きみをファックしたくはないよ、カイラ。ほかに選択肢はあるか？」イアンの声は飢えと情欲でざらついていた。カイラは鋭く切実な叫び声をあげた。

ほかの選択肢はひとつしかない。それは受け入れられない。絶対に。

「それなら、わたしがあなたをファックするわ」カイラはうめいた。「お願い、イアン。こんなこと、耐えられない。

イアンが指を動かしてカイラの内側を広げ、体じゅうに強烈な炎を送りこんだ。全身に汗が流れて肌を濡らし、髪を湿らせる。カイラはなんとか正気を保とうとした。

イアンがまた舌でひだを撫でつけてから、指でゆっくり尻のなかを突いた。交互の愛撫に我を忘れ、絶頂が間近に迫って、体の奥の熱が高まっていく。

ここまで破壊的な悦びは、禁止にすべきだ。肉体を超えた悦び、それを与えた男に女を縛りつけてしまう悦び。

「男が自分の女のここを奪うとき、どれほど興奮するかわかるか？」イアンがまた指を奥にすべらせ、深く突きながら、ヴァギナに向かって話した。

カイラは必死に首を振った。

「麻薬よりすごいよ、カイラ。相手がここまで深く自分と交わっていると知るのは。それが体だけのことではないと知るのは。きみがほかのだれにも与えたことがないものを与えてくれると知るのは。それは、ファックすることを超えている。そうじゃないか？」

「だめ……」切実なうめき声は、体以上のものだとわかっているからこその、拒絶のすすり泣きだった。

イアンがやさしく吸うようにクリトリスにキスをして、指を引いた。それから覆いかぶさってカイラの脚を上げさせ、片手で両足首を握ってその場で押さえた。

ペニスの先端が、尻の禁断の入口に当てられた。カイラは懸命に目をあけた。

「俺にファックしてほしいのか？」イアンが苦痛に満ちた真剣なまなざしで、カイラの目をのぞきこんだ。「きみが欲しいのはそれだけなのか、カイラ?」

カイラは唇を開いた。心の奥深くに潜んでいた自覚がどっと押し寄せてきた。いまこれを拒否すれば、イアンに愛される可能性より、もっと大きなものを拒否することになる。イアンという男性そのものと、この先得られるかもしれないすべてのものを拒否することになる。イアンの愛は、わたしのここでの任務を受け入れ、理解してくれるだろうか? イアンを裏切るために来たのではなく、いずれは本人を破滅させるはずの決意から守るためだと、わかってくれるだろうか?

カイラは唇を舐めながら、硬い先端が押し入ってくるのを感じていた。

「愛して」カイラは苦しみにむせぶようにささやいた。「お願い、イアン。わたしを愛して」

カイラは背中を丸め、喉から声にならない叫びを漏らした。ペニスの先端が尻のなかに収まるのを感じた。目を見開いてイアンの目をのぞく。知らず知らずのうちに手を伸ばし、両手でたくましい上腕をしっかりつかんで、両脚を彼の肩にかけ、ぐっと押さえつけていた。

「愛してるよ、カイラ」イアンがざらついた声で言って、なかへと進みはじめた。「愛してる」

その行為の親密さがカイラの心を焼き尽くした。ゆっくり突くたびに、少しずつ奪っていくたびに、イアンは禁断の入口以上のなにかを手に入れ、体を満たす悦び以上のものを与えていた。

カイラはイアンの目を見つめ、おそらく自分の愛と同じくらい深い愛を注いでくれる男性を初めてとらえた。自分と同じくらい用心深く、不安を抱えた男性。しかし、たとえ一瞬ですべてを失ってしまうとしても、強い気持ちまで失うことはないと考える男性。

イアンは、そういう気持ちを受け入れてほしがっている。カイラが愛を与えたように、自分の愛を受け入れてほしがっている。見て、感じて、理解してほしいのだ。

イアンが根元まで身をうずめ、カイラを押し広げると、悦びが背筋を駆けのぼった。カイラは彼の愛にも、自分の愛にも逆らうのをやめた。それに浸り、それを自分のなかに取りこみ、ほかの男には一度も許さなかった部分への侵入を許した。

「完璧だ」イアンが顔をゆがめ、カイラのなかで動きを止めた。ペニスが脈打つたびに神経の末端に響きわたり、体のなかに強烈な刺激の波が集まってくるのを感じる。

カイラは欲情して熱く燃えた。体の芯から蜜がこぼれ、ひだを伝ってイアンが貫いている部分を覆い、潤滑剤と混じってさらになめらかになった。

イアンが腰を動かして突きはじめると、カイラのまわりで鮮やかな光がはじけ、目がくらんだ。

どうしよう。あまりにも心地よすぎる。こんな愉悦を味わったことは一度もなかった。これほど完全に奪われたと感じたことは一度もなかった。なかを突かれるたびに、叫び声はますます切実になり、解放への欲求が差し迫ってきた。それはどんどん大きくなって、体の奥を撫でつけ、カイラをのみこんだ。

「イアン！」カイラは彼の名前を叫んだ。少なくとも、そうしようと必死になった。

「もうすぐだよ」イアンがしわがれ声で言った。「もうすぐだよ、カイラ」

「いますぐよ。ああ、いますぐいかせて。お願い、ああ、イアン。耐えられない――」

体の芯が引きつり、クリトリスが痛いほどうずいた。あとひとつの愛撫。必要なのはそれだけだった。

カイラはやみくもにイアンの力強い手をつかんで、自分の太腿のあいだに押しやった。イアンは両ひざをついて身をうずめ、突き続けた。カイラは自分の指をクリトリスに近づけたが、イアンのほうが早かった。手のひらを上にして、二本の指をひだのあいだに押しこみ、手の甲でクリトリスをこする。

そして腰をさらに激しくすばやく動かした。尻の内側への愛撫が、すばらしい悦びをかき立てる。強く差し迫った突きが内側を駆り立て、指がひだを愛撫し、押し広げ、尻にうずめられたペニスが体を燃え上がらせた。

ついに解放が訪れたとき、カイラはばらばらになり、作り替えられたような気がした。彼の名を叫び、愛を誓う。声は割れ、イアンの声と同じくらいかすれていた。イアンも愛を誓い、同じくらい荒々しく熱い力を注ぎこんで、カイラのなかに自分を解放した。

熱くほとばしるものが尻を満たした。ひだがイアンの指を締めつけ、手の甲でこすられていたクリトリスがはじけた。カイラは達し、イアンのまわりで果て、彼の名を叫び、魂を開いて彼を受け入れた。

「愛しているよ、カイラ。ああ、心から、愛している」

イアンがカイラの上にくずおれた。汗がふたりの体を溶かしてひとつにし、荒い呼吸が寝室を満たした。

カイラはまぶたの重さと体のだるさを感じた。イアンが身を引いて体重をかけないようにしても、動けそうになかった。

起きてシャワーを浴びなくては。しかしカイラは目を閉じて、眠りに落ちていった。

イアンは濡れたタオルでカイラを拭いてやった。もう一枚で、乾きかけた汗をぬぐう。額から始めて下へ向かうと、カイラが小さくわなないたので、思わず口もとをゆるめた。拭き終えてから、毛布を引き、カイラの体をくるんだ。バルコニーの扉にかかった日よけの隙間から、朝一番のたっぷりした太陽の光が射している。

イアンは二十四時間以上目を覚ましたままだったが、カイラだってそうなのだ。二、三時間だけでも眠る必要があった。来るべき対決にソレルを引きこむまえに、力を取り戻さなくてはならない。

それから階下へ行ってディエゴに会い、情報を伝えなければならなかった。あいつはこの件に関わりたがっていた。あいつらふたりを、同じ場所におびき寄せてやる。子羊を解体処理場に連れていくかのように。

そのことはあとで考えよう、と自分に言い聞かせ、はらわたを締めつける小さな苦悶を無視した。ディエゴは子羊などではない。自分で選択をし、その選択があの男をここへ、この最後の対決へと導いたのだ。

イアンはカイラの顔にかかった髪を後ろへ撫でつけてから、毛布に潜りこんでとなりに寝そべった。カイラが自然に腕のなかへ寝返りを打った。眠っているあいだに、距離を保とうとせずに身を寄せるのは初めてだった。

イアンはカイラの唇にそっとキスをした。そうせずにはいられなかった。カイラはこれまで知らなかったものを与えてくれた。だれかを愛する機会を。イアンが炎のような苦痛に包まれて生きていることを知っているだれかを。

イアンが任務に当たるあいだ、カイラは床を歩きまわって泣くことはないだろう。もしかすると、彼女が目の届くところにいないとき、床を歩きまわって悪態をつくのは自分のほうかもしれない。彼女のことはわかっているからだ。

イアンはまゆをひそめた。すべてが片づいたら、なにかを変えなくてはならない。ふたりのどちらも、以前の生活には戻れないだろう。以前の生活はもう存在しない。ふたりのどちらも、この作戦が始まったときとはちがう人間になった。

けれどもイアンは微笑み、そこに後悔はないと気づいた。別の方法があるはずだ。常に別の方法、別の仕事はある。ふたりで生き延びられるのなら、当然、変わる覚悟くらいできるはずだ。

生きてここから抜け出せるのなら。

イアンは両腕でカイラを強く抱きしめ、天に祈った。カイラを守ってくれ。ほかにはなにもいらない。自分のことはどうでもいい。それは自分勝手な望みだから。自分の無事を祈りはしなかった。ただ、カイラの無事だけを祈っていた。

25

イアンは三時間眠った。カイラはもう少し眠るだろうと考え、ベッドから出てシャワーを浴びに行った。次の数時間のため、思考の面でも気持ちの面でも準備を整えなくてはならない。きょうは人を殺すことになる。夜が終わるまでには、もうひとり殺すだろう。シャワーの水しぶきのなかへ歩を進め、両手を壁に当てて頭をぐっと下げ、荒い息をつく。

まだ心配で眠れないほどではなかった。今朝の用件が片づいたら、一時間ほど昼寝をするつもりだった。いつでもどこでも、必要な睡眠を取る方法は身につけていた。たとえそれが、壁に寄りかかって数分眠ることであろうと、カイラを腕に抱いて二時間眠ることであろうと。

目を覚ました場所に戻りたくて、カイラを抱きしめたくて、両腕がうずき、引きつった。

ちくしょう、こんな調子では自分自身を危うくしてしまう。これは任務であって、自分の頭や心が混乱していることに対する言い訳ではないというのに。しかしカイラに関するかぎり、いまの自分はまさにそういう状態だった。

不意に、二年のあいだ現実と考えていた計画を疑いはじめた。自分の動機を疑い、この件に関わった理由を自問しはじめた。名誉、栄光、アメリカの流儀。うわべの口実としてはすばらしかったが、人が父親殺しを企てるとすれば、それ以上のなにかがあるはずだ。個人的な憎しみ。それは不毛な二十年の歳月をかけて、個人的な憎しみになった。イアンはぼんやりした嫌悪感とともに、その憎しみが、身の危険が去ったあとも自分の人生を形作ってきたことに気づいた。

カイラがイアンを変えつつあるのだ。いや、その言いかたはまちがっているかもしれない。それは変化ではなく、発見のようなものだ。長年のあいだ魂の大部分が空っぽに思えた理由を、カイラに気づかされた。アトランタで彼女に出会うまで、自分がなにを求めていたのか、なにを探していたのかにさえ気づいていなかった。出会ったときですら、それを否定し、追いやろうとしていた。

自分は最悪の部類の男性優越主義者だが、カイラが任務に加わるのを許し、常にとなりに立たせた。カイラのことになると頭がうまく働かなくなるとはいえ、理屈では、彼女が有能な諜報員であることはわかっていた。しかしさまざまな感情が、待ち伏せをし、不意打ちを食らわせた。

そしていま、イアンはその感情にさいなまれていた。

これからさらに多くの血が両手を染め、ソレルとの会合が始まれば、ますます多くの血が流されるだろう。カイラも多少は流血に慣れているはずだが、彼女の目の前で人を殺したくはなかった。カイラがひそかに信じているらしき、白馬の騎士というイメージを壊したくなかった。

イアンは首を振って、刺すような湯に顔を向け、心のなかで愚かな自分を蹴飛ばした。ちくしょう。カイラはいつも、こちらのはらわたを締め上げ、身動きを取れなくさせる。それを止める方法はなさそうだった。なにを試そうと、自分は正しいことをしているのだと何度胸に言い聞かせようと。

その場に立って弱い自分をしかり飛ばしていると、カイラを感じた。くそっ。また頭を下げて水しぶきを浴びる。バスルームにすべりこんできた音は聞こえなかったが、カイラを感じた。ただの気配ではなく、彼女の気配を。柔らかく、温かく、意欲に満ちた、自分のものである女の香りがした。

振り返ると、シャワー室の扉があき、広い個室にカイラが足を踏み入れた。

カイラはなにも言わず、イアンの舌も麻痺《まひ》して動かなかった。彼女の両手が背中を撫で下ろした。

「もう少し眠らなければ」イアンは咳払いをした。すでに潰れている声が、まるで怪物のうなり声のように聞こえているのはたしかだった。カイラがからかうような笑みを浮かべた。

「寒くなったのよ」顔に跳ねかかる湯のしずくに目をしばたたく。

そんなはずはないことはわかっていた。室温は調節されていて、寒くなるはずがなかった。

そう、カイラはイアンと同じくらい、体の内側が熱く燃えているのだ。数時間前、ふたりであれほどの愉悦を味わったあとでも。

イアンはカイラに腕を回し、シャワー室の壁に押しつけた。じっと見下ろし、情熱に煙る目を眺める。膨らんで痛いほど硬くなった股間に反応しているのが感じられた。

こんなに硬くなるべきではない。ひざを曲げてその部分をなめらかな熱いひだに押し当てるべきではない。

やるべき仕事がある。殺し屋たちに対処し、麻薬カルテルの事業を動かさなければならない。ソレルとディエゴの頭に銃弾を撃ちこむ瞬間まで、ゲームを演じなければならない。そのためには計画を立てる必要がある。セックスにおぼれている場合ではない。

「陛下に行かなければ」イアンはふっくらと熟れた乳首のほうへ顔をうつむけた。喘ぎ声が聞こえた。頭のなかで入り乱れる思考と感情を整理しようと必死になる。

「わかったわ」しかしカイラは両手をイアンの髪に差し入れ、頭を胸の前で押さえた。

イアンは唇で乳首を包み、口のなかに引き入れて、舌でもてあそんだ。撫でつけ、転がし、何度も強く吸う。

「あなたは荒々しい男ね」カイラの声には満足の響きがあった。イアンは唇で首もとまでたどり、なめらかな首筋を舐め、ついばんだ。

ああ、カイラの肌の味が好きだ。彼女の香りに浸るのが好きだ。

「ムラムラしている男だよ」イアンはつぶやいた。

カイラが笑って、両手をイアンの肩に置いて押しやり、こちらが止めるまえにひざまずいた。

イアンはカイラを見下ろし、動けなくなった。自分の猛る部分が彼女の柔らかなピンク色の唇に向けられているのを見て、論理的なことはなにも考えられなくなった。

カイラが美しい唇から舌をのぞかせ、先端のすぐ下をなぞると、イアンは背筋を駆けのぼる猛烈な悦びに歯を食いしばった。

もし、我に返る機会があったとしたら、カイラの体を引っぱり起こし、抱き上げて両脚を腰に巻きつけさせ、太腿のあいだの天国に身をうずめていたかもしれない。しかしカイラは、そんなに簡単にことを運ばせようとはしなかった。

唇で笠の部分を覆い、奥までくわえて、長くゆっくり吸いはじめる。それから両手で竿を包み、喉からうめき声を漏らした。

「ああ、そうだ」イアンはこの世でもっとも淫らで熱いフェラチオに身をゆだねた。

やわらかな唇が包みこみ、きつく熱い口が撫でつけ、舌が巻きついて小さく鋭い快感を伝える。

「もっと深く」イアンは両手をカイラの濡れた髪に差し入れて、指で髪の房をつかみ、両脚をしっかり踏んばった。「もっと深く吸ってくれ、カイラ」

眠そうで淫らな表情が、カイラの容貌を一変させていた。えもいわれぬ美しさだった。そしてカイラは、気に入りのごちそうを味わうかのように、イアンのペニスを吸っていた。イアンはその姿を愛し、カイラを愛した。

ああ、彼女を愛している。

ペニスが舌に沿ってさらに奥へすべり、うめき声が竿を震わせるのを感じた。

「もっと深く」イアンは促した。声はひどくしわがれて、自分でも聞き取りづらいほどだった。「さあ、ベイビー、俺の望みはわかるだろう」

カイラの目にためらいがよぎり、イアンはふと動きを止めた。もしかすると、ここまでした経験はないのかもしれない。これほど深く、男が我を忘れて身をうずめるほど深く口に受け入れたことはないのかもしれない。

イアンは笑みを向けた。「さあ、力を抜いて。こうするんだよ」

指で髪をぎゅっとつかみ、少しだけ頭を後ろに傾けさせて、ペニスの先端と柔らかな喉の奥をまっすぐにそろえる。

「鼻で呼吸をするんだ、力を抜いて。いいよ、カイラ。すごくいい」

イアンは目を細めてカイラの鼻孔が広がるのを眺め、ふたたび動きはじめた。腰を引いていったん口から抜きかけてから、先ほどより少しだけ深く挿入し、カイラが締めつけるのを感じる。

「力を抜いて」ああ、すばらしい。この究極の深みを切望していた。口の奥が巧みに締めつけ、舌が竿の下側に沿って波打つ。

イアンは身を引き、ふたたび口を満たしてほんの一瞬だけ究極の深みに触れてから、退いた。焼けつくような熱さに、体がばらばらになりそうだった。

「もう少し」イアンは息を弾ませた。「もう少しだけ」

ああ、なんてことだ。生きたまま焼かれて死にそうだ。解放への欲求が燃える槍《やり》のように背筋を駆けのぼり、脳を焼き焦がした。

カイラが長い黒髪を背中に垂らし、エキゾチックな顔に欲望の色を浮かべて、男の味に飢えているかのように吸い続けた。

イアンは歯を食いしばって必死にこらえ、ふたたび唇を押し分け、達するまでに死んでしまうのではないかと考えた。

完璧だった。嵐のなかの安息所、ハリケーンの目、火山の深み。灼熱の悦びだった。もうこれなしでは生きられないとわかっていた。

カイラの口の奥がゆるみ、先端を包んだあたりが波打つのを感じた。喉の筋肉が引きつって締まると、イアンはいつの間にか自制心を失い、熱い液体をほとばしらせてカイラの口を満たしていた。

息を詰まらせたような叫び声が、ふたたびペニスを波打たせた。撫でつける両手、すばらしい口。イアンは頭をのけぞらせ、湯気が立ちこめたシャワー室にしわがれた叫び声を響かせながら、カイラの喉に向かって自分を解放した。

ちくしょう。カイラはイアンをくわえたまま、口の奥の筋肉を引きつらせ、震わせて、悦びをさらに増した。イアンはなんとか唇から自分を引き抜いた。そうしなければ、突くのをやめられなかっただろう。解放はこの上なくすばらしく、途方もなく熱かったが、いまはもっと多くを求めていた。

カイラを引っぱって立たせ、両手で尻をつかんで持ち上げた。

「俺を包んでくれ」うなり声で言う。

カイラが両脚をウエストに巻きつけ、両腕を肩に回した。イアンは太腿のあいだのなめらかな熱いひだに、身をうずめた。ゆっくり貫きはしなかった。できなかった。太腿に力を入れてカイラを支え、荒々しい声をあげながら、熟れて湿った入口に押し入る。

「ちくしょう」イアンは奥歯を噛みしめた。カイラが肩に向かって叫び、肌に歯を食いこませた。

炎に身をうずめているようだった。全身を稲妻が走りぬけ、甘く淫らな欲望の波が先端から伝わってくる。

根元までうずめると、急速に悦びの深みへと誘われた。

カイラをシャワー室の壁に押しつけ、尻をぎゅっとつかんでから、いったん身を引き、深く強烈なひと突きで貫く。うめき声をあげ、カイラの名をささやき、首に顔をうずめると、カイラが叫び声をあげた。もう止められなかった。

　カイラと体を交えることは必要不可欠だった。現実がはぎ取られ、その部分が悦びと、抱き合うことでしか得られない淫らな一体感で満たされる。それを求める気持ちが、自分の存在の隅々にまで行きわたっていた。

　カイラは自分の一部だった。彼女の体を満たすとき、彼女は俺の魂を満たす。彼女を失えば、俺は粉々になってしまうだろう。

「抱いていてくれ」イアンはささやいた。以前にも同じ言葉をささやいたことはわかっていた。何年もまえからこうしてほしかったことはわかっていた。

「ええ、いつまでも」カイラの声がイアンの自制心を打ち砕いた。「いつまでも」

　イアンは激しく突いて、自分のまわりでカイラがはじけるのを感じた。熱い液体を彼女のなかにほとばしらせ、注ぎこみ、しるしを刻む。自分の一部が、彼女のなかに永遠に残るように。

　解放の最後のわななきが背筋を走りぬけたあとも、カイラから手を離すことはできなかった。湯がふたりに降りかかって、温かい湯気を立てて流れ落ちていた。しかし触れ合った肌を引き離すことを考えると、体がこわばって拒絶した。こんなふうに、ここで永遠にカイラを抱いていたかった。世界を寄せつけず、ふたりの外側になにかが存在するという事実を拒否して。

「お湯が冷たくなってしまうわよ」南部訛りのある口調はけだるく、満足感に満ちていた。

イアンはうなり声で答え、カイラの首に顔をうずめたまま、ときどき舌で肌をなぞって、小さなわななきを感じ取った。

カイラはそれ以上なにも言わず、ただしがみついて、両手でイアンの首を撫でていた。イアンはなんとか体を離す力を呼び起こそうとした。

頭を上げて、カイラの目をのぞきこんだ。しっかり抱きしめたままでいると、カイラがシャワー室の床に足をついた。濃いグレーの瞳を、藍色の輪が取り囲んでいる。妖精のようだ。あるいは、子どものころ何度も母に聞かされた物語に出てきた、いたずら好きの子鬼のようだ。

「きみは俺の弱みだ」イアンは現実を言葉にして噛みしめた。

「あなたはわたしの強みで、わたしはあなたの強みよ、イアン。わたしたちはふたりで戦ったほうが、より有能で強くなれるわ。わたしを追い払おうとしないで」きまじめな決意が目を輝かせた。「わたしは立ち去らないわ」

カイラがそう言うまで、イアンは自分がどうするつもりでいたのかに気づかなかった。

「気が散ってしまう」

「いずれもっと気が散ることになるわよ。この件が片づいたら、角材で頭を殴ってあげるから。わたしは保護下に置かれはしない。温室育ちの花でも、弱みでもないわ。自分の身の守りかたくらい心得ていることは、あなたにもわかってるでしょう。また蒸し返すのなら、これからディエゴに会うとき、足を引きずっていくことになるわよ」

カイラは荒々しく奔放な女だ。イアンの胸が誇りでいっぱいになった。まっすぐ向けられた顔は、これまでに会ったどんな女より決然として、かたくなで、自信たっぷりに見えた。

「午前中のうちに、ミュリエルは死ぬことになる」イアンは警告した。「あいつがスパイだとばれたことが、ソレルに伝わるような危険は避けたい。俺はあいつを殺す」

カルテルの実権を握って以来、学んだことがあった。警告を受け取る時間を敵に与えてはならない。この世界では、敵を捕虜にするのは、自分の喉を切るナイフを相手に渡すことと同じだ。そんな危険は冒せない。カイラの命まで危険にさらすことはできない。そしてミュリエルを殺すというのは、罪のない人々を麻薬取引で破滅させるろくでなしが世の中からひとり減るというだけのことだ。

ミュリエルの罪はわかっている。あいつが犯した罪はわかっている。イアンが自分ひとりの判断でそれを償わせるのだということも。

イアンはうなずいた。シャワーヘッドの上の小さな棚から浴用タオルを二枚取り、一枚をカイラに渡す。

「それじゃ、決まりだ。シャワーを浴びて、取りかかろう」

カイラは戦いに備えた服装をした。ぴったりした柔らかな黄褐色のレギンスと、それに合う綿のタンクトップを身に着け、はき心地がよくて丈夫なショートブーツをはいた。それから肩掛けホルスターを装着し、上に焦げ茶色のブレザーをまとったが、観察力、あるいは経験のある人物なら、カイラが武装していることに気づくはずだった。

もちろん、ディエゴが見逃すはずはなかった。ふたりが小さなオフィスに入っていくと、裏切り者の従弟ミユリエルとともに座っていた場所で、ディエゴが振り返った。片方のまゆをつり上げてカイラと目を合わせ、次にイアンと目を合わせる。

「彼女は武装しているのか？」もったいぶった口調で、イアンに質問した。

「恋人とともに戦争に行く女は、彼女が初めてじゃないさ」イアンが切りつけるように言って大股で部屋の奥へ進み、ディエゴがあっけにとられて振り返ると同時に、銃の台尻でミユリエルの後頭部を殴った。

ミユリエルが椅子の上にぐったりと倒れこんだ。乱れた黒髪が日に焼けた顔を覆う。なにが当たったのかに気づくまえに、意識を失っていた。ディエゴが椅子から立ち上がり、疑念に顔をこわばらせながらも、怒りに満ちた黒い目をイアンに据えた。

「ミユリエルがなにをした？」

その質問にイアンが驚いたことが、カイラにはわかった。一瞬だけまなざしに驚きをひらめかせてから、ディークに手で合図する。

「服を脱がせろ。追跡装置を着けてないことを確認してから、縛って地下室に閉じこめておけ。あとで俺が始末する」イアンがディークに命じた。

護衛が太ったコロンビア人を椅子から引き上げ、肩に担いで部屋から出ていった。トレヴァーとメンデスとクリストが、イアンとカイラを囲んで防御態勢を取った。

ディエゴが彼らの動きを目で追ってから、イアンに向き直った。

黒いスラックスに白い絹のシャツという洗練された服装をして、白髪交じりだがいまも豊かな髪を首の後ろへ撫でつけ、黒いゴムで縛っている。その父親が、息子を冷ややかに見つめた。

「質問をしたんだがね、イアン」ディエゴが言った。「ミュリエルがなにをした？」

イアンが片方の手に持っていたファイルを振り上げて、二脚の椅子のあいだに置かれたテーブルにぴしゃりとたたきつけた。

「あいつはアスカーティに、つまりソレルに、ネットワーク全体の情報を与えていた。あいつを中枢からはずすように言っただろう。憶えてるか、ディエゴ？」

ディエゴの黒い目に絶望がよぎった。ゆっくり椅子に座り、ファイルを開く。鮮やかな色の写真が目の前に広げられた。

カイラはイアンの顔をちらりと眺め、そこに後悔がひらめくのを見た。しかしそれは現れたときと同じくらいすばやく消え、写真に集中していたディエゴには気づかれなかった。

「わたしたちを裏切る必要などなかったのに」ディエゴが重苦しいささやき声で言った。「ミュリエルが頼みさえすれば、わたしはなんだって与えただろう」

「では、あいつにふさわしいものを与えてやれ」イアンがぴしゃりと言った。「でなければ、俺がやる」

ディエゴが苦々しげに唇をゆがめ、視線を上げてイアンを見た。カイラには、苦痛と怒り、そして心の奥に秘めた悲しみが見えた。この男にそれを感じる権利がないことはわかっていたが。

「敵に情報を渡すところだったメイドを殺してはならないが、生まれたときから弟のように思ってきた従弟は殺していいというのか？」

「あんたが、報いを求める権利を要求したんだろう」イアンが肩をすくめた。「あんたがそれを行使するか、あるいは言ったとおり、俺がやるかだ。あの野郎を殺すことにはなんの問題もないね。リスはまた別の話だよ、ディエゴ。その件について、俺に思い出させたくはないだろう」

「では、おまえがその楽しみを味わえばいい」ディエゴが疲れたように首を振った。

「やわになったのか、親父？」イアンがきびしい口調で言った。「いいことを教えてやろう。先週、俺のリムジンを吹き飛ばそうとした計画の背後にいたのがミュリエルだ。それでも驚かないなら、ミザーン兄弟との会合と、そこに現れた暗殺者の件に当たってみるといい。ミュリエルは死ぬ。親友のアスカーティともう一度連絡を取って、俺たちがあいつを狙ってることを警告するまえにな」

ディエゴが疑わしげな目つきをした。「アスカーティがソレルと関わっているという証拠があるのか？」

「それよりずっと好都合なものを手にしている」イアンがうなり声で言った。「ただちに動けるよう、態勢を整えておいてもらいたい。連絡が入ったら、ソレル本人と顔を合わせることになるだろう。そしてこの戦争に、きっちりと決着をつけてやる」

イアンは恐ろしいほど冷静だった。カイラは慎重に彼を眺め、長いあいだ抑えてきた怒りがふつふつと表にわき上がってくるのを見て取った。

ディエゴとヤンセン・クレイとソレルは、シール隊員のネイサン・マローンを一年半以上にわたって拘束し、拷問することを大いに楽しんでいた。イアンは、ディエゴがその拷問に関わったことを知っていた。ソレルにはシール隊員が死んだと思わせておき、その後も拷問を黙認し、後押ししたことを知っていた。

イアンの心の奥深くでは、後悔がはかない光のようにともっているのかもしれない。しかしこの瞬間、彼のなかでディエゴの死が確定していることはわかっていた。

「で、どうやって手はずを整えたのだ？」ディエゴが椅子から立ち上がり、バーのほうへ歩いていった。酒を注ぎ、唇へ運ぶ。その手が震えていることに、カイラは気づいた。

ディエゴはすばやく酒を飲み干すと、もう一杯注いでからイアンに向き直り、問いかけるように片方のまゆをつり上げた。「詳細を尋ねたんだがね、息子よ」

イアンの肩がかすかに緊張でこわばるのが見えた。ディエゴに対する嫌悪感をあらわにしないよう、無意識に防御の姿勢を取っているのだろう。

彼の苦痛が感じ取れた。目には見えなかったが、カイラは彼のために心を痛めた。なぜなら、この怪物のような男は彼の父親であると同時に、人々を殺し、子どもたちに麻薬を与え、みずからの行為が引き起こす悲劇に考えを向けることもなく、たくさんの人を傷めつけてきたからだ。

毎日この男とイアンは向き合っている。憎悪と、自分がこの男の種から生まれたのだという恐ろしい認識と向き合っている。カイラは、自分だったらその重圧に耐えられるだろうかと考えた。きっと耐えられないだろう。イアンが演じているようなゲームを演じさせられたら、自分のなかのなにかが死んでしまうだろう。

「あんたに教えられることはないよ、親父」イアンが荒々しい声で言った。「俺は、ソレルがいま欲しがっているものを手にしている。あいつはそれを奪いに来る」

イアンの目に残忍な炎が揺らめいた。「あんたの従弟は俺が始末する。あんたは動く準備を整えろ。すぐさま出発するかもしれない」

「いまになって、遊ばせてやろうというのか?」ディエゴが皮肉をこめて言った。「なにごとだ？　地獄が凍りつきでもしたか？　おまえがついにわたし自身の事業にわたしを関わらせることにしたいま、この輝かしい忠誠心をどこに傾ければいいのだ？」

苦痛。イアンがミュリエルを殺すことに触れたとき、ディエゴの目に苦痛が燃え上がるのが見えた。

「いい加減にしろ、親父。約束しただろう。時が来たらともに行動すると。いまやっているのがそれだ」イアンがどなった。〝親父〟という侮蔑的な呼び名の使いかたに、カイラは思わずひるみそうになった。イアンのことをよく知らなかったなら、もしかすると楽しんでいるのではないかと思えるほどだった。しかし彼の目には微妙な影が差し、体からは緊張感が漂っていた。

ディエゴは黙ってイアンを見据えた。悲しみに顔をゆがめてから、疲れたようにうなずき、バーに向き直る。部屋には、緊張感と、ふたりの男の反発し合う力と、ふたりを縛りつけながらも正反対の道へ進ませた父子の因縁がみなぎっていた。

カイラにとってそれは胸の張り裂けるような場面だったが、おそらくイアンにとっては、ようやく訪れた任務の終幕の始まり、生きることを余儀なくされた生活と、日々流さなければならなかった血から逃れるための第一歩にすぎないのだろう。

イアンは、ディエゴが傷ついていることを認めまいとし、自分が信頼していた者たちに裏切られたときのことを思い起こしながら、後悔の苦しみを認めまいとした。そういうことが頻繁にあったわけではない。イアンはすぐに人を信用する性格ではないからだ。しかしその苦しみと屈辱は知っていた。それが魂のなかに凝縮され、いつまでも消えない傷を残すことは知っていた。

ディエゴ・フエンテスが、裏切りによる屈辱を感じる資格があるのかどうかはよくわからない。この男は何年ものあいだ世の中にばらまいてきた恐怖によって、身を焼かれ、千回殺されて当然なのだから。

しかし、イアンがともに行動すると言ったとき、ディエゴの目にはかすかな希望の光が宿った。そして、一度ひどく蹴りつけられたことのある子どものように、すばやく感情を隠した。

いったい俺はなにをしているんだ？ イアンは自問した。カルテルに参入する任務など、受けるべきではなかった。そもそも実行に移すべきではなかった。DHSの命令など無視して、単にライフルで狙いをつけ、引き金を引くべきだった。

DEAはディエゴを生かしておきたがっている。DHSもディエゴを生かしておきたがっている。だれもがあいつを生かしておきたがっているが、イアンは殺すと誓っていた。必ず殺してやる。それがどれほど卑しむべき行為でも、ほかに道はない。自分までディエゴを裏切ることになるという理由で、ほかのシール隊員を、ほかの友人を苦しめるわけにはいかない。

「その会合はいつ行われることになる?」ディエゴがあきらめたような、奇妙に疲れた声できいた。

「すぐのはずだ」イアンは胸の前で腕を組み、ディエゴを見据えた。「あいつがひどく欲しがっているものを手にしているからな」

「それは?」ディエゴは無関心を装い、宿敵の最期が迫っていることより、飲み干せる酒の量を気にしているかのようにふるまった。

「あいつの娘だ」

ディエゴが驚きのまなざしでこちらを見返し、それから歓喜の表情を浮かべた。

「娘はただの想像の産物だとばかり思っていた」信じられない様子で目をしばたたく。「娘を捕らえているのか? ここにいるのか? 別荘に?」ディエゴの目が見開かれ、満足げに光りはじめた。「地下室にいるのか?」

イアンは怒りに歯を食いしばった。

ちくしょう、こんなときでさえ、この男の心を動かすのは、死のにおいか、いまわしい地下室で演じられる淫らなゲームだけなのか。あるいは、ミュリエルのように、そのゲームをともに演じた友人の死か。

「娘は地下室にはいない」イアンは声に怒りをにじませて、きっぱりと言った。「安全な場所に捕らえてある。あんたが心配すべきなのはそれだけだ」

ディエゴが顔をしかめた。「おまえは、わたしが楽しんでいるちょっとしたゲームの価値をまったく理解していないようだな、イアン？」

「ああ、しないね。いまそのことについて話し合うつもりもない」ディエゴを前にすると、ときどき、特別にわがままな子どもの相手をしているかのような気分にさせられた。

イアンはディエゴがかすかな笑みを浮かべたことに気づかなかった。しかしカイラは、ディエゴの唇がぴくりと動き、黒い目にいたずらっぽい愛情がよぎるのを見逃さなかった。

26

故意にディエゴはイアンを苛立たせていた。テイヤを力ずくで遊戯室に連れこむことについては、本気ではないだろう。カイラの調査によれば、ディエゴは積極的な女を好むからだ。しかし、イアンを刺激して機嫌を試すことについては本気のようだ。十代の息子が父親の権威を茶化してやろうとするかのように。おそらくディエゴは、これをゲームと見なしているのだろう。夢見ていた息子との共同経営がかなわず、イアンが独裁的なやりかたでカルテルを引き継いだことに対する反発にちがいない。

ディエゴは人生のよきものを息子と分かち合いたかったが、イアンは分かち合おうとしなかった。ともに人を殺しはしなかった。ディエゴが血を流すたびに、イアンが腹を立てたからだ。ともに策略をめぐらすことも、計画を立てることもなかった。だからディエゴはイアンをからかって刺激し、うさ晴らしをしている。息子が感情の片鱗を見せてくれることに対するほんの小さな感謝、ある程度の自信。イアンはナイフを向けてはこないし、怒りを爆発させることも、殺すとか立ち去るとか言って脅すこともない。ディエゴは、希望があると信じている。

カイラはふたたび、罪の意識にさいなまれた。もしイアンを止めることに失敗したら、ディエゴが死んでいくのを見るのはどれほどつらいだろう。この男は怪物ではあっても、息子の興味を、それ以上に息子の愛情を心から求めているのだ。

あまりにも激しい同情の念が押し寄せてきたので、カイラは思わずディエゴから顔をそむけた。不運なことに、まっすぐイアンの目をのぞきこむことになってしまった。その目はあまりにも多くのことを見抜き、カイラの同情をとらえて、警告のまなざしを返してきた。

引っこんでいろ。

口に出して言う必要はなかった。要求を感じ取れた。イアンは同情など見たくないし、聞きたくもないのだ。そして後悔したくもない。しかし、カイラは彼の目に後悔を見て取った。後悔と固い決意を。

「ゲームは人生のスパイスだよ、イアン」ディエゴが言って、イアンの注意をカイラから自分に引き戻した。望みどおりに。そちらに注意を向けてもらったほうがありがたかった。カイラの胸に罪の意識が渦巻いた。

「ゲームにはうんざりだ」イアンが肩をすくめた。「部下たちを位置につかせて、オラニエスタッド郊外の倉庫のまわりに集合させ、防御態勢を取らせてくれ。ソレルは、俺たちがそこに娘を隠していると推測するだろう。あいつが攻撃するつもりなのか、交渉するつもりなのか、見極めることにする」

「しかし娘はそこにはいないのだな」ディエゴがつぶやいて、机に移動し、ノートパソコンを開いた。

椅子に腰かけて、ちらりと眉根を寄せ、キーボードの上ですばやく指を動かしはじめる。

「あの倉庫の購入には、名のあるカルテルの関連企業は関わっていない」ディエゴがイアンに言った。「じつのところ、非合法な目的ではなく、数少ない合法的な目的のために利用してきたのだ」その口調には、少しばかり驚きが含まれていた。電話に手を伸ばし、受話器を取る。

番号を押しはじめたディエゴの手を、イアンがつかんだ。カイラはディエゴと同じくらい驚いてそれを眺めた。イアンが慎重に電話を切った。

自分のジーンズのベルトに留めたホルダーから、小さな電子機器を取る。カイラは思わずため息をついた。まだ妨害電波発信機に触らせてもらっていなかった。イアンがスイッチを入れて電話のそばに置いてから、ディエゴに電話するよう合図した。

ディエゴがふんと鼻を鳴らして番号を押した。「科学技術が常によいものとは限らんよ」「だが、最後にはそれに救われるのさ」イアンがうなり、ディエゴから顔をそむけて、またカイラと目を合わせた。

カイラは軽いブレザーのポケットに両手を押しこみ、身を縮ませたくなる衝動を抑えた。

ディエゴが部下たちに配置につくよう命じるのを、上の空で聞く。ディエゴは理由を説明しなかった。もちろん、その必要はない。三十年以上にわたる血と死による支配と、殺し屋としての評判が、部下たちに一も二もなく命令を厳守させていた。

「すんだぞ」ディエゴが受話器を元の位置に戻し、ノートパソコンに向き直った。「まだ参加させてもらえる余地はあるというわけだ」パソコンの画面の向こうでぐるりと目を回したようだった。「近いうちに予定外の航空機が着陸した場合、報告が得られるかどうか見てみよう。ソレルは船では来ない。時間がかかりすぎるからな」

「あいつはすでにアルバにいる」イアンが胸の前で腕を組み、ディエゴをにらんだ。

ディエゴが疑いのまなざしを息子に投げた。「やつがここにいれば、わたしにはわかる。ほんとうだ。ソレルは正体を隠すのはうまいかもしれないが、存在を隠すのはそれほどうまくない。やつの赴《おもむ》くところでは、死と若い美女の失踪が続いて起こる。もう一年以上、アルバで失踪は起こっていない。ほんとうだとも。やつはまだここにいない」

カイラがふたりの男に背を向けたとたん、ディークと視線がぶつかった。ディエゴとイアンは、ソレルがこの島にいるか否かで言い争いを始めた。要領を得ない無益な言い争いに思えたが、よく注意を払っていると、言葉にされない感情と、会話の底をゆらゆらと流れるものが見えてくるようだった。

「あんたは麻薬王であって、テロリストではないんだ、ディエゴ」イアンが冷ややかに指摘した。「あんたは特殊な悪について、自分で思ってるほど詳しくはないのさ」

「テロリストたちも、さほどのちがいはない」カイラが向き直ると、ディエゴが肩をすくめた。

椅子に背を預けて息子を眺め、唇の端をゆがめる。「わたしたちはどちらも展望を持ち、その展望に向けて戦う。わたしたちには、麻薬の刺激を楽しむ権利がある。武器を携帯する権利や、アメリカ人が謳歌《おうか》しているらしき言論の自由があるのと同じことだよ。個人的には、麻薬常用者というのは、アメリカがいかにも誇らしげに選出している怒りっぽくてどこかずれた議員たちより、よほど教養があって、人づき合いもうまく、御しやすい人々だと思っているんだがね」

イアンが、我に返ろうとするかのように、すばやく首を振った。

「きょうはふざけたまねはやめてくれ、ディエゴ」吐き出すように言う。「そういう気分じゃないんだ」

「でも、一理あるかもしれないわよ、イアン」カイラはものうげに言った。「考えてみて。政治家たちがみんな、いそいそと近くのコンビニエンスストアに一回分の麻薬を買いに行けるようになれば、法や自由について議論して、国じゅうの人たちを頭痛で悩ませることもなくなるかもしれないわ。無秩序が、平和に国を支配するかもね」

ディエゴがいかにもおもしろそうに、大声で笑った。

「じつに賢い女性をものにしたな、息子よ。しばらくは手放さないつもりでいることを願うよ」

イアンがまたカイラと目を合わせた。陰気で険しいまなざしだった。カイラの背筋がぞくりとした。そこに警告を読み取ったからだ。

「ミュリエルを尋問する必要がある」イアンが、ディエゴの発言には応じずに言った。

それは意図的なものだった。みるみるディエゴの目からユーモアが消え去り、苦痛が揺らめいた。しかしそれでも、イアンは満足していないようだった。彼のなかで緊張と、決着をつける必要性が高まっているのがわかった。

「カイラ、先に話す必要がある」イアンが歩み寄ってきたので、カイラは驚いた。腕をつかまれ、ドアのほうへ引っぱられる。「すぐ戻ってくる」イアンが肩越しに言った。「ディーク、外の警備隊と連絡を取り合って、なにかあったら知らせてくれ」

「了解、ボス」

イアンがドアを閉め、きびきびと階段のほうへ向かった。

「いったいなんなの?」カイラは憤然と言った。

イアンは張りつめた表情で黙っていた。寝室に入り、勢いよく扉を閉める。机に歩み寄り、部屋の警備システムを確認してから、引き出しを閉じてこちらを振り返った。

目のなかで吹き荒れる嵐、自制心を危うくする怒りが見えた。

「あいつに同情なんかするな」イアンが低く真剣な声でどなった。「きみの目に、きみの表情にそれが見えた。たとえ一瞬でも、あいつを救えるなどと考えるな」

カイラはそわそわと唇を舐めた。あの男を救う以外に、選択の余地はない。

「あの男は怪物よ」カイラは言って、イアンの目に満足の色がよぎると、大きく息を吸った。

「でも、息子を愛している怪物だわ」

「ちくしょう！　こうなることはわかってた」イアンが指でダークブロンドの髪をかき上げ、野蛮なほど研ぎ澄まされた完璧な顔をあらわにした。「きみがこの島にいるのを見た瞬間から、こうなることはわかってたんだ。きみは感情で判断を曇らせている。よくもそんなことが言えるものだな？」

「わたしの感情はなにも曇らせていないわ、イアン」カイラは低い声できっぱりと言うと、慈しみをこめてイアンを見つめ、彼のために胸を痛めた。「わたしには、あなたが見ようとしない真実が見えるだけよ」

イアンがきつく眉根を寄せて、怒りに顔をこわばらせ、唇を引き結んだ。

「心理学のごたくはやめてくれ」ぴしゃりと言う。「聞きたくない。感情を抑えておけないのなら、部隊の連中のところへ行って、俺の邪魔はしないでくれ」

これは手痛い一撃だった。

「俺のやりかたに従えないなら出ていけというわけ？」カイラはすばやく息を吸ってきいた。

「まあ、イアン。少し時間がかかったけど、なぜこれまでシール隊員を恋人にするのを避けてきたかを思い出したわ。あなたの態度は最低よ」

「思い出すのにそんなに長い時間がかかるのなら、自分の身を守るために閉じこもっているべきだったな」イアンがうなって背を向け、広い居間を歩きまわってから、厚い詰め物がされたソファーにどさりと座って、激しい怒りのまなざしを向けた。「自分になにができると考えてるんだ。あいつを救うのか？　なぜ？　狂犬病にかかった犬を救うようなものだ」

イアンがこちらをにらみ、まゆをひそめた。男の自尊心を傷つけられ、腹を立てているような表情だった。

カイラは両手をブレザーのポケットに入れ、疲れたため息をついた。真実を話すわけにはいかない。そう命じられているからではなかった。きっとここまでイアンを引っぱってきた自制心が、ぷつりと切れてしまうだろうからだ。この醜く堕落した世界のなかで、ただひとつの目的を胸に秘め、それに向かって計画的にものごとを進めながら生きてきた。それが奪われそうだとわかれば、イアンは追いつめられ、忠実なアメリカの諜報員であることをやめて、悪の道に堕ちてしまうかもしれない。

「あなたの言うとおりだわ」本心からそう思っていた。

イアンがぐっと顎を引いた。「だったらいったいなんで、あの人でなしのために胸を痛めたりする？　いいか、カイラ、否定しようとするなよ。階下で、きみの表情と目のなかに、はっきりそれが見えたんだからな」

イアンがソファーから立ち上がって、バルコニーの扉のほうへ向かった。

「ネイサンのことを憶えてるか？　あの病院で見たことを憶えてるか？」怒りに体を震わせながら、こちらを振り返る。「俺は、カリフォルニアの地獄のような場所からあいつを連れ出したとき、あいつの姿を見た。瘦せて骨と皮だけになって、憑かれたような目をしていた。心も体と同じくらい壊れていた。きみは見なかっただろうが、俺は見たんだ」

「そして彼はあなたの友人だから、復讐しなければならないのね」カイラは言った。

「復讐したい。しかし、それよりもっと重要なことがある。ああいうことがもう二度と起こらないようにしたいんだ。そのことに関して、俺の邪魔をしないでくれ。考えを変えさせようとしないでくれ。俺は絶対に変えはしないから」

イアンに触れたかった。その顔と目から苦痛の怒りを取り除いてあげたかった。しかし、そんなことをするほどばかではない。手を触れたら、屈してしまうことになる。屈するつもりはなかった。受けた命令のためだけではなく、イアンのために。ディエゴを殺せば、彼は自分をけっして許せなくなるだろう。どんな怪物であろうと、父親を殺したことを忘れられなくなるだろう。

「彼を殺せば、苦痛は消え去るの、イアン？　記憶があなたを苦しめることはなくなるの？　それとも、もっとひどくなるだけかしら？」

「わからない」イアンがぶっきらぼうに言った。「きみが先にその質問に答えろ、カイラ。ソレルが死ぬのを見れば、きみの両親を呼び戻せるのか？　ジェイソンの恋人と子どもを？　そこからどんな満足を得られる？」

カイラはひるまなかったが、それは痛いところを突いていた。そう、なぜならソレルの死が身の安全をもたらしてくれることはわかっていたからだ。しかし、何年もまえに、自分がしくじる可能性があるという事実を受け入れていた。

「みごとな攻撃ね」カイラは穏やかに応じた。「ソレルの死は、過去に終止符を打つだけでしょう。わたしの憎しみにではなく。なにがあっても憎しみは消えない。でも、あの男はわたしの父親ではないわ」

「ディエゴは俺の父親ではない。精子提供者だ」イアンがあざけるように言った。

「あなたのお母さまは、一度はあの人を愛したのよ」危険な領域に足を踏み出していることはわかっていた。ディエゴ・フエンテスでさえ、足を踏み出さないような領域に。

イアンがたじろいだかのように、いかつい顔をこわばらせた。彼を傷つけるために言ったのではない。思い出させるために言ったのだ。考えてもらうために。

「母は若かった」少ししてからイアンが言った。「あいつが何者か、わかっていなかったんだ」

「それを知ってからも、あなたを憎みはしなかったでしょう。あなたはディエゴの罪の報いを受けなかったでしょう」カイラは指摘した。「あの男をかばっているんじゃないのよ、イアン。あなたを責めているわけでもないわ。でも、真夜中にそのことを思い出したいと、本気で思っているの？　あの男の命を自分が奪ったという事実を？」

「うれしく思い出すだろうさ」力強く確信に満ちた声だった。しかしそのまなざしに疑念がよぎるのを、カイラは見逃さなかった。けれど残念ながら、その疑念がイアンに進むべき方向を変えさせるほど強くないことはわかっていた。

男は、特にシール隊員は頑固だ。自分たちが正しいこと、自分たちの決断が論理的でなんの不備もないことに、強い自信を持っている。彼らは決然としていて、傲慢で、本質的にひどく扱いづらい。恋に落ちてしまったのが運の尽きだ。

カイラはイアンを見つめて、彼のために胸を痛めた。ある意味で、ディエゴのためにも胸を痛めた。ふたりはどちらも強い男だが、イアンの強さは名誉に基づいていて、ディエゴの強さは息子には悪としか見なされない世界に基礎を置いているのだ。

「ディエゴについて議論するために、わたしをここに引っぱってきたの？」カイラはきいた。もしそうだとしても、ディエゴの命を救うための論拠はひとつも思いつかなかったけれど。ひとつも。あの男は他人が苦しむのを眺め、自分の目的を達するためにその苦しみを眺め、利用しながら、これまでの人生を築いてきた。

「きみをここへ引っぱってきたのは、きみの忠誠心がどこにあるのかきくためだ。ディエゴとソレルは死ぬんだ、カイラ。それが受け入れられないなら、いまはっきり言ってくれ。あとになって、俺の行く手に立ちふさがりたくはないだろう」

ふたりのあいだに緊張が走った。カイラにはそれが感じられた。ふたりを取り巻く空気のなかに、緊張の振動が見えるかのようだった。

「わたしの忠誠心はあなたとともにあるわ、イアン」カイラはさらりと答えた。それは本心だった。

イアンが目を合わせた。内なる熱情に燃える真剣なまなざしが、カイラの目を探り、弱さを、あるいは嘘を見抜こうとしていた。いまの時点では、どちらなのかはわからなかった。

ようやくイアンがうなずいた。「部隊と連絡を取って、すべての準備が整ったかどうか確かめる必要がある」

カイラはポケットに入れた両手をぎゅっと握ってイアンに背を向け、彼が電話をかけるあいだ、ゆっくり歩いて寝室に入った。少しのあいだ、自制心と集中力を取り戻して、悲しみに浸る時間が必要だった。

ディエゴとのあいだに立ちはだかれば、イアンはけっして許してはくれないだろう。わたしは彼を失うことになる。そう考えると、身も心も打ち砕かれてしまうような気がした。

カイラが居間から寝室へ移動するあいだ、イアンは体の奥で高まっていく緊張を追い払うことができずにいた。ベルトのホルダーから盗聴防止装置付の携帯電話を取り、メイシーの電話につながる短縮ダイヤルを押しながら、カイラを眺める。そして、いったいどうして、あれほど多くの人々を傷めつけてきた人でなしに対して、同情や哀れみを感じられるのかといぶかっていた。

「いいぞ」メイシーが低い声で応じた。「すべて整った。おまえは？」

「連絡待ちだ。ほかに情報は？」イアンとカイラが夜明け前に立ち去ったとき、リーノとクリントはまだテイヤへの質問を続けていた。

「テイヤの保護者たちの移動先や、行方不明になった場所、死の状況に基づいて、数人の容疑者を割り出した。テイヤが提供してくれた情報から、特徴をまとめてみたんだ。すべてをひとつずつつなぎ合わせてみると、テイヤが自分で思ってるより多くのことを知ってるとわかった。俺が五、六人の容疑者に絞って、家系や、テイヤと共通しそうな身体的特徴や、そのほかいろんな要素に基づいて、プロファイリングをしてる。言っておくが、もしそいつらのうちのひとりが目当ての男だとすれば、俺たちは最初から正しかったってことだ。社会的・政治的なコネ、世襲財産、高貴な血筋、守るべきものが山ほどある。そう簡単には姿を現さないね」

あのテロリストの正体を暴くための戦いは、もう何年も続いていた。クアンティコの国立暴力犯罪分析センターで二年前にプロファイリングが行われたが、容疑者は割り出せなかった。プロファイラーの分析が正しかったことには安堵させられた。

「テイヤの携帯電話に登録されている電話番号は追跡できたか？」

「いいや。傍受不能、追跡不能、なにもなしだ。きょうの午後に電話をかければ、運に恵まれるかもしれないが、追跡ができるほど長く、やつが電話をつないでおくかどうかは疑問だな」メイシーが答えた。

「容疑者の名前は？」イアンは尋ねた。

メイシーが挙げた三人の名前を聞いて、イアンはまゆをつり上げた。とんでもない状況になりそうだというのは、冗談ではなかった。三人とも、フランスとイギリスの貴族の血を引く者たちだ。三人とも、数百万ドルかそれ以上になる世襲財産を持ち、世界的な尊敬を集めている。もしそのうちのだれかがソレルだとするなら、これほど長いあいだ法の目を逃れていられたことにも、まったく不思議はない。

「三人全員が、なんらかの形でアスカーティとつながっていることもわかった。アスカーティがこの男たちのだれかの隠し子だっていう、ちょっとしたうわさも探り出した。信憑性《しんぴょうせい》はあるぞ、賭けてもいい」メイシーが締めくくった。

なるほど、勝ち目のありそうな賭けだ。

イアンは腕時計で時刻を確かめた。何者かに通話を追跡する時間を与えるのはまずい。

「順調だな、メイシー。またあとで連絡する」電話を切って大きく息を吸い、カイラが消えた先の寝室のドアをちらりと見る。

　自責の念にさいなまれながら、戸口のほうへ歩いた。カイラに対してつらく当たっていることはわかっていた。ディエゴが彼女の感情を、忠誠心を揺らがせていることを考えると、怒りで自制が効かなくなるのだ。

「容疑者を割り出した」イアンは立ち止まってカイラを見つめた。カイラは武器を点検して、予備の弾薬をブレザーのポケットに入れているところだった。

　イアンの言葉を聞いて、鋭い目を向ける。それからブレザーを押しやって銃をホルスターに戻し、立ち上がった。

「名前は？」

「エリック・ランドルフ、ジョーダン・ロレイン、マルコ・アロラン。三人とも、アスカーティとなんらかのつながりがある」

　カイラがまゆをつり上げた。「古くからの資産家の名前ね」とつぶやく。「三人とも、会ったことがあるわ。じつはジェイソンと、そのうちのひとりについて検討したこともある。ロレインよ。あの男は秘密主義で、人嫌いで、シラク大統領の在任期間中に発覚した政権転覆計画について取り調べを受けたことがあるわ。実証はできなかった。だけど、白人奴隷とテロリズムからは、ずいぶん遠く離れているわね」

「現時点で得られるのはこれが精一杯だ」イアンは言った。「母斑がすべてを結びつけてくれるだろうが、探している男の大まかな特徴をつかんでおけば役立つだろう」

「あなたが探してるのは、自分を全能だと考えている男よ」カイラが首を振って、指で髪をかき上げ、すばやく長いポニーテールにまとめた。「誇大妄想に取り憑かれた男。世界がほとんど修復不可能なところまで腐敗していると信じ、女は自由に生きるに値しない奴隷だと信じている男。三人すべてにそれが当てはまるけど、特にロレインはそうよ。あの男は傲慢なろくでなしだわ。数年前、ジェイソンの法律事務所との取引を一方的にはねつけたの。わたしがジェイソンに派遣されて詳細を調べに行ったら、〝男〟をよこすべきだった、ですって」ふんと鼻で笑う。「自己中心的な気取り屋よ」

カイラの声には怒りがあった。ソレルは、彼女の両親とジェイソンの婚約者を殺した爆弾テロの背後にいた。ひとりの男のせいで、家族のほとんどを失ったのだ。

イアンと同じように、カイラも人生を費やして、ひとりの男を倒す方法を探してきた。カイラは苦しみを、憎悪を、恐怖を、怪物が存在するという事実を知っている。

「ロレインが関わっている可能性は、ほかのふたりに比べてどのくらいの確率だ？」イアンはきいた。

カイラが短く息を吸って、両手をすばやくポニーテールにすべらせた。それから、手を下ろして腰に当て、まゆをひそめた。イアンはその諜報員らしい動きを眺めて楽しんだ。カイラが確率と可能性を頭に巡らせて、それぞれの男について知っていることを当てはめようとしているのがわかった。

「ランドルフはちがうと思うわ」カイラが首を振った。「あの男は快楽主義者で、裸を見せることなんてまったく気にしていないもの。あの年齢にしては、なかなかよく鍛えているわ。以前、フランスの海岸であの男を見たの。母斑はなかったわ。うまく隠す方法を知っているのでなければね。それにすごく毛深いし。化粧品で隠すのはほとんど不可能ね。だいたい、ソレルだったら全裸を見せたりしないでしょう。あの男は、私的な部分をあらわにはしないはずだから」

「ランドルフの裸を見たのか?」嫉妬に似たなにかがこみ上げた。独占欲だ。ほかの男の裸など見てほしくなかった。

「何度かね」カイラがまるで取るに足りないことであるかのように肩をすくめた。「ヌーディストビーチだったから」

「きみも裸だったのか?」イアンは歯を食いしばって言った。

カイラが片方のまゆをつり上げた。「ほとんどね。で、なにかまったく理不尽なことを言うつもりじゃないでしょうね? だって、あなたがアトランタの過激なクラブからあの従順な恋人たちを連れ帰っていたのは、プラトニックな関係を求めてのことじゃないはずだもの」

イアンは唇をゆがめてうなり声をあげたくなったが、なんとかこらえた。ランドルフがカイラの裸を見ていたとしたら、テロへの関与にかかわらず殺してやりたい。

「あきらめなさいよ、イアン」カイラはもどかしそうに首を振ったが、口もとを小さくゆるめていた。「あなたに会うまえのことなんだから」

それを聞いても役には立たなかった。

「アロランはどうだ?」イアンは尋ねた。ヌーディストビーチにいるカイラを頭から追い出す必要があった。

「アロランも古くからの資産家ね。フランスとイギリス両方の王家の血を引いているわ。イギリス女王の従兄弟《いとこ》の遠縁かなにかよ」カイラが眉根を寄せた。「あの男を容疑者と考えたことはなかったわ。メイシーは、どういう基準でリストを作ったのかしら?」

「それを確かめる時間はなかった」イアンは顔をしかめて答えた。「携帯電話は傍受不能なはずだが、危険は冒したくないからな。追跡される可能性が生じるまえに電話を切った」

カイラがうなずいてから、バルコニーの扉をちらりと見た。「別荘に行って、メイシーと、テイヤとも話す必要があるわ。三人の男たちとは面識があるし、子どものころから知っていると言ってもいいくらいよ。父はロレインと親しい間柄で、ほかのふたりとも仕事上のつき合いがあったわ。調査を絞りこむ手助けができるかもしれない」

筋は通っていたが、カイラを目の届かないところへ行かせたくなかった。

「ダニエルに車できみを迎えに来させよう。なんの問題もなく見えるように」カイラが自分の借りている別荘にこっそり戻るのを見られたら、かえって疑いを招き、ソレルをテイヤのもとへまっすぐ導いてしまいかねない。

「ダニエルに電話するわ」カイラがうなずいて、鋭い目つきをした。「あなたはどうするつもり？」

「ディエゴを絞め殺さないように努力するつもりだ」イアンはうなった。「まるで甘やかされたガキみたいだ。いったいどうやってこの規模のカルテルをまとめてこられたのか、ときどきわからなくなる」

「あなたは指揮権を返上するように求めたんだし、ディエゴに対して感じよく接しているとはいえないわ。あの人はあなたのあら探しをして、注意を引こうとしてるのよ」そして愛情を得ようと。カイラは賢明にも言葉にはしなかったが、声のなかにそれが聞き取れた。

イアンは、知ったことではないというように肩をすくめた。

「あっちの別荘へ行って、ほかになにがわかるか確かめてくれ」イアンは言った。「用心しろよ」

そしてカイラに歩み寄ると、片手で顔を包んで顎を上げさせ、もう片方の手をウエストに回して、硬く欲情した自分の体に引き寄せた。

「気をつけるわ」喘ぐようなかすれた声に、股間が引きつった。ちくしょう、カイラはだれにもまねのできない方法で、俺に影響を与えることができるのだ。

カイラがイアンの両腕を撫で、盛り上がった筋肉をつかんだ。鋭く小さな爪が皮膚に食いこみ、昨夜背中につけられた引っかき傷を思い出させた。

「気をつけすぎるくらいでなければだめだ」イアンは唇を近づけ、むさぼるようなキスを奪った。欲求が制御できなくなるまえに身を引く。「着いたら携帯電話を鳴らしてくれ」

カイラが片手を伸ばし、指でイアンの頬と唇に触れた。「あなたこそ気をつけて」

イアンはにやりとした。カイラは気分を軽くしてくれる。それがうれしかった。こんなふうに柔らかく官能的なまなざしで見つめられると、胸のなかのなにかがゆるんで、自分をむしばんでいた緊張が和らいだ。

「きみとダニエルといっしょに、ディークを行かせる」イアンはきっぱりと言った。カイラのまなざしの温かさが魂に染みこんで、体の内側が熱くなり、カイラを失ったらなくしてしまうありとあらゆるものを思い出させた。「守られていてほしいんだ、カイラ。そうさせてくれ」

カイラが抗議の表情を浮かべるのがわかった。言い争いはしたくなかった。自分の心を研ぎ澄ませておくためとはいえ、無理を言いたくはなかった。

カイラは首を振ったが、口もとには寛容な笑みを浮かべていた。「いいわ、ディークを連れていく。でも、あなたのその態度については、あとで話し合うことにしましょう」

「あとで思う存分しかり飛ばしてくれてかまわないよ」イアンは約束して、後ずさりした。

「ミュリエルを尋問して、なにが見つかるか確かめてみよう」

最初に意図していたとおり、あっさり殺すべきだ。それがいちばんよい方法だということはわかっていた。拘束しておけば逃げる機会を与えることになり、テイヤが隠れている場所がばれる可能性もある。

「おい」イアンは身を引こうとするカイラをとらえた。頭と心がせめぎ合い、ある言葉をささやきたい気持ちと、こらえようとする気持ちが交錯した。

「気をつけると約束するわ」カイラが背伸びをして唇を重ねてから、目をのぞきこんだ。

「愛してるわ、イアン」

キスひとつ。あとひとつキスをすれば、手を離せるだろう。深く貪欲なキス、カイラの喉からうめき声を引き出し、彼女をベッドに押し倒してもう一度叫び声を聞きたいという気持ちと必死で闘わなければならなくなるキスを。

「行け」イアンはカイラを押しやり、両手で髪をかき上げて彼女をにらんだ。ちくしょう。カイラがそばにいると、理性を失ってしまう。「そして急いで戻れ」

カイラがすばやく身を遠ざけると、ポニーテールがきびきびと揺れて、長い髪の房が肩甲骨のあいだにするりと垂れた。それをほどいて、柔らかく豊かな髪に指を通したくてたまらなくなる。

カイラが戸口にたどり着いて、ちらりとイアンを見て立ち止まり、生意気そうなウインクを投げてよこした。イアンがまた近づこうとすると、唇から小さな笑い声を漏らす。

そしてぎりぎりのところで逃げおおせた。あと一秒あれば、ソレルなど知ったことかと言って、カイラを床に押し倒し、あのきつく柔らかいビロードのひだの奥に、張りつめた体をうずめていただろう。ちくしょう。カイラはイアンの自制心を踏みつぶし、もしこの作戦をしくじったらなにを失うことになるかを、ことあるごとに思い出させるのだ。

27

電話は、その日の午後にかかってきた。

その口調は訛りが強く、ほとんど英語を使っていない男のもので、怒りに満ちあふれていた。男は、母斑のみで顔は見せないという条件で、会うことに同意した。さらに、アスカーティと護衛をひとり同行させること、交渉のあいだ娘を同席させることを求めた。

イアンは笑った。「そうはいかないな。交渉の目的は、俺たちがそれぞれ欲しいものを得ることだろう」椅子に背を預け、きびしい目つきをする。ディエゴがスピーカーフォンから流れるソレルの声を聞いて、満足げににやりとした。イアンは続けた。「俺はあんたの正体を知り、あんたは娘を手に入れる。公平な取引だ。両陣営が手の内を明かすことを求められないのなら、交渉になどなんの価値もない」

電話口の沈黙が、多くを物語っていた。メイシーがたった数分でこの通話を追跡できる装置を持っているとはいえ、イアンは追跡を許していなかった。ソレルがそれを探知する装置を持っているかもしれない。いまの時点では、互いを信用できる手段が必要だった。

「到着した時点で母斑を見せよう。顔は交渉が完了するまで隠しておく。ものごとが妥当な線で決着するまで、きみの女をわたしの護衛に預けておいてもらおう。わたしの娘は、きみの部下のひとりに預けたままでいい。わたしたちはどちらも、得るものと同じくらい失うものも大きいというわけだ」

こうなることはわかっていた。カイラがアルバにいることを知った瞬間、はらわたを這いのぼる予感を覚えていた。最後のゲームが幕をあけるとき、こちらの行動を押しとどめるために、カイラが利用されるということを。

ソレルが知らないのは、カイラが他人の武器にはならないということだった。イアンは胸のなかで自分と議論し、感情に決意を左右されず論理的になれと言い聞かせなければならなかった。しかし感情のほうが優勢だった。

「ディエゴが同席する。もし保険が必要なら――」

ソレルがかすかにあざけるような声で笑った。「ミスター・フエンテス、お互い承知しているとおり、わたしはきみの住まいにスパイを潜りこませていた。きみと父上との関係は、なんと言うか、愛情に満ちているとは言いがたいようだな？　父上は会合にはぜひ出席願いたいが、保険としては受け入れられない。きみの女には、わたしの部下とともに部屋の片側にいてもらう。同様に、きみの部下が部屋の反対側で、わたしの娘とともにいればいい。交換が完了してから、わたしとグレゴール・アスカーティが、きみと父上との会談に臨む。この条件は譲れない」

カイラは自分の身を守れる。理性はそう確信していた。だれもカイラが何者なのか、こういう状況でどれほど有能なのかを知らない。だが、イアンは知っている。いくつかの任務で会い、〈カメレオン〉とともに活動した男たちの報告書を読んだ。カイラが対応できることはわかっていた。

しかし、彼女の身を危険にさらすことになる。

「さあ、ミスター・フエンテス、わたしが大切な存在をきみの保護下に預けるのだから、きみも自分の大切なものをわたしに預けたまえ」ソレルが喉の奥で笑った。「交渉とは別の計画を立てているのでなければね」

「俺の女が誘拐されて、あんたの懐を潤すために売られるのは、明らかに計画に入ってないな」イアンは鼻を鳴らして言った。

ソレルが笑った。「彼女は年を取りすぎている。効果的に教育するのは無理だ。そういう運命に見舞われる心配はない。若い女たち、社会の腐敗をまだ知らない女たち、それがわたしの求めているものだよ。きみの女は美しくはあるが、もはや処女でもなく、はつらつとした若さを保っているわけでもない。わたしがきみの要求に同意したように、わたしの要求に同意するかね?」

「同意する」ほかに選択肢はないという事実が、腹の奥で渦巻いた。

ちくしょう。やはりカイラを関わらせるべきではなかったのだ。カイラは俺の弱みであり、ソレルはそのことを知っている。もしカイラがここに、俺の人生に、ベッドのなかに現れていなければ、ソレルはディエゴを保険として受け入れていただろう。そうなれば、交渉になんらかの力を行使する機会をあの男に与えずにすんだのだ。

「ああ、きみの口調に怒りが聞き取れるよ」フランス人が満足げな声で言った。「彼女はきみにとって、重要な存在らしい。いいことだ。だが、彼女は甘やかされたわがままな女だよ。扱いは容易ではないだろう。もっと従順な女を見つけたほうが、うまくいったのではないかな」

「自分の人生の面倒は自分で見るよ、ソレル。あんたもそうするんだな」イアンは悠然と構えて、通話を終えるまで怒りを抑えておこうと努めた。「真夜中に会おう――」

「女を、きみの別荘の門のなかで待たせておけ。そうしたら、わたしたちは車から降りて、なかへと進む。この条件も譲れない。罠のなかへ歩いていくわけにはいかないからね、ミスター・フエンテス。女はひとりで立たせろ」

「だめだ」

ソレルは無言だった。

「忘れているようだな。俺のほうが、あんたの欲しいものを持っているんだ。その逆ではない」イアンは言った。「俺はあんたの娘を、リスやミュリエルを殺したように、簡単に殺せる。なんの罪悪感もなく。あるいは、ＤＥＡに連絡してもいい。あんたの娘が手に入るとなれば、連中は喜んでいくつかの俺の罪を赦してくれるだろうからな。もしかすると、例のいまわしい国家反逆罪での起訴を取り下げてもらえるかもしれない……」意味ありげに、言葉尻を浮かせる。

電話口の向こうに緊張が漂うのが感じられた。相手の男から、怒りの波が伝わってくる。「真夜中に到着する」ソレルが歯切れのよい口調で憤然と言った。「到着前にまた連絡する。それからミスター・フエンテス、わたしをだましたら、きみの女が死ぬだけではすまないぞ。かつての仲間の女たち、リーノ・チャベスが自慢にしている生まれたばかりの息子、全員が死ぬことになる。苦しみながら」

その脅しに、イアンは内心怒りを覚えながらも、ふんと鼻を鳴らした。「差し支えなければ、時間どおりに来てくれ。この件を片づけたあと、ほかにもやらなければならないことがあるんでね」

電話が切れた。

イアンは手を伸ばして受話器を置いてから、ディエゴを見据えた。

思案ありげに額にしわを寄せ、黒い目を挑戦的に輝かせている。敵の次の動きを予測することにスリルを感じているのが見て取れた。イアンも同じスリルを感じていた。身体的な戦いだけではなく、知的な戦いも進行中だという感覚と、その手応え。

「あの声には聞き覚えがある」ディエゴが軽く椅子をたたいた。「どこか特有のものがある。おそらくあの、ひどく傲慢で偉そうな笑い声に」ぐっと眉根を寄せる。「あの男とは、以前話したことがある」

会話の録音を、すぐにリーノとメイシーに回したほうがよさそうだ。カイラはまだ自分の別荘でテイヤに質問を続けていた。テイヤもこれを聞く必要がある。ソレルの声は知っているだろうが、偽りの愛情に満ちた父親ぶった口調とちがう声を聞けば、なにか具体的なことを特定できるかもしれない。

「仲間たちに連絡して、この新たな展開を伝えたほうがいいだろう」ディエゴが椅子に背を預け、片方の足首をもう片方のひざにかけて、サイドテーブルからコーヒーカップを持ち上げた。

イアンが無言でにらみつけると、ディエゴはまだ温かいコーヒーをひと口飲んだ。

「なんの仲間だ？」少し間を置いてから、イアンは尋ねた。

ディエゴが首を振った。「ドゥランゴ部隊だよ。彼らがミス・ポーターの護衛のダニエルとともに別荘に滞在していることには気づいていた。言ってくれればよかったのだよ、イアン。彼らの手助けを拒むつもりはないのだから。だが、興味深くはあるな。この手助けを得るために、どんな代償を支払った？」

イアンは背筋を伸ばして、鼻柱をつまんだ。この作戦が長びくにつれ、忍耐力が日ごとに失われていくようだった。

「代償などない」しばらくたってから、イアンは正直に答えてディエゴを見据えた。「連中は情報と女を手に入れて、俺のところへ来た。見返りになにかを求めはしなかった」

「で、この件が片づいたら？」ディエゴが張りつめた声できいた。「彼らだけで元の生活に戻るのか、それともおまえもついていくのか？」

　俺はけっして戻れない。そのくらいはわかっていた。イアンはゆっくり首を振った。「あんたにもわかってるだろう。俺が戻れる場所などどこにもない」

　後悔してもいいはずだった。この件がどう展開しようと、シール隊員としてのキャリアが終わってしまったことに、怒りを覚えてもいいはずだった。しかし後悔はなかった。寂しい気持ちはあったが、ディエゴのもとに来るまえから、別の方向へ進む覚悟はできていた。

　ディエゴがゆっくりうなずき、真剣なまなざしでイアンの目をのぞきこんだ。いったいなにを探っているのだろう、とイアンはいぶかった。

「ことによると、わたしの世界に、わたしの人生におまえを引き入れる方法をまちがえたのかもしれない」ディエゴがゆっくりと言った。「しかし、これだけは言っておこう、イアン。計画は初めから、おまえの仲間たちを助けるように整えられていたのだ。われわれのゲームのせいで、彼らのうちのだれひとり、過度に苦しめられることがないようにするつもりだったのだよ」

「ネイサンを除いてか?」イアンはやんわりと尋ねた。

ディエゴの目に罪悪感がよぎった。「おまえの友人になにをしたか、おまえが気づいていることはわかっていた。しかし、わたしはあの男を生かしてもおいたのだよ。彼は無害な第三者ではなかったのだ、イアン。わかっているだろう。あの男は、あえてとらわれの身になった。みずからの選択で、わたしだけでなく、ソレルとヤンセン・クレイをだまそうとしたのだ。もしわたしひとりから情報を得ようとしたのなら、もっとうまくいったのだろうがね」

イアンは上体を乗り出して、両腕を机についた。胸に殺意がこみ上げてきた。

「あんたはソレルがネイサンに興味をなくしたあとも、一年にわたってあいつを拷問したんだ。救出されるよう手配することもできたはずなのに、拷問して麻薬漬けにし、妻への誓いを破らせようとし続けた」

ディエゴがため息をついたが、そこに後悔はなく、あるのは自覚と容認だけだった。「もう一度言うが、ネイサン・マローンは無害な第三者ではなかった。おまえにもわかっているだろう。あの男は、わたしが利用できそうな情報を持っていたうえに、自分からわたしの意のままになったのだ。それが世の常というものだよ、イアン。世の中とはそういうもの、それだけのことだ。あの男は自分で選択をした。しかも、わたしは彼を生かしておいた。おまえがこのことだけはけっして許さないだろうと、わかってはいるがね」

「誘拐して薬漬けにした上院議員の娘たちは?」イアンはきいた。「そのうちのひとりが死んだことは知ってるか、ディエゴ? あんたの兵士が、もうひとりをレイプしたことは? 十八歳の少女を、その人でなしは父親の目の前でレイプした」

「その父親の命令でね」ディエゴがきり返した。「少女たちの誘拐は、わたしの決断ではなかった。それについてはなんの責任も負うつもりはない。あれはクレイとソレルがやったことだ。あのテロリストと戦うのに必要な力を保持するには、少女たちをわたしの私有地に連れてこさせる以外に、道はなかったのだ。わたしは多くの罪を犯してはいるが、その罪を認めるつもりはないね」

人を監禁して拷問するような男は、よほど特殊な怪物にちがいない、とイアンは考えた。この世でもっとも残忍な手段で殺されて当然の男。

「おまえにはけっしてわかるまい」ディエゴが首を振った。「おまえはまるで熱心な信徒のようだからな。自分なりの見かたとらえかたを持ち、けっして迷うことがない。その見かたとらえかたを共有しない者たちは無価値で、哀れみや、生きるチャンスを与えてやる必要もない。そうではないか?」

「あんたは、生まれたときに狂犬みたいに撃ち殺されればよかったんだ」イアンはうなった。

ディエゴは腹を立てる代わりに誇らしげに口もとをゆるめた。「わたしが口にした約束は、証文も同じだ。けっして破りはしない。ほかの者たちが破りさえしなければな。ゲームをしかけるのは、ルールを理解している相手だけだ。両者とも、死という結果で終わる可能性を知っている。教えてくれ、イアン。おまえの国のDHSがわたしを捕らえたら、彼らはわたしをただ裁判にかけるだけだと思うか？ 競合するカルテルや、有罪を決定づけたい容疑者たちの情報を吐かせようと、殴ったり拷問したりはしないか？ どうなんだ、ああいう捜査官たちは、情報のために拉致した連中が用なしになったとき、無意味に殺してはいないか？」

「俺は殺していない」しかし、そういうことがあるのは知っていた。

ディエゴが上体を乗り出した。「ああ、しかし拷問される者たちを、おまえは捕らえている。おまえは真夜中にドゥランゴ部隊とともに出動し、連中をベッドから引きずり出して、拷問を加える者たちの管理下に送りこんでいる」

「殺人犯、強姦犯、テロリスト。世界を、死だけが支配する下水道に変えようとするおぞましいけだものたちだ。いい加減にしろ、ディエゴ。あんたがやってることとはまったくちがう」

イアンは椅子から立ち上がって、テーブルの周囲を歩きまわった。怒りが胸に渦巻き、なにかしないではいられなかった。

「あんたは悪魔みたいにそこに座って、拷問したり、痛めつけたり、殺したりする権利が自分にあると確信して、自己弁護をし、理屈をこねてるんだ。あんたにとってそれは、ただのゲームにすぎないからな」

「この世界を知っているからだ」ディエゴがどなって立ち上がり、怒りをあらわにした。「おまえがカルテルにしていることが、わたしに見えていないとでも思っているのか？　麻薬の輸出を手控えて、多角経営の子会社を合法化しようと努めていることを」うんざりしたように鼻を鳴らす。「おまえはわたしをよごれた洗濯物を扱うように、漂白するつもりなのだ。なぜそんなことをする？　いったいなにを考えている？」


なにを考えているって？

「俺の子どもたちに、寝ているあいだに殺されないようななにかを残したいのかもしれないさ」イアンはうなり声で答えた。


ディエゴがぽかんと口をあけてから、急いで閉じ、驚きのまなざしでイアンを見た。「子どもを持つことを考えているのか？」


ちくしょう。なんてことだ。ディエゴの声には希望があった。希望、恐れ、切望。腹の底までむかむかさせられた。

「言葉のあやだ」イアンは切りつけるように言って、髪をかき上げ、ディエゴをにらんだ。

「いいか、こんな言い争いをしている時間はない。ソレルを始末したあとで、決着をつけようじゃないか。あんたは俺の動向にやたらと詳しいようだから、俺はとなりにこの録音を届けて、あんたのためにあのテロリストを制圧できるか試してみよう。そのほかのことについでは、あとで決着をつける」

イアンは自分の机に戻り、レコーダーのイジェクトボタンを押して、テープを取った。

「イアン」立ち去ろうと振り返ると、ディエゴが苦痛の表情を浮かべて、目の前に歩み寄った。まるでこんな男にも心が、魂があるかのような、苦痛の表情。「おまえさえ許してくれるなら、わたしは父親になるつもりだ。フエンテス・カルテルは、おまえの好きなようにしていい。それがおまえのやりかただと決めたのならな。フエンテスの名は生き続ける。わたしたちが敵対する必要など、どこにもないのだ。おまえは事業を理解している。おまえが来て以来、カルテルの収益は上がっている。いまの状況からソレルが取り除かれたあとも、おまえがとどまってくれるのなら、すべてをおまえに与えよう。わたしたちはやっていけるとも、イアン」

いいや、やっていけない。なぜなら、自分たちの一方は死ぬからだ。

「そのことはあとで話そう、ディエゴ」イアンは首を振ってディエゴを押しのけ、ドアへ向かった。

そのことについて、いま話すことはできない。立てるべき計画、やるべき仕事があまりにもたくさんある。将来の計画を立てることなどできない。ディエゴの殺害をたくらみながら、そんなことは考えられない。

玄関広間を歩いていると、クリストが背後につき、トレヴァーが先に立った。イアンは不意に、自分で思い描いている自分の姿ではなく、他者の目を通した自分の姿を見ているような錯覚に陥った。冷酷にも、父親の殺害を計画している男。

父親が怪物だからといって、それが理由になるだろうか？　フエンテス・カルテルが崩壊したら、それを放置し、そこから生まれたさまざまな事業を、残骸のなかでハゲタカにつつかれるままにしておくつもりだとしても？

ローバーに乗りこむと、トレヴァーが運転席に着き、クリストが護衛のために助手席に座った。イアンはスモークガラスの窓から外を眺め、苛立ちをこめて片手で顔をこすった。カルテルに加わるずっとまえから、冷酷にこの計画を立ててきた。二年にわたって計画し、手はずを整え、ディエゴを引きこむために好奇心を呼び起こさせるような罠を仕掛けた。

末の息子の死を嘆き悲しみ、数人の従弟を除けば跡継ぎも家族もいない孤独な男。妻と息子を慈しんでいたとうわさされる男。ディエゴは息子を慈しむあまり、自分の邪悪さをそのまま幼い心に吹きこんでしまった。

生かしておくわけにはいかないほどの邪悪さを。

トレヴァーが別荘の門から車を出し、となりのカイラの別荘の私道に入った。イアンは、ソレルとの交渉を心配せずにはいられなかった。

あの男は予測どおりに動くことも、約束を守ることも絶対にない。テロリストに約束を守ることを期待するわけにはいかないが、それでも、相手がディエゴのようにゲームを楽しむ男ならやりやすいのはたしかだ。ディエゴのような男が相手なら、ルールはわかっている。ルールに従わなければ、ゲームは終了で、あらゆる手段が許されることになる。ソレルの場合は、初めからあらゆる手段が許されている。あの男はテロを、死を取引している。ソレルにとって、それは事業ではない。信条なのだ。

イアンはローバーから降りて、トレヴァーとクリストを家の外で待たせておくことにした。同じく外に配置されていたディークが、その場で出迎えた。イアンは屋根付の広い玄関口に上がり、力強くノックした。ダニエルが扉をあけた。

「入ってください」ダニエルが護衛らしい様子で、扉を押さえて後ずさった。イアンが家に足を踏み入れた瞬間、扉が閉まり、しっかりと錠が下ろされた。ダニエルの態度が変わった。

「彼らは地階の小さな使用人部屋にいる。国際テロリストの娘が、もっとも隠れていそうにない場所だからな」ダニエルが首を振って言った。「フエンテスの兵士を街の倉庫に派遣して警備させるのは名案だった。ケルが数人の正体不明の連中による興味深い動きを報告してるが、いまのところ、あっちではなにも起こっていない」

ふたりは曲線を描く階段を下りた。ダニエルがスイングドアを押しあけた。正確には隠し部屋とはいえなかったが、家に押し入る者がいたとしても、ひと目見ただけでここを迂回《うかい》し、別荘の奥や上階へと進むだろう。

ふたりは細長い部屋に足を踏み入れた。イアンはポケットから録音テープを出し、メイシーに向かって放ってから、部屋を見回した。

リーノが壁に寄りかかって、狭いベッドに座って話しているカイラとテイヤを眺めていた。メイシーは、小さな木のテーブルととなりのドレッサーにノートパソコンをのせていた。妨害電波発信機と衛星中継アンテナ、メイシーが基本的な装備と考えるそのほかの追加的なハードドライブや機器が、所狭しと並んでいる。

カイラが無言でこちらを見つめた。イアンには、全員の頭を駆けめぐっている質問がわかっていた。

「ソレルが連絡してきた。真夜中に別荘で、作戦を実行する。どんな援護を受けられる?」イアンはリーノに向かって質問した。常に後方支援を忘れない男だ。

リーノが唇をゆがめてにやりとし、奥の壁に大儀そうに寄りかかって、腕のなかのM16を揺すった。メイシーがうなずき、テイヤは青ざめた。カイラの目にあきらめの影がよぎり、イアンはさらにじっくりと彼女の顔を見つめた。この島で初めて会ったとき、カイラがアルバに来たのはセックスや愛のためだけではないという予感がした。彼女をここに引き寄せた要因に、セックスと愛が含まれていたのはたしかだとわかっていたが、最初の意見を変えようとは思わなかった。

カイラのまなざしをよぎった感情が、それを証明していた。そこからなにが現れようと、防戦する覚悟はできていた。

カイラはDHSの契約諜報員だ。DHSの後ろ盾を受けてここへ来ている。それはわかっていた。命令なしで来ることはない。カイラはその命令について、イアンに話してはいない。こちらも無理にきき出すつもりはなかった。

無理強いすれば、気に入らない真実を聞かされるかもしれない。イアンは常に現実と向き合うことを信条としていたが、カイラに関しては現実と向き合いたくなかった。ほかに選択肢がなくなるまでは。

「シール部隊を二部隊、沖合に待機させてある。命令を下せば、上陸してくる」リーノが報告した。イアンはカイラのほうに手を差し伸べた。

「暗くなったら、ミス・タラモシーをフエンテスの別荘へ移せ」イアンは言って、カイラが手を取ると、わきに引き寄せた。「ディエゴは、あんたたちがここにいることを知ってる。ほかのだれかにそれを知られるような危険は冒したくないし、戦力を分散しないほうが、彼女を効果的に守れるだろう」

「ディエゴはどうやって知ったのかしら?」カイラが言った。イアンが視線を向けると、下唇を嚙んで心配そうな表情をしていた。

「ディエゴに関しては、見当もつかない」イアンは首を振った。「どうやって知ったかは言わなかったが、知っているんだ。今夜は全員で協力して動き、万事に備えよう。会合のときまでは、なんとしてもドゥランゴ部隊を隠しておく。ゲームが始まるまえに、ソレルを警戒させたくない」

イアンは交渉に向けた配置について概要を説明しながら、メイシーがまゆをひそめてメモを取り、リーノが思案ありげにうなずくのを眺めた。そのあいだずっと、テイヤはじっとベッドに座り、顔をうつむけて、両手をきつく組み合わせていた。

「ソレルは自分が到着したあとに、部下たちを送りこんでくるわ」イアンが話し終えると、テイヤが静かに言った。「高度に訓練され、重装備をした大部隊よ。ソレルが立ち去ったあと、別荘で一斉攻撃が始まるわ」

「あいつが生きて立ち去ることはない」イアンはきっぱりと言った。

テイヤが大きく息を吸った。「なにか問題が生じたと連中が気づいた瞬間、一斉攻撃が始まるでしょう。ソレルはすべてのタイミングを計っているわ。そういうことに、異常なほど執着するの。どんな理想のために戦っているにしても、それと同じくらいタイミングが重要だと考えているのよ。ソレルが攻撃を中止にしないかぎりは、決められた期限にそれは始まるはずよ。本人がゲームのどの段階にいようとね。あなたたちは、その攻撃に備えなければならないわ」

イアンはメイシーに向かってうなずいた。「ソレルとの会話を録音した」それからテイヤに言う。「彼らといっしょに聞いてみて、思い出したことをなんでもメイシーに話してくれ。十時に別荘で合流して、会合に備えよう」

「わたしも武器が欲しいわ、ミスター・リチャーズ」テイヤが穏やかだが、決意に震える声で言った。「生きてあの男に連れ去られるわけにはいかない」

イアンはリーノをちらりと見た。リーノは思いやりのある、心配そうなまなざしを浮かべていた。

「救出されるチャンスは必ずあるよ、テイヤ。もしそんなことが起こったとしても、絶対にきみを捜し出す」

イアンの約束に、テイヤが唇をゆがめた。「そうかもしれない。でも、腹違いの兄との肉体関係を強要されるまえには無理だわ。わかるでしょう。ソレルがわたしをどうしても見つけたいのは、愛情からではないわ。あの男は、自分の子どもを産む女を選び、子どもが娘であることを願ったのよ。血統と気質と長所を考慮して、限定的に女を選んだの。そして娘を欲しがった。似通った特徴を持って生まれた息子の、腹違いの妹を。わたしは、兄に犯されるわけにはいかない。たとえ逃げる機会があるとしても」

28

イアンがテイヤに銃を渡した。小さくコンパクトな予備の武器だが、自殺用に大きな銃は必要ない。

カイラはイアンから、ディエゴとの衝突と、ドゥランゴ部隊の関与を知られたことについて、詳しく説明された。ソレルが始末されたあとの計画について、ディエゴに尋ねられたことも聞いた。

別荘に戻ると、イアンは使用人たち全員に暇を出してパームビーチへ戻らせ、自分が行う送受信以外の通信をすべて遮断した。

フエンテスの兵士は敷地内に配置されていたが、別荘のなかにはひとりもいなかった。ディークとトレヴァー、クリスト、メンデスは会合に使われる部屋の警備に忙しかった。ディエゴは居間にひとりで座り、手にウイスキーのグラスを持って、ボトルをわきに置いていた。とはいえ、酒を飲むことに没頭しているわけでもないらしかった。

「イアン」ディエゴが立ち上がった。カイラとイアンは玄関広間に入り、まだ護衛たちに取り囲まれていた。「少しまえに、ガルシアがここに来た。倉庫に派遣する部下を増やす件について、おまえと話したいそうだ。おまえがどう対処するつもりか、わたしにはわからなかったのでね」

カイラは、背中に当てられたイアンの手が緊張するのを感じた。イアンが大きくため息をついた。

「ガルシアと話さなければならない」イアンが言って、カイラの額を軽く唇でかすめてから、一歩離れた。「ディークとメンデスを残していく。それほど長くはかからない」

カイラはうなずき、別荘の奥へ向かうイアンの姿を眺めた。背が高く引き締まった筋肉質の体が、戦いに備えて張りつめていた。

イアンが奥の廊下へ消えると、カイラはディークとメンデスのほうを振り返った。「あなたたち、キッチンに行ってなにか食べてらっしゃいよ」テイヤと会っているあいだ、ふたりが昼食を食べられなかったことには気づいていた。

ディークが平板なまなざしでこちらを見据えてから、ちらりとディエゴに視線を向けた。イアンの父親を信用していないのは明らかだった。それも無理はないだろう。

「俺たちに用があったら、大声で呼んでください」ディークがぼそぼそと言った。

「わたしはだいじょうぶよ」カイラは請け合った。

ディークとメンデスは、カイラをひとりで残すことに気が進まない様子だったが、とりあえず言われたとおりにした。ふたりがキッチンへ向かうと、カイラはゆっくり薄暗い居間に足を踏み入れた。

「ソールはごいっしょじゃないんですか？」部屋を見回してきく。ディエゴがこちらをじっと見た。

「数日前にコロンビアに帰して、屋敷を監督してもらうことにした」ディエゴが肩をすくめて答えた。カイラは向かいの椅子のところまで移動したが、ディエゴの顔は影で覆われていた。「ソールは年老いた。ここは、あの男のいるべき場所ではない」

ディエゴがふたたび椅子に座って、両手で酒のグラスをつかみ、まるでそれを飲むべきか捨てるべきか迷っているかのように、グラスのなかをのぞきこんだ。

「ソールは昔、あなたのお父さまの相談役だったのでしょう？」カイラは尋ねた。

イアンの不満そうなまなざしや、護衛たちのあからさまな詮索のないところで、ディエゴとふたりで話すいい機会だった。

その質問に、ディエゴがうれしそうに口もとをゆるめた。「あの男とわたしの父が、カルテルを創設した。ソールは父がもっとも信頼する友人だった。カルメリタの死後、わたしを手助けするために戻ってきてくれた」

末の息子のことには触れなかったものの、口にしない言葉も聞こえた気がした。

「イアンは、わたしにした約束をずいぶんすばやく果たしてくれたな。そうじゃないか？」

ディエゴがきいた。「あいつには、ソレルに関わる厄介な問題を取り除くために、わたしのもとへ来てくれと頼んだ。これほどすばやく果たしてくれるとは、思ってもみなかった」

怪物の声は寂しさに満ちていた。

「彼はとても有能ですものね」カイラは同意して、身を乗り出し、テーブルに置かれたウイスキーのボトルと、予備のグラスをひとつ取った。

ウイスキーを注ぎながら、ディエゴが考えこむようなまなざしでこちらを眺めているのを意識していた。

「あなたを見ていると、イアンの母、マリカを思い出すよ」ディエゴがため息をついた。「マリカも気概のある女性だった。しかし、その心は気品に満ちていた。淑女そのものだったな。あなたも同じものを持っている」

カイラは目を上げ、ボトルをテーブルに戻して、椅子に背を預けた。

「イアンのお母さまは、とても強い女性です。そうなる必要があったんですものね。すばらしい褒め言葉と受け取っておきます」

「そうとも」ディエゴがうなずいた。「そのつもりで言ったのだからね」

それからウイスキーをひと口飲み、表情こそ陰気なままだったが、くつろいだ姿勢を取った。しかしそれは自信に満ちたしぐさではなく、疲れてすべてを受け入れるようなしぐさだった。

カイラはなめらかな高級ウイスキーを口に含んで、ディエゴを見つめ続けた。眉間に小さなしわを寄せているのはなぜだろうと考え、イアンもなにかを思い悩んでいるとき同じような表情をすることに気づいた。

「イアンも、考えこんでいるとき、そういうふうにまゆをひそめるんですよ」カイラは思っていることを口にして、小さく微笑んでみせた。ディエゴが驚いて顔を上げた。

「ときどき、自分によく似ていることに気づかされるよ」ディエゴがうなずき、口もとに小さく控えめな笑みを浮かべた。「あれは善良な男だ。誇り高い男だ」

カイラは無言でうなずいた。

「父親を誇りに思ってはいない」ディエゴがささやくような小声で言った。「わたしがみずから築いた世界も、わたしが象徴するものも、誇りに思ってはいない。あれはわたしを〝親父〟と呼び、その裏にある見下した態度にわたしが気づいていないと考えている。イアンは、わたしが知らないと考えているのだ。あれがここに来たのはわたしのためではなく、わたしが与えてやれるもの、ソレルのためだということを」

ディエゴが酒を飲み干してから、ボトルに手を伸ばし、もう一杯注いだ。

「あなたはなにを期待していたんですか、ミスター・フエンテス?」カイラは批判的に聞こえないやさしい声を保つように気をつけた。

ディエゴがゆっくりうなずいた。「わたしは腹を立てるべきだ」目を上げてちらりとカイラを見る。あざけるような自己嫌悪の表情を浮かべていた。「わたしは父に腹を立てるべきだ。イアンとマリカに地獄の苦しみを与えたカルメリタにも。イアンの母をわたしのもとから奪った父の策略に、腹を立てるべきだ。なぜわたしは腹を立てていないのだろう、ミス・ポーター？」

まるで心から困惑しているかのように、カイラを見つめる。

「もしかすると、わたしはやわになったのだろうか？」ディエゴが問いかけた。「わたしは年を取り、若さを失った。もしかするとこれは、機会を永遠に失ったことに気づいたせいかもしれない。若いころは、修正すべきものごとを修正するのに、必ず来年があった。来年になったら、弟たちの死の罪滅ぼしをしよう。来年になったら、カルメリタを説得してもっと子どもを作ろう。来年になったら。必ず来年があった。ある日目覚めて、来年になっても、わたしが犯した過ちは修正できないと気づくまでは」

カイラは驚いて押し黙っていた。これがあの怪物なの？　この男は打ちひしがれてもいなければ、弱ってもいなかったが、人生における選択とその結果を自覚している。

「あなたは弟さんたちを殺したんですね」カイラは穏やかに言った。「その妻たちと、子どもたちも。彼らがカルテルを抜けたがったから」

「あなたはそう考えているのか？　単に彼らがわたしをアメリカ政府に売る可能性があるから、彼らの命を奪ったと？」ディエゴが笑ったが、その声は苦々しく響いた。「そこまで単純だったなら、どんなによかったことか。わたしがそこまで腹黒く、血も涙もない人間だったなら」首を振って続ける。「いいや、ミス・ポーター。わたしは怒りに駆られて殺したのだ。わたしがマリカに与えた家が爆破された。そして、弟たちが敵に彼女の居場所を密告したせいで、爆弾が仕掛けられたのだと知った。少なくとも、そう聞かされた。わたしは悲嘆に暮れ、彼らが大切にしている者たちの命をすべて奪ってから、彼らを殺した」また首を振る。「もっとよく考えるべきだった。当時の父の錯乱した言動が信頼できないことを、もっとよく見極めるべきだった」

「お父さまが、マリカの死は弟さんたちのせいだと言ったんですか？」

「父は、弟たちが敵と通じていると言った。それ自体は真実だった。だが、あとになって知ったのは、マリカの家について密告したのは弟たちではなく、カルメリタだったということだ。妻がそうしたのは、父がイアンの母を訪ねたあとのことだった。父はマリカにカルテルの事業について話し、わたしが人をだます堕落した人間であり、別の女と結婚しているも同然だと話した。子どもが生まれたら、殺されるだろうとも言った」

ディエゴがすばやく椅子から立ち上がって、部屋の反対側まで歩きながら、グラスを口に運んだ。

「犯した過ちは、あまりにも多い」酒を飲み干してからつぶやく。「もう一度戻れたらと願う瞬間は、あまりにも多い」首を振って続ける。「一人前の誇り高い男に成長した息子が、この事業を営むにつれてゆっくり内側から死んでいくのがわかる」わきにある低い大理石張りのテーブルにグラスを置くと、結んでいない髪に指を通して、こちらに背を向けたまま、カーテンのかかった窓を見つめる。「もうほとんど終わりかけている。そうじゃないか？ソレルが始末されれば、イアンは立ち去るだろう」ディエゴがこちらを振り返って、問いかけるような視線を向けた。

「イアンはわたしに自分の計画を打ち明けてくれないんです、ミスター・フエンテス。どうしても話すつもりはないみたい」

ディエゴがまたうなずいた。「あいつは去るだろう」

カイラは顔をうつむけ、ディエゴから波のように伝わってくる苦しみを感じた。不意に、この男が麻薬王だとはとても信じられなくなった。

「マリカは、誇りにすべき息子を育て上げた」ディエゴがふたたびこちらに顔を向けて言った。「わたしに後悔の念をいだかせるような息子を。あれが父親に求めている唯一のものを与えてやれるほど、わたしが強ければよかったのだが」

「イアンは、あなたになにを求めているんですか？」カイラはきいた。

口もとに苦笑いが浮かんだ。「わたしの死だよ、ミス・ポーター。イアンがなにより幸せを感じるのは、わたしがこの世を去ることだろう」

「あるいは、あんたが会合の前に自分を哀れむのをやめてくれることだ」イアンが部屋に足を踏み入れた。その声は低かったが、辛辣だった。ボトルのところまで大股で歩いて、ウイスキーを注ぎ、飲み干してから続ける。「ガルシアは兵士を位置につけた。いまのところすべては平穏無事だ。カイラと俺は、暗くなるまで休む。用があれば、ディークを部屋によこしてくれ」

カイラは立ち上がった。イアンのしわがれ声の冷静で揺るぎない調子から、ディエゴの最後の言葉だけでなく、もっと多くを聞いていたはずだとわかった。

「もちろんだとも」ディエゴがかすかな皮肉をこめた声で応じた。「いまのところは、ともかく生きておまえに奉仕するさ。それでいいだろう」

イアンが唇を固く結んでカイラをちらりと見てから、ディエゴに視線を戻した。

「こういうとき、あんたは俺を怒らせるためだけに生きているような気がするよ」うなり声で言う。「酔っぱらってもらっては困るんだ、ディエゴ。今夜はしらふで警戒を怠らずにいてもらいたい」

「わたしが酒に酔ったところなど、見たことがないだろう」ディエゴがきり返した。「おまえの恋人に、わたしが実際よりも劣っているかのような印象を植えつけないでくれ、イアン。わたしは飲んだくれではない」

「あんたが自殺したがるような男だとも思えないね」イアンがあざけるように言った。「少なくとも、この件を最後までやり遂げるまでは待ったらどうだ」

カイラは、ディエゴの目が怒りでぎらつくのを見た。玄関広間からの薄暗い明かりが、黒い目を輝かせた。

「わたしは常に、最後までやり遂げる」ディエゴが荒々しく息子に言った。「ほかのことはどうあれ、わたしはすべてを最後までやり遂げる」

それだけ言うと、ディエゴは部屋を横切って、息子のわきをかすめ、すばやく玄関広間を抜けていった。

ディエゴが去ると、カイラはイアンを見つめた。肩はさらにこわばり、表情はさらにきびしくなったようだった。

「酔っぱらいたい気分なのは、あいつだけではないというのに」イアンがつぶやいた。「さあ、上階《うえ》へ行こう」

イアンは手を触れなかった。手首をつかんで玄関広間から上階へ引っぱっていこうともしなかった。戸口へと後ずさって、考えこむようにこちらを見ている。

カイラは先に立ってすばやく階段をのぼり、居間と寝室の続き部屋へ向かった。部屋に入ってイアンが扉に錠を下ろすと、カイラはそちらに向き直って待った。イアンが机に歩み寄って警備装置をセットした。そしてしばらくのあいだ引き出しのなかの電子機器をじっと見つめてから、引き出しを閉じてこちらを振り返った。

先ほどのディエゴと同じような身ぶりで髪をかき上げる。ダークブロンドの髪が重苦しい表情の顔を縁取り、両肩をかすめた。カイラはその髪に指をすべらせたくてたまらなくなった。「もう少しで終わる」イアンが言って、部屋を見回してからこちらに視線を戻した。「もう少しだ」

カイラはイアンに歩み寄った。イアンは終わりを目前にして、勝ち誇った声をあげてもいいはずだった。今夜の結末を心待ちにしていてもいいはずだった。しかし、その声には後悔もにじんでいた。

カルテルを去るつもりだからではない、とカイラは考えた。思い描いていた状況とはちがっていたという重苦しい自覚が、イアンのなかに芽生えているのが感じられた。

イアンは口に出しはしないだろう。夜が終わるまでに、自分の気持ちをはっきり悟ってくれることを祈るだけだった。しかし、ディエゴ・フエンテスがただの怪物ではないことには、もう気づいているはずだ。

「俺はあいつを殺すためにここに来た」イアンが抑えた声で言って、こちらをじっと見た。「あいつは、誘拐した少女たちをレイプするつもりだった。彼女たちを麻薬漬けにして、そのうちのひとりを殺した。部下がもうひとりの少女を父親の前でレイプするのを許可した。あいつはネイサンを拷問した。人々を殺し、傷めつけてきた。これからもやめはしないだろう。生かしておけば、あいつがばらまく地獄に歯止めがかからなくなる」

カイラは大きく息を吸った。なにを言えばいいのだろう？　どうすれば、イアンの苦しみを和らげられるのだろう？　自分自身にすら感じていることを認めようとしない苦しみを？

「イアン――」

「ちくしょう、カイラ」イアンが表情をゆがめ、目に怒りを燃え上がらせた。「あいつが俺に、なにを信じさせたいかはわかってる。だが俺は、あいつの正体を知ってる。絶対にこれからもやめはしない。あいつが開発したいまいましい〝娼婦の粉〟は、女たちを破滅させてきた。あいつが女たちを利用して作ったビデオもだ。みんな、なんの罪もない女たちだ。あいつのゲームや、この世界とはなんの関係もない女たち。あいつが誘拐した少女たち。あいつが流してきた大量の血」

イアンがさっと身を遠ざけた。カイラの目から、最初の涙が落ちた。カイラが見ているディエゴ本人の理想の姿と、イアンが見ているディエゴのほんとうの姿。その矛盾は、放っておけばイアンを引き裂いてしまうだろう。

「あなたの役目は、彼を殺すことではないわ」カイラは言った。「逮捕するのよ。連行するのよ、イアン。あとはＤＨＳに任せればいい。あなたの魂にそんな役目を負わせないで」

カイラは歩み寄って両腕をイアンに回し、背中に額を当てた。「自分にそんなことをしてはだめ。あなたまであの男に破滅させられてはだめよ」

イアンがすばやく息を吸い、カイラの手に自分の手を重ねてぎゅっと体に押しつけた。それから振り返って抱きしめ、頬を頭に当てた。

「これは俺の責任なんだ」イアンが陰鬱な声で言った。

「そんな――」カイラは反論しようとしたが、イアンが唇に指を当て、苦悶のまなざしを向けてきた。

「ここに来た目的を果たす必要がある」イアンが言った。「あいつは俺の父親ではないよ、カイラ。父親というのは人を殺しはしない。十八歳の少女を部下にレイプさせたり、善良な男を拷問したりしない。それは父親ではない、怪物だ」

カイラはイアンの胸に頭をもたせかけた。よくわかっていたからだ。あの男の正体はわかっていた。DHSが、あの男から得られる情報と引き換えに、怪物の存在を許すつもりだということも。しかし、胸を痛めずにはいられなかった。イアンのために、ディエゴのために、自分自身のために。イアンの行く手をふさげば、けっして許してはもらえないだろうから。しかしそれを拒めば、DHSからどのような制裁を受けることになるかが恐ろしかった。

「俺はきみのせいでおびえている」イアンがささやいて、片手でカイラの顎を包んで顔を上げさせた。「ソレルが、俺との対決にきみを利用するのはわかっていた。わかっていたのに、きみをとどまらせた」

「わたしが有能だと知ってるからでしょう」カイラはからかうように言い、ふたりのあいだに立ちこめる苦痛を和らげるために微笑もうとした。

「きみはとても有能だ」イアンが同意して、まなざしに渇望の炎を燃え上がらせた。「有能すぎるくらいに」

「もっと有能にもなれるのよ」あともう一度だけ、イアンに触れて、抱きしめる必要があった。自分の魂をどのくらい彼に捧げているかを、見せる必要があった。

「ほんとうか？」イアンが誘いかけるように尋ねた。カイラはゆっくり身を引いた。

彼の手を取って、寝室のほうへ導く。「見せてあげましょうか？」

「見せて教えてもらうのは大歓迎だ」イアンが言った。その声は情欲でさらにかすれ、さらにセクシーになっていた。

カイラは肩越しに官能的なまなざしを投げてから、まつげを伏せ、思わせぶりに舌を出して唇を舐めた。

「見せて教えてあげられるわよ」カイラは約束して、イアンから離れた。寝室に入ると、向き直ってブレザーをするりと脱ぎ、そばの椅子に放った。

肩掛けホルスターをはずしてブレザーの上に置いてから、座ってブーツのひもをほどき、足をあらわにする。

イアンの目は渇望に燃えていた。苦しみの感情は、情欲の下に退きつつあった。カイラが立ち上がり、シャツの裾をつかんで脱ぐと、イアンがすばやく行動を起こした。自分の服をわきに放り、裸になったカイラを引き寄せる。

体を持ち上げられ、粗い毛の生えた胸に乳首をこすられると、えもいわれぬ刺激が走りぬけた。先端が痛いほど硬くなっていた。飢えと切実な欲求に導かれてふたりの唇が重なると、全身の血がどくどくと音を立て、喉から喘ぎ声が漏れた。

ベッドに倒れこんだことにはほとんど気づかなかったが、イアンの大きな体に覆われたことにははっきり気づいた。欲しいのはこれではない。イアンを仰向けにして、たくましく硬い体が解放を求めて張りつめるのを眺め、彼には女の柔らかな体を眺めてほしかった。唇をぴったりと重ねて、激しいキスを繰り返しながら、身をくねらせてイアンの下から抜け出し、彼の肩を押して唇をついばみ、無言で仰向けになるように求める。

イアンは寝返りを打ちながらカイラを引き寄せ、胸の上に寝そべらせた。片方の手をカイラの肩に垂れた髪に差し入れ、もう片方の手で背中を撫でさすり、体の内側で燃える炎をさらに高く熱くあおり立てる。

イアンを求めるあまり、生きたまま焼かれるような心地がした。彼が必要だった。奥まで貫き、抱きしめてもらいたかった。この先も生きていくために、最後にもう一度、触れられ、愛されたという思い出が欲しかった。

もしものときのために。もしも、わたしがどんなふうにだましたかを知って、イアンが立ち去ってしまったときのために。

カイラは頭をのけぞらせて懸命に目を開き、イアンを見下ろした。日に焼けた顔は煉瓦色《れんがいろ》に紅潮し、煙草色の目は情欲で輝き、表情には欲求があふれていた。

イアンもわたしを必要としている。触れられ愛されたがっている。わたしが彼を必要とするのと同じように。一方通行の思いではない。ふたりは巡り合い、相性はぴったりだ。

「なにをするつもりだい？」イアンが口もとをゆるめ、官能的にまつげを伏せたまま、こちらを見返した。

「あなたはわたしのものよ」カイラは両手を彼の胸に当てた。「わたしはあなたを自分のものだと言っているのよ、イアン。わかってる？」

イアンのまなざしのなかで、なにか別のものが燃え上がった。独占欲、満足感、それ以上のなにか。まるで宣言そのものが、悦びであるかのように。

「きみが俺のものであるのと同じように」欲求に震える声で言う。「きみは失うことのできない俺の一部だ」

イアンの目によぎった感情がなんであるかはわかっていた。胸が締めつけられ、子宮が引きつり、自分は彼のものだという気持ちがどっとこみ上げてきた。それは心の奥の、自分でも知らなかった場所に炎をともした。どんな炎より明るく熱く燃え上がり、情欲を苦しいほどにまでに高めた。

「あなたに触れたいの」カイラは低く叫ぶように言って、頭をイアンの首のほうに下げ、舌を這わせた。「魂の奥まであなたを感じたいのよ、イアン」

かすれた叫び声に反応して、体の下でイアンが激しく身をこわばらせ、目を見開いた。カイラは唇で顎をついばんでから、首に戻って舌で撫で下ろした。体を下へとすべらせて、イアンの肌に浮いてきた輝く汗を感じる。太腿に長く硬いものが押しつけられた。

「カイラ、いつでもきみの好きなときに」イアンがうめいた。「いつでもきみの欲しいときに、きみのものになるよ」

それが真実なら、どんなにいいだろう。

カイラは、唇を硬い乳首のほうへ持っていった。舌でもてあそぶと、塩気のある味が口のなかに広がった。爪でイアンの両腕を撫で下ろす。

イアンの体が好きだった。その硬さと、たくましく引き締まった筋肉が愛撫に反応して波打つ様子も。汗が日焼けした肌に光る様子も、胸にちらほらと生えた毛が手のひらと乳首をこする感触も。

イアンを撫でるのが好きだった。イアンが目を細くして、燃える茶色の瞳を悦びで輝かせる様子が好きだった。

カイラは唇を、一方の乳首からもう一方へと移した。舌で舐めてから口に含み、さらに硬くなるのを感じる。

太腿のあいだが欲求で湿ってきた。蜜があふれて、膨らんだひだを潤すのが感じられる。クリトリスがうずいて脈打った。切望のあまり、イアンの乳首をもてあそびながら、両脚でまたいでいる彼の太腿に体をこすりつけた。

たくましい両手が髪に差し入れられると、カイラはうめき声をあげて、太腿に当てた体を揺らし、引き締まった肌をついばんで、硬い乳首を舐めた。

力強い太腿にクリトリスがこすりつけられ、蜜が太腿を濡らした。悦びが体を駆けめぐり、世界が遠のきはじめた。

「きみは絹とサテンのようだよ、カイラ」イアンのしわがれた太い声が、悦びを高めた。「絹の唇、サテンのプッシー。濡れて心地よく包んでくれる」

カイラは胸に向かってかすれた叫び声を漏らし、下へと向かった。イアンを味わう必要があった。男の力強さと渇望を口で受け止める必要があった。

「あなたに触れるのが好きよ」いつの間にか、唇から喘ぐようなささやきがこぼれていた。「こんなふうにあなたを感じるのが好き。とてもたくましくて、力強くて」

カイラは引き締まった腹部を舐め、歯でなぞって、股間の長いものを巧みに避けた。イアンが両手で髪を引っぱった。

ひとしきりの小さな熱い刺激が頭皮に広がった。イアンが腰を動かして、膨れた先端で頬を撫でた。

そう、彼が求めるもの、自分が求めるものはわかっている。そのすべてを。ふたりの体から引き出される官能の悦びのひとつひとつを。

カイラは舌をのぞかせて笠をなぞった。つぶやくようなうめき声が、イアンの唇から漏れた。さらに下へ移動すると、硬い竿が欲求に脈打った。

ぴんと張った部分を舐めたが、そこにとどまりはしなかった。太腿のあいだを進んで、竿の下にきゅっと引き上げられた硬く丸いものに目を留める。

ダークブロンドの男らしい毛が顎を撫でた。玉と竿を分ける線に舌を当てる。イアンがびくりと動いて、低いうめき声で胸を震わせた。カイラは貪欲に舐め、唇に感じる男らしい味と、力強さ、情欲、ぴりっとした塩気を楽しんだ。

「カイラ、きみに自制心を奪い取られそうだよ」イアンの声はひどくかすれてざらついていたので、部屋の官能的な静けさのなかで紙やすりのように響いた。

「あなたを縛るべきかしら？」カイラは微笑んで、竿の根元にキスをしてから、歯でできるかぎりやさしく、その部分をこすった。

イアンが悦びにほとんどうなるような声をあげた。その響きは子宮を引きつらせ、体の芯を欲求でうずかせた。

「俺がきみを縛るべきかもしれない」イアンがうめいた。「男の自制心をめちゃくちゃにすることがないように」

「縛られたら、こういうこともできないわよ」カイラは唇で張りつめた袋のわきをなぞり、片方を口で吸った。舌で撫でつけて探り、淫らに吸うと、顔の横でイアンの太腿がこわばった。

気に入ったようだ。気に入ったどころではないのかもしれない。

口で吸って、歯でやさしくかすめ、舌で洗い、激しく引きつる袋を探索し、硬い竿と太腿の筋肉が反応して波打つのを感じた。

「そうやって、俺をめちゃくちゃにする気だな」イアンが抗議したが、髪に差し入れた力強い両手で、カイラをその場に押さえていた。「その甘いプッシーが満たされるまえに、疲れきってしまうぞ。そうなりたいのか?」

「あなたの食事はあとよ」カイラは口もとをゆるめた。「いまは、わたしの番」

上へと移動して、ぴんと張った竿を笠の部分まで舐め上げる。それから口に含んで吸った。舌でもてあそび、吸い、うめき声をあげて、体の芯からなめらかな蜜がほとばしるのを感じる。

舌で先端に浮かんだしずくを味わうと、渇望のうめき声が漏れた。髪を引っぱる手を感じ、体の下でイアンの筋肉がさらにこわばるのがわかった。じきに自制心を失いそうなのだろう。

顔を見上げて額に浮かんだ汗を眺める。イアンがこちらを見下ろし、顔の横にひと筋の汗を流して顎を引き締め、歯をむき出しにした。

カイラは舌で硬い竿の先端を舐め、深く吸って、それが喉の奥で脈打つのを感じた。自分の体が、もう戯れは終わりだと訴えた。

イアンを体の奥に迎え入れなければ、もう耐えられない。鉄のように硬く太いもので満たされなければ、欲求ではじけてしまうだろう。

「さあ、おいで」イアンがうめき声で言った。カイラが体の上方へ移動すると、片手を髪から離して太腿をつかみ、自分の腰にまたがらせる。「俺たちふたりに必要なものを与えてくれ」

熟れたひだのあいだに膨らんだ笠を感じると、カイラはすすり泣くような声をあげた。イアンの目をのぞきこみ、自分の体から蜜があふれて彼の先端を覆い、受け入れる準備を整えるのを感じた。

「どうなるかはわかってるだろう」イアンがこわばった声で警告した。「やさしく奪うことはできない」

「やさしいのが望みなら」カイラは喘いだ。「あなたについてはこなかったわ」

イアンが両手でカイラの腰をつかみ、不意に動いて腰を突き上げ、なかほどまで貫いた。カイラは背を弓なりにして、喉を絞められたような叫び声を漏らした。

「ああ、きみがきつく締めつけるのを感じるよ、カイラ」イアンがうなった。「すごくきつくて熱い。焼き殺されそうだ」

カイラは頭をのけぞらせ、唇を開いて息を吸い、イアンと目を合わせた。

「まだ足りない」悦びと渇望に息もできないくらいだった。「まだ足りないわ」

乳房のあいだに汗が流れるのを感じ、太いもので広げられ、満たされていきながら、体の芯から蜜があふれるのを感じた。

「もっとあげるよ、カイラ」イアンがしわがれ声でなだめた。「ああ、まだまだ、もっとあげられる」

イアンが身を引いて、腰を両手で強くつかんだ。ふたたび貫こうとするのを感じて、カイラは太腿のあいだをぎゅっと引き締めて、下へと突いた。

イアンが何度も激しく貫くたびに、ふたりの叫び声が混じり合い、織り合わさった。もうカイラを押しとどめるものはなく、イアンを押しとどめるものもなかった。イアンが力強い動きで上に向かって突くと、カイラは彼にまたがっていっしょに動き、ただひたむきに、得られる悦びをすべて味わおうとした。

イアンの両手が腰に食いこんだ。クリトリスがこすれる感触に浸りながら、カイラは前かがみになって、両手を彼の胸についた。一瞬ののち、体の内側のすべてがはじけ飛んだ。カイラはイアンの名前を叫んだ。止めようがなかった。ばらばらになるのを感じ、自分の名前が響きわたるのを聞いた。

猛烈なオーガズムにのみこまれ、彼のものを激しく締めつけると、イアンがいきなり熱い液体をカイラのなかにほとばしらせた。子宮が引きつって波打つとともに、悦びが爆発した。クリトリスが興奮にうずき、オーガズムが体じゅうに響きわたってさらに高まり、最後にもう一度猛烈な勢いで燃え上がって、きらめく星空と鮮やかな色彩が渦巻く世界へ、カイラを放り出した。

「愛してるわ」カイラは叫び、イアンの胸に倒れこんだ。抑えられないわななきがふたりをとらえていた。「ああ、愛してるわ、イアン。ほんとうに」

「愛してる」イアンがうめいた。たくましい体はまだこわばり、ペニスはカイラのなかでぴくぴくと動いていた。「ああ、カイラ、愛してる」

汗がふたりをひとつに溶かし、小さな余波がゆっくりふたりの体をほぐしていった。カイラは疲労にとらわれて目を閉じ、ここ数日あまり眠っていなかったことを思い出した。

ほんの一瞬だけ、とカイラは考え、イアンの温かく心地よい腕に抱かれて、眠りに身をゆだねた。ほんの一瞬だけ、降参することにしよう。

29

ふたりは二時間ほど眠ったあと、暗闇があたりを覆うころにすばやくシャワーを浴びた。

「柔らかな印象の服装をしてくれ」イアンが言った。カイラは裸で、服がしまわれているクロゼットのほうへ歩いていった。

「柔らかって、どんなふうに？」選択肢を頭に浮かべながら、肩越しに振り返る。

「ソレルは、武器を持っているかどうかを確かめるだろう」イアンの表情はきびしく苦しげだった。「あいつには、きみを頼りなくか弱い女だと思わせておきたい。きみのことは知ってるから、きみが賢いことはわかっているだろう。しかしきみが恐ろしく危険だということは知らない。それについては、このまま隠しておこう」

カイラはうなずいてウォークイン・クロゼットのなかに入った。バターのように柔らかいブロンズ色のサンドレスと、クリーム色のハイヒールを選ぶ。

十センチのヒールはとてもセクシーなうえに、そこには別の要素もつけ加えられていた。それぞれのヒールに、七・五センチのかみそりのように鋭い短剣が仕込まれているのだ。

銃を携帯することはできなかったが、伸縮性のある絹のドレスは動きやすかった。スカートの丈は、脚をじゅうぶん広げられるくらいには短く、慎みを保てるくらいには長かった。

パンティーはTバック、ブラジャーはレース付の快適なものを選んだ。身支度を終えると、カイラはか弱い女そのものに見えた。

「きみはとんでもなく危険な女だ」イアンがうなり声で言った。カイラはヒールのなかの短剣を確かめてから、靴をはいた。

「冴《さ》えているでしょう」カイラはにんまりとした。「短剣が入ってるなんて、簡単には見抜けないわよ」

「ああ、たしかにそうだな」イアンがごくりと唾をのんだ。

カイラはジーンズに包まれた太腿にちらりと視線を投げ、そこに欲情のしるしを見つけて、口もとがゆるむのをこらえた。

「その膨らみをなんとかする必要があるわよ、イアン」カイラはささやいてイアンに歩み寄り、片手で胸からジーンズの隆起まで撫で下ろした。

手のひらでやさしく包みこむと、イアンが片手をカイラのわき腹にすべらせ、乳房を下から持ち上げるようにした。

「気をつけろ」イアンがカイラの唇に向かってささやいた。「無事でいてくれ」

「あなたがわたしを援護してくれれば、わたしはあなたを援護するわ」カイラは約束して、キスを返した。「わたしたちはだいじょうぶよ。まちがいないわ」

手のひらをすべらせて胸に戻し、心臓のあたりに押し当てる。力強く規則的な鼓動を感じ、それに勇気づけられた。もう少しで終わる。どちらに転ぶとしても、イアンにつきまとっていた危険、イアンを破壊しかねなかった人生は、もうすぐ終わるのだ。

「俺の邪魔はするなよ」イアンが警告した。

カイラは身をこわばらせて視線を向け、胸が重苦しさで締めつけられるのを感じた。

「どういう意味？」

「ディエゴのことだ。俺の邪魔はするなよ、カイラ」

カイラはゆっくりうなずいた。イアンの邪魔をして、ディエゴを守るのが自分の仕事だった。しかしイアンを見ていると、それはできないし、する気にもなれないだろうとわかった。ディエゴのせいで、たくさんの命が奪われた。あの男は、自分の生きている人生をゲームとして見ている。自分でルールを作り、参加者に指示をする愉快な気晴らしだ。それを止めることはできないだろう。

〝娼婦の粉〟のせいで、十代の少女たちが死んだ。あの男は、部下がその麻薬を利用して作ったレイプビデオで巨万の富を築いた。罪のない女性たちのなかには、自殺してしまった者や、悪夢のような自分の苦しみが赤の他人に大喜びで観《み》られているという事実を抱えながら生きている者がいる。

あの男はネイサンを拷問し、結婚の誓いに誠実でいようと闘う姿に楽しみを見出していた。あの男は怪物だ。たとえその怪物が息子を愛していたとしても、それがなんだというのだろう。その気持ちさえ都合よく解釈され、利用され、最終的にはイアンを破滅させてしまうのだから。

歩み去ることは、イアンの選択肢にはない。恐怖の連鎖を止められる見込みがある以上、その機会をとらえなければ、ディエゴを殺すのとはちがう形で、自分の魂が壊れてしまうのだろう。

「あなたを守るわ」しばらくしてようやく、カイラは約束を、誓いの言葉をささやいた。「あなたがなにをしようと、わたしはあなたを守るわ、イアン」

イアンのまなざしに浮かんだ陰鬱な苦しみがゆっくりと和らぎ、落ち着いたきびしい目つきに変わった。そこにはカルテルの跡継ぎがいた。フエンテス・カルテルの実権を握るにふさわしい強さと冷酷さを備えていることを証明してみせた男が。イアンが敵ではなく自分たちの側についているのは、DHSにとってとてつもなく幸運なことだ。カイラに考えられるのは、それだけだった。

イアンがようやくうなずき返し、ドレッサーのほうへ歩いた。上の引き出しから拳銃を取り、ジーンズの後ろに押しこんでから、予備の弾薬を手にする。

「ソレルと護衛は武装してくる」イアンが言った。「拳銃だけだ。テイヤの武器は、腰のまんなかにマジックテープで留める。アントリが、いくつか武器を携帯する。もし事態がこじれたら、確実に、ソレルの護衛から武器を奪えるか、アントリから武器を受け取れる位置につくようにしてくれ。アントリの仕事は、テイヤを守ることが最優先だ。つまり、俺ときみは互いを援護しなければならない」少し間を置いて、さらに続ける。「ソレルが別荘内に入ったあと、ドゥランゴ部隊と第四部隊、第八部隊が敷地に集まる。なかへ進んで俺たちの援護をするまえに、ソレルの後ろについてきた戦力があれば、排除しなければならない。会合場所では、俺たちだけでなんとかする。甘く見るなよ、カイラ」貫くような視線を向ける。「テイヤと、自分たちの身の安全を守らなければならない。リーノと部隊の連中が到着するまで。わかったか?」

カイラはすばやくうなずいた。

「では、行こう」イアンが大きく息を吐いた。「リーノとメイシーが、数分以内にテイヤをここへ連れてくる。ソレルの到着までは数時間しかない。きっとあいつは――」

「遅れるか早すぎるかで、けっして時間どおりには来ない」カイラはあとを続けた。「ソレルが母斑を見せたら、じっくり観察したあと、護衛の背中も確認する。入れ替わっていてもおかしくないから。テイヤに話しかけさせて、声の特徴を確認させる。ソレルだけでなく、護衛のボディーランゲージにも注意を払う。なによりも、現時点まで、なんらかの理由でソレルが正体不明であり続けたことを忘れないように……これでいい?」なにもかも心得たような笑みを浮かべる。

「危険なほど優秀だな」返ってきた笑みは、先ほどよりくつろいで自信に満ちていた。「さあ、片づけてしまおう。もうアルバにはうんざりだ。故郷に帰りたい」

「イアン」カイラは、振り返ってドアのほうへ向かおうとするイアンの腕をつかんだ。「あなたの知らないことがあるの」

イアンが表情をこわばらせた。まるで、カイラになにを言われるのか知っているかのように。このときをずっと待って観察していたかのように。カイラの喉が締めつけられた。ディエゴとDHSについて、真実を話さなければならない。ほかに道はない。事実を知らせずに、イアンに殺させるわけにはいかない。

「ディエゴのことか?」イアンがきびしい声できいた。

「あなたが知っている以上のことがあるの」

「言うな」ナイフのように鋭い声。「知りたくない」

カイラは驚いてイアンを見つめた。「イアン、聞かなくてはだめよ」

「あとだ」

「あとでは時間がないのよ。きっと遅すぎるわ」カイラは歯を食いしばって言った。

イアンの目には、なにかを悟っているかのような光があった。事態の裏側に別の意味があることに気づいているのだ。ディエゴが長年のあいだ法の網を逃れてきたのは、理由があってのことだと。

「知っているのね」カイラはささやいた。

「ディエゴがDHSとゲームをしていることか?」イアンが苦い口調で尋ね、あざけるように唇をゆがめた。「知っている」

「なのに、わたしになにも言わなかったの?」

「きみだって俺になにも言わなかっただろう、カイラ」イアンが言い、カイラは腕をつかんだ手をゆるめた。「ずっとまえから疑ってはいたんだ。ネイサンが行方不明になったとき、俺たちはゲームから降ろされた。上院議員の娘たちを追っていったときには、ディエゴを殺すなと厳命を受けた。あいつを襲撃するたびに、俺たちは邪魔をされ、手を縛られた。あいつがDHSの連中とねんごろだということには、気づいていた」

「理由があるのよ」カイラはそわそわと唇を舐めた。「DHSとのゲームというだけじゃないわ」

「いいや、そんなことはない」イアンが辛辣な口調で言った。「理由などどうでもいい。結局はゲームだ」

手を伸ばしてカイラの頬に触れ、指の背で撫で下ろす。「きみがここに来たのは、そのためなんだろう? ディエゴを守るため」

「ちがうわ」カイラは首を振った。「ディエゴなんて関係ない。わたしがここに来た理由は、あなたよ。ディエゴを口実に使ったの」

イアンが身をかがめて、唇にキスをした。「ありがとう、カイラ。でも重要なのは、DHSのことでも、連中のもくろみのことでもない。政治家や官僚たちがあいつの持っている情報を重視するあまり、怪物を野放しにするつもりだということなんだ。多数の人間の便宜が、少数の人間の苦しみより優先される。俺は、そんなふうには考えられない。そんなふうに考えるつもりはない」

「それでも、彼はあなたの父親よ」カイラはささやいた。「あなたが手を下さずに歩み去っても、だれも責めはしないわ」

イアンが深く息を吸って、しばらくのあいだカイラの肩の向こうを見つめてから、視線を戻した。悲しみと、責任を受け入れた重苦しさで目のなかの炎が陰り、顔には苦痛のしわが寄っていた。

「俺の父親だから、DHSよりも俺が責めを負うことになるんだ」イアンが言った。「あいつをなんとかするのは、俺の責任だ。俺はここにいて、配置につき、対処する手段と機会を手にしている」

「DHSはあなたに制裁を加えるわよ」

「連中の署名入りの合意書を封印して保管してある。ソレルの死が発表された瞬間に、世界じゅうの主要な新聞でそれが公表されるだろう。俺はばかではない。このゲームがどんなふうに動いているかはわかってる。さあ、行くぞ。そのことについては、あとで話し合おう。とにかく、あとだ」

まるで、しょっちゅう自分にそう言い聞かせてきたかのように言う。あとだ。いまはソレルに向き合う時だ。長い年月をかけて下した決断に向き合う時だ。カイラは、この道を選んだ自分たちが、ふたりとも生き残れることを祈るばかりだった。

30

カイラは自信に満ちた態度で立ち、意図的にいたずらっぽく目を輝かせていた。リムジンがフエンテスの敷地の門から入ってきて、屋根付のポーチの前に停まった。

カイラは石段の下に立っていたが、高級車のドアをあけるつもりは毛頭なかった。運転手が前方から降りてきて、苛立ちに顔をしかめながらこちらを一瞥《いちべつ》した。

カイラは快活な笑みを向けて、一歩下がった。運転手がさっとドアをあけた。

ソレルとその補佐役だろう、とカイラは推測した。男ふたりが車から降りた。ふたりとも黒い覆面で顔を覆ってはいたが、高慢で横柄な態度がにじみ出ている。

「カイラ・ポーター」一方の男が、ほんの少し敵意を和らげるかのような、なれなれしい笑みを口もとに浮かべた。

カイラは片方のまゆをつり上げ、もうひとりの男のほうをちらりと見て、すぐさまどちらがソレルなのかを悟った。それは、目の前に立って微笑む魅力的な覆面の男のほうではなかった。

しかしカイラは、魅力的な男のほうに向き直った。「ソレル？」自信なさげに、いぶかしむようにじっと目を凝らす。

男が見下すような笑みを浮かべた。「きみが、われわれをミスター・フエンテスのところへ案内してくれるのだね？」片手でカイラの腕をつかむ。薄い革の手袋は、力の強さをごまかせはしなかった。

「そのとおりよ」カイラはもう一度、男に笑みを向けた。「こちらのドアから入りましょう」

扉が大きくあけられ、だれもいない玄関広間が待ち構えているのが見えた。「イアンは書斎で待っているわ。イアンのお父さまと、あなたの娘さんもね。とてもきれいな女性よ。父親なしに育ったなんて、残念なことね」

どちらかといえば幸運なことだったけれど。

腕をつかむ力が強くなった。

「あざにならないようにしてね」カイラはもう片方の手で、男の手首をとんとんとたたいた。「わたしの肌にあざや傷をつけると、イアンが黙っていないわよ。そういうことには、すごくうるさいんだから」

ソレルと同じように。うわさによるとソレルは、商品を傷つけたり、少しでも損なったりする者がいれば、死をもって償わせるということだった。みずから痛みを与えるのが好きで、痕跡を残さずにそうする方法を知っているのだ。カイラは身震いをこらえて家のなかに入り、そのあいだ腕をつかむ手をはっきりと意識していた。

男は握力が強く——きっと護衛だろう——重装備をしていた。長いジャケットの下に自動小銃を携えている。おそらくウージー短機関銃だ。足首に予備の武器を着け、まちがいなく背中にも着けているはずだった。

反対側を歩いているもっとがっしりした恰幅《かっぷく》のいい男は、それほど重装備ではなかった。黒っぽいスラックスとジャケットというくつろいだ服装をしている。背中には武器を装着しているだろう。ジャケットをちらりと見たかぎりでは、おそらく腕の下にもう一丁拳銃を携えているはずだ。

武装せずにここへ乗りこむのは、ばかげたことにちがいない。しかしそのせいで、来るべき会合と、準備万端に整えられた計画の実行がむずかしくなるのはたしかだ。カイラは武装していなかった。イアンはしているだろう。テイヤとアントリもしているはずだ。

カイラはいま一度、自分たちが整えた計画について思いを巡らせた。理論的には、イアンに賛成だった。ソレルを逮捕しても、すぐになんらかの方法で逃げられてしまうだろう。得られるのは、あの男の正体と激怒だけということになりかねない。ネイサン・マローンも無事ではいられない。その一方で、流血が差し迫っていることに、カイラの良心がちくちくと痛んだ。

この男たちは怪物だ。邪悪な存在だ。最悪の部類の殺し屋たちだ。しかしだからといって、自分やイアンやドゥランゴ部隊が善良な人間になれるというのだろうか？

「こちらよ、おふたかた」カイラはドアの前で立ち止まった。ディークとトレヴァーが上の踊り場で、ふたりの訪問客からうまく身を隠して見張っていることはわかっていた。

ドアが大きくあき、テイヤの姿があらわになった。どう見ても、部屋の奥にある背もたれの高い椅子に縛りつけられていた。椅子は広い窓の前に置かれていた。柔らかなクリーム色の日よけを背景に、血のように赤く輝く髪が肩のまわりで波打っている。

アントリが背後に立ち、手に握ったグロック社製の拳銃を、体のわきに軽く当てていた。

「娘よ」カイラの背後からため息のような声が聞こえ、テイヤが視線を上げて男たちを見据えた。

男の口調は穏やかで、うやうやしいといえるほどだった。

「じつに美しい女に成長したものだな」男がささやくように言った。

テイヤが冷笑した。「完璧な繁殖用の雌になったかしら？」

長いため息が、静寂のなかに響いた。「おまえはわたしの子どもだ。かわいがられるのがあたりまえだろう。もちろん、これからもかわいがられ、大切にされるとも」

「そして、近親相姦で子どもを産ませるんでしょう」テイヤが怒りに顔をゆがめた。

「おまえを愛するはずだったのに」

「あなたはわたしの母や、手に触れたあらゆる人を破滅させたように、わたしを破滅させたはずだわ。この人でなし！」

その瞬間、カイラは自分の額に銃口が押し当てられ、腕が強く締めつけられるのを感じた。

「ミスター・フエンテス」わきに立つ、がっしりした胸板の厚いほうの男が、イアンとディエゴに向かってどなり、怒りを伴う緊張が部屋に満ちた。「交渉はなしだ。娘を解放して、こちらに渡してもらおう。そうすれば、ミス・ポーターも生き延びられるかもしれない」

カイラにとっては、どんな男でも約束を破るのは許せないことだった。とにかく腹が立ってならなかった。

さっとイアンに視線を向けると、彼はゆったり椅子に背を預け、両脚を机の端にのせていた。少なからずおもしろそうな表情で、男を眺めている。

アントリがテイヤの額に銃を向け、ディエゴはイアンの机のわきに置かれた快適そうな革張りの椅子に座って、舐めるようにウイスキーを飲んでいた。

「なるほど、簡単なやりかたでいくか、面倒なやりかたでいくか、どちらでもいいぞ」イアンが言った。

カイラの頭に向けられた銃が、答えを告げていた。

「では、簡単なやりかたのほうだな」イアンがカイラに合図となる言葉を伝えた。

カイラはさっと身を低くした。すばやく脚を曲げて振り上げ、体を転がす。イアンの護衛たちがふたりの男を取り囲んだ。

悪態とうなり声が聞こえ、カイラが身を起こしてしゃがむと、覆面をはずされたふたりの男が見えた。自分の目が信じられなかった。なにかのまちがいに決まっている。

このふたりに、どこかしら見覚えがあることはわかっていた。なにかのまちがいに決まっている。なにかを思い出してもいいはずだとわかっていた。しかし、フランス訛りのせいで判断を誤っていた。おそらく自然に身につけたはずの訛りと、口調の尊大さは、これまで聞いたことのないものだった。容疑者と考えられていたどの男でもなかった。同伴の補佐役は、推測されていたグレゴール・アスカーティではなかった。

覆面をはがされた男たちは、カイラとジェイソンの友人であり、仕事仲間でもあった。ヨーロッパ出身だが、フランス人ではない。たいへんな尊敬を集める人たちだから、秘密が広まれば世界を揺るがすだろう。

「ケネス」カイラはささやき声で言って、若いほうの男を見据え、なじみ深い茶色の目と、薄くなりかけた茶色の髪を眺めた。

ケネスが王者のように軽くうなずいた。そしてカイラは、ケネスの父親のほうに視線を向けた。

「あなたが両親を殺したのね」低い声でささやく。「そして、ふたりのお葬式で泣いてみせた」

ジョゼフ・フィッツヒューはイギリス王室の遠縁で、現アメリカ大統領とも仲のいい友人同士だった。狩りや釣りをいっしょにやるような。

「きみのご両親を失ったのは残念ではあるが、必要なことだった」ジョゼフが冷ややかな口調で言った。「ケネスの手から逃れたときの動きは、じつにみごとだったよ」褒め言葉を口にする。「思っていたより、多くの訓練を積んでいるようだな?」

「はるかに多くのね」カイラは細い声でささやいて立ち上がった。イアンも机の前に立った。テイヤは自由の身になり、いまはアントリの背後にいた。アントリはしっかりと態勢を整えて武器を構え、男たちに銃口を向けた。テイヤもイアンが与えた予備の武器を手に、ふたりを狙っていた。

「なかなかおもしろいではないか」ジョゼフが嫌悪に唇をゆがめた。「正直に認めると、ミスター・フエンテス、きみが約束を守ることを期待していたんだがね。ひとりにつきひとり、ということで合意しただろう?」

「嘘をついたのさ」イアンがあっさり肩をすくめた。「どうやら、あんたのほうもそうらしいな」

ジョゼフがまゆをひそめた。「きみについてのプロファイルは、父上の影響を考慮に入れていなかったようだ。わたしが引き出した結論では、きみが約束を守るだろうと示唆されていたのだがね。きみは常に、真実を口にしてきたからな。きょうに至るまでは」

「度を超えた状況には、度を超えた手段が必要なのさ」イアンがにやりとした。「場合によっては、嘘をつくに値することもある。そいつの背中を確かめろ、ディーク。先へ進むまえに、ソレルを捕らえたのかどうか確認しようじゃないか」

トレヴァーがテロリストの腕を背中の後ろへひねり、横の壁に押しつけた。ディークがジャケットをめくり上げた。ふたりはまず武器を奪ってから、ベルトを着けたスラックスのへりを、証拠の母斑が見える位置まで引き下ろした。離れた位置からでも、おそらく五センチほどの長さがあるゆがんだ大鎌の形が見えた。

「本物だ」ディークが鋭い口調で言った。「やつを捕らえた」

その瞬間、明かりがぱっと消えて外で銃撃音が響きわたり、なかでも大混乱が起こった。

カイラは部屋の奥へと走り、姿勢を低くしてテイヤのもとにたどり着いた。

「武器を」カイラは言って、アントリのほうに手を伸ばした。部屋に銃声がとどろいた。

カイラの手に拳銃が渡されると同時に、アントリがテイヤを放した。

「彼女をここから連れ出せ」アントリがどなった。

「カイラ」イアンが大混乱のなかで叫んだ。

「だいじょうぶ」カイラは叫び返し、テイヤを床に伏せさせた。ふたりがいた場所を銃弾が切り裂く。

「そのまま動くな!」イアンがカイラに近づき、事前に厚い金属で内側を強化した大きな机の裏に押しやった。カイラの安全を確保すると、イアンはかがんで暗い部屋のなかを進んでいった。

家の内と外で行われている銃撃戦の音が、カイラの頭にがんがんと鳴り響いた。手を伸ばしてテイヤの体をつかみ、机の下に引き入れる。

「聞いて」カイラはまっすぐテイヤを見て、自由なほうの手で肩をつかんで揺すった。テイヤは机の下から這い出ようとしていた。「あっちにいるソレルの兵士はひとり残らずあなたを捜していて、なんとしても連れ去るつもりなのよ。ここにいて。絶対に動かないで。無事でいられる方法はそれしかないわ」

「わたしが無事でいられる方法は、あいつが死ぬことしかないのよ」テイヤが怒りにあふれた声でどなり返した。「あいつは、自分がやってることくらい承知してるわ。あなたたち全員を殺すつもりよ」

「あなたが面倒を起こせば、その可能性はあるわ」カイラはきり返した。「こうなることは予測ずみよ。ここにいて。動かないで、テイヤ。約束してちょうだい。従わないなら、わたしがあなたを気絶させてやるわよ」

部屋は完全な暗闇といえるほどで、家の内と外の銃撃音は五感を激しく揺さぶった。

カイラは短くうなずいてから、しゃがんで机の端に移動し、向こうをのぞいた。

ドアのそばに、だらりと横たわった体があった。一瞬、カイラの心臓がどきりとした。そのあと、見慣れない体つきから、近づいてきたソレルの兵士のひとりだろうと気づいた。男の体の下から血が流れ、玄関広間の高価な大理石と、書斎のすぐ内側の堅木に血だまりを作った。

玄関広間の奥の居間とサンルームからかすかな月明かりが射し、外ではめまぐるしい発砲音が続いていた。

カイラは、テイヤが座っている場所のほうをさっと振り返った。荒々しい緑色の目が、凶暴な怒りに光っていた。テイヤを制するのは簡単ではなさそうだ。危険はさらに高まっていた。戦いのなかに入っていくことはできず、テイヤをもっと安全な場所に連れていく余裕もない。

身をかがめて机の裏に後退し、テイヤの横に戻った。ふたりはまっすぐ前を見つめ、銃を構えていた。

「わたしたちは弱虫《プッシー》な女ってわけ？」不意にテイヤが非難をこめて言った。

カイラはちらりと視線を向けた。「最後に見たときには、たしかにわたしには女の証《プッシー》がついてたわね」そう応じてから、悪態をついた。弾丸が、部屋の窓を貫通して机の木材を飛び散らせたからだ。

重い鋼鉄で三方を覆った机が、鋭い金属音とともに震えた。

「くそっ！」テイヤが大きく息を吐いた。「ほんとうに、こんなふうに無力な女を演じていたいの？」

カイラはうなった。もし動けば、イアンに殺されるだろう。まちがいない——ソレルか、その部下に殺されなければだが。

「たいしたDHS諜報員だこと」テイヤがぶつぶつと言った。

「DHSに所属しているわけじゃないわ」契約諜報員だ、と自分に言い聞かせた。そこには大きなちがいがある。

「あなたはどこかの諜報員だわ」テイヤが言い返し、本能的に身をかがめた。弾丸がさらに周囲の鋼鉄に当たった。「わたしたちはここで死ぬ。それがあなたの望みなの?」

残念ながら、テイヤの言うとおりだった。

「あとでイアンに散々責められるでしょうね」カイラは言った。

「あなたもたいへんね」テイヤが応じた。「行く?」

弾丸が周囲に降り注いだ。そのうちの一発が、もう少しで鋼鉄を貫いて、カイラの体に当たるところだった。

カイラは決めかねて唇を噛んだ。生贄《いけにえ》の羊のようにここに座っているのが最良の策とは、まったく思えなかった。それだけはたしかだ。

「ソレルは、家をひとまわりしてここに戻ってこようとするはずよ。きっと、わたしたちがこの場にとどまっていると推測するわ」さらに銃弾が部屋に撃ちこまれ、カイラは身を縮めた。「玄関広間に出て、家の裏に回りましょう」

せめて部隊の仲間たちと同じ小型受信機を着けていたら、と考えた。そうすれば、ダニエルと連絡が取れるのに。ダニエルは、わたしだけを集中的に捜してくれるだろう。とにかく彼を見つけることだ。ダニエルはカイラが動かずにいるとはけっして考えない。それだけはたしかだった。

さらに多くの弾丸が、鋼鉄に降り注いだ。

「くそっ、行くわよ。わたしの後ろにぴったりついてきて。お願いだから、ソレルを見たら全速力で逃げるのよ」

カイラはかがんだまま机の下から出て、低い姿勢で暗闇のなかの動きを確かめた。テイヤが後ろについた。だいぶ夜目が利くようになり、ある程度自信がついたので、テイヤのほうを振り返って、ドアへの道が確保されるまでその場にとどまるようすばやく手で合図した。机のわきにしゃがんで待つ。ここから動いてしまえば、玄関広間に着くまで防御の手段がないことはわかっていた。

カイラは靴を脱いで短剣を引き出し、ヒールの底にもなっている小さな柄を握って先へ進んだ。

机を離れたところで、なにかがわき腹に当たり、手から銃が飛んでいった。カイラは肺からヒューッと息を漏らし、床に倒れた。

力をかき集めるまえに、うまくかわすまえに、拳がふたたびわき腹を打ち、頑丈な両手が首に巻きついて、呼吸を奪った。

怒りにぎらぎら光る目と、影に覆われたケネスの表情が見えた。カイラは彼のわき腹に短剣を突き立て、必死で抵抗した。

「あばずれめ!」ケネスがどなったが、カイラがもがくと、締めつける手の力と、両腕にのしかかるひざの圧力が少しだけゆるんだ。次の瞬間、銃声が空気を満たし、ケネスの体が蹴飛ばされた。

テイヤがカイラの腕をつかんで床から起こし、机の後ろに戻らせた。ふたたび銃撃音が部屋を満たした。

カイラは首を振り、しばらくのあいだショック状態で、ケネスの倒れた体を見ていた。

「ほら」テイヤが、先ほどはじき飛ばされた銃をカイラの手に押しつけた。「だいじょうぶ?」

「なんてこと! 予想してなかったわ」カイラはまだ息を弾ませたまま、襲撃されてから相手が死ぬまでのすばやい展開を消化しようとしていた。

「さっさとここから出ていきましょう」テイヤが言った。「外にいる悪党どもは、わたしたちがここにいることを知ってるわ」

そのとおりだった。いますぐここから出ていかなくてはならない。

カイラは姿勢を低くして、銃を構え、先に戸口までの短い距離を移動し、すばやく暗闇を見回してから、壁に身を寄せてテイヤの進路を防御した。

テイヤがすべるように横に並ぶと、弾丸が部屋を切り裂いた。まるでふたりがここにいることを知り、どこを重点的に攻撃すべきか知っているかのようだった。

外で男たちが叫ぶ声が聞こえた。大声で伝えられる命令、外国語の悪態。玄関扉は大きくあけられたままで、ふたりは無防備だった。

カイラはすばやく動き、テイヤを後ろに引き連れて、階段の裏へ導いた。不安な気持ちであいた扉のほうを眺めてから、身ぶりでテイヤに奥の廊下を示す。廊下の一方は使用人用の階段へ、もう一方はキッチンへ続いていた。

まったく、イアンはしゃくに障る男だ。ヒーローを演じるために走り去ってしまい、またしても楽しみをひとり占めしている。ディエゴの姿はどこにも見えず、イアンの護衛たちはおそらく階上から道化のように叫んでいるのだろう。

ソレルはまだ家のなかにいる。カイラにはわかっていた。それが感じられた。カイラとテイヤにとって最善の策は、外に出て木々の鬱蒼と茂る庭に隠れ、じっと身をひそめていられる場所を探すことだろう。

目でテイヤに進む方向を教え、手ぶりでキッチンと裏口の外を示す。テイヤが目をすぼめてじっと考えてから、理解のしるしにうなずいた。

カイラは指を三本立てて、数を数えた。

一。

二。

三。

カイラはすばやく階段の裏の角を曲がり、身をかがめて廊下へ進むと、武器を構えて暗闇を見回した。あいた戸口に飛びこむ。

立っている場所からテイヤの姿が見え、じっと視線を注ぐ。玄関広間を切り裂く銃撃はやんでいたが、外の銃声は激しく、男たちの声はこちらに近づいていた。

カイラはまた指を三本立て、影に覆われたテイヤの顔を見ながら数を数えた。一、二、三。

テイヤがぴったりと動きについてきて、数秒でふたりは壁に張りついた。カイラは使用人用の階段に銃を向け、テイヤはキッチンと食料貯蔵室に続く廊下を見た。

カイラはテイヤの肩に触れ、自分を示してから、戸口のほうを指さした。テイヤがうなずくと、カイラは自分を指さし、次に二本の指で自分の目を示し、最後に三本の指を立てた。

カイラがドアを抜けて振り返るまで待ってから、三秒であとに続け、という意味だ。

テイヤがうなずき、両手で握った武器を太腿のわきに下ろした。ふたりはすばやく階段と食料貯蔵室を確認した。

カイラも同様に拳銃を握って、キッチンの戸口へそろそろと進んだ。外の銃撃戦はかなり鎮まってきた。アメリカ人が命令を叫ぶ声が聞こえ、カイラはシール部隊が優勢であることを確信した。家の奥での戦闘は、それ以上に鎮まっていた。運がよければ、テイヤとふたりで、家の側面にある鬱蒼とした庭へ逃げこみ、流れ弾やソレルの兵士を避けて隠れていられるだろう。

　カイラは戸口のわきで立ち止まり、ひざがつくほど身をかがめてなかをのぞいてから、部屋に飛びこんで壁のそばまで転がった。

目と銃でさっと部屋を確認する。破れた窓の外で光がひらめくと、心臓が激しく高鳴った。冷蔵庫のわきに背中を当てて、顔を振り向け、反対側をちらりとのぞいてから、後ずさりする。少し待ってから、もう一度反対側をのぞき、冷蔵庫の前に出た。記憶が正しければ、真横に食料貯蔵室へ続く戸口があったはずだ。確かめる必要がある。

　カイラが確かめようとしたときだった。すばやく影がよぎり、手首が激痛とともにボキリと音を立てた。

　イアンは、ソレルがなんらかの作戦を実行するだろうと警戒していたが、これほどまでの大混乱を引き起こせるとは予測していなかった。ケネスが倒れたあと、ソレルのあとについて、別荘のなかを追跡するのは簡単ではなかった。

　家を離れることはないはずだ、とイアンは考え、使用人用の階段へ続く奥の廊下を進んだ。ソレルはなかにとどまって、自分の部隊が別荘を制圧するのを待ってから、娘を連れ出すつもりだ。訓練を受けた海軍シール部隊が、自分の兵士を標的として集結するとは考えていなかっただろう。さらには、メイシーの盗聴器が会合をすべて録音していたという事実にも、まったく気づいていないだろう。シール隊員はみな、だれを捜すべきか、その男を捕らえることがなにを意味するかを把握している。

「イアン、報告しろ」耳に装着した受信機から、リーノのきびきびした声が聞こえた。

イアンは上の踊り場で立ち止まって目を凝らし、長い廊下を眺めた。先ほど明かりが消えたあと、机の引き出しから急いで取り出した暗視スコープを装着していた。

「ソレルはまだ家のなかにいる。使用人用の階段のほうへ行くのを見たが、まだ発見していない」イアンは報告した。

「第四部隊と第八部隊が少しばかり打撃を受けた」リーノが言った。「依然として、おまえの兵士たちと協力して、フィッツヒューの部隊の一掃に努めているところだ。事態は好転しつつある。あの娘は？」

「テイヤを確保したければ、何人か援護をよこしてくれ」イアンはきびしい口調で言った。「最後に俺が確かめたとき、アントリは倒れていた。あいつがテイヤを保護していたんだ。ディークは俺の後ろにいて、ほかの者たちは家を捜索してる」

イアンはちらりとディークを振り返り、先へ進むように合図した。

身をかがめて廊下を抜け、リネン収納室の戸口に張りつく。ディークがしゃがんで、廊下のほうに銃を向けた。

なにも動きはなかった。

ソレルは隠れ、待っている。

イアンがふたたび移動しようと身構えたとき、鋭い女の悲鳴が廊下の反対側から響いてきた。

痛みと恐怖に満ちたカイラの悲鳴。イアンには、ソレルが彼女を捕らえたことがわかった。

31

　手首の骨が折れた。手から銃が落ちた瞬間、カイラは悟った。ジョゼフ・フィッツヒューが、がっしりした胸にカイラの背中をぐいと引き寄せた。

「このあばずれめが」耳に向かってうなる。「両親とともに殺しておくべきだった。おまえに情けをかけたせいで、このざまだ」

「わたしを誘拐するつもりだったくせに」この男の正体が暴かれた瞬間、そのことに気づいた。「だからジェイソンは長年のあいだ、わたしを隠していたのよ。護衛たちに守らせていたのよ」

　カイラは痛みをこらえて息を吸おうとした。

「ジェイソンは愚か者だった。きわめて幸運な愚か者だ」ジョゼフが耳もとでうなるように言った。「あいつは、彼らとともに死ぬはずだった。かわいそうな小さいカイラだけを残して。その子はわたしに、たいへんな利益をもたらしてくれるはずだった」

　ジョゼフが手首を締めつけて、カイラの喉から耳障りな悲鳴を引き出した。痛みで意識が遠のきそうになった。ちくしょう。冗談じゃない。手首が折れたくらいで、無力にさせたと思っているのだろうか。

「かわいそうな小さいカイラは、あんたのケツを蹴飛ばしてやるわよ」カイラはすごみ、ふたたび手首を圧迫されて悲鳴をあげた。

「娘はどこだ?」ジョゼフの声は低く邪悪だった。よどみないフランス訛りはほとんど自然に聞こえ、アカデミー賞にふさわしいほどだ。

「別行動をしてるわ」カイラは痛みに耐えてささやくように答え、なんとか頭をはっきりさせておこうとした。この男を殺さなければならない。

「おまえは嘘をついている」

カイラは必死に首を振り、テイヤが隠れていてくれることを祈った。

「暗すぎて、見つけられなかったのよ。捜したけれど……」

ジョゼフが手首をひねり、カイラはこらえきれなくなった。痛みのあまり胃が暴れ、せり上がる。視界に暗闇が迫ってきた。

喉を詰まらせながら前かがみになり、なんとか意識を保っていようとした。

「わたしに向かって吐くなよ、愚かな売女《ばいた》め」ジョゼフが手首をつかんだ手でカイラの背中を押しやった。

苦痛が頭のなかで燃え上がって爆発し、カイラはひざから崩れ落ちた。苦痛は爆発し続けていた。

ふたたび背中を押しやられたが、そのとき突然、ほとんどカイラの手首をもぎ取るような勢いで、ジョゼフが倒れこんだ。カイラは自由なほうの手でジョゼフの手を引っかき、拘束を解いた。終わりそうにない爆発を遠くに感じながら、床にくずおれて転がり、手首を自分の胸に引き寄せる。痛みががんがんと頭を打ちつけていた。

だれかが名前を叫ぶ声が聞こえた。しわがれ声で叫んでいる。イアン。イアンの声だ。イアンの両手が体を抱え上げた。カイラは懸命に意識を保っていようとしたが、苦痛は腕にまで伝わっていた。

ああ、なんてこと。わたしは弱虫だ。テイヤがそう非難したとおりに。


イアンは、気を失ったカイラを慈愛をこめて抱いていた。腕のなかで揺すっていると、ダニエルが駆け寄って、両手を折れた手首のほうへ持っていき、急いで添え木を当てた。イアンはソレル、別名ジョゼフ・フィッツヒューを見据えていた。

カイラの叫び声が響きわたった瞬間、キッチンに明かりがともった。そこへテイヤが突進し、父親の胸をまっすぐ狙って、拳銃の弾薬をすべて撃ちこんだ。

テイヤはその場に立ちすくんで父親の体を見下ろしていた。顔からは血の気が引き、緑色の目は荒々しく光っている。アントリが背後に立ち、頭に負った深い傷から大量の血を流しながら、苦悩の表情でテイヤを見つめていた。

ディーク、トレヴァー、メンデス、クリストはみな無事で、武器を携え、イアンとふたりの女性を守るように取り囲んでいた。外の銃撃戦がようやく収まった。

「ディエゴはどこだ？」イアンはようやく、明かりが消えてからずっと、ディエゴの姿が見えないことに気づいた。

ディークが部屋を見回してから、困惑のまなざしをイアンに向けた。

「リーノ、ディエゴが行方不明だ。位置はわかるか？」イアンは早口できいた。ふたりの女性たちとディエゴには、ソレルが現れるだいぶまえに、気づかれないよう追跡装置を取りつけておいたのだ。

「追跡装置によれば、やつは女性たちとともにいる」メイシーの声が聞こえた。

「いや、ここにはいない」

「やつの信号は、たしかに彼女たちのすぐとなりから送られてる」メイシーが辛抱強く繰り返した。

イアンは周囲を見渡した。カイラは腕のなかにいて、テイヤはそのとなりに立っている。

「ディーク、追跡装置がないか、俺の体を確かめてくれ」イアンはあきらめに満ちた声で言った。

ディークがすばやく近づいて、両手をイアンのシャツの襟にすべらせた。イアンはカイラを胸に抱いたままでいた。

「ありました」

ソレルが到着するまえ、ディエゴはイアンの肩をぽんとたたいた。追跡装置のことを知っていたのだ。

「やつは消えた」イアンは受信機に向かってどなった。「あの悪党を見つけろ。ちくしょう。逃げやがった」

一時間後、ディエゴは別荘に煌々《こうこう》とともる明かりを見つめながら、私的な護衛隊に囲まれ、船で故郷へ向かっていた。

レンタルのヨットの手すりを握って、胸を締めつけ、胃をねじる深い悲しみに浸る。もしひとりだったなら、涙を流していただろう。

息子に父親を殺させてはならない、と自分の胸につぶやき、イアンが兵士を集結させた敷地の明かりが遠のいていくのを見つめ続けた。滑稽なことに、となりにいるのはDHSの担当者だった。DHSとの取引が、長年にわたってこうもうまく運ぶとは、じつに驚くべきことだ。たとえば、いまのように。

「なあ、ミスター・マクレーン、あんたがこれほど簡単にわたしを島から脱出させたうえに、起こりうる事態をあらかじめ警告していたことを、イアンが知ったらどう感じると思うかね？」

ジェイソン・マクレーンがため息をついた。「イアンには気づかれないことを願うよ、フエンテス。わたしも後戻りできない身なんだ。この件に関するあんたの弁護士として、DHSとの交渉を決裂させかねない秘密を明かしたんだからね」

ディエゴはくすくす笑ったが、その声はしわがれ、自嘲に満ちていた。

息子をじゅうぶんに知る時間はなかった。イアンがまちがいなく持っているはずの、計算高い性質を解き放つ機会はなかった。息子の忠誠を獲得するじゅうぶんな時間はなかった。それはわかっていた。イアンが当初から、すべてを片づけたあと自分を殺すつもりでいたことが、わかっていたように。

「息子に自分の父親を殺させてはならない」ディエゴはつぶやいた。マクレーンが聞いていることには気づいていた。

「もし同意していなければ、あんたのためにヨットを待たせたりはしなかったよ」

ディエゴはうなずいて、またため息をついた。ひどく疲れていた。

「マリカは、立派な男を育て上げたのだな」マクレーンに向かって言う。

「ああ、そうだ。カルメリタが何度もあの子の暗殺を企てたにもかかわらずな」

マクレーンは常に、そのことを思い出させようとした。まるで時をさかのぼって、過去を変える方法があるとでもいうように。そうできたらどんなにいいだろう。もしもそれが可能なら、魂を差し出してもよかった。

「わたしがDHSと取引したとき、あんたは息子のことを知っていたのか？」ディエゴは疑問を口にした。

「イアンと彼の継父が長官に近づいてくるまで、わたしたちのだれも、イアンのことは知らなかった」マクレーンがきっぱりと言った。その声はいつもどおり、冷淡で感情に欠けていた。

そう、イアンとマリカらしいやりかただ。イアンの父親がだれかという恥ずべき秘密を、だれにも知られたくなかったのだろう。

息子を責める気にはなれなかった。マクレーンが言うように、カルメリタはイアンに地獄の苦しみを与えたのだから。あの女は、いまのイアンの人格をつくり上げるのに手を貸した。そのことに対しては、本気で妻を呪いたい気分だった。

「敷地の安全は確保されたか？」ディエゴはきいた。

「確保された。イアンは今夜、あんたがDHSに保護された件について、命令を受け取る。代わりにあんたは、今後アメリカ政府職員を人質に取ることは控えるという書類に署名する。もしアメリカの諜報員を捕らえたことが判明したら、連絡をくれればわたしが対処する」

ディエゴはうなずいた。そう、クレイとソレルにネイサン・マローンの拘束を許したのはまちがいだった。とはいえ、シール隊員を使って〝娼婦の粉〟を試すのは興味深かったし、男の魂の深さについて学ぶことがいろいろあった。マローンは、けっして屈服しなかった。自分のもとに連れてこられる女が妻ではないことを、常に理解していた。

「ことによると、イアンがここにいるあいだに始めた計画に、本格的に取り組むべきかもしれないな」ディエゴはつぶやいた。「いくつかの事業は、かなりの利益を上げそうだ」

「足を洗うつもりか、フエンテス？」マクレーンがあざけるように言った。

「足を洗う？」ディエゴはまゆをひそめた。「それには遅すぎるよ、きみ。あまりにも遅すぎる。しかし、おそらくいまは、未来に向き合う時なのだろう。子どももなく、孫もなく、受け継がれていくべき遺産について子どもに教える時間もない。おそらくいまは、すべてをあきらめる時なのだろう」

ディエゴは、マクレーンに答える時間を与えなかった。振り返ってポケットに両手を押しこみ、ヨットの豪華な船内に戻って、自室へ向かった。コロンビアに到着するまで、それほど長くはかからないだろう。飛行機が用意され、ソールが待つ自宅へと連れ帰ってくれる。

空虚な寂しい屋敷に。

これ以上悪いことが、ほかにあるだろうか？

32

カイラはまぶたを開いてうめき、また閉じた。すべて憶えていた。そう、腰抜けのように気を失ったのを憶えていた。まったく、うんざりだ。

カイラは寝室を見回した。フエンテスの別荘で、イアンとともに使っていたあの寝室だ。ここには砕けたガラスも、破れた窓も、銃弾で穴だらけになった家具もない。自分だけ。

「目が覚めたのか」

さっと戸口に目を向けると、イアンが寝室に入ってくるところだった。ダニエルとドゥランゴ部隊があとに続いた。

手首を固定しているギプスと、外の陽光をちらりと見る。

「どのくらいのあいだ気絶してたの?」気を失うなんて最悪だった。テイヤが言ったとおり、わたしは弱虫だ。すべては痛みのせいだった。痛みは大の苦手だ。頭に血がのぼり、痛みが限界を超えれば、気を失ってしまう。なんて情けないのだろう。

「十時間近くだな」イアンがベッドに座って手を伸ばし、頬にかかった髪を撫でつけてくれた。そのあいだカイラはふたたび、手首のギプスを眺めていた。

イアンの顔を見ずにいられるなら、なんでもよかった。

「テイヤは無事だよ」ダニエルがベッドの足もとで言った。「フランスにあるフィッツヒュ一の私有地に向かっている。フランスとアメリカ両方の当局に、ソレルの私用コンピュータの調査を許可するためにね。あいつと実の息子が死んだので、テイヤはいくつかDNA検査を受けることになるが、私有地の所有権を主張するのは比較的容易だろう。それから、あいつのファイルも必要になる」

「あの男は死んだの？」カイラは驚いてイアンを見上げた。

「テイヤの手でね」イアンが簡潔に答えた。「あいつはきみに注意を奪われていて、テイヤがキッチンに入ってきたのを見ていなかった。彼女は、弾薬が空になるまであいつの胸を撃った」

娘が父親を殺した。

イアンは自分の父親を殺したのだろうか？　カイラは目に問いを浮かべて、イアンを見つめ続けた。

「DHSは数カ月前からディエゴに、いずれ俺に弾丸を撃ちこまれることになると警告していたらしい」イアンが冷静に言った。「あいつは混乱に乗じて逃げた。あの男について聞かされた最後の情報は、DHSの担当者がコロンビアへ護送中というものだ。DHSは、あいつとの合意内容を修正しつつある。うまくいけば、もう二度とシール隊員を拷問することはないはずだ」

納得しているわけではなさそうだった。イアンの表情にそれが見て取れた。しかし、まなざしには受け入れる覚悟も見て取れた。

「階下に戻るぞ」リーノが言った。「輸送機をこちらへ向かわせている。俺たちを家まで送ってくれるヘリも準備万端だ。妻と生まれたばかりの息子を起こす時間までに、戻らなくてはならない。イアンが帰郷し、すべては順調だという知らせを持って」ふたりに向かってうなずく。「出発の準備をしてくれ」

ドゥランゴ部隊が寝室から出ていき、カイラとイアンとダニエルの三人が残された。

「ジェイソンが電話してきて、休暇を取っていいと言ってくれた」ダニエルが顔をしかめた。「ボーナスをもらうまで、その手首を隠しておいてもらえるかな? 今回きみが負傷したのは、俺のせいじゃないよ、カイラ。それに重要なのは、ジェイソンがまた俺の顔にあざをつけたら、キャロラインに仕事を辞めさせられるってことだ」

哀れを誘う、ばつの悪そうな表情を見て、カイラは目をぐるりと回した。

「あなたがボーナスをもらうまで、ジェイソンに手首のことは教えないわ」カイラは小さく首を振って約束した。「でも、キャロラインとはきちんと話す必要があるわね、ダニエル。護衛というのは、ときどきあざをつけられるものよ」

「悪いやつらにだろう」ダニエルがうなった。不意に、心底うんざりしたような声になる。「依頼人を面倒から遠ざけておけないという罪で、ボスにやられるのとはわけがちがう」

カイラは口もとをゆるめてから、ちらりとイアンのほうを見た。イアンもダニエルと同様、愉快そうではなかった。カイラは咳払いをして鼻にしわを寄せてから、ずたずたに裂けて血の染みがついたドレスの生地をつついた。ああ、すっかりだめにしてしまった。

「さっさと出ていってくれ、ダニエル」イアンが命じた。「ジェイソンがカイラの姿を目にするまで、二、三日の猶予はあるだろう。そのころまでには、あざは……そうだな、どちらにしても、つけられるだろうな」

たしかに、カイラの体にもあざができていた。目の下にかなり立派なものがありそうで、両腕にもいくつか見えていた。まちがいなく、ジェイソンはそのことについて、ちょっとした怒りを爆発させるだろう。

カイラは黙って、ダニエルが部屋を出てドアを閉めるのを見送った。イアンとふたりきりで残されると、部屋の静けさがふたりのあいだに重く垂れこめた。

顔を上げてイアンと目を合わせ、カイラはそこに激しい悲しみと痛みを見つけて泣きたくなった。

「きみが気を失っているあいだに、ＤＨＳと話した」イアンが穏やかに言った。「ディエゴは数カ月前に、今夜起こりうることについて警告を受けた。ソレルが到着するまえに、俺たちふたりを殺さなかったことが驚きだよ」

カイラは首を振った。「あなたを愛しているのよ」

その言葉にイアンが首を振った。「それを知って、おののくべきなのか、安心すべきなのかはよくわからない。ひとつだけたしかなのは、あいつはもう俺の手の届かないところにいるということだ。長官によれば、ディエゴとDHSの新たな合意で、アメリカ政府職員を利用したあいつのゲームの多くが防げるはずだ。俺としては、それで満足するしかない」

「満足できるの？」カイラはイアンのために胸を痛めた。引き裂かれた国への忠誠心のために、怪物のような男を父親に持ったという事実のために、胸を痛めた。

「あいつを撃ち殺しに行くつもりはないさ」イアンが肩をすくめた。「あいつが俺たちから遠ざかっているのなら、俺も同じようにするつもりだ」

「俺たち？」カイラはささやき声できいた。その瞬間まで、ディエゴが自分たちを引き離す可能性をどれほど恐れていたかに気づいていなかった。イアンの決断に同意できないせいで、彼が歩み去ってしまう可能性を。

「あいつを殺すつもりはなかった」イアンがすばやく力強く首を振った。「殺したかったんだよ、カイラ。あまりにも激しく望んでいたから、ときどきその思いが酸みたいにはらわたをむしばんだ。でも、きみの言うとおりだ。俺はあいつを殺す責任を負ってはいなかった。うすうす感づいていたとおり、あいつがDHSと取り交わした合意があるかぎり、俺は手出しはできなかったんだ。それはわかっていた」

カイラはゆっくり深く息を吸った。「なにひとつ、あなたのせいではないわ、イアン」穏やかな声で言う。「フエンテスのことも、ソレルのことも、ネイサンのことも。防ぎようがなかったのよ」

「防げたはずだったんだ。ネイサンが生きていることに、もっと早く気づいていたなら。どんな犠牲を払ってでも、あそこから救い出していただろう」たとえ何度ディエゴに魂を売ることになっても。カイラには理解できた。もしそれがジェイソンやダニエルだったなら、自分も同じことをするだろう。

「それじゃ、これから、わたしたちはどうするの?」カイラは恐る恐る尋ねた。

イアンが黙ってこちらを見つめた。「きみはどうしたい?」

「あなたを永遠に愛したいわ」カイラはささやいた。

イアンが少しばかり緊張を解いたように見えた。「しばらくは、むずかしいかもしれないな。すでにマスコミが島に押し寄せつつある。アメリカの数紙が一週間前、俺たちふたりの写真を載せている。すでに俺たちは世間を騒がせているんだ。〝脱走兵の麻薬王と、社交界のお嬢さま〟としてね」見出しの描写を鼻で笑う。

「真実を知れば、マスコミはわたしたちが大好きになるわよ」

イアンがうなり声をあげた。「俺は再入隊はしないよ。もうそれほど能力を発揮できるとは思えないし、俺の目の届かないところできみに面倒を起こされたら、たまったものじゃない。頭がおかしくなってしまう」

「わたしの仕事は終わったわ、イアン」カイラは目を上げてイアンを見つめた。心のなかで、いまそれが終わったことがわかった。「わたしはソレルを捕らえたかったの。そしていま、あの男は排除された」

イアンが疑わしげな目を向けた。「それなら、暖炉と白い柵のある家で穏やかに、か？」信じていないかのような口調に怒ってもよかったが、イアンの目にも切望がちらりと光るのが見えた。

「白い柵は好きよ」胸に希望がわき上がってきた。これまでは、考えないようにしてきた夢。自分を心と体の両面からわかってくれるだれかとともに暮らす家。流血や偽装とは関わりのない人生。そして、もしかすると、もしかするとだけれど、赤ん坊も……。わたしを理解し、わたしを愛してくれるこの男性と、家族をつくっていきたい。

「俺も白い柵は好きだよ」イアンが口もとに笑みを浮かべた。「テキサスに」

「知ってるわ」カイラはものうげに言った。「あそこは大好きよ。土地もある。しかも、白い柵があるし」

イアンがかすれた声で、くすくすと笑った。額をカイラの額に当てる。煙草色の瞳は、怒りとは無縁の秘められた炎で輝き、カイラを内側から温めてくれた。「俺といっしょに、家に帰るかい？」

「わたしを棒きれで追い払おうとしてもむだよ」

「棒きれなんか使わないさ」イアンが約束して、唇と唇を触れ合わせた。「でも尻をたたかれる覚悟はしておけよ。あのとき、机の下から動くなと言っただろう」

「あなたにお尻をたたかれるのは好きよ」キスの下で笑いがはじけた。不意に情熱と愛が魂を満たし、心を焼き尽くした。「愛してるわ、イアン。心の底から」

「愛してる」イアンが唇に向かってささやいた。「永遠に、カイラ。魂のすべてで、きみを愛しているよ」

イアンはずっと、カイラに対して秘密を抱えていると考えていた。たったひとりで闘っているのだと。しかし、いまこの瞬間、気づかされた。この女性は初めから秘密を見抜き、自分ですら見えないでいた魂を見抜いていたのだと。

イアンはカイラをそっと抱き寄せた。先ほどダニエルが注射した痛み止めが効いてきたのだろう、カイラがふたたび目を閉じた。眠るカイラを抱きながら、生まれて初めて、彼女が現れるまえの自分の人生がどれほど空虚だったかに気づいた。カイラを殺してしまうかもしれない、自分を殺してしまうかもしれない秘密を抱えてきた。しかしいまは、その秘密を分かち合い、となりでいっしょに闘い、与えただけの愛を返してくれる人がいる。

イアンは生まれて初めて、もう孤独ではないと感じた。腕のなかにカイラを抱いているかぎり、けっして孤独にはならないと気づいた。俺は家に帰ってきたのだ。

訳者あとがき

麻薬カルテルの跡継ぎとなった男と、変装の達人〈カメレオン〉の名を持つ女。ふたりがカリブ海に浮かぶ島で再会したとき、幕をあけたのは熱い官能の夜、そしてすべてをかけた宿命の戦い――。

イアン・リチャーズは海軍特殊部隊《シール》の一員として、長年コロンビアの犯罪組織、フエンテス・カルテル撲滅のために戦ってきました。しかし、じつはイアンはカルテルの首領ディエゴ・フエンテスの息子でした。かつてディエゴの愛人だった母は、イアンを身ごもったことを秘密にしたまま、アメリカへ逃げたのです。

ところが、息子の存在を知ったディエゴは、イアンをカルテルに引き入れるために、正体不明のテロリストであるソレルと共謀して、シール隊員たちに罠を仕掛けます。イアンは仲間の命を守るため、しかたなくディエゴとの取引に応じてカルテルを引き継ぎ、カリブ海のアルバ島を拠点として大規模な麻薬取引に手を染めるようになりました。しかし、それは表向きの姿。ひそかな真の目的は、ソレルの正体を暴いて殺すこと、そして同時に、父であるディエゴ・フエンテスも殺すこと。イアンはそのために、一年近くかけて着々と準備を進めてきました。

そこへ乗りこんできたのが、カイラ・ポーターでした。カイラも、イアンに負けず劣らず複雑な経歴を持っています。表向きの顔は、世界的な実業家で社交界の名士でもあるジェイソン・マクレーンの姪。裏の顔は、国土安全保障省《DHS》の契約諜報員〈カメレオン〉。そのあだ名のとおり、誰にも見破られることのない変装で、さまざまな潜入捜査を行ってきました。シール隊員と協力して作戦を展開する際、カイラは何度かイアンと顔を合わせていました。カイラがどんな変装をしていようと、なぜかイアンはひと目で見抜くことができます。ふたりは前作『誘惑の瞳はエメラルド』で急接近しますが、イアンがフエンテス・カルテルの跡継ぎとなってからは、離れ離れになっていました。

カイラはイアンの真の目的に気づいていました。人は自分の父親を殺してはならない。たとえその父親が、怪物のような男であったとしても。そう確信したカイラは、イアンの父親殺しを止めようと、アルバ島にやってきました。イアンの魂を守るため、それからもうひとつ、〈カメレオン〉としての、ある秘密の使命のために……。

そんなカイラを、イアンはなんとか遠ざけようとします。常に暗殺者に命を狙われている自分のそばにいれば、カイラにまで危険が及ぶからです。カルテル内にもスパイが潜み、ディエゴとの関係も一触即発の状態が続いていました。しかし、カイラは絶対に立ち去ろうとしません。ふたりは激しくぶつかり合いながらも、互いを求める気持ちに逆らえず、何度も熱く体を重ねます。悪の組織のなかで正しい心を守り続けようと奮闘する力強いヒーローと、有能な諜報員として活躍しながらも女性としての包容力ややさしさを忘れないヒロインのラブシーンは、シリーズ中でもとりわけ情熱的でスリリングです。ふたりは互いに秘密を抱え、後ろめたさや罪の意識に苦しみますが、相手の心に深く入りこんでいくにつれ、自分の弱さやほんとうの気持ちをさらけ出していくようになります。体のつながりが魂のつながりにまで深まっていくシーンは、さすがの迫力です。

また、今作では、これまでのシリーズでシール隊員たちの宿敵として存在感を発揮してきたディエゴ・フエンテスが、恐ろしい麻薬王とはひと味ちがう、苦悩する父親としての一面を見せています。イアンとの息詰まる舌戦や、カイラとの少しほのぼのとした会話など、興味深いシーンがちらほらと出てきますので、ぜひそこにも注目してみてください。

今作は、〈誘惑のシール隊員〉シリーズ長編最終作ということで、おなじみのシールの仲間たちもそろって顔を見せてくれます。そして物語は大詰めを迎え、いよいよソレルとの最後の戦いが幕をあけます。果たしてソレルの正体とは？　イアンはほんとうに、ディエゴを殺すつもりなのでしょうか？

著者のローラ・リーは、オークラ出版から邦訳が出ている〈エリート作戦部隊〉シリーズを始め、数々の官能的なロマンス・シリーズを持ち、現在も精力的に執筆を続けています。もっとも長い〝*The Breeds*〟（狼の一族）シリーズは、すでに二十七作めを数えるほどです。ほかにも未邦訳の作品はたくさんありますので、いずれまたご紹介できるかもしれません。〈誘惑のシール隊員〉シリーズにも短編が三本ほど残っていますので、そのうち邦訳の機会があればと願っています。

なお、前作『誘惑の瞳はエメラルド』で、イアンとケルの階級〝Lieutenant〟を〝中尉〟としましたが、海軍においては〝大尉〟が正しい階級でした。訂正してお詫び申し上げます。本書では〝大尉〟としてありますので、ご了承ください。

二〇一三年　三月

ザ・ミステリ・コレクション

蜜色《みついろ》の愛《あい》におぼれて

著者　ローラ・リー

訳者　桐谷知未《きりやともみ》

発行所　株式会社 二見書房
東京都千代田区三崎町2-18-11
電話 03(3515)2311［営業］
03(3515)2313［編集］
振替 00170-4-2639

印刷　株式会社 堀内印刷所
製本　株式会社 関川製本所

落丁・乱丁本はお取り替えいたします。
定価は、カバーに表示してあります。

ISBN978-4-576-13054-5
http://www.futami.co.jp/